浙江省哲学社会科学规划
后期资助课题成果文库

浙江近代小说研究

朱永香 著

中国社会科学出版社

图书在版编目（CIP）数据

浙江近代小说研究/朱永香著．—北京：中国社会科学出版社，2021.9

（浙江省哲学社会科学规划后期资助课题成果文库）

ISBN 978-7-5203-9004-0

Ⅰ.①浙⋯　Ⅱ.①朱⋯　Ⅲ.①小说研究—浙江—近代　Ⅳ.①I207.41

中国版本图书馆 CIP 数据核字（2021）第 172834 号

出 版 人	赵剑英
责任编辑	杨　康
责任校对	王佳玉
责任印制	戴　宽

出　　版	中国社会科学出版社
社　　址	北京鼓楼西大街甲 158 号
邮　　编	100720
网　　址	http://www.csspw.cn
发 行 部	010-84083685
门 市 部	010-84029450
经　　销	新华书店及其他书店
印　　刷	北京明恒达印务有限公司
装　　订	廊坊市广阳区广增装订厂
版　　次	2021 年 9 月第 1 版
印　　次	2021 年 9 月第 1 次印刷
开　　本	710×1000　1/16
印　　张	19.75
插　　页	2
字　　数	248 千字
定　　价	106.00 元

凡购买中国社会科学出版社图书，如有质量问题请与本社营销中心联系调换

电话：010-84083683

版权所有　侵权必究

序

陈大康

《浙江近代小说研究》即将付梓，我比较熟悉这部专著的成书过程，作者便托我为书稿写篇序。

由书名就可以知道，这是一部将浙江近代小说作为一个实体进行系统研究的专著，这样的研究先前还未曾有过。对近代小说研究者来说，历来关心的是日本及中国粤港、京津等地区，当然，特别受关注的是上海，因为它后来是近代小说创作、翻译与传播的中心。相比之下，对浙江近代小说做集中系统研究的课题在大家的视野之外，它的光芒因毗邻耀眼的上海似乎显得有些黯淡。然而，上海之所以能成为近代小说创作、翻译与传播中心，与它相邻的江苏与浙江起了极为重要的作用，如果将当时作者、译者、出版者与报刊主持者中的江浙两省人士抽去，那么所谓的上海近代小说便几乎成了空壳，准确地说，连那个"壳"也支离破碎了。将浙江近代小说作为一个实体做系统研究迄今未见，可以欣慰的是，我们读到了这部《浙江近代小说研究》。

为了讲清楚这个课题的重要性，这里不妨对上海成为创作、翻译与传播中心的历程，以及浙江本土近代小说发展状况做一考察。

自光绪二十八年（1902）梁启超倡导"小说界革命"以降，近代小说以加速度的态势迅猛发展。梁启超在日本横滨创办《新小说》是近代小说发生重大变化的标志，不过梁启超只视小说为辅助改良政治的工具，不久他又兴趣别移，不再主持《新小说》的编辑，刊物的出版也不断地愆期。这时，上海逐渐成为小说重镇，就连《新小说》编辑部后来也移至此处。

要能成为近代小说创作、翻译与传播的中心，须得满足一些必要条件：首先，在交通与信息传递尚不发达的近代，它须是作者与译者的聚集地；其次，须具有较先进且成规模的印刷出版实力；再次，须拥有庞大的读者群。这三个条件保证了从创作、翻译到读者阅读的全过程的顺畅及其规模性。当然，还有些因素也十分重要，如生活丰富多彩，有取之不尽的创作源泉；对外交往较发达，能及时接触大量海外的文学作品，以及能较广泛地接触国内外的各类文化与各种顺应时代潮流的思想，从中获得启迪，这些也是居于创作与翻译领先地位的保障。

如果早个几十年，仅是滨海小县城的上海与上述各条都对不上号，可是鸦片战争的炮声使情况开始发生变化。英国的武力侵略迫使清政府开放五个口岸通商，上海是其中之一，随后英、法等列强先后在这里辟设租界。咸丰至同治初年，太平军对苏南和浙江的征讨，使这两地大量百姓涌入上海及租界，此地的人口在短时期内接连突破30万、50万与70万的关口。迅速崛起的上海蕴含着大量商机以及各种谋生机会，这就进一步吸引了各地各阶层的人纷纷向这座城市聚集。到光绪三十四年（1908），上海已成为拥有120万余人的近代化大都市。

迅速扩张的上海变得喧嚣骚动，内地迁来的人口与资金向这里聚集，海外的企业家与资本也纷纷登陆。一个个工厂、公司相

序

继开张，日益繁盛的商业迸发活力，上海逐渐成为新的经济中心与海内外的交通运输枢纽。各地的文化也随着移民们而来，它们互相冲撞、渗透，其间还吸纳了许多西方文化的因素，最后融合为一种特征鲜明的海派文化。大批文人是移民潮的重要组成部分，他们原本较传统和保守，但身处新开风气之都，思想观念开始逐渐发生变化，海派文化的形成有他们的重要贡献。

到了光绪末年，上海已成为全国人口最多、规模最大的文化发展新潮流的中心，它在各方面为近代小说的发展与繁荣做好了准备。那些络绎不绝地向这个城市聚集的文人们，尽管从小接受的是正统的封建教育，而来到上海后，其视野得以扩展，既受到各地文化精粹交融的感染，同时也深切体会到日甚一日的外来思想文化的冲击与中西文化的碰撞。他们的思想慢慢地不再完全固守原先的传统，从而逐渐形成有别于其他地区文人的文化特色，而随着鄙视小说的传统观念逐渐消解，小说家就将在这个群体中产生。同时，这里的社会结构开始变得复杂，在短时间内增添了诸如资本家、买办、职员等以前从未听说的多种职业。近代城市生活日趋复杂与丰富多彩，灯红酒绿、纸醉金迷的十里洋场也随之形成，甚至还出现了妓院林立的畸形发展景观。这些其实已给小说创作提供了前所未有的新题材以及取之不尽的丰富素材，它们正等着小说家的体验、概括、提炼，并融于自己的创作。随着上海这座城市规模的不断扩张，居民数量相应地迅速攀升，这就为日后庞大的小说读者群的形成做好了准备。

正当潜在的作者群、译者群以及读者群形成的准备逐渐就绪之时，处于两者之间的传播环节因先进印刷术的传入以及报刊的出现，也很快发生了巨大变化。依仗着设备与技术的绝对优势，与传统雕版印刷的竞争结局毫无悬念，到了光绪中期，上海的印刷出版业已完成了近代化改造，新的传播方式也呈现在人们面前。近代小说后来能爆发式地快速发展，上海出版业的兴起是关键预前准备之一。

新型的出版业与新兴的报刊很快与小说出现交集，《申报》馆用先进的印刷技术与设备大量翻刻传统小说，它的售多利速立即引来了许多仿效者；《申报》《沪报》《瀛寰琐记》等报刊开始刊载小说，甚至还出现了小说专刊《海上奇书》。此时，上海的作者群、译者群与读者群开始呈现出雏形。在梁启超倡导"小说界革命"后，唯有各方面都已准备就绪的上海能做出强烈呼应。近代小说的发展开始进入了快速道，上海也随之成为全国创作、翻译与传播的中心，诚如当时人所言："小说虽风行海内，其发行出版之所，造端于上海者十之八九，他埠则不数数觏。"[①] 若细观该中心的人员组成，其中浙江籍人士占了相当大的一部分。因此，朱永香的书稿虽名曰《浙江近代小说研究》，其中不少内容却是在论述浙江籍人士对上海这一中心形成与发展的贡献与影响。

翻开朱永香的书稿可以看到，中国近代第一部长篇翻译小说《昕夕闲谈》的译者"蠡勺居士"，就是浙江钱塘人蒋其章；《时务报》连载外国侦探小说是近代小说史上翻译小说连续运动的开端，而译者是浙江乌镇人张坤德。近代翻译小说中最负盛名者当属《巴黎茶花女遗事》，译者林纾与王寿昌都是福建闽县人，可是此书开始时仅印百册在亲友间传阅，它能传遍全国并产生"断尽支那荡子肠"的轰动效应，是由于《昌言》报馆代素隐书屋在上海排印出版，这期间全靠着汪康年的支持与努力。汪康年是浙江钱塘人，他创办的《时务报》与《中外日报》也都与近代小说

[①] 胡榜：《〈扬子江小说报〉缘起》，《扬子江小说报》宣统元年（1909）第 1 期。

序

发展有莫大的关系，而后来林纾翻译的合作者魏易是浙江杭州人。率先将《鲁滨孙漂流记》译成中文者是浙江杭州人沈祖芬，他翻译的目的是"激励少年"①，这部取名为《绝岛漂流记》的译作由上海开明书店出版。另一位浙江籍翻译家吴梼在上海文坛可谓活跃人物，《绣像小说》《竞立社小说月报》与《东方杂志》等刊物上都可以看到他的译作，他翻译的《黑衣教士》与《忧患余生》，让国人首次接触到契诃夫与高尔基的作品。上海多家书局都出版过吴梼的翻译小说单行本，商务印书馆更是出版了他的九种译作。

以上排列足以显示浙江籍人士在近代小说翻译方面的成就，而在创作方面，其表现也同样不逊色。浙江钱塘人陈栩以长篇小说《泪珠缘》而著称，他早在光绪二十三年（1897）就在《字林沪报》的副刊《消闲报》上发表小说，后来他的作品又接连连载于《月月小说》与《著作林》，上海的群学社与集成图书公司也出版过陈栩的小说单行本。浙江钱塘人许伏民曾接替吴趼人主办《月月小说》，他的《后官场现形记》与《新三国》也享誉一时。蒋景缄也是浙江钱塘人，晚清时他有近30种小说作品在上海出版。此外，在上海发表或出版小说的还有陈无我、连梦青、周作人、叶景范、钱锡宝、陈渊、陈谌等人，而后任中华民国首位教育总长的蔡元培，光绪三十年（1904）时也在上海革命刊物《俄事警闻》上连载了小说《新年梦》。没有这批浙江籍人士的贡献，上海近代小说的发展必然会大为逊色。

在出版传播环节，浙江籍人士也为上海近代小说的发展做出了杰出贡献。其时上海小说出版最多且流播最广的重镇是上海商

---

① 沈祖芬：《〈绝岛漂流记〉识语》，《绝岛漂流记》，开明书店光绪二十八年（1902）版。

务印书馆，而其创办者正是浙江鄞县人鲍咸恩、鲍咸昌兄弟及其妹夫夏瑞芳。众多小说家、翻译家聚集于上海有着各种原因，而该地出版业的发达是其中十分重要的推动因素。创刊于杭州的《著作林》自第17期起迁往上海，就是因为其时杭州的出版仍以雕版印刷为主，刊物本应按时出版，可是"因系木板，每被手民延挨无期，实堪痛恨"，而编辑部迁至上海后，"改为铅印，并铸铅板，以期久远"①。出于类似的原因，其时《安徽白话报》《宁波白话报》的编辑部并不设于本省，而都设在上海。

与此同时，另有些人坚守原籍创办报刊，发表小说，他们的活动在近代小说发展史上也起到了重要的作用，光绪二十七年（1901）五月创办的《杭州白话报》便是典型一例。该刊以"使人之喜看者亦如泰西之盛，变中国人之性质，改中国人之风气"为宗旨，以"通文字于语言，与小说和而为一"为特色，这是鉴于当时"十人之中嗜小说者有八九，嗜报章者无二三"的现状而做出的决定。②《杭州白话报》创刊于"庚子国变"与《辛丑条约》签订之时，它借小说为政治服务的目的十分明显，从创刊号开始就接连连载了《波兰国的故事》《美利坚自立记》等小说，直截了当地呼吁国人正视亡国的危险。它后来还连载了《救劫传》，系统描述从义和团起事到八国联军入侵的整个过程，使读者明白中国之所以沦落到如此地步的原因，作者的篇后跋又写道：面对亡国危机，"非开智无以自强，非自强无以弭患"，"欲开民智，莫如以演义体裁，编纂时事，俾识字而略通文义之人，得以稍知大

---

① 《著作林》社：《〈著作林〉改定新章广告》，《著作林》光绪三十四年（1908）第17期。
② 《〈杭州白话报〉书后》，《中外日报》光绪二十七年六月初三日（1901年7月18日）。

概"。那些小说的形式与内容，以及为现实政治服务的创作宗旨都明显地不同于传统小说，实际上它就是后来所说的"新小说"，但该刊创办要比梁启超倡导"小说界革命"早一年又五个月，而且它刚问世就受到了社会的欢迎，"日来销路甚旺，每期可售二千分（份）"①，该刊创办者之一的林獬后来也回忆说，"不上一年，那报居然一期卖了好几千份"②。它的成功，实际上预兆着后来"小说界革命"的倡导，将会再引起多大的社会反响。

晚清时，浙江各地都出现了刊载小说的报刊，杭州又另有《浙江白话新报》《浙江日报》与《游戏世界》等，宁波有《宁波小说七日报》《朔望报》与《四明日报》等，金华有《萃新报》等，湖州有《湖州白话报》，南浔有《南浔通俗报》，绍兴有《绍兴白话报》，其总数不下15种，且分布于浙江省各地，是当时全国除上海、北京与广州之外刊载小说报刊最多的一个省份。再加上浙江籍人士在上海等地创作、翻译的作品，当时与浙江有关的小说数量极为可观，相关的报刊也不少，而涉及的作者、译者以及出版家就更多了，更何况其中还包括了像鲁迅、周作人、蔡元培、王国维、汪康年等中国近现代史上的重要人物。不言而喻，对晚清浙江小说做梳理与研究，探寻其间的特点与规律，确定它在中国近代小说史上的地位，显然是一个学术价值极高的课题。

然而长期以来，这个课题却一直无人着手研究。由于浙江籍人士对于中国近代小说的发展有着极其重要的贡献，许多近代小说的相关研究涉及他们，对有些重要人物甚至还有专题论述，所谓"一直无人着手研究"，是指将浙江作为一个单独的模块置于近代小说发展历程中进行考察，在地域文学受到人们关注之际，

---

① 《外埠新闻·杭州》，《中外日报》光绪二十七年六月初六日（1901年7月21日）。
② 林獬：《中国白话报》发刊辞，《中国白话报》光绪二十九年（1903）第1期。

这一块的缺失显然是个遗憾。然而，这又是易于理解的现象。近代浙江籍作者、译者人数众多，报刊、书局及主其事者也非少数，其中有些如鲁迅、蔡元培等已为人们所熟悉，但使人感到陌生者更多，还有一些可以说是闻所未闻。即使是比较熟悉的人物，要全数掌握他们与近代小说发展相关的活动还是得花费不少气力，何况是那些较为陌生甚至是一无所知者。较完备地掌握相关资料是研究的重要一环，也是研究能获得有价值成果的必要前提，唯有在这方面做好充分准备，才谈得上后一步的梳理、分析与归纳。此课题一直无人做较系统的研究，难度高是原因之一，而较完备地掌握第一手资料，则是该难度的重要体现，前人对此课题并无现成的完备资料可拿来即用，也没有相关的较系统的论述可供参考，要从事这项研究，就得有面对筚路蓝缕式的艰苦工作的思想准备。

朱永香的书稿原来还有些附录，它们很可显见作者学术功底，以及在资料收集、梳理与分析方面的艰辛。可惜限于出版篇幅，这些附录现已删去。不过在书稿的论述部分，仍可窥见作者在资料搜寻方面的不懈努力。书稿的第三章论及《游戏世界》创办者"寅半生"，该刊的一些小说以及作品介绍与评论基本上都由他撰写，其中《小说闲评》是近代小说研究的重要文献，他还在《月月小说》上发表过小说评论。可是这位"寅半生"究竟为何人，其生平如何，他又为什么会对小说有如此之高的兴趣？长期以来，人们对此几乎一无所知，也曾有过种种推测。朱永香的努力改变了这一状态，她经过一番周折寻觅到了［浙江萧山］《钱清钟氏宗谱》。原来，这位"寅半生"叫钟骏文，字八铭，是萧山钱清镇（今属绍兴）人。［浙江萧山］《钱清钟氏宗谱》上不仅有钟骏文的小传，还有其祖、父的传记，据此可以对他的家

序

世、生平有具体的了解，而且可进一步得知，这位热衷科举的士子在清政府废除科举之后，如何又选择了开设书店、创办刊物与撰写小说的人生道路。将朱永香的这番努力称为填补空白，恐怕不会有人表示异议。

"填补空白"与"开拓"时下已是使用频率极高的溢美之词，但将它们用在朱永香的书稿上还是贴切的：将浙江近代小说作为一个实体置于当时的社会背景下以及中国近代小说发展历程中做考察，朱永香的书稿是第一部；搜寻并依据极为丰富的原始资料梳理出浙江近代小说发展的线索，朱永香做了首次的艰苦努力，以第一手资料为研究基础的学者都知晓，此事大为不易；一大片以往未进入研究者视野的作者、译者以及众多报刊受到了关注，它们是浙江近代小说行进轨迹上的一个个点，而只有妥帖地被安置于恰当的位置，这条轨迹的勾勒才不至于走样变形。这些作者、译者以及众多报刊第一次而且以有序的格局呈现在世人面前，这番心血与艰辛确实应该得到赞扬。

不过，"填补空白"与"开拓"这类赞词，与"完善"并非同一范畴使用的词语，我们可以对朱永香的书稿做出种种肯定，却不敢轻用"完善"一词。浙江近代小说首次得到系统研究，这值得称道，它完成于一个青年人之手，这使人感到欣慰。然而正因为是首次与年轻，书稿难免会有不少不尽如人意之处。而且，这一课题的研究远不能算结束，相反，它是学术领域中新开辟的一个方向，许多方面还有待扩展、深入与细化，人们尽可在朱永香研究的基础上做进一步推进，或发现她书稿中粗略、错漏之处，做修订与补正。朱永香的分析是否到位，发展轨迹的勾勒是否精准，论述框架的搭建是否恰当，这些都得经过商榷与辩驳后才能逐渐明了，这也是此书出版的重要价值所在。特别需要指出的是，一个年轻人在首次研究这个课题之际，不可能将相关资料做竭泽而渔式的搜罗殆尽，对此难免之事无须苛责，而它却是人们今后进一步研究需要花费大量时间与精力的内容。众多新资料的开掘，可拓展人们的视野，使人们对浙江近代小说有更丰富的理解，可细化对相关论述的分析，可凸显某些特点与规律，又可更精准地勾勒浙江近代小说发展历程的走向。这同样是一个艰巨的工程，需要靠大家的共同努力一步步地完成，我也希望朱永香老师在这个过程中继续做出贡献。

目　　录

绪论 ………………………………………………………………（1）

第一章　"小说界革命"前的浙江近代小说（1840—1902） ……（9）
第一节　昔风旧雨:延续传统的小说创作 ………………………（10）
第二节　域外初探:早期翻译小说 ………………………………（31）
第三节　"小说界革命"前奏:理论准备与创作实践 ……………（52）

第二章　浙江近代小说的第一波高潮（1903—1905） …………（67）
第一节　小说革命阵地:报刊小说成为主流 ……………………（68）
第二节　开眼看世界:翻译小说的热潮 …………………………（91）
第三节　《红楼梦评论》:"不合时宜"的小说理论 ……………（109）

第三章　浙江近代小说的第二波高潮（1906—1908） …………（123）
第一节　新旧交糅:小说创作的多样性 …………………………（125）
第二节　蔚为壮观:翻译小说的全盛时代 ………………………（136）
第三节　风头正劲:文艺性期刊成为报刊小说的
　　　　　主力出版物 ………………………………………（150）
第四节　《小说闲评》:对"小说界革命"的反思修正 ……（164）

· 1 ·

第四章　余波(1909—1911) …………………………………… (183)
　第一节　式微:小说创作的数量开始下降 ………………… (184)
　第二节　遇冷:《域外小说集》的出版和营销 ……………… (190)
　第三节　没落:《四明日报》独撑报刊小说局面 …………… (203)

结语 ………………………………………………………………… (209)

附录 ………………………………………………………………… (217)
　附录一　浙江近代小说家简介 ……………………………… (218)
　附录二　浙江近代小说报刊简介 …………………………… (263)

参考文献 …………………………………………………………… (288)

后记 ………………………………………………………………… (298)

绪 论

在中国近代小说发展进程中,西方先进印刷技术的引入让小说的刊印与出版变得更为便捷而廉价,但同时也对社会经济的发展、交通等外围因素提出了更高的要求,这使得近代小说的出版传播以及作家的活动主要集中在上海、浙江、江苏等当时经济较为发达的几个地区,且呈现出明显的区域性特征。因此,从地域角度对近代小说进行研究,具有可行性和必要性。

浙江自古经济繁盛、文化传统悠久,加之在空间距离上受当时的经济文化中心上海的辐射影响,成为中国近代小说发展的主要阵地之一,其所起的作用也十分醒目:中国近代第一部翻译小说《昕夕闲谈》,于同治十一年(1873)至光绪元年(1857)分26期连载于上海的月刊《瀛寰琐记》,译自浙江人蒋其章(蠡勺居士);中国近代"阐明小说价值的第一篇文字"[①] 的小说理论文章《本馆附印说部缘起》,出自浙江人夏曾佑之手:光绪二十三年(1897),夏曾佑与严复合著该文(载同年十月的《国闻报》),不仅肯定小说(说部)在开化民风方面的作用要远远"出于经史之上","且闻欧、美、东瀛,其开化之时,往

[①] 阿英:《晚清小说史》,东方出版社1996年版,第2页。

往得小说之助"①。这一观点,成为中国近代小说史上最重要的事件——"小说界革命"的理论先声;光绪二十七年五月(1901年6月),《杭州白话报》创刊,作为中国近代出版历时最长的一份白话期刊,该刊自第一期始即连载小说《波兰的故事》,希冀借助通俗易懂的小说来警醒国民,达到救国的目的,《杭州白话报》的这一尝试与成功,则成为"小说界革命"的先期实践。可见,在中国近代小说的多个领域,浙江皆开风气之先,占有重要一席。

除此之外,王国维、周树人②、周作人、陈栩(号蝶仙,别署天虚我生)、魏易、吴梼、沈祖芬、钟骏文(寅半生)、徐一冰、孙翼中、汪康年等一大批重要的小说家、翻译家、理论家及出版界活动家,在中国近代小说史上如群星璀璨、熠熠夺目;《浙江潮》《绍兴白话报》《宁波小说七日报》等期刊③,以及《大观报》馆、萃利公司、武林魏氏、上贤斋、武林印刷所、崇实斋等书局,不仅成为浙江近代小说的重要传播媒介,而且对中国近代小说的变革也有着重要的推动作用。作为一个相对独立的系统,浙江近代小说又显示了自身的发展轨迹和独特性,本书拟从地域文化视角,对浙江近代小说进行研究,并试图解决以下三个主要问题。

一 梳理、论述浙江近代小说的发展状况

据笔者统计,浙江近代共产生小说作家、翻译家、小说理论

---

① 陈平原、夏晓虹编:《二十世纪中国小说理论资料》第一卷,北京大学出版社1997年版,第27页。
② 周树人在1918年发表《狂人日记》时,才开始使用笔名"鲁迅"。本书关于这两个名字的使用,说明如下:相关内容涉及的时间在1918年之前的,用"周树人";时间在1918年及以后的,用"鲁迅"。
③ 在中国近代,报纸和期刊并没有严格的区分,而多以"报"统称。本书结合现代"报刊""报纸""期刊"等的概念及当时的实际,说明如下:本书涉及日报类的刊物用"报纸"表述,非日报类定期出版的刊物用"期刊"表述,同时涉及二者的用"报刊"表述。

家、出版活动家80余人，自著、翻译小说340余部（篇），与小说相关的报刊18种，书局8个，本书将根据大量珍贵的第一手资料①，对这些小说家及其创作、翻译家及其翻译作品、小说批评家及其理论，以及报刊、书局的活动家及其小说刊载情况等做系统的梳理，并将以上因素作为一个有机的整体，寻绎其在互动过程中所产生的相互影响，并在此基础上论述浙江近代小说的发展状况。

二 归纳、发现浙江近代小说的独特规律及地域性特征

作为中国近代小说的一部分，浙江近代小说在起止时间、发展轨迹等方面与之大体合辙。但是，作为一个相对独立的系统，浙江近代小说的发展历程又显示了特有的规律，并展现出一些较为明显的地域性特征，这主要可概括为以下三个方面。

（一）发展进程的开拓性

在中国近代小说发展进程的多个领域及重大事件上，浙江人皆有开拓之功，如前所述，近代中国第一部真正意义上的翻译小说、第一篇阐明小说价值的理论文章、以启蒙民智、警醒国人为旨归的"新小说"之先期实践，都出自浙江。除此之外，浙江人张坤德首次引入域外侦探小说，成功突破翻译小说开始在中国盛行之瓶颈；王国维之纯文学性批评文章《红楼梦评论》发表于光绪三十年（1904），不仅为借用西方哲学与美学观点分析中国古典小说的首次尝试，且是近代第一篇纯粹以小说的美学价值为研究目的的学术性论文；周氏兄弟（周树人、周作人）之《域外小说集》，不仅已开始在作品选择上有意识地避免随波逐流，践行

---

① 华东师范大学的陈大康先生主持之"中国近代小说资料库"，有40余万张与近代小说相关的原始照片，与浙江近代小说相关的资料，皆囊括于内。以该数据库为基础的《中国近代小说编年史》，已于2014年1月由人民文学出版社出版。

"关注人的价值"之文学理念,亦在"意译"风行之时大胆尝试忠实于原文的"直译",被认为是具有"现代性"与"先锋性"之文本。浙江人在中国近代小说发展中所表现出的开拓性与前瞻性,与其临海而居的地理环境造就的开放外向、勇为人先之禀赋气质,以及自南宋以来即成为南方文化中心的优良人文传统不无关系。

(二) 革命气息浓厚

浙江人自古即有"锐兵任死"之胆剑精神,历史上有王阳明、黄宗羲、龚自珍等"衰世"的批判者与改革风雷的呼唤者,近代深重的外患与内忧,使得好勇尚武之浙江人秉承先贤遗教,奋身于民族民主斗争。这一革命斗志亦体现于近代小说中:蔡元培、章炳麟、徐锡麟、秋瑾、陶成章、张恭等浙江籍革命志士,顺举国皆欲以小说而"革命"之时势,或自撰小说,或创办、参编、资助报刊,将小说作为斗争武器;《浙江潮》《萃新报》等报刊也因而成为"革命"阵地,刊载于其上的小说,如《少年军》(喋血生)、《斯巴达之魂》(自树,即周树人)等皆以宣扬军事和武力为目的,在当时引起了清政府的极度恐慌与忌恨。事实上,在近代小说的翻译与创作中已体现出坚硬刚武之秉性的浙江绍兴人周树人,终其一生皆保持着劲直不阿之"硬骨头"风格。

(三) 出版印刷技术相对落后

从万历后期开始,经济较为发达的杭州(另有南京、苏州)就已取代福建建阳而开始成为全国的出版中心,自此之后通俗小说的出版亦多集中于此[①]。但是,近代自第一次鸦片战争至太平

[①] 关于明清时期印刷技术与小说的关系及出版中心的变迁,可参见陈大康《明代小说史》(人民文学出版社 2007 年版) 第五章 "传播环境对创作发展的制约" 之第一节 "通俗小说的发展与对传播载体的依赖性",以及第八章 "通俗小说创作的重新起步" 之第三节 " '熊大木模式'及其意义" 等章节的论述。

绪 论

天国运动,浙江皆作为主战场卷入其中,战火不仅极大地破坏了生存环境和城市建设,且使人员大量逃亡,资金亦随之流失,导致其社会经济发展几近停滞,其作为出版中心的地位亦随之被近代新兴城市上海所取代。虽然就数量而言,近代浙江本土创办的报刊并不在少数,以16种[①]仅次于当时的文化中心上海而位居第二,浙江本土的出版书局也有八个之多。但是,当仅隔200余公里的上海早已引入西方先进的印刷技术时,浙江杭州及其他地区却一直使用传统的雕版印刷术。落后的印刷技术严重影响了刊物的正常出版和发行,创刊于杭州的《著作林》不得不因此而迁入上海。其他如《杭州白话报》《绍兴白话报》等刊物亦受其影响而不得不频频愆期。印刷技术落后也使得浙江本土书局的单行本出版数量非常有限,浙江籍作家及翻译家的作品绝大多数选择在上海出版发行。

三 寻绎浙江近代小说与上海、江苏近代小说的异同及相互影响

上海、浙江、江苏等是中国近代小说最为繁荣的几个区域,在发展过程中皆表现出了带有各自地域印记的特征。作为近代经济、文化中心的上海,也是近代小说家、报刊、出版机构云集的重镇,主导地位不容置疑。但是,上海的本土作家及出版家数量却非常有限,人员多数来自浙江、江苏等周边地区。浙江、江苏因毗邻上海,受其辐射影响最大,近代小说的发展要明显超前于其他省份。二者因地域相近也体现出了诸多相似性,同样名家辈出(籍贯隶属江苏的近代小说名家有包天笑、陈景韩、陆士谔

[①] 浙江近代有18种报刊创办,但《浙江潮》创刊于日本东京,《宁波白话报》创刊于上海,因而浙江本土的只有16种。

等),并多以上海为根据地;报刊数量众多(江苏与小说相关的近代报刊共有 12 种);印刷技术相对滞后,很长一段时间都是用木刻雕版印刷术;多数时候研究者们对这两个省份并不作严格区分,而是以"江浙"并而举之。实际上,江浙的近代小说发展轨迹、主要特征并不相同,本书在行文过程中力求将浙江近代小说与上海、江苏的近代小说进行比较,并寻绎其差异性及相互影响。

作为一个相对独立的系统,浙江近代小说呈现出了自身的行进轨迹,且具有明显的地域印记特征。但是,这个相对独立的系统又不是一个处于完全剥离状态的孤立存在,它依然是"整体"的组成部分之一。

首先,它是中国近代小说这一整体不可分割且十分重要的一部分,不仅为其提供了数量相当可观的作家、作品、报刊、书局,且在多个领域起着开风气之先的作用。同时,浙江近代小说的发展,又受制于中国近代小说这一大背景。比如,中国近代小说史上的每一个大事件,都会对浙江近代小说产生影响。而且,就地域而言,浙江也并非一个封闭的空间,而是参与了各地区之间的交错互动,如作家的流动、跨地区的报刊发行等。

其次,浙江近代小说也是浙江小说这一整体的重要组成部分。虽然在时间的切割上,我们一般遵从政治事件划分出 1840 年至 1911 年的界限,但是小说的发展并没有显示出如此精确的界线之分,"从道光朝至同治朝,整个小说领域在前 32 年里一直在持续古代小说的发展态势,几乎看不到什么变化"[①]。而小说领域近现代的跨越也几乎没有任何痕迹,是一个渐变的过程。因而,浙

---

① 陈大康:《中国近代小说编年史》,人民文学出版社 2014 年版,"导言"第 1 页。

绪 论

江近代小说与浙江古代小说、浙江近现代小说可谓骨肉相连,共同构成了浙江小说史。基于此,本书将依从"整体大于部分之和"的系统论原则,充分观照浙江近代小说在中国近代小说与浙江小说史中的地位,以及后者对其所起的影响和作用。

通常而言,各种体裁的文学创作皆有其自身发展规律,这也是分体文学史赖以存在的基础。但是,小说这一叙事性文学样式比诗歌、散文等与外界因素关系更为密切,正如陈大康先生所言:"作为活的有机体,小说具有不断向前发展的独立意志,这是指它按文学规律的运动,但是纯文学的运动形式、状态与线路,实际上又是不得而见,因为我们无法将其置于不受任何干扰的'真空'环境中作考察。小说的活力毕竟来源于人类的社会生活,后者自然会通过与它联系的各种中介环节制约其运动形式与方向。我们最后所观察到的小说行进的路线,其实是各种社会摄动力参与作用后的综合性的结果。"[1] 这一结论尤其适用于浙江近代小说。因地居东南沿海,在鸦片战争爆发的一个月后,浙江即被卷入战争,先行步入近代苦痛、屈辱之旅。与此相应,"救国图存""革命""开启民智"等成为浙江近代前期小说创作和刊物创办的主旋律。而且近代的几次大型战役,如鸦片战争、太平天国运动等,浙江都是主战场,人员伤亡惨重、土地满目疮痍,相当一部分浙江人被迫离开故土,或去上海等地,或留学海外,以求生存与发展,他们较早地受益于中西文化的交流碰撞,不仅学会了外语,亦接受了新思想的熏陶,视野更加开阔,这些人中的一部分后来成为中坚力量,为浙江近代小说注入了新鲜灵动的血液。浙江虽受上海辐射影响,近代小说的发展较其他地区相对超

---

[1] 陈大康:《中国近代小说编年史》,人民文学出版社2014年版,"导言"第2页。

前，但在印刷技术方面长时期滞后，严重影响了小说报刊和单行本的出版发行。以上诸多因素都与浙江近代小说的发展休戚相关。因而，本书将充分考量近代政治、经济、文化等各方面因素对浙江近代小说所产生的影响，并打破传统的纯粹对作家、作品进行分析的方法，而是结合传播学、出版学、经济学等，尤其注重作者、出版者、评论者、读者、统治阶级文化政策及翻译小说等对近代小说的共同作用，进行跨学科和多视角的研究。

在具体成书过程中，学界先贤及前辈们相关的研究成果给予了笔者莫大的启迪和帮助。但是，将浙江近代小说作为一个整体进行系统性研究，目前尚未有研究成果，只有少数学者在撰写以地域文学为视角的文学史中，或将之作为古代文学的余绪，或作为现代文学的发端，对其中的小说发展状况选择性地进行了粗线条的勾勒和论述，这也使得笔者在对许多相关学术问题进行探讨时，缺乏成熟且系统的理论借鉴，因此，书中浅陋谬误之处，在所难免，请方家不吝指正。

第一章 "小说界革命"前的浙江近代小说(1840—1902)

作为近代小说史上最重要的事件,以光绪二十八年十月十五日(1902年11月14日)《新小说》在日本横滨创刊为标志的"小说界革命"对浙江近代小说亦起着分水岭的作用。在此之前,小说数量的增长并无明显异常,自著小说也主要是沿袭传统的老路,不仅形式多为文言,多为搜奇猎异的内容,作家在观念上也并没有把小说创作当作"正事",而是作为精力衰退或闲暇之时的消遣。翻译小说、报刊小说等新形式虽已出现,但毕竟势单力孤,气候未成。自光绪二十九年(1903)始,报刊与书局的兴盛使得自著小说(以报刊小说为主)与翻译小说的数量急剧攀升,小说内容亦开始紧扣时代脉搏,小说界开始呈现出一派繁荣景象。

此一阶段,浙江近代小说的地域特征及在中国近代小说史上的重要地位已然显现。在创作、翻译、报刊等多个领域皆风气先开,实为初尝螃蟹者:中国近代第一部翻译小说《昕夕闲谈》的翻译者为浙江人蒋其章;夏曾佑《本馆附印说部缘起》(与严复合著)被阿英先生誉为"阐明小说价值的第一篇文字"[1],为

---

[1] 阿英:《晚清小说史》,东方出版社1996年版,第2页。

"小说界革命"之理论先声;《杭州白话报》作为近代创刊较早、出版历时最长的白话期刊,自第1期即连载白话小说,用实践表明它的确在借普及小说以警醒国民,达到救国之目的。除此之外,此时出现的各大报刊及出版机构,其主要创办人或主笔多为浙江人。①

第一节 昔风旧雨:延续传统的小说创作

因地居东南沿海,浙江在鸦片战争开始的一个月后即被卷入战争,开始屈辱的近代篇章。彼时的小说界,则离那一场"革命"尚有一段距离,依然在循着文学的自身规律稍嫌顽固地沿着既定轨迹前行,因而表面上显得波澜不惊。翻开浙江近代小说史的,是道光二十四年九月(1844年10月)由浙江学政颁布的一则"禁毁小说告示":

> 示仰各书铺税书铺人等知悉:尔等奉示之后,速将所藏淫书板片书本,统限九月十三日以前赴局缴销,给价焚毁,毋许片板片纸存留;倘抗匿不缴,及缴后私行翻刻税卖,一经察出,或经局董呈明,除将书板吊毁外,仍照例严究,决不姑宽。所开列应禁书目,有《红楼梦》等小说一百二十种。②

---

① 天津《国闻报》的另一位主要创办人王修植为浙江定海人;蒋其章为《申报》的第一任主笔;《时务报》《中外日报》的创办人皆为浙江钱塘人汪康年。

② 陈大康:《中国近代小说编年史》,人民文学出版社2014年版,第10页。

第一章 "小说界革命"前的浙江近代小说（1840—1902）

十月，浙江巡抚也颁布了类似的禁毁小说告示，再次强调"查淫词小说，最易蛊惑人心，败坏风俗，是以《定例》'造作印刻卖看，均干重罪'。乃不肖铺户，日久玩生，公然与经史子集一体销售税赁。不特愚夫被其所惑，即士民中稍知礼义者，亦有购阅消遣。"①类似的禁毁告示在中国近代小说史上屡见不鲜②，其频繁程度正表明统治阶层的这些以示淫威的陈词滥调只是虚张声势的一纸空文而已。然而，值得玩味的是，历史证明他们的担心并非多余，这些"最易蛊惑人心，败坏风俗"的小说，在不久之后的确成为"稍知礼义"的文人手中的利刃，试图刺穿腐朽社会虚弱的心脏。

一 文言短篇小说集成为近代前期出版界的宠儿

自《申报》馆于同治十三年（1874）首次将用先进的印刷技术刊印的传统小说《儒林外史》推向市场并大获成功，"不浃旬而便即销罄"③，以及《沪报》于光绪八年（1882）以连载的形式刊出《野叟曝言》，读者反响亦十分热烈，"购者踵趾相接"④，一直至"小说界革命"之前，传统小说几乎占据了出版界的绝大部分市场。浙江近代前期的小说出版则以传统的文言短篇小说集为主，先后有朱翊清《埋忧集》、许秋垞《闻见异辞》、俞鸿渐《印雪轩随笔》、吴炽昌《续客窗闲话》、汪道鼎《坐花志果》、俞凤翰《高辛砚斋杂著》、严蘅（女）《女世说》、王景贤《谈

---

① 陈大康：《中国近代小说编年史》，人民文学出版社2014年版，第10页。
② 据陈大康《中国近代小说编年史》（人民文学出版社2014年版），近代朝廷、各省巡抚、学政、租界颁布及刊载于各大报刊的禁毁小说令至少有14次之多。
③ "《儒林外史》出售"广告，见《申报》光绪元年四月十五日（1875年5月19日）。
④ "补印奇书告白"，见《字林沪报》光绪八年六月二十七日（1882年8月10日）。

异》、陆长春《香饮楼宾谈》①、俞樾的六部文言短篇小说集等刊出面世。其中，俞樾因为其作为知名学者的身份，加之作品皆刊于光绪朝，时间上比较靠后，资料保存相对完整，其创作理念、作品内容、出版情况等都较具代表性。

俞樾为浙江德清人，世称曲园先生，是晚清著名的朴学大师。他一生学识宏博，著述甚丰，在文言小说领域亦有涉猎，共有六部文言短篇小说集面世。这六部小说按照刊出的先后顺序分别是：《耳邮》4卷、《广杨园近鉴》1卷、《五五》1卷、《一笑》1卷、《荟蕞编》20卷、《右台仙馆笔记》16卷，②其中只有《耳邮》《荟蕞编》《右台仙馆笔记》有单行本行世，其他皆收录于《俞楼杂纂》等文集。《耳邮》于光绪四年九月（1878年10月）由《申报》馆排印出版，据作者自识，该书是在他寓居苏州时所作，因其事多为耳闻所得，而目见者少，故名"耳邮"，内容多为宣扬善恶报应之说，亦涉鬼怪之事；《荟蕞编》于光绪七年（1881）刊于《申报》馆丛书，乃仿《虞初新志》体例，辑清代诸大家文集而成；《右台仙馆笔记》于光绪十五年（1889）由《申报》馆刊出，乃俞樾仿《搜神记》《述异记》而作，收逸闻轶事600余篇，但该书的前四卷是在《耳邮》的基础上增删而成。

---

① 《埋忧集》刊于道光二十五年（1845）；《闻见异辞》刊于道光二十六年（1846）；《印雪轩随笔》刊于道光二十七年（1847）；《续客窗闲话》刊于道光三十年（1850）；《坐花志果》刊于咸丰七年（1857）；《高辛砚斋杂著》刊于同治二年（1863）；《女世说》刊于同治四年（1865）；《谈异》刊于光绪十九年（1893）；《香饮楼宾谈》出版于光绪三年（1877年）。

② 《耳邮》于光绪四年（1878）收录于《申报》馆丛书；《广杨园近鉴》《五五》《一笑》，分别收于《俞楼杂纂》卷39、卷43、卷48，今有《春在堂全书》本；《荟蕞编》最早于光绪七年（1881）刊于《申报》馆丛书；《右台仙馆笔记》最早有光绪十五年（1889）《申报》馆刊本。六部作品内容互有重复，如《广杨园近鉴》皆见于《耳邮》，《右台仙馆笔记》前四卷是在《耳邮》的基础上增删而成，《五五》的故事则多见于《荟蕞编》。

第一章 "小说界革命"前的浙江近代小说（1840—1902）

俞樾的这几部文言小说，后来受到较高的评价，如有人评价"清末的文言小说作家中，俞樾的地位是不容忽视的"[①]。甚至还有人认为"俞樾在小说史上的地位与其在经学上的地位相当，是古小说的终结者"[②]。但俞樾本人并未将小说创作视为正途，甚至也没有将之纳入"撰述"之列，他所谓的"撰述"，是指与经史子集等相关的学术著作。这些小说，著述时间相对都比较集中，除《耳邮》之外，其他作于光绪五年（1879），即其妻姚夫人去世之后。此事对他打击极大，自此之后，他长期处于"精力衰颓，不能复有撰述"[③]的状态，以上这些搜神志异之作，正是他在此"精神意兴日就阑衰"、无法完成与经史子集等有关的学术著作之际的消遣方式。而《耳邮》也是他作于"吴下杜门，日长无事"（《耳邮》末"羊朱翁自识"）之时。

事实上，俞樾这样的创作态度颇具普遍性，那时的文人们大多囿于将小说视为"小道"的传统观念，在作品将要刊出之时，都不忘告诉世人，自己只是在闲极无聊之时信笔拈成，以此消除胸中块垒，或排遣愁闷。如朱翊清在自序《埋忧集》时说自己是在"二老亲相继见背，始绝意进取。鸟已倦飞，骥甘终伏"之际，"于是或酒边灯下，虫语偎阑，或冷雨幽窗，故人不至，意有所得，辄书数行，以销其块磊，而写髀肉之痛"[④]。而俞樾的曾祖父俞鸿渐亦云《印雪轩随笔》的成书过程是"往余客覃怀，闲居无事，取生平所闻见，拉杂记之，聊以排遣羁愁，初非有意成书也"[⑤]。

[①] 陈节：《俞樾评传》，《明清小说研究》1999年第4期。
[②] 占骁勇：《清代志怪传奇小说集研究》，华中科技大学出版社2003年版，第228页。
[③] （清）俞樾：《右台仙馆笔记》序，齐鲁书社2004年版。
[④] （清）朱梅叔：《埋忧集》自序，岳麓书社1985年版。
[⑤] （清）俞鸿渐：《印雪轩随笔》自序，载陈大康《中国近代小说编年史》，人民文学出版社2014年版，第16页。

从同治末年到光绪二十七年（1901）的这段时间，随着先进的印刷技术的引入及推广，小说市场出现了供不应求的状况，各种出版机构为了商业利益开始频出奇招，竞相刊出各种"搜书"广告，寻访可出版的稿源，而那些"新奇、艳异、幽僻、瑰玮"的传统旧小说尤受青睐，正如陈大康先生所言："在这段时期里，物质层面的准备已先于小说创作的需要，但先进的设备并没有被闲置，这儿的缺口是由大量印刷传统的旧小说作填补。"① 另外，这些出版机构颇为诱人的"搜书"广告也激起了文人及其后代还有收藏者将手中的文集刊出的欲望，如俞樾就曾致信《申报》馆，多次问询其曾祖俞鸿渐的杂俎小说《印雪轩随笔》的出版情况，而《申报》馆也为此特意在《申报》上刊载了一则"复春在堂主人书"说明情况：

> 谨启者：去冬承示《印雪轩随笔》，全帙循诵一过，顿豁胸襟，觉《虞初》《夷坚》无此丽，则允当即为重刊，传遍鸡林。惟因承印王君雪香所撰之《李史》业已开工，以致顾此失彼，良用歉然。兹准于二月初付彼手民，迅为排印。辱承询及，藉布寸私。专复敬请，箸安不备。本馆谨启。②

可见，传统旧小说在多种因素刺激下出现了翻印热潮，上述文言小说集也出现了多种刊本③。但是，随着新著小说的增加，尤其是"小说界革命"后各类"新小说"的出现，它们的市场开

---

① 陈大康：《中国近代小说编年史》，人民文学出版社 2014 年版，"导言"第 17 页。
② 《申报》光绪二年正月十六日（1876 年 2 月 10 日）。
③ 《埋忧集》另有同治十三年（1874）文元堂刊本、扫叶山房刊本（时间不详）；《印雪轩随笔》另有光绪二年（1876）《申报》馆刊本；《坐花志果》另有同治二年（1863）广州的刊本；《右台仙馆笔记》另有宣统二年（1910）朝记书庄石印本。

第一章 "小说界革命"前的浙江近代小说（1840—1902）

始出现萎靡。而且，它们在近代小说市场的影响力及销售业绩，也远远不如同属传统旧小说的章回体通俗小说。

二 《荡寇志》《七侠五义》等通俗小说风行市场

浙江近代面世最早的章回体通俗小说当属《荡寇志》。《荡寇志》又名《结水浒全传》，共70回，末附"结子"1回。该书接金圣叹之《贯华堂第五才子书水浒传》，故从第71回始，到第140回终。作者俞万春毕22年之力，于道光二十七年（1847）完成。清咸丰元年（1851），俞万春之子俞龙光将此书修润后邮寄给其父生前好友徐佩珂，徐"慨然出资"，咸丰三年（1853）将该书于南京付梓问世。小说第一回前有一段"引言"，为作者叙其创作宗旨：

> （《水浒传》）既已刊刻行世，在下亦不能禁止他。因想当年宋江，并没有受招安、平方腊的话，只有被张叔夜擒拿正法一句话。如今他既妄造伪言，抹煞真事，我亦何妨提明真事，破他伪言，使天下后世深明盗贼忠义之辨，丝毫不容假借。

作品中，俞万春将以宋江为首的水浒英雄作为反面形象来处理，使他们的结局非死即诛，并另外塑造了陈希真、张叔夜、云天彪等镇压扫荡梁山好汉的人物作为正面形象。因其立意与享有盛誉的名著《水浒传》完全相反，在文学史上的地位并不高。但是，亦有人盛赞该书是一部"有关世道人心"[①]、关注现实之作。

[①] 如咸丰七年（1857）重刊巾箱（袖珍）本有车篱山人序："觉虽小说，实有关世道人心。"（朱一玄、刘敏忱编：《水浒传资料汇编》，南开大学出版社2002年版，第514页。）《申报》光绪二十二年五月十一日（1896年6月21日）刊载"《荡寇志》开印"广告亦有"虽稗官野史，诚有益于人心世道之书"之语。

在屡遭外敌战败之后,有志之士们都意识到"师夷长技以制夷"的重要性,而俞万春则将这一观念搬进了小说创作,作品中不仅有许多涉及军饷问题、军备革新、战斗中引用西方科技等情节,甚至还直接出现了"深目高鼻、碧睛黄发"、专会打造西洋器械的外国军师白瓦尔罕。在交战中白瓦尔罕不仅备受重用,而且一度成为双方争夺的焦点,体现出双方对西方科技皆有极大的热情。事实上,俞万春本人对社会现实亦极为关注,他不仅"于古今治乱之本,与夫历代兴废之由,罔不穷其源委,下至稗官小说,风俗所系,人心攸关,尤致意焉"①,且青年时随父游宦广东,对历代兵法颇有研究,曾参加镇压瑶民战事,立有战功,道光二十二年(1842)英军入侵时,他还曾向军门献策,详细陈述攻战守卫的器械。而且,因作者的创作态度极为严肃,该书的艺术成就较高,如鲁迅先生对此就颇有褒扬:"书中造事行文,有时几欲摩前传之垒,采录景象,亦颇有施罗所未试者,在纠缠旧作之同类小说中,盖差为佼佼者矣。"② 该书颇受欢迎,甚至一度成为统治阶层对付农民起义军的"神符",他们在战事吃紧、束手无策之时将该小说"急以袖珍版,刻播是书于乡邑间,以资劝惩",并相信"厥后渐臻治安"多因"是书之力"③。另外,太平天国军则视此书为寇仇,欲毁之而后快。此种说法当然不无夸张,但此后《荡寇志》被一刊再刊④,说明其作为通俗小说的影响力广大亦是不争的事实。

---

① 俞龘:《荡寇志续序》,载朱一玄、刘敏忱编《水浒传资料汇编》,南开大学出版社 2002 年版,第 515 页。
② 鲁迅:《中国小说史略》,上海古籍出版社 2011 年版,第 102 页。
③ 据同治十年十月(1871 年 11 月)玉屏山馆本《荡寇志》之钱湘序,载朱一玄、刘敏忱编《水浒传资料汇编》,南开大学出版社 2002 年版,第 517 页。
④ 后来又有咸丰七年(1857)重刊巾箱(袖珍)本、同治十年(1871)玉屏山馆本、光绪九年(1883)《申报》馆刊本。

第一章 "小说界革命"前的浙江近代小说（1840—1902）

另一部受市场欢迎的《七侠五义》属于传统的侠义公案类小说，这类小说在近代出版界曾经风靡一时。该书是俞樾将《三侠五义》改头换面而成。《三侠五义》原名《忠烈侠义传》，实为民间传抄的《龙图耳录》的改编本，共120回，讲述了北宋年间包拯在众位侠士的帮助之下，审奇案、平冤狱，以及众侠除暴安良、行侠仗义的故事。故事讲述者是咸丰、同治年间以讲唱包公故事而名动京城的说书艺人石玉昆。该书由北京聚珍堂于光绪五年九月（1879年10月）刊出后，在很长一段时间只是在北方流传，在江南地区并未产生多大影响。十年之后，即光绪十五年（1889），从北京归来的工部尚书潘祖荫向寓居苏州的俞樾推荐了《三侠五义》，俞樾携归阅之，初不以为然，"及阅至终篇，见其事迹新奇，笔意酣恣，描写既细入豪芒，点染又曲中筋节"，但在擅长经学研究的俞樾看来，该书第一回述狸猫换太子之事不仅殊涉不经，且属"白家老妪之谈"，不足以"入黄车使者之录"。此外，书中"方言俚字连篇累牍，颇多疑误，无可考正"，题署"三侠五义"也显得不确切。因此，俞樾别撰第一回，将语言亦稍作改动修饰，更名为《七侠五义》①，于光绪十六年五月（1890年6月）由广百宋斋铅印出版。

《七侠五义》出版后，不仅得到了众多肯定与褒扬，而且几乎完全取代了《三侠五义》的影响力，如文广楼主人（石振之）在序言中谈及《忠烈小五义传》的刊刻由来时，谓该书乃石玉昆原稿上中下三部之中下部，上部即《七侠五义》；《申报》刊载的"新印《小五义》出售"广告亦只提《七侠五义》，曰该书"不特可步《七侠五义》之后尘，即以视《水浒》诸书，亦无

---

① （清）俞樾：《重编七侠五义传序》，载石玉昆述，俞樾重编《七侠五义》，宝文堂书店1980年版。

多让"①。目前所知的续作版本,至少有八种。② 而俞樾改编修订之功劳,也得到小说界的认可。如在俞樾卒后不久,《月月小说》以"中国近代大博学家兼小说家德清俞曲园先生遗像"为标题,刊登了他的画像,并附文曰:

> 德清俞曲园先生为近世之大博学家,海内文坛咸推祭酒,而犹兼长于小说,《七侠五义》一书,粗鄙无文,士大夫多不屑寓目,自先生为之删润一通,遂成一种义侠小说,使我国民读之,振起尚武精神不少,是故先生亦小说家也,表其遗像于右,以为吾小说光。③

《月月小说》自光绪三十二年九月(1906年11月)创刊,至光绪三十四年十二月(1909年1月)停刊,共发行24期,这24期中,贯以"小说家"名号并刊登画像的中国作家只有四人,除俞樾外,另外三位皆为小说界名家:施耐庵、李伯元、吴趼人。此举亦足见该刊对其在小说方面之功绩的高度肯定。另外,进士出身的朴学大师俞樾坦然修订、改编以尚新、求异、猎奇为特色的侠义公案类小说,亦说明当时整体的社会环境及读者的小说观念已开始发生改变:随着先进印刷技术的引入导致书价大大降低,小说等书籍的读者群不再限于文人阶层,普通平民亦有了阅读机会,而他们的阅读取向、审美趣味又反过来影响着小说出版

---

① 《申报》光绪十六年九月二十二日(1890年11月4日)。
② 目前笔者看到的八种版本分别是:光绪十六年五月(1890年6月)文光楼《忠烈小五义传》;同年九月(1890年10月)《申报》馆《小五义》;同年十月(1890年11月)《续小五义》(出版机构不详);同年善成堂《小五义》;光绪十七年六月(1891年7月)《申报》馆《续小五义》;同年文光楼《续小五义》;光绪十八年(1892)上海书局《续小五义》;同年珍艺书局《续小五义》。
③ 《月月小说》光绪三十三年十月十五日(1907年11月20日)第10号。

第一章 "小说界革命"前的浙江近代小说（1840—1902）

市场。以追求商业利益为最高目的的出版机构迅速迎合这一数量庞大的消费群体的需求，开始出版大量事迹新奇、情节曲折的小说作品，其中又以清官秉公断案、侠客锄强扶弱等内容为主的侠义公案小说最受青睐。这一大众审美观念亦开始逐渐影响并改变着以劝善惩恶为主的文人的小说观念，"海内文坛咸推祭酒"之"近世之大博学家"俞樾致力于改编"士大夫多不屑寓目"的侠义公案小说《三侠五义》，正表明了随着市场的推动，通俗小说的"魔力"亦开始得到士大夫阶层的认可。

三 《海天鸿雪记》《泪珠缘》等言情小说出版失利

在传统小说领域，言情小说一直是重头，近代前期的小说出版市场，也多以此类小说为主，如光绪四年三月（1878年4月）《申报》刊载的"新书出售"广告云："迩来小说书几于汗牛充栋，然要其大旨有三：曰儿女风情，曰英雄气概，曰神仙法术"①，可见，叙写"儿女风情"的小说排在首位。浙江近代小说此阶段的言情小说则只有《海天鸿雪记》和《泪珠缘》，且前者为未完稿，后者虽已写完，却因遭受市场冷遇而未完全出版。

《海天鸿雪记》是一部以上海青楼妓院为题材的吴语小说，由上海的《游戏报》馆每月分期刊印，并随报出售。第1期出版于光绪二十五年六月二十一日（1899年7月28日），署"二春居士编，南亭亭长评"。嗣后每月出6期，逢一、六出书，至第20回止，但故事并未结束。在第1期刊印之前，《游戏报》先行刊载了一则"《海天鸿雪记》按期出售"的告白，对作者及小说内容做了介绍：

---

① "新书出售"广告，载《申报》光绪四年三月十三日（1878年4月15日）。

是书为浙中二春居士所撰，居士曾为沪上寓公，迨中年丝竹，哀乐伤神，回首前尘，胜游如梦，于是追忆坠欢，以吴语润色成书。生花妙笔，令阅者恍历欢场，征歌选舞。原书仅成半部，本馆以重资乞得，并函致居士足成之。兹先按期排印，逢一、六出书。①

据此可知，该书的作者二春居士为长期寓居于上海的浙江人，因目前尚未有任何关于二春居士生平的可靠资料，所以学界对作者究竟为谁一直存有争议，如阿英先生就认为二春居士即《游戏报》的创办人南亭亭长李伯元②。但李伯元乃江苏武进人，而且，他于光绪二十二年（1896）从常州来上海办报时才30岁，距《海天鸿雪记》成书不过三年光景，显然与"迨中年丝竹，哀乐伤神，回首前尘，胜游如梦"的描述不符。关于李伯元并非《海天鸿雪记》的作者，也早已有学者进行了论证说明③。在小说第一回开场，作者写了一篇小引，对自己的写作动机进行说明：

记者躬逢其盛，因想人生世界上，只有过去未来，而无现在。自己蓬飘萍萃，偶然来到此地，才看见这些景象。倘

---

① "《海天鸿雪记》按期出售"的广告，载《游戏报》光绪二十五年六月十五日（1899年7月22日），转引自陈大康《中国近代小说编年史》，人民文学出版社2014年版，第432页。
② 阿英在1936年所作的《惜秋生非李伯元考》及《〈海天鸿雪记〉——李伯元的一部吴语小说》两文中，一再确认《海天鸿雪记》是李伯元之作，但未写明他确认的理由。见魏绍昌《〈海天鸿雪记〉的作者问题》，《河南大学学报》（社会科学版）1991年第2期。
③ 如魏绍昌、祝均宙均持这一观点。分别见魏绍昌《〈海天鸿雪记〉的作者问题》，《河南大学学报》（社会科学版）1991年第2期；祝均宙《李伯元重要佚文新发现》，《出版史料》2010年第3期。

第一章 "小说界革命"前的浙江近代小说(1840—1902)

然不到此地,连过去那影子也看不见,何况将来?又想目下繁华世界,此地也算数一数二的了,百年后又不知作何景象?就这泡影驹光里,这些人现出无数怪象,这是蟪蛄不知春秋,燕雀巢于幕上了。想到这里,觉得前不见古人,后不见来者,独立苍茫,非常沉痛。此记者著书以前之思想也。嗟乎!残山剩水,存大块之文章;鸿爪雪泥,结偶然之因果,干卿底事,未免有情,聊写予怀,请观载笔!

伴随着上海现代工商业的发展,娼妓业开始兴盛,且后来居上,成为全国之最。王书奴在《中国娼妓史》中对此曾有描述:"上海青楼之盛,甲于天下。十里洋场,钗光鬓影,几如过江之鲫。每逢国家有变故,而海上北里繁盛,益倍于从前。贵游豪客之征逐于烟花场中者,肩摩毂击。一岁所费金钱,殆难数计。自道光二十二年末与外人通商之先,上海仅海滨弹丸小邑。1824年后,其娼妓事业与工商业有骈进之势。"[①]《海天鸿雪记》之作者正是目睹了"上海一埠,自从通商以来,世界繁华,日新月盛……正是说不尽的标新炫异,醉纸金迷",希望将之记录于笔端。鲁迅先生后来将这类以上海大都市文化为背景、以娼门艳事为题材的作品命名为"狭邪小说",且做了几乎完全贬低的评价。他不仅讥讽狭邪小说之翘楚《海上花列传》乃是作者韩邦庆因"侨居窘苦,向借百金不可得(即向书中主人公赵朴斋借,本书作者注),故愤而作此以讥之也",且认为此类小说多是因作者"无所营求,仅欲摘发伎家罪恶之书亦兴起,惟大都巧为罗织,故作已甚之辞,冀震耸世间耳目"[②]。

[①] 王书奴:《中国娼妓史》,上海三联书店1988年版,第296页。
[②] 鲁迅:《中国小说史略》,上海古籍出版社2011年版,第194页。

这样的评价显然不够公允。不可否认，此类小说在内容上的确多鄙俗不堪，但亦不乏写作态度极为严肃之作，它们是创作者与那个喧嚣的"东方魔都"上海的交织与互动，从这些作品中，我们可以感受到当时上海扑面而来的商业气息、糜烂沉沦的放纵生活，以及"中西合璧"的文化混杂。如刘大杰先生所言："在这些作品中，也反映出由于资本主义国家的侵略，在中国几个大都市造成畸形的繁华与妓院的发达，使许多巨贾官僚，都向妓院中过其糜烂生活，同时也反映出农村经济穷困破产，许多青年女子沦为妓女的悲剧。这样的经济背景是我们应当注意的。"[①] 二春居士正是以极其严肃的写作态度，在《海天鸿雪记》中描绘出了一个特殊悲惨的社会阴影。阿英先生对此亦做了肯定的评价："这一部小说，虽是未完的稿子，但从文学观点看起来，却是当时比较好的一部。"[②]

光绪三十年（1904），《世界繁华报》馆出版了《海天鸿雪记》未完的单行本，共4册，每册5回。书首有茂苑惜秋生（欧阳钜源）的序言，论上海妓女状况种种，其末云："统观是书前后，其谋篇立意也如此，其敷词被文也如彼，殆非深造有得者，不能与于是也。古之人，有悱恻缠绵之隐、忧愤郁结之私而不能托之以言者，以文章写之，以诗词写之，不然，而以稗官野史写之，所谓骨鲠在喉，必欲一吐为快也。作者其有心乎，其无心乎？"又有《本书释文》，解释书中吴音奇字及吴方言俗语。宣统二年（1910），有横山旧主《〈海天鸿雪记〉跋》云："《海天鸿雪记》四卷，二春居士著于壬寅之冬，其续记则己酉所编也。""己酉"为宣统元年（1909），据此，可知二春居士于本年

---

① 刘大杰：《中国文学发展史》，上海古籍出版社1982年版，第1272页。
② 阿英：《晚清小说史》，东方出版社1996年版，第198页。

第一章 "小说界革命"前的浙江近代小说(1840—1902)

曾著《海天鸿雪记》20回之后的续记,然此书不见传,不知是否刊行。

《泪珠缘》作者署"天虚我生"。天虚我生即陈栩(字蝶仙),这位具有传奇人生经历的近代著名小说家,又是一位杰出的实业家,曾经因为研制出无敌牌牙粉并成功地将日货排挤出外而风靡一时。同时,作为一名出版家,他不仅先后创办刊物《大观报》《著作林》,并分别在杭州开办萃利公司和石印出版社。民国后,还曾先后主政《游戏杂志》《女子世界》,以及《申报》副刊《自由谈》。这样一位无论是在实业界,还是出版界都曾名动一时、极富时代感的英雄式人物,退而作文时却是个彻头彻尾的言情专家。在其近30种小说作品(包括译著及传奇)中,有超过一半为言情小说。

《泪珠缘》是陈栩的成名作,在自撰的《栩园丛稿》中,他对该书的撰写及出版权情况做了介绍:

> 《泪珠缘》,为白话章回体写情小说,作于丙申十八岁时,因病杜门不出,期月而成。原只初二三四集,凡六十四回,于自办《大观报》时曾出单行本,仅刊二集。越十余年后,由中华图书馆浼王钝根乞借版权,印齐四集,颇见风行,续请撰著五、六集。已刊单本,其七集仅至一百〇七回,未刊,并稿已失。[1]

据此及相关史料可知,《泪珠缘》写于作者18岁(光绪二十二年,1896)时。该小说有64回,但首次只刊出了32回,分初

---

[1] 陈栩:《栩园丛稿·初编之一序目》之《栩园集外书目》之"说部一百〇二种",家庭工业社1927年版。

集、二集。光绪三十三年（1907），陈栩的萃利公司才重新出版了完整的64回，共四集。因为颇受欢迎，作者又续写了五、六集，共96回，由中华图书馆于民国十年（1921）出版。之后作者还写了第七集，至107回，但并未刊出。可见，近代只刊出了最初成书的64回，因萃利公司的64回本涉及近代小说界观念的变迁，因而本书第三章将会具体论及，暂不赘述。此处论述的是首次刊出的32回本。

该书最早由陈栩创办的《大观报》馆刊于光绪二十六年（1900），标"写情小说"，署"天虚我生著"。小说写越国公之后秦文有子名秦云，小名宝珠，出生时其母梦见一只玉蝴蝶飞入怀中，正好家中有一只与梦中一模一样的玉蝴蝶，遂将之做了宝珠的项圈坠。宝珠不仅博古通今，而且琴棋书画、诗词歌曲样样都会。其姑表姐金婉香，生于姑苏，有才女之名，父母双亡，寄居舅氏秦家。宝珠与婉香情意相投，又有众多女子来秦府，与宝珠、婉香等一起赏花吃酒、诗词唱和。小说即是以宝珠、婉香的爱情故事为主线，叙及秦府上下的人物命运，及悲欢离合之生活变迁的故事。

该小说无论是人物、情节、场景、写作技巧、语言风格等都亦步亦趋地模仿《红楼梦》：如主人公秦云奇妙的出生、性格、做派等一如宝玉；而女主人公金婉香与秦云的关系、人生经历等则一如黛玉，甚至和黛玉一样，都是因为自幼父母双亡而寄居于舅氏家；美云、丽云、绮云、茜云四姐妹则源自元春、迎春、探春、惜春四姊妹；小说开篇也借浙江名士石时梦游秦府，而其母舅金有声则一如冷子兴演说荣国府为其介绍故事发生地秦府；等等。《红楼梦》的遗迹几乎无处不在。作者陈栩也毫不讳言自己对于《红楼梦》的喜爱以及《泪珠缘》对于《红楼梦》的模仿，他不仅"平日常以

第一章 "小说界革命"前的浙江近代小说(1840—1902)

神瑛侍者自况"①,自己还曾与一女子发生过类似于宝黛之间的情事,险些酿成悲剧:"作者先看《红楼梦》,便被他害了一辈子,险些儿也搅得和宝、黛差不多。"(《泪珠缘》楔子)在小说初集作者自题有云:"一半凭虚一半真,五年前事总伤神。旁人道似《红楼梦》,我本《红楼梦》里人。"陈栩不仅有意模仿《红楼梦》的写情手法,也旨在翻转《红楼梦》的悲剧气氛,使之变成"一段极美满的风流佳话":"如今却有几个人,形迹绝似宝、黛,只他两个能够不把'情'字做了孽种,居然从千愁万苦中博得一场大欢喜大快乐。"

无可讳言,该书虽然在艺术成就方面远远难与《红楼梦》比肩,但亦不乏可圈可点之处,如在笔法细腻逼真地再现小儿女情态、顿挫转折、剪裁调度、细节点染等方面都颇见功力,语言亦算流丽婉转,诗词创作水平也不低,按头制帽、情景合拍,没有生镶硬嵌之毛病。但是,小说首版后却出师不利,市场反响一般,不仅没有再版,连已有成稿的后二集也未能顺利出完,直至七年后才刊行面世。究其原因,出版经费、出版社方面应不成问题,陈栩出身于杭州殷实富裕的儒医世家,经济条件相当优越,且他为《大观报》馆的创办人,又于光绪二十七年(1901)、光绪二十八年(1902)分别创办了萃利公司和石印出版社,《泪珠缘》后32回如需出版,当不在话下。因而,《泪珠缘》前二集不受市场欢迎、销路平平应是主要原因。虽然该小说为其少年得意之作,但作为出版商人,陈栩必定会首先考虑商品的利益最大化,见无利可图,便果断地中止了该书后二集的出版。

而该书遭受冷遇的原因,应是此类以描摹才子、佳人幽怨缠绵的爱情故事为主要内容的小说早已"过气",不再受读者欢迎。

---

① 郑逸梅:《近代名人丛话》之《天虚我生陈定山父子》,中华书局2005年版,第318页。

才子佳人小说产生于明清之际，以天花藏主人的《玉娇梨》和《平山冷燕》为代表作品，并一度盛行于清前中叶。后因情节公式化、人物概念化而广受诟病，开始走向衰落。曹雪芹在《红楼梦》中对才子佳人小说即做了系统而深入的批判。虽然他在诸多方面亦借鉴和吸收了此类小说的合理内核，但毕竟远远超越了后者而成为古代小说的巅峰之作。《红楼梦》的成功又引来诸多续作，且多为乏善可陈、令人生厌之作。陈栩的《泪珠缘》在各方面都是对《红楼梦》的机械重复，没有任何创新之处，加之它完稿于光绪二十三年（1897），此时中国已经历多次对外战争、订立多种条约，在其出版的光绪二十六年（1900），又发生了导致中国陷入空前灾难、险遭瓜分的"庚子国变"，作者在小说中精心构造的风光旖旎的情爱乌托邦，在清末内忧外患的时空背景衬托之下，显得尤其空虚而苍白，其不受欢迎、不合时宜亦在情理之中了。而《泪珠缘》的出版失利也说明，甲午战争之后，国将不国的生存危机已经逼迫人们不得不从美好的迷梦中醒来，开始品味现状、寻求出路。此时的小说创作，也必须紧扣时代脉搏，转向关注现实生活，方可获得新的生机。

四 "时新小说"《花柳深情传》预示时代风尚

在《泪珠缘》完稿的光绪二十三年（1897），一部书名看上去像言情、实际上是以现实生活为题材的长篇章回小说——《花柳深情传》刊出。该书创作于光绪二十一年八月（1895年9月），作者"绿意轩主人"实为浙江衢州人詹熙（字肖鲁），这位清末贡生，曾致力于新学，积极参加社会活动，宣统元年（1909）还被选为浙江省咨议局议员参与了浙江省的预备立宪活动。在序言中，作者记叙了该小说的创作由来：

第一章 "小说界革命"前的浙江近代小说(1840—1902)

> 光绪乙未,余客苏州,旋往来于申浦。秋,复航海至舟山。是时倭人入寇辽东,我兵不振。旋蹙台湾。朝廷议和议战,久而不决。以故余所至之地,人心汹惧。于是朝野士大夫,莫不奋笔著书,争为自强之论。英国儒士傅兰雅谓:"中国所以不能自强者:一,时文;二,鸦片;三,女子缠足。"欲人著为小说,俾阅者易于解说,广为劝戒。余大为感动,遂于二礼拜中,成此一书。

据此可知,詹熙写作该小说的动因有二:一为愤于甲午战争后国是日非,希冀有所作为;二为受英国传教士傅兰雅之影响。光绪二十一年五月初二日(1895年5月25日),傅兰雅在《申报》上刊载了一则有奖征文启事《求著时事小说启》:

> 窃以感动人心,变异风俗,莫如小说。推行广速,传之不久,辄能家喻户晓,气习不难为之一变。今中华积弊最重大者,计有三端:一鸦片,一时文,一缠足。若不设法更改,终非富强之兆。兹欲请中华人士愿本国兴盛者,撰著新趣小说,合显此三事之大害,并祛各弊之妙法,立案演说,结构成编,贯穿为部,使人阅之心为感动,力为革除。……

傅兰雅这次征集小说的活动后来并未达到预期的效果,因应征者多为教徒,应征稿多非小说(即使是小说也鲜有优秀作品),使该活动具有了浓厚的宗教色彩[①]。但是,这次活动代表

[①] 关于本次傅兰雅征文活动的全面论述,详见陈大康《论傅兰雅之"求著时新小说"》,《华东师范大学学报》(哲学社会科学版)2013年第3期。

了一种时代呼声，即要求小说创作向社会现实倾斜，也的确为一些"愿本国兴盛"的中华人士指明了一条新路：撰著时新小说以革除旧弊、警醒世人。《花柳深情传》即是在傅兰雅的感染鼓动之下创作而成，但是，书成之后，詹熙并未投稿参加这次有奖征文，而是"藏诸行箧者三年"。两年之后（光绪二十三年，1897），詹熙卖文鬻画于上海春江书画社，遂将此书就正于在当时的出版界已颇有名气的天南遁叟王韬①，得到王韬的嘉赏，并怂恿其将小说付梓刊出，但此时作者因欲北上，刊刻之事未成。直至是年七月（1897年8月），作者才将该书略加修改后刊刻问世。

事实上，该书由作者经手付梓的最早刊本（光绪二十三年，1897）的定名并非"花柳深情传"，而是与作者的创作缘由更相契合的"醒世新编"。在小说第1回开篇，作者就表明了自己的创作意图为"醒世"："尝篙目时艰，未始不知时世之日非，思欲著一书以醒世"；最后一回，作者又借撷英主人之口，明确将小说定名为《醒世新编》，可见《醒世新编》应该才是小说最初的定名（为论述方便，本书论及时仍用《花柳深情传》）。通览全书，小说中涉及"花柳"——妓院的只有两处，一处是第4回，写镜如、华如、水如三兄弟趁父亲和塾师赴省乡试时，偷偷跑到江山船上与妓女鬼混；一处是第14回，写塾师孔先生在上海妓馆的所见所闻和可笑行为，这两回写的只不过是书中无关紧要的小插曲。可见，无论是小说题旨，还是小说内容，都与"花柳""深情"相去甚远。书名后来被更改为《花柳深情传》，应该是书商为了牟利招揽读者，觉得后者才更能够勾起

---

① 王韬，字仲弢，一字紫铨，号天南遁叟，江苏长洲人，曾创办《循环日报》，担任《华字日报》的主笔，近代报刊思想的奠基人。

第一章 "小说界革命"前的浙江近代小说(1840—1902)

读者的购买及阅读欲望,以致以讹传讹,以后的多种刊本都定名为"花柳深情传"①,而体现作者意图的"醒世新编"则隐没不传了。

《花柳深情传》共四卷32回,小说以浙东农村为背景,叙述了西溪村富户魏隐仁一家在鸦片、八股文、缠足的毒害下由沉迷到觉醒的过程。隐仁有四子一女,长子镜如嗜毒成瘾,次子华如热衷八股文,三子水如迷恋小脚女人,只有四子月如未染上恶习。隐仁死后,家道衰败,又遭遇太平军之乱,魏家儿子们仓皇逃难,后终于痛改前非,镜如开始戒烟,华如考中进士,捐候补知府,四子月如则走出国门,学习洋务,回国后兴办实业,从此家业兴旺的故事。该小说属于较早从社会层面触及革除旧弊、振兴实业主题的作品。作者通过对魏隐仁一家悲惨遭遇的叙写,较为形象生动地揭示了鸦片、八股文、缠足社会三害的种种罪恶。第29回,作者还借华如之手写了一篇《革时弊以策富强》的条陈,对此一一加以陈述,并进一步从理论上做了概括。其文曰:

> 见有自少及老,手一卷而不忍释,朝野风行,迄无悔悟。是人也,问以时务不知,问以世变不对,是经纶天下无人也,宏济艰难无人也,研练时务无人也,此时文之弊也。
>
> 见有昼夜一灯,与鬼为邻,吞霞纳雾,曾不少停,变起仓卒,病莫能兴。是人也,精神委顿,筋骨柔脆,失事废时,在世不久。用以定大难、临大故非其人;用以保家室、务稼

---

① 该书后有章福记书局石印本(光绪二十三年,1897)、春江书画社(光绪二十三年,1897)、广雅书局(光绪三十四年,1908)、上海书局(光绪三十四年,1908)等多种刊本,都名为《花柳深情传》。

稽非其人，用以资捍御、谋战守非其人；用以兴力役、效工作非其人，此之谓合上下朝野而无人，非鸦片之弊也。

　　见有潘妃再世，窗娘复生，矫揉造作，亏父母身约绫束帛，肌体不灵。是人也，冶容诲淫，败坏风俗，无异木偶，居然废物。于是事蚕织无人，操井臼无人，供箕帚无人，司炊爨无人，此之谓家无人，比妇人缠脚之弊也。

　　文章最后尖锐地指出，正是因为三弊有如许的祸害，而人们又不思革除，才出现"家无人""国无人""家国不振，财用日减"的可悲局面。因此为今之计，只有革除三害，才是家国富强的康庄大道。

　　正如作者所言，该书虽"开风气之先，为暮鼓，为晨钟"（《花柳深情传》序，原文误为"为辰钟"），但阅者是否能真正警觉，他并无把握。小说最后一回，当撷英主人建议将书名定为《醒世新编》时，"绿意轩主人"（作者）则无不忧心地回答："书名却取得好，只可惜世上无一个肯醒，即有了此书，亦是不看；即看了此书，亦仍不醒，这便无法要得他。"而且，在小说结尾，轩主人还做了一个噩梦，梦见自己遭到一群热衷八股文、反对禁鸦片的人和一班小脚妓女如妖狐鬼魅一般的围攻，说明作者此时对于这本小说的醒世作用及前途并无信心，因而显得有些底气不足。

　　概而言之，此一阶段的小说创作及单行本发行情况大体与中国近代小说的发展轨迹合辙，如文言短篇小说集独领出版界风骚，在数量上占绝对优势；侠义公案小说流行；言情小说依然占有一定的市场份额；等等。"时新小说"《花柳深情传》则率先播报了下一段中国近代小说界新风尚的到来。

第二节 域外初探:早期翻译小说

一 首开风气:中国近代第一部翻译小说《昕夕闲谈》

同治十一年十二月初六日(1873年1月4日),《申报》刊载了一则"新译英国小说"广告:

> 今拟于《瀛寰琐记》中译刊英国小说一种,其书名《昕夕闲谈》,每出《琐纪》约刊三、四章,计一年则可毕矣,所冀者,各赐顾观看之士君子,务必逐月购阅,庶不失此书之纲领,而可得此书之意味耳。据西人云,伊之小说大足以怡悦性情,惩劝风俗,今阅之而可知其言之确否。然英国小说则为华人目所未见、耳所未闻者也,本馆不惜翻译之劳力,任剞劂之役,拾遗补缺,匡我不逮,则本馆幸甚。如或以为不足观而竟至失望,则本馆之咎也。惟此小说系西国慧业文人手笔,命意运笔,各有深心,此番所译,仅取其词语显明,片段清楚,以为雅俗共赏而已,以便阅之者不费心目而已,幸诸君子其垂鉴焉。谨启。

《瀛寰琐记》创办于同治十一年十月十一日(1872年11月11日),于同治十三年十二月(1875年1月)停刊,月刊,共出28卷,是《申报》旗下的一种文艺期刊,以收录海内外各种"惊奇骇怪之谈,沉博绝丽之作"为务,文体涉及诗歌、散文、小说等。编者"尊闻阁主"即《申报》创办人美查,但实际主事者为浙江钱塘（今杭州）人蒋其章①。蒋其章生于道光二十二年（1842），浙江杭州府学廪膳生，字子相，号公质、质庵、芷湘，又有蘅梦庵主、小吉罗庵主、蠹勺居士等笔名。《申报》馆此次以前所未有的大篇幅广告预告《瀛寰琐记》将隆重推出的新译小说《昕夕闲谈》，译者也正是蒋其章。

蒋其章选择这部作品并将之译成《昕夕闲谈》，或许得到了《申报》馆主编美查（Ernest Major）的帮助②，他于同治十一年（1872）至光绪元年（1875）就聘于《申报》馆，担任该报第一任主笔。关于蒋其章因何至上海，又因何机缘进入《申报》，成为该报主笔，目前尚无相关资料可资说明，据笔者推测，生计问题可能是主要因素。蒋其章于同治九年（1870）乡试中举，后又曾数次参加会试，并于光绪三年（1877）恩科会试中琼林探杏成功，高中进士。可见，他一直是以科举功名作为人生最高追求，倘不是生计艰难，应不会奔波至上海，并接受这样一份事务繁忙的主笔工作，而使自己无暇潜心课读备考的。

《昕夕闲谈》被认为是中国近代史上第一部真正意义上的翻译小说。③ 其实，早在道光二十年四月（1840年5月），澳门《广州周报》社曾出版《意拾喻言》（《伊索寓言》），这是第一部被翻译成中文的小说，但翻译者主要为外国人［英国人罗伯特·汤姆（Robert Thom）以及他的中文老师蒙昧先生］，因而这并不能算中国近代的翻译小说。同治十一年四月（1872年5月），《申

---

① 该刊创办时署编者为"尊闻阁主"，即《申报》创办人美查，但《瀛寰琐记》第一卷卷首〈《瀛寰琐记》序〉及该刊刊载的作品后都附有"'蘅梦庵主'（即蒋其章）跋文"，据此可知其实际主事者应为蒋其章。
② ［美］韩南：《谈第一部汉译小说》，叶隽译，《文学评论》2001年第3期。
③ 郭延礼及美国汉学家韩南皆认为《昕夕闲谈》是中国近代第一部由中国人翻译的小说，分别见郭延礼《中国近代翻译文学概论》，湖北教育出版社1998年版，第106页；［美］韩南《谈第一部汉译小说》，叶隽译，《文学评论》2001年第3期。

第一章 "小说界革命"前的浙江近代小说（1840—1902）

报》也曾连续刊出《谈瀛小录》《一睡七十年》《乃苏国奇闻》（两天后篇名改为《乃苏国奇闻把沙官小说》）三部翻译小说，但是，这些翻译作品非但未以原汁原味面世，译者还有意隐瞒其为译作的事实，如《谈瀛小录》篇前有"编者按"称该作是"从一旧族书籍中检出"，直到30年后《绣像小说》连载《僬侥国》时，人们才恍然大悟，这些原来只是舶来品。另外两部作品的域外痕迹也被小心地抹去，并被刻意加上本国元素，使读者完全不知道这是外来小说的翻译，因此不能算作严格意义上的翻译小说。而且，这次用报纸刊载小说并未达到预期效果，市场反响冷淡，因此《申报》只尝试了三个星期便戛然而止，仓促收场。

大概是鉴于前次失败的阴影，《申报》馆对于此番再次刊载翻译小说能否获得市场认可似乎并无把握，所以在广告中除了先预告刊载情况，叮咛读者"务必逐月购阅"，以及借西人之口，用传统式老腔调盛赞小说"大足以怡悦性情，惩劝风俗"，吊足读者胃口，还十分意外地预设了此次小说刊载的失败结局，并为自己搭好下台的阶梯：一方面，先解释此小说为华人"目所未见、耳所未闻"的英国小说，因而阅读起来需要适应的时间；另一方面，先引咎自责，主动包揽所有责任，表明虽然本馆（《申报》馆）不惜人力物力翻译和刊印该小说，但如果读者不满意甚或失望，那也是"本馆之咎"，绝非阅者有眼无珠，不懂欣赏；再者，说明为了适应读者口味，此次翻译并非生硬地照原文直译，而是"仅取其词语显明，片段清楚，以为雅俗共赏而已"。

如此一番煞费苦心烘云托月之后的一星期（同治十一年十二月十三日，1873年1月11日），《昕夕闲谈》才开始在《瀛寰琐记》第3卷上连载，至光绪元年二月（1875年3月）第28卷止，每卷2节，共载上、次、三卷，其中上卷18节，次卷13节，三

· 33 ·

卷21节，计52节。小说叙述英国人坡非利为了能继承年老无子的叔父的巨额财产，隐瞒了自己与生意人之女爱格成婚的事实。非利和爱格育有两个儿子——15岁的康吉和9岁的希尼，他们正打算重新举办婚礼，但因唯一的见证人——非利的教士好友排士已经去世，从前的婚礼凭据一时无法取得。非利的弟弟罗把及其儿子阿大因非利一家继承了叔父的遗产而怀恨在心。非利在一次骑马过程中不慎身亡，因未留下遗书，爱格和两个儿子都不能继承遗产。罗把侵吞了所有遗产，并将爱格母子三人赶出家门。走投无路的爱格致信向兄长磨敦求助，磨敦只是愿意让希尼去他店里帮忙，并为康吉介绍了一份工作，但拒绝爱格前去探望。爱格贫病交织，加之思念两个心爱的儿子，一病而亡。母亲死后，备受虐待的康吉逃了出来，并从舅舅家救出了同样受虐待的弟弟希尼，兄弟二人在艰难中求生，康吉更是历经磨难，终于从一个懵懂无知、桀骜不驯的落难公子蜕变成刚强勇敢、富有责任心的英雄式人物，小说最后以康吉与法国贵夫人美费儿缔结良缘结束。

据美国汉学家韩南考证，《昕夕闲谈》的原作是英国作家利顿（Edward Bulwer Lytton）（1803—1873）的长篇小说《夜与晨》（*Nihgt and Morning*）的前半部，这是一部青年成长小说和罪犯小说的结合体，在该小说1845年版的前言里，作者利顿声称，较之对犯罪的关心，小说更关注法律对罪恶的不当处理。犯了小错误的孩子被野蛮地惩罚，然而那些犯有对社会更大罪恶的人却逃之夭夭。利顿虽身为贵族，却是一个贵族统治的严厉批评者，他欲借小说揭示平民犯罪和贵族犯罪的种种社会根源，呼吁学习法国革命，废除特权制度，建立人人自由平等的新社会。

相较于原作《夜与晨》，译作《昕夕闲谈》在主题、叙述顺

第一章 "小说界革命"前的浙江近代小说(1840—1902)

序、风格、语言及故事情节等方面都进行了大幅修改,使之具有浓郁的本土气息。如原作者利顿将小说命名为"夜"与"晨",实际是表明了主人公非利·莫顿(后来的非利·巴福特)(《昕夕闲谈》译为坡非利)生活中两个截然不同的阶段:前半部展现的是其失败与悲伤的一面,后半部则表现了补偿和欢乐的一面。译作的标题则完全舍弃了这一层意思,而用了一个中国旧体笔记小说式的标题"昕夕闲谈"。此外,译作用中国传统的回目取代了原作的题词,每一节最后都会加上"后事如何,且看下回续谈"(或"下回再谈""下回再行续述"等)的传统悬念式结尾;原作中大段大段的背景知识介绍及铺张叙述也被完全舍弃。小说的主人公和故事情节,也和原作有较大差异:原作主人公非利在《昕夕闲谈》上卷第7节便因骑马不慎身亡,他的大儿子康吉则是真正的主角。在《昕夕闲谈》中,非利之前为能继承产业,向年老无子的叔父隐瞒了自己已偷娶生意人之女爱格的事实,因他未留下遗书,唯一的证人教士排士也已去世,所以爱格和她的两个儿子不能继承遗产。非利的弟弟罗把侵吞了所有遗产,并将爱格母子三人逐出。自上卷第10节开始,小说的主要情节便围绕着非利和爱格的大儿子康吉而展开,主要叙述了康吉如何历经种种磨难,并最终成为英雄的传奇人生。

显然,作为第一部翻译小说,蒋其章此时并无先例可循,而且,作为一个中国传统文人,他对于这部小说所表达的某些观念和习俗并不能理解和接受,因而推己及人,理所当然地对于其他读者能否欢迎这样一部"新译小说"持有怀疑态度。作为译者,除了竭力将小说在形式、内容以及人物形象塑造上都包装得尽量与中国传统小说无异之外,他还果断地省略或是通过其他方式翻译一些"本国不宜"的情节,如接吻、拥抱等西方人的日常生活礼仪，以迎合本土读者的习惯；对于其他一些需要读者了解的外国习俗或法律，他则会直接从文本中跳出来，以"看官……"的类似中国传统说书人的方式进行解释。《昕夕闲谈》在翻译上的这些本土化处理，也是当时中国近代翻译小说的普遍特征，正如陈大康先生所言："问世于近代的那些翻译小说，其中至少相当大一部分并非按原文翻译，甚者只有原著故事的一点影子，故而译者往往不称自己的作品为翻译，而是标为'译述''编译''译演''译意''译编''意译''译著''辑译''演译'等。"①

但是，必须承认，蒋其章在译介域外小说方面已跨出很大的一步。在观念上，他也有超越传统的迹象，不仅认识到小说的积极意义，而且试图借翻译小说为本国读者打开视野，使他们了解异域风俗。作品之前有一篇《〈昕夕闲谈〉小叙》，表达了蒋其章的这一观点：

> 若夫小说，则妆点雕饰，遂成奇观，嬉笑怒骂，无非至文。使人注目视之，倾耳听之，而不觉其津津甚有味，孳孳然而不厌也。则其感人也必易，而其入人也必深矣。谁谓小说为小道哉？虽然执笔者于此则不可视为笔墨烟云，可以惟吾所欲言也。邪正之辨不可混，善恶之鉴不可淆，使徒作风花雪月之词，记儿女缠绵之事，则未免近于导淫，其蔽一也。使徒作豪侠失路之谈，纪山林行劫之事，则未免近于海盗，其蔽二也。使徒写奸邪倾轧之心，为机械变诈之事，则未免近于纵奸，其蔽三也。使徒记干戈满地之事，逞将帅用武之谋，则未免近于好乱，其蔽四也。去此四弊，而小说乃

---

① 陈大康：《中国近代小说编年史》，人民文学出版社2014年版，"导言"第100页。

第一章 "小说界革命"前的浙江近代小说（1840—1902）

可传矣。今西国名士撰成此书，务使富者不得沽名，善者不必钓誉，真君子神彩如生，伪君子神情毕露，此则所谓铸鼎像物者也，此则所谓照渚然（燃）犀者也。因逐节翻译之，成为华字小说，书名《昕夕闲谈》，陆续附刊。其所以广中土之见闻，所以记欧洲之风俗者，犹其浅焉者也。诸君子之阅是书者，尚勿等诸寻常之平话、无益之小说也可。壬申腊月八日蠡勺居士偶笔于海上寓斋之小吉罗庵。

虽然蒋其章依然是站在传统士大夫的立场评价小说的利弊，认为小说除了有"其感人也必易，而其入人也必深"之利，亦有导淫、诲盗、纵奸、好乱之弊。但此处显然主要是为了推介《昕夕闲谈》，因而有抑传统小说扬翻译小说之倾向，即使如此，"谁谓小说为小道哉？"之反问，可谓掷地有声。此时，距离梁启超倡导"小说界革命"尚有30年，蒋其章有此远见卓识，尤显难能可贵。

尽管《申报》馆对于此次推出《昕夕闲谈》抱有厚望，亦不惜广告版面，除了最初的预告式广告，在上卷刊载完毕之时，又刊载了"《昕夕闲谈》上卷已毕，缩为总跋一篇，列入八月分（份）《琐记》告白"，总跋作者为蠡勺居士（蒋其章），主要叙述上卷的内容梗概，以方便读者全览。这样，那些没有阅全上卷的读者，"尽可购阅此跋，庶可接看下卷，不至茫无头绪云"[①]。但是，《申报》馆这一试图再次引入域外小说的尝试依然未能成功，不仅《昕夕闲谈》的连载屡屡愆期，至光绪元年二月初六日（1875年3月13日）才毕，历时两年又余两月，远远超出原计划的"一年则可毕"，而且该作品最终也没有按原计划译完。在第

---

① "《昕夕闲谈》上卷已毕，缩为总跋一篇，列入八月分（份）《琐记》告白"，载《申报》同治十二年九月初八日（1873年10月28日）。

三卷第 21 节结尾，译者设置了一个开放式的结局：当康吉看到朋友加的被法国巡捕扫射后从高处坠下变成一团肉泥，正惊魂未定，忽然一颗子弹劈面飞来。小说至此结束，紧接着是译者的一段话：

  不知康吉性命何如，看官请掩卷思之，这康吉原是卷中第一个人物，这一枪来，那里就会将他打死？不过如何逃避之处尚在下卷再表，看官且暂歇一歇听下回续谈。

  但是，此后再未有下文，甚至连载《昕夕闲谈》的《瀛寰琐记》也于光绪元年三月初八日（1875 年 4 月 13 日）改刊为《四溟琐记》了。《申报》馆于同治十三年十一月（1874 年 12 月）出版发行了《昕夕闲谈》的单行本，书共三卷 55 节，上卷 18 节，次卷 13 节，三卷 24 节，第三卷比原来增加了 3 节，为 24 节。但也并没能改变《昕夕闲谈》失败的命运。

  近代第一部翻译小说，以未完且无续的局面尴尬收场，翻译小说也未能以此为起点顺势推进。这当然有多方面的原因，如读者还没有完全适应小说连载的形式；《昕夕闲谈》的内容本身并不具吸引力；等等。其中最主要的原因，是当时的翻译界风气未成：中国读者既没有阅读翻译小说的强烈需求，也缺乏一批通晓外语的人才从事小说翻译。当时的中国，通晓外语之人寥寥无几，且这些人才都被派至外交、军事、经济等领域以满足紧急需求，绝无可能从事"虚耗光阴"的小说翻译活动。翻译小说在中国得到广泛认可并盛行，尚需时日及突破点。

二　重开风气：张坤德成功引入域外侦探小说

  突破翻译小说在中国盛行瓶颈的是域外侦探小说，首次引入

第一章 "小说界革命"前的浙江近代小说（1840—1902）

者为浙江桐乡人张坤德。光绪二十二年七月初一日（1896年8月9日），《时务报》在创刊第1册即刊载了一篇翻译侦探小说《英国包探访喀迭医生奇案》，署名"译伦敦《俄们报》"，未标译者，但该小说所在的"域外报译"栏署"桐乡张坤德译"①，由此可知该栏目包括该小说在内的所有文章皆为张坤德翻译。张坤德为浙江桐乡乌镇人，曾作为清朝政府第七届驻日使节，在光绪二十一年七月（1895年8月）至光绪二十二年（1896）驻日，清政府与日本签订《马关条约》，张坤德任驻日西文翻译。回国后，被《时务报》创办人之一的黄遵宪托聘为该刊的英文翻译，该刊"域外报译""西电照译""英文报译""路透电音"等英文都由他负责翻译。

《英国包探访喀迭医生奇案》叙述了英国伦敦连出数起命案，死者无任何被害迹象，包探经过细心勘察，发现疑点皆指向喀迭医生，遂至其家探访，用计使其认罪并成功将其拘捕的故事。整篇小说情节较为简单，也缺乏西方侦探小说惯有的引人入胜的悬念，如小说一开始就将罪犯喀迭医生置于读者眼前，安排了第一个被害人嗝子生前来包探公所，说自己的病势日益沉重，怀疑是为自己医治的喀迭医生存心谋害所致，请求包探"遣精细之探察之"；嗝子生死后，包探前往勘察，又见屋中帘后有人貌似喀迭医生；其他被害人：母子三人及搬运车夫身亡时，包探都很快发现了喀迭医生留下的痕迹，从而部分地消解了侦探小说由案件的神秘性与侦探过程中严密的逻辑推理所带来的巨大的心理刺激和神秘的欣赏美感。但是，与中国借助菩萨显灵或冤魂托梦等直奔

---

① 《江南警务杂志》宣统三年四月（1911年5月）第12期有《新译包探案——英国包探访喀迭医生奇案》，署名"湘乡曾广钧（铨）"，实为全文转载该小说，并无一字更改。曾广铨为张坤德之后《时务报》的西文翻译。

案件结果的传统侠义公案小说相比，该小说依然给中国读者以全新的阅读体验，正如译者在作品最后所总结的"其（指喀迭医生）狠且狡如此，然终不能逃包探之察，此固有天道，而亦由包探之精密多知，故能破此奇异之案也"，包探全是靠细致入微的勘察、严密的逻辑推理和充满智慧的科学知识让扑朔迷离的案件最终水落石出，这也正是西方侦探小说最独特的魅力。

《英国包探访喀迭医生奇案》的刊载成功使刊物创办人及译者张坤德皆为之精神一振，紧接着，《时务报》又相继连载了张坤德翻译的四篇侦探小说，分别为：《英包探勘盗密约案》《记伛者复仇事》《继父诳女破案》《呵尔唔斯缉案被戕》[①]。四篇小说都译自英国作家柯南·道尔（Arthur Conan Doyle）的《福尔摩斯探案集》，分别对应的今译名为：《海军协定》《驼背人》《分身案》《最后一案》。柯南·道尔于1887年出版了第一部侦探小说《血字的研究》，以后又陆续创作了《四签名》（1890）、《冒险史》（1891—1892）和《回忆录》（1892—1893）等侦探小说系列，后于1893—1897年在英国《海滨杂志》连载[②]，张坤德翻译的福尔摩斯侦探故事属于《冒险史》和《回忆录》。这四篇翻译小说分别署以"译《歇洛克呵尔唔斯笔记》"（《英包探勘盗密约案》）、"译《歇洛克呵尔唔斯笔记》，此书滑震所撰"（《记伛者

[①] 《英包探勘盗密约案》，《时务报》光绪二十二年八月廿一日（1896年9月27日）第6册开始连载，至第9册完毕；《记伛者复仇事》，《时务报》光绪二十二年十月初一日（1896年11月5日）第10册开始连载，至第12册完毕；《继父诳女破案》，《时务报》光绪二十三年三月二十一日（1897年4月22日）第24册开始连载，至第26册完毕；《呵尔唔斯缉案被戕》，《时务报》光绪二十三年四月二十一日（1897年5月22日）第27册开始连载，至第30册完毕。四部作品皆属"英文报译"栏。

[②] 《海军协定》，载英国《海滨杂志》1893年10月号、11月号；《驼背人》，载英国《海滨杂志》1893年7月号；《分身案》，载英国《海滨杂志》1891年9月号；《最后一案》，载英国《海滨杂志》1893年12月号。

第一章 "小说界革命"前的浙江近代小说（1840—1902）

复仇事》）、"《滑震笔记》"（《继父诳女破案》）、"译《滑震笔记》"（《呵尔唔斯缉案被戕》）①，都未出现原作者柯南·道尔的名字，而让小说中故事的叙述者滑震（华生）充当了作者。这应该是张坤德有意为之，此举大概是"不想让初次接触西方侦探小说的中国读者那么费劲地在小说中寻找复杂的人物关系，因为小说原本就是将滑震作为故事的亲历者，同时又是故事的叙述者，对于当时中国读者来说，柯南·道尔完全是多余的"②。而在每篇小说的标题后加上"笔记"的做法，正如蒋其章舍弃"夜与晨"这样一个寓意深刻的标题而改为传统笔记小说式的命名"昕夕闲谈"一样，也是张坤德刻意将外国小说类比为中国传统文言笔记小说，从而希望获取读者的亲近感，并借用笔记小说的实录精神增强侦探小说故事情节的可信度。

实际上，在引入西方侦探小说时，除了主动迎合本国读者的阅读习惯，深谙西方文化、能自如运用英语交流及翻译的张坤德在翻译实践过程中，开始逐渐对西方小说中新的叙事策略有所体悟，并感受到这种写作手法给读者带来的阅读快感，因而试图引入进来。最明显的是他在小说的叙事方式上做出的渐进式的修改。柯南·道尔的福尔摩斯探案故事都以滑震（华生）作为叙事人，并以第一人称的有限视角进行叙事，在叙事手法上也呈现出顺叙、倒叙与插叙等多种方式，以增加侦探小说的神秘效果。而中国传统小说则习惯用第三人称全知全能的叙事角度，且几乎不用倒叙手法。在翻译《英包探勘盗密约案》时，张坤德依然沿用

---

① "歇洛克呵尔唔斯"即小说主人公夏洛克·福尔摩斯，"滑震"即夏洛克·福尔摩斯的朋友、故事的叙述者华生。
② 田德蓓：《张坤德与中国早期侦探小说翻译》，《合肥工业大学学报》（社会科学版）2015年第1期。

传统的第三人称叙事方式,并将原文的倒叙改为顺叙。原文的开头先叙写华生有一天突然接到一位在海军部任职的同学的来信,向他和名侦探福尔摩斯求助,于是华生同福尔摩斯一同前往,此时这位同学才诉说自己遗失一份至关重要的海军密约的经过。而在张坤德的译文中,则是先介绍了滑震(华生)同学攀息的生平,以及他如何丢失密约,如何报警,之后才写信向滑震求助。这样的改动虽然丢失了原作者精心安排的技巧性及由倒叙所带来的美感,却符合国人的阅读习惯,中国的传统公案小说通常由凶手作案开始叙事,然后再导入清官勘察、审理等情节,更容易被读者所接受。加上译作在凶手是谁及其作案动机、作案手段等细节方面进行了第三人称限知叙事,没有直接交代说明,从而保留了原作后半部分侦探过程的悬念和波澜。

在接下来的《记伛者复仇事》中,译者虽然仍用"译《歇洛克呵尔唔斯笔记》"的第三者眼光,但加上了"此书滑震所撰",为后面由《歇洛克呵尔唔斯笔记》向《滑震笔记》过渡埋下了伏笔;《继父诳女破案》开始尝试用第一人称表述,开头为"余尝在呵尔唔斯所,与呵据灶觚语,清谈未竟,突闻叩门声"。但依然署"《滑震笔记》",尽量避免读者因人称的变化以及文化差异而导致的陌生感,让他们感觉自己还是在阅读本国作者创作的笔记小说;《呵尔唔斯缉案被戕》则在"《滑震笔记》"前加了"译"字,并直接用第一人称叙述故事。

张坤德对小说叙事角度的这种渐进式改变,显示了他对本国读者接受度的把握和掌控能力。之后中国近现代出现了大量采用第一人称叙事的翻译文学,它们也逐渐被中国翻译者和读者所接受。

从第一部侦探小说《英国包探访喀迭医生奇案》开始在《时

第一章 "小说界革命"前的浙江近代小说（1840—1902）

务报》光绪二十二年七月初一日（1896年8月9日）第1册刊载，至第五部《呵尔唔斯缉案被戕》于《时务报》光绪二十三年五月二十一日（1897年6月20日）第30册连载结束，历时近一年时间。而《时务报》当时已在全国各地建有28个星罗棋布的代发网点，并达到8000份的惊人发行量，这五部侦探小说也随之行销至全国各地，几乎家喻户晓。此后，侦探小说成为最受欢迎的作品，"当时译家，与侦探小说不发生关系的，到后来简直可以说是没有。如果说当时翻译小说有千种，翻译侦探要占五百部上"[①]。

张坤德大约于光绪二十三年（1897）离开《时务报》，就聘于担文律师馆承担翻译工作，之后未再活跃于近代小说界。但是，他首次引入的这五篇域外侦探小说，成功地打开了翻译小说在中国盛行的缺口：自《时务报》首次刊载侦探小说的光绪二十二年（1896）开始，之后翻译小说领域每年都有新作问世，显示其连续运动的状态已然形成。而且，这些侦探小说在内容与形式、思想倾向、艺术表现手法等多个方面为中国古代小说向现代小说的成功转型起到了积极的刺激和促进作用。

三　方兴未艾：翻译小说开始盛行

随着翻译小说进入中国的大门被渐次打开，一批通晓外语、且有志于借欧美小说革新本国旧小说，并以此实现开启民智的理想的翻译人才也开始崭露头角，发挥着越来越重要的作用。他们的介入，为此后的中国近代小说翻译界掀起了一波接一波的热潮。其中，浙江仁和（今杭州）人魏易与沈祖芬可算其中的佼佼者。

[①] 阿英：《晚清小说史》，东方出版社1996年版，第217页。

作为"介绍西洋近世文学第一人"林纾的主要合作者之一①，魏易与之共合作翻译了 45 种欧美小说②。魏易，字冲叔（聪叔），又字春叔，浙江杭州人。光绪二十五年（1899），他从上海圣约翰书院（即圣约翰大学前身）毕业回到杭州，得遇当时寓居求是书院的林纾。他们首次合作翻译的《黑奴吁天录》由武林魏氏刊行于光绪二十七年九月（1901 年 10 月），木刻四卷本，署"美国斯土活著，闽县林纾、仁和魏易同译"。这部著作原名为《汤姆叔叔的小屋》（*Uncle Tom's Cabin*），是美国女作家斯陀（Harriet Beecher Stowe）撰写的一部反奴隶制小说。该刊本前有魏易自叙，其末云：

> 近得美儒斯土活所著《黑奴吁天录》，反复批玩，不啻暮鼓晨钟，以告闽县林先生琴南。先生博学能文，许同任翻译之事。易之书塾与先生相距咫尺，于是日就先生讨论。易口述，先生笔译，酷暑不少间断。阅月而书竣，遂付剞劂，以示吾支那同族之人。语云：前车之覆，后车之鉴。窃愿读是编者，勿以小说而忽之，则庶乎其知所自处已。③

从该段自叙中可知，是魏易先发现《黑奴吁天录》并将之推荐给林纾，在得到林纾的肯定之后，再由他自己口述、林纾笔译，费时两个多月完成该书的翻译工作。魏易毕业的上海圣约翰书院（圣约翰大学前身）是一所教会学校，由美国圣公所上海主

---

① 据郑西谛（振铎）统计，同林纾合作的人，有王晓斋、魏易、陈家麟、胡朝梁、王庆通、陈器、毛文钟、林凯、严培南、曾宗巩、叶于沅、李世忠、廖琇昆、林驺、王庆骥等十余人（郑逸梅：《近代名人丛话》，中华书局 2005 年版，第 327、328 页），其中陈家麟与之合作 64 种，为最多，其次则为魏易。

② 魏易的小说翻译活动贯穿了整个中国近代，本书的第三、四章皆将论及。

③ 转引自陈大康《中国近代小说编年史》，人民文学出版社 2014 年版，第 513 页。

· 44 ·

第一章 "小说界革命"前的浙江近代小说(1840—1902)

教施约瑟创办,是中国首个全英语授课的学校,因而魏易是林纾所有合作者中英语最好的一个,备受林纾的赞誉,称"挚友仁和春叔(应为春叔,魏易的字,本书作者注),年少英博,淹通西文"[①]。魏易向林纾推荐《黑奴吁天录》,显然是有着非常明确的目的,他希望这部在美国反响极大的小说也能如"暮鼓晨钟"般震醒同胞,起到前车之鉴的作用,同时更希望读者认真对待,勿以"小说"而视之。魏易的这一观点也得到了同译者林纾的认同:"余与魏君同译是书,非巧于叙悲以博阅者无端之眼泪,特为奴之势逼及吾种,不能不为大众一号。"[②]

事实上,在整个与林纾合译的过程中,所有的原著都由魏易选择和推荐,而他的选择都是经过慎重考虑,且目的性极强,并非如林纾的其他合作者一样,"只知道随意取得了一本书,读了一下,觉得'此书情节很好',于是便拿起来口说一遍给林先生听"[③]。对于传统小说,魏易曾给予了严厉的批判:

> 中国最普及之国民教育,十余种小说而已。而此深入人心之十余种小说,或诲淫,或诲盗,不则荒唐无稽,流毒所至,不仅吾国中下社会惑于迷信、流于邪僻,庚子义和拳之役,几覆吾国。小说之影响,如此其钜。……今日中国小说非不多,然著者每迎合社会心理,以求广售,辞旨插画,多偏于诲淫,其流毒社会,岂有穷哉?[④]

---

① 林纾:《吟边燕语》序,商务印书馆1934年版。
② 林纾:《黑奴吁天录》跋,文明书局1920年版。
③ 郑振铎:《林琴南先生》,载罗新璋《翻译论集》,商务印书馆2009年版,第250页。
④ 转引自林元彪《魏易的翻译》,《外语教学理论与实践》2012年第3期。

因此，他不仅希望借助题材丰富之欧美小说革新本国这些流毒社会的旧小说，更希望将来有一天，"世界文坛，庶能容吾占一席之地"。

除推荐原著、口译原文之外，魏易还负责原文与译文之间的比较、权衡。如删除一些本国读者无法理解的情节，在《黑奴吁天录》"例言"中，林纾对此就有特别说明："是书言教门事孔多，悉经魏君节去其原文稍烦琐者。本以取便观者，幸勿以割裂为责。"

《黑奴吁天录》一经译出，便得到市场认可，销路甚好。如由开明书店出版的《金陵卖书记》中谈及当时小说的销售状况已不容乐观，但《黑奴吁天录》却属于销售榜上的佼佼者："读者不能得小说之乐趣也。即有极力为典雅之文者，要于词章之学，相去尚远，涂则满纸，只觉可厌，不足动人也。今新小说界中若《黑奴吁天录》，若《新民报》之《十五小豪杰》，吾可以百口保其必销。"[①] 不仅如此，《黑奴吁天录》的影响也在持续发酵，如暮鼓晨钟般警醒了一大批具有民族意识的国人。光绪三十年六月（1904年7月），《觉民》第7期发表了一篇署名"灵石"的《读〈黑奴吁天录〉》的长文，谈及自己在读完该小说后所受到的震撼及对于种族主义的反思，内云：

"灵石"欲买此书而未遂，至高时若处借得焉。挟归，于灯下读之，涕泪泛澜，不可仰视。孱弱之躯，不觉精神为之一振。且读且泣，且泣且读，穷三鼓不能成寐。噫！此书不过据斯土活一人之见闻，掇拾数事，贯串成书。其叙黑人之苦况，不过若神龙之一爪耳。

---

① 陈大康：《中国近代小说编年史》，人民文学出版社2014年版，第564页。

第一章 "小说界革命"前的浙江近代小说(1840—1902)

全球人之受制于白人,若波兰,若印度,若缅甸,若越南,若澳大利亚洲,若南洋群岛,若太平洋、大西洋群岛,无一而非黑人类乎?则此书不独为黑人全种之代表,并可为全地球国之受制于异种人之代表也。我黄人读之,岂仅为沉醉梦中之一警钟已耶?

该文结尾,作者以《黑奴吁天录》中黑人之惨状,推及"我黄人"之现在,"以哭黑人之泪哭我黄人",因而希望"我黄人"家家置一书,甚至希望茶肆的说书人能够竭尽平生所长,"摹绘其酸苦之情状、残酷之手段,以唤醒我国民",并希望那些善男信女们,"广购此书以代《果报录》《太上感应篇》《敬灶全书》《科场志异》之用,则度人度己,功德无量矣"[1]。

光绪三十一年正月初十日(1905年2月13日),《中外日报》刊载的《续庄谐选录》(卷一)"西国小说"条,对《茶花女》《一千零一夜》,以及当时《时务报》《绣像小说》中刊载的各种翻译小说皆有所针砭,或"于社会无益",或为"凭空结撰,非事实也",或"太涉怪异""事迹不甚足动人",但论及《黑奴吁天录》时,却高度评价其"可歌可泣,吾国人见之足发深省"。因该书对中国社会和读者产生了持续影响而被列入"改变中国近代社会的100种译作"之一。由日本的中国留学生成立的春柳社话剧团就曾将《黑奴吁天录》改编为五幕话剧,于光绪三十三年(1907)在东京上演;光绪三十四年(1908),春阳话剧团也在上海演出。

此外,魏易与林纾还合译了《英女士意色儿离鸾小记》和

---

[1] 《读〈黑奴吁天录〉》,载《觉民》光绪三十年六月(1904年7月)第7期"青年思潮"栏,见陈大康《中国近代小说编年史》,人民文学出版社2014年版,第736页。

《巴黎四义人录》，分别在《普通学报》第1期（光绪二十七年十月，1901年11月）和第2期（光绪二十七年十一月，1901年12月）刊出。前者叙写的是一个与爱情有关的故事，19岁的意色儿为伦敦贵族洛勃式·为克来佛登伯爵之女，伯爵病重将不久于人世，甚为女儿的前途担心，希望她能嫁给爱慕者汤指司·贝恩白立其副将，但意色儿嫌副将地位低微，而属意于年轻的拉格拉司侯爵。汤指司的父母则希望他能与从小在他家长大的孤侄女马吉缔结良缘，马吉亦爱恋汤指司。但汤指司对马吉没有感情，他无法忘情于意色儿。故事至此结束，未完，中间连载的情节亦不完整。《巴黎四义人录》中的四义人分别指巴黎女子佛来西及其儿子谢东发，以及法国女子马利鲁意惜姐妹。佛来西不顾家人反对，与华人谢大铭相恋成婚，产一子名东发。待东发长至15岁，佛来西送之至水师学堂学习，并悉心调教，希望有朝一日能为中国血牙山之败之国耻报仇雪恨；马利鲁意惜姐妹的父亲为法国人，母亲为华人。姐妹俩在巴黎长大，却日夜忧心中国被列强瓜分，并致信中国留洋学生，希望他们不要忘记国家厚恩，提醒他们现有俄国人欺凌祖国，务必要努力为国复仇。该文实际上不太像小说，而是非常简单的人物传记。

这两部作品都未产生什么影响，但自此之后，魏易与林纾开始进入合译的黄金时期。后来影响深远的"林译小说"中许多优秀之作，都是由魏易口译。由商务印书馆重版的《林译小说丛书》包括10部林译小说，其中有七部是由魏易口译的；而邹振环所著的《影响中国近代社会的100种译作》中，林纾有五部译作入选，其中四部是魏易与之合译的，这些无疑是对魏易的鉴赏水平和英语能力的充分肯定。

沈祖芬，字诵先，因有足疾，故号"跛少年"，浙江钱塘（今

第一章 "小说界革命"前的浙江近代小说(1840—1902)

杭州)人。其英语乃自学而成,由他翻译的《绝岛漂流记》于光绪二十八年五月(1902年6月)由蕙兰学堂印刷、开明书店发行,署"英狄福撰,钱塘跛少年笔译"。"狄福"后来约定俗成的中文翻译为笛福,即被称为"英国小说之父"的丹尼尔·笛福(Daniel Defoe),而《绝岛漂流记》亦即笛福的代表作《鲁滨孙漂流记》。该小说出版于1719年,主人公原型为一个真实人物亚历山大·塞尔柯克(Alexander Selkirk),他曾被困于智利海岸的胡安·费安南德斯岛,并孤独地在那里生活了五年。因其主人公鲁滨孙奇异的野外生存经历及勇敢无畏的精神具有激励作用,《鲁滨孙漂流记》一出版即受到世界各国热捧,"发行量仅次于《圣经》"。沈祖芬正是意识到了该小说的激励和教育作用将有利于国人,于是将它翻译成中文。他在"译者自志"云:

> 英人狄福,小说名家也。因事系狱,抑郁无聊,爰作是以述其不遇之志。原名《劳下生克罗沙》,在西书中久已脍炙人口,莫不家置一编。法人卢骚谓教科书中能实施教育者,首推是书。日人译以和文,名《绝岛漂流记》。兹用其名,仍就英文译出,用以激励少年。自愧孤陋,无以动阅者之目,就正于嘤城夏子弹八。斧削既就,付之手民,以公同好。戊戌仲冬译者志。

笛福在"因事系狱,抑郁无聊"之困境中创作该小说,三岁因足疾而致跛脚的沈祖芬正与之有同病相怜之感,而主人公英勇无畏的探险精神又可"激励少年",因此该小说可作为最佳的教育读物。值得一提的是,近代著名出版家,上海商务印书馆元老高梦旦为该书作了序言,除交代译者简况、该书的出版由来,也特别强调了"钱塘跛少年"之经历与笛福相仿，因而对吾国国民具有激励作用：

> 余友沈胏民以其弟诵先所译《绝岛漂流记》见示，且谓余曰："吾弟三岁得足疾，不良于行，长而益甚。然不以病废学，日夜治英文，今年二十又二矣。所译著正蕃，此特其一耳。书为英人狄福狱中之作，吾弟私喜之，欲借以药吾国人。"越数日，又言此书承同志付梓，因督余序之。余惟狄福忘其縶囚之身，著为文章，激发其国人冒险进取之志气，说者以谓欧人贤于吾亚人矣。今诵先病足之苦，无异于狄福，乃亦不恤呻楚，勤事此书，以觉吾四万万之众夫。诵先固吾亚人也，固吾亚人之病废者也。嗟乎！病废如诵先，犹不自暇逸，以无负于其群，则凡四体皆备，俨然为完人者，所以自处又当何如也？余对胏民，余愧诵先矣。光绪二十八年五月二十日长乐高凤谦梦旦甫。

在高梦旦看来，诵先（沈祖芬）不畏病足之苦、以病废之身而勤于翻译此书"以觉吾四万万之众夫"，正可激励吾国四体皆备，俨然为完人者，以证吾亚人不输于欧人也。

《绝岛漂流记》之名译自日译本书名，全书用文言译出，沈祖芬只是翻译了鲁滨孙故事三部曲中的第一、二部，且进行了大幅删改，将原著的43万余字变成两万余字。内容上则去掉了原著中关于主人公荒岛求生以及宗教的叙事部分，而突出其"漂流"或者说历险的内容，显然是旨在强调其作为少年读物的励志作用。为使读者有兴味地阅读，译本并未全按原著的章节安排，而是打破、调整了原书的结构形式，共分20章，未列标题。为了营

第一章 "小说界革命"前的浙江近代小说(1840—1902)

造章回小说"且听下回分解"的效果，译者对整体情节往往分解为两章进行译述。光绪二十八年九月二十六日（1902年10月27日），《中外日报》刊载了一则"新出教育小说《绝岛漂流记》"广告：

> 惊奇骇怪之事，章回演说之文，最足感动人心之脑筋，智我国民其小说乎！是书为英国著名小说家狄福所撰，原本在欧西久已洛阳纸贵矣。兹由钱唐沈君诵先由英文本译出，叙事明，行文畅，当可与《爱国精神谭》各擅胜场矣。

之后，该书迅速在国内流传，并在短时期内出现了多种版本，如《大陆》在当年的创刊号上即开始连载《鲁滨孙漂流记》；光绪三十一年（1905），上海商务印书馆出版了由林纾、曾宗巩合译的《鲁滨孙漂流记》，并于次年再版。沈祖芬《绝岛漂流记》的发行量虽然不如后来的《鲁滨孙漂流记》，但是，作为该书的第一部中文译本，在中国近代翻译文学史上功不可没。

综上所述，在近代翻译小说领域，浙江人的开拓之功是毋庸置疑的，无论是最早的翻译小说《昕夕闲谈》，还是张坤德首次引入的侦探小说为翻译小说在近代流行打开局面，以及魏易之于"林译小说"乃至整个近代翻译领域的重要意义，都已经定格于近代翻译小说史。虽然出于各种原因，他们都存在着"编译""译述"等不尊重原著的行为，自创成分有时还大于翻译成分，甚至都不能算是严格意义上的"翻译文学"，但是，这是翻译小说从无到有的必经之途，没有这一稚嫩的初级阶段，断不会有后来趋于"信、达、雅"之成熟的翻译小说。

第三节 "小说界革命"前奏：理论准备与创作实践

由梁启超倡导的"小说界革命"对于近代小说发展有着重大影响和积极作用已成共识，其纲领性理论文章《论小说与群治之关系》开篇关于小说可治社会百病的论述及"小说为文学之最上乘"口号的提出，使得小说这种一出世即被打压、且长期待在"冷宫"的文学体裁突然披上华丽的政治外衣惊艳登场，成为万众瞩目的"明星"。"小说界革命"的标志性刊物——《新小说》的出版更是震动了整个小说创作界，这是近代第一份专门刊载小说的刊物。受其鼓励和启发，爱国志士们发现了新的开启民智、普及教育的武器，爱好文艺的人们也找到了展现艺术才华的途径，媒体与书局则看到了新的商机，整个小说界从此开始出现空前繁盛的景象。然而，"小说界革命"在中国小说史上并非是一次没有任何前期基础的"突变"，梁启超"欲新一国之民，不可不先新一国之小说"的理论，及《新小说》借小说"以发起国民政治思想，激励其爱国精神"的创刊宗旨及实践，都有着充分的前期准备，有助其实现"登高一呼、应者云从"的理论及实践基石，分别是《本馆附印说部缘起》（以下简称《缘起》）和《杭州白话报》。

一　《本馆附印说部缘起》："小说界革命"的理论先声

在《论小说与群治之关系》刊载的五年以前，即光绪二十三年十月十六日（1897年11月10日），《国闻报》开始连载一篇万

第一章 "小说界革命"前的浙江近代小说(1840—1902)

余言的小说理论长文:《缘起》,至本年十一月十八日(1897年12月11日)结束,共月余时间。该文作为近代最为重要的小说理论——小说功用论的最早提出者①,后来实际成了《论小说与群治之关系》的重要立论基础。

《缘起》以社论的形式刊发,当时未署作者。梁启超在《小说丛话》中说此文"实成于几道与别士之手"②。"几道"即中国近代启蒙思想家、福建侯官(今福州)人严复,"别士"则为近代历史学家、小说理论家、浙江杭县(今杭州)人夏曾佑。夏曾佑(1863—1924),字遂卿,一作穗卿,号碎佛,笔名别士。关于《缘起》的作者,目前学界有三种结论:一是该文由严复、夏曾佑合著③;二是认为主要成于夏曾佑之手,严复作为主编,只是"在思想上同意本文观点,甚或还稍加润了色"④;三是认为该文出自夏曾佑一人之手⑤。可见,这三种结论都认可浙江人夏曾佑参与了该文的撰写。即使是二人合撰,夏曾佑也应该是主要撰稿人,因为严复虽然在理论上认为小说能"使民开化",但在实践中并没有重视小说的具体行动,甚至还有点不太看好小说。他

---

① 陈大康先生指出,"在晚清讨论小说功用的著述中,……我们若按时间顺序作一排列,便可发现严复、夏曾佑是目前所知的最早提出者"。见陈大康《中国近代小说编年史》,人民文学出版社2014年版,第60页。
② 梁启超:《小说丛话》,《新小说》光绪二十九年(1903)第7号。
③ 梁启超(见上述所引《小说丛话》)、阿英(《晚清小说史》,东方出版社1996年版,第2页)、姜东赋(《严复文艺观散论——兼与周振甫先生商兑》,载牛仰山、孙鸿霓《严复研究资料》,海峡文艺出版社1990年版,第401—406页)、陈平原(《中国现代小说的起点——清末民初小说研究》,北京大学出版社2010年版,第4页)等持这一观点。笔者遵从这一观点。
④ 黄霖:《近代文学批评史》,上海古籍出版社1993年版,第538页。
⑤ 王栻(王栻主编:《严复集》第2册,中华书局1986年版,第440页),汪林茂(《中国走向近代化的里程碑》,重庆出版社1998年版,第623—625页),皮后锋、杨琥(《〈国闻报〉所刊〈本馆附印说部缘起〉之作者考辨》,《明清小说研究》2011年第3期)等持这一观点。

既没翻译过小说,也没创作过小说。而夏曾佑除了这一篇《缘起》,还另有一篇小说理论文章《小说原理》①,该文进一步阐述了"人所以乐观小说之故"、作小说之五难,并借梳理传统小说之渊源、分析其派别,而得出"欲求输入文化,除小说更无他途"之结论。

光绪二十三年(1897),夏曾佑至天津,在育才馆任教职,其间与严复、王修植②等在天津租界创办《国闻报》,并任主编。就在《国闻报》创刊的同一个月,德国出兵胶州湾,是时沙皇俄国亦蠢蠢欲动,企图将侵略魔爪伸向旅顺大连湾;英国在长江,法国在两广,日本在福建,列强各有所图,中华民族已处于将要被瓜分之极度危难时刻。夏曾佑、严复、王修植等具有维新变法思想的知识分子,身处这场灾难的前沿,对古老中国面临生死存亡的危机感受尤为深切,他们希望通过办报纵联上下、横通中外,以此开启民智、拯救国难。由严复执笔的《国闻报缘起》,即阐明了夏曾佑等几位创刊者的初衷:

> 阅兹报者,观于一国之事,则足以通上下之情,观于各国之事,则足以通中外之情。上下之情通,而后人不自私其利;中外之情通,而后国不自私其治。人不自私其利,则积一人之智力以为一群之智力,而吾之群强;国不自私其治,则取各国之政教以为一国之政教,而吾之国强。此则本馆设报区区之心所默为祷祝者也。③

---

① 该文载《绣像小说》光绪二十九年闰五月十八日(1903年7月12日)第3期。
② 王修植,字菀生,浙江定海人,光绪二十三年(1897)至光绪二十八年(1902)以北洋候补道任大学堂总办。《国闻报》的发起者之一。
③ 王栻主编:《严复集》第2册,中华书局1986年版,第455页。

第一章 "小说界革命"前的浙江近代小说(1840—1902)

该报每日出两张,形式仿英国《泰晤士报》,刊登中外要闻,消息迅捷且确切,所发表的社论不断揭露沙俄侵吞中国的阴谋诡计,传递维新派人士的政治主张及倾向,报纸发行后,沙俄及国内保守势力皆为之胆寒。而这篇《本馆附印说部缘起》,也被阿英先生誉为"阐明小说价值的第一篇文字"[①],后来又被陈平原、夏晓虹二位先生列为《二十世纪中国小说理论资料》篇首,在中国近现代小说理论史上都占有重要地位。

概而言之,这篇小说理论长文从以下几个方面对小说的内容、特征及功用进行了分析和论证,并进而得出《国闻报》附印说部(小说)之缘由。

一是以进化论为理论基础,借鉴自然科学及社会领域的学说探讨可使人类生存、延续之"公性情":一曰英雄,一曰男女,唯稗史小说可使此二者之"可骇可愕可泣可歌之事"流传久远。

《缘起》指出,大凡人类,"求其本原之地,莫不有一公性情焉。……何谓公性情?一曰英雄,一曰男女"。英雄与男女为人类之公性情,此公性情"原出于天,流为种智",为一切礼乐政教之本、词赋文章之宗。二者又相倚相生,正如物理学中电气之为万物之根源,英雄与男女亦遵从电气之"同类相拒,异类相吸"的公例,"英雄之根"乃"相拒之理","男女之根"则为"相吸之理","非有英雄之性,不能争存;非有男女之性,不能传种也",可见此二者为人类生存、传种、延续之根本。然而,一切关乎英雄、男女之"可骇可愕可泣可歌之事",虽能震动一时,却并非皆能流传于世。"茫茫大宙,有人以来,二百万年,

---

① 阿英:《晚清小说史》,东方出版社1996年版,第2页。

其事夥矣，其人多矣，而何以惟曹、刘、崔、张等之独传，而且传之若是其博而大也？"为什么茫茫宇宙，英雄、男女之事如此之多，反而只有如曹操、刘备、崔莺莺、张生等稗史小说中的人物能传之博大而久远？

二是从语言文字学及叙事学角度，揭示稗史小说更能使"英雄""男女"之人类"公性情"的故事传之久远、深入人心之原因。

《缘起》归纳了人类自有文字以来，可载"古人之事"之五类"书"：

> 书之为国教所出者，谓之经；书之实欲创教而其教不行者，谓之子；书之出于后人，一偏一曲，偶有所托，不必当于道，过而存之，谓之集；此三者，皆言理之书，而事实则涉及焉。书之纪人事者，谓之史；书之纪人事而不必果有此事者，谓之稗史。

这五类书中，经、子、集为言理之书；史、稗史为纪事之书。就传播功能而言，纪事之书较言理之书为上，而两类纪事之书，又有优劣之分。评价之标准，则看书中所用之语言文字是否为本族人所用、是否口语化、叙事是否善于铺陈敷衍、所纪之事是否为日常所习、所叙故事是否使善者昌、不善者亡。依据这五条，可知"二十四史"等国史具"五不易传之故"，因而为次；而稗史小说具有"五易传之故"，"更能曲合乎人心"，因而为最优。

三是承接第二点，得出说部（小说）可承载移风易俗、开化民智之重要社会功用。

这也是该篇的核心论点，在文章最后，作者对此做了总结：

第一章 "小说界革命"前的浙江近代小说(1840—1902)

　　夫说部之兴，其入人之深、行世之远，几几出于经史上，而天下之人心风俗，遂不免为说部之所持。《三国演义》者，志兵谋也，而世之言兵者有取焉。《水浒传》者，志盗也，而萑蒲狐父之豪，往往标之以为宗旨。《西厢记》、"临川四梦"，言情也，则更为专一之士、怀春之女所涵泳寻绎。夫古人之为小说，或各有精微之旨，寄于言外，而深隐难求，浅学之人，沦胥若此，盖天下不胜其说部之毒，而其益难言矣。

　　本馆同志，知其若此，且闻欧、美、东瀛，其开化之时，往往得小说之助。是以不惮辛勤，广为采辑，附纸分送。或译诸大瀛之外，或扶其孤本之微。文章事实，万有不同，不能预拟；而本原之地，宗旨所存，则在乎使民开化。自以为亦愚公之一畚、精卫之一石也。

　　抑又闻之：有人身所作之史，有人心所构之史，而今日人心之营构，即为他日人身之所作。则小说者又为正史之根矣。若因其虚而薄之，则古之号为经史者，岂尽实哉！岂尽实哉！

正因为说部（小说）较之经史子集更能深入人心，且能传之久远，所以更容易影响天下之人心风俗，实际已成"正史之根"，万不可因其为虚构敷衍之事而轻薄鄙视之。况且，欧、美、日（东瀛）等国家和地区，都是借小说完成了开化民风之任务。虽文章之事，各国有所不同，但宗旨所在，皆为使民开化，因此，《国闻报》之同志，正可学习他们不惜辛苦，"广为采辑，附纸分送"，或翻译国外作品，以达目的。这也是《国闻报》之所以要"附印说部"的缘由。

　　虽然夏曾佑、严复二人用洋洋洒洒万余言陈述了《国闻报》

将附印说部（小说）之缘由，但该报后续并未将之付诸实践，没有附载一篇小说。这或许有多方面原因，最主要之因素应是《国闻报》本身所遭遇的"内忧外患"，夏曾佑及其同人始终在为报刊的生死存亡疲于奔命，而无暇顾及刊载小说一事。《国闻报》自成立不久，即鲜明地表达了反对沙俄侵略的立场，并同时积极宣传严复等维新志士的主张，因而遭到了俄国及国内保守势力蛮横的双重打压，加之一直在经费上捉襟见肘，销路亦不畅通，创办五个月后即托庇于日本人，不久被迫停刊。夏曾佑约在光绪二十四年十一月（1898年12月）离开了《国闻报》避祸南归。

《国闻报》销路不畅及仓促停刊，使得刊载于其上的《缘起》一文在当时也并未产生应有的影响。但是，随着越来越多的上层人士意识到"小说"之于"民智"的重要作用，该文的观点在后期发酵，受到越来越多的关注，其影响也进一步扩散。光绪二十八年八月初一日（1902年9月2日），实际由梁启超担任主编的《新民丛报》（创刊于日本横滨）第15号刊载了一则"《新小说》报社广告"：

> 再者，前天津《国闻报》有《本馆附印说部缘起》一篇，从弟（第）六号起连登十余号者。海内诸公如有藏本，能将全文抄录副本见赠，谨以半年六册之《新小说》报奉酬。此布。（此广告又见于该报第16号。）

可见，梁启超在正式发动"小说界革命"之前，早已关注到《缘起》一文，不仅如此，他曾撰文承认该文对自己的影响：

> 天津《国闻报》初出时，有一雄文，曰《本馆附印小说缘起》（应为《本馆附印说部缘起》，本书作者注），殆万余

第一章 "小说界革命"前的浙江近代小说(1840—1902)

言,实成于几道与别士二人之手。余当时狂爱之,后竟不克裒集。惟记其中有两大段,谓人类之公性情,一曰英雄,二曰男女,故一切小说,不能脱离此二性,可谓批郤导窾者矣。然吾以为人类于重英雄、爱男女之外,尚有一附属性焉,曰畏鬼神。以此三者,可以该尽中国之小说矣。若以泰西说部文学之进化,几含一切理想而冶之,又非此三者所能限耳。《国闻报》论说栏登此文,凡十余日,读者方日日引领以待其所附印者,而始终竟未附一回,亦可称文坛一逸话。①

事实上,这篇"雄文",梁启超不仅仅是"当时狂爱之",也不仅仅有关于人类之公性情的观点对其产生影响和共鸣,作为"小说界革命"之宣言,梁氏之《论小说与群治之关系》中诸多观点得益于《缘起》之启发:如梁氏提出小说具有熏、浸、刺、提等不可思议的"支配人道"之四种力,正是对《缘起》关于稗史小说具有"五易传"之特征的发挥和升华;梁氏关于传统小说"盖百数十种小说之力,直接间接以毒人,如此其甚"之批判理论,亦可在《缘起》之"盖天下不胜其说部之毒,而其益难言矣"找到源头;《缘起》之"天下之人心风俗,遂不免为说部之所持"之小说社会功用论,则成为梁氏"欲新一国之民,不可不先新一国之小说。故欲新道德,必新小说;欲新宗教,必新小说;欲新政治,必新小说;欲新风俗,必新小说;欲新学艺,必新小说;乃至欲新人心,欲新人格,必新小说"之重要立论基础。《缘起》一文,无疑在理论上开启了小说变革的大门,也是梁启超"小说界革命"的理论先声。

---

① 《小说丛话》中"饮冰(梁启超)"语,载《新小说》光绪二十九年(1903)第7号。

二 《杭州白话报》:"新小说"的先期实践

在"小说界革命"的标志性刊物《新小说》创刊前的三个月,《新民丛报》上刊载了一篇宣传文章《中国唯一之文学报〈新小说〉》,介绍该刊宗旨为"专在借小说家言,以发起国民政治思想,激励其爱国精神。一切淫猥鄙野之言,有伤德育者,在所必摈"①。事实上,在《新小说》之前,《杭州白话报》早已在刊载"新小说"方面进行了先期实践,且颇为成功。

《杭州白话报》于光绪二十七年五月初五日(1901年6月20日)创刊于浙江杭州,至宣统元年(1909)起更名为《全浙公报》②,共历八年时间,是近代出版历时最长的一份白话期刊。印刷、排版皆沿用传统工艺,木刻雕版印刷③、册页式线装、文为通页竖排,但所有文章都用白话④。创办人及经理项藻馨,字兰生,浙江杭县(今杭州)人,曾任杭州求是书院教员。作为近代出版历时最长的一份白话期刊,《杭州白话报》在形式、风格等

---

① 见《新民丛报》光绪二十八年七月十五日(1902年8月18日)第14号,转引自陈大康《中国近代小说编年史》,人民文学出版社2014年版,第534页。

② 关于《杭州白话报》的停刊时间,目前有以下几种说法:一为1912年2月改为《全浙公报》,据钟韵玉先生说法。转引自徐运嘉、杨萍萍《清末杭州的三种报纸——〈经世报〉、〈杭报〉、〈杭州白话报〉》,《新闻研究资料》1989年第3期;一为宣统二年正月初一(1910年2月10日)停刊,据方汉奇《中国近代报刊史》(山西人民出版社1981年版,第265页);一为宣统元年十二月(1910年1月)改组为《全浙公报》,据中国人民政治协商会议浙江省委员会文史资料研究委员会《浙江百年大事记》(浙江人民出版社1986年版,第110页)。本书据《中外日报》宣统元年正月初六日(1909年1月27日)刊载的"《杭州白话报》馆广告":"本报于宣统元年起,扩充办法,定名《全浙公报》,凡杭城愿阅诸君请随时至敝馆挂号(仍设回回堂对面),当即按段□送。外埠及各府县愿定□者,祈赐函购,亦当妥速邮寄,以快先睹。此白。"认为《杭州白话报》于宣统元年(1909)改为《全浙公报》。

③ 《杭州白话报》原打算自第二年始由杭州编译局承办,改用铅印〔见《杭州白话报》光绪二十八年(1902)第33期《谨告阅报诸公》第4条"本报第二年拟即改用洁白厚纸,双面铅印,装订精工"〕,但"该局事属初创,机器未齐,字模不足,承印之报,未能一律清楚,致第三期报印好已久,本馆仍未发行"〔见光绪二十八年十月二十三日(1902年11月22日),《中外日报》刊载的"《杭州白话报》馆紧要告白"〕,所以仍改用木刻。

④ 《杭州白话报》于光绪三十四年(1908)开始刊载文言小说。

第一章 "小说界革命"前的浙江近代小说(1840—1902)

方面都发生过变化：形式上，初为旬刊，光绪三十年（1904）改为周刊，光绪三十一年（1905）改为三日刊，光绪三十二年（1906）后改为日刊。风格上则可分为三个时期：光绪二十七年（1901）至光绪二十八年（1902），为开创期，以开启民智为己任；光绪二十九年（1903）至光绪三十二年（1906），由孙翼中担任经理及总编辑，开始倾向革命，随后成为光复会的舆论机关；光绪三十三年（1907）至宣统元年（1909），孙翼中离开，该刊倾向于改良，且此时刊载的内容（包括小说）开始多样化。

《杭州白话报》第一年（光绪二十七年，1901）第1期刊载了首任主笔林獬[①]的一篇代发刊词性质的文章《论看报的好处》，表明办刊宗旨是希望中国能像日本一样，民气大开、国势日趋强盛：

> 又想出开报馆的法子，这个法子，是最便我中国的士农工商四等人。中国读书人，大半穷苦，那里有许多钱来买书？现在皇帝又要变法，这八股是一定要废的。一面要开学堂，一面用策论取士，我们读书人，若不是看报，那里能晓得外头的许多事情？……就是那农工商三等的人，能多看报，都有好处。……所以我朋友们商量想开报馆，又怕那文绉绉的笔墨，人家不大耐烦看，并且孔夫子也说道：动到笔墨的事情，只要明明白白，大家都看得懂就是。从前日本国，有个大名士，名叫贝原益轩[②]，他一生也是专门做粗浅

[①] 林獬，笔名宣樊子、宣樊，晚年号白水，福建闽县人。光绪十九年（1893）至杭州，和同乡林纾在浙江石门知县林伯颖家教学馆，光绪二十四年（1898）应聘至杭州蚕桑学堂执教，光绪二十七年（1901）任求是书院总教席。同年6月，《杭州白话报》创刊，林獬任主笔。

[②] 贝原益轩（1630—1714），日本江户时代初期儒学家、博物学家、平民教育家、本草学家。

的小说书，把大家看，不过几年，那风气就大开了，国势也渐渐的强起来了，因此日本维新的根基，大家都说是贝原益轩一个人弄起来的。诸位此刻还未必十分相信，到看了各种的报纸，才晓得我们并不是造谎呢。①

该刊明确将读者群定位为士农工商四等人，尤其希望"便是不读过书的人，也可以看了"。栏目设有论说、中国新闻、外国新闻、演书、小说、杂类等，其中"演书"是"把中国外国几种好书，演成白话"，绝大部分是选择的历史类题材；"小说"是"报馆里朋友自家做的，比《岳传》《水浒》还要好看"②，实际上这两类皆可归入小说一列。《杭州白话报》共刊载了 28 部小说（包括演书）③，其中，第一年［光绪二十七年五月（1901 年 6 月）至光绪二十八年四月（1902 年 5 月）］刊载 6 部长篇；第二年［光绪二十八年五月（1902 年 6 月）至光绪二十九年（1903 年）］刊载 10 部小说（9 部长篇、1 部短篇）；第三年（光绪三十年，1904）刊载 2 部（1 部长篇、1 部短篇）；光绪三十四年（1908）刊载 10 部短篇。风格上，第一年至第三年保持一致，所选题材都为开启民智和有助于爱国教育的历史类及人物传记；光绪三十四年（1908）虽然在数量上占绝对优势，但皆为短篇，且在风格上发生较大变化，不仅多为文言小说，内容上亦出现言情、纪事等内容。④

《杭州白话报》的创办团队实际将小说当成了其"开风气事

---

① 《论看报的好处》，《杭州白话报》光绪二十七年五月初五日（1901 年 6 月 20 日）第 1 期。
② 《〈（杭州）白话报〉简明办法》，《中外日报》1901 年 6 月 20 日"专件"栏。
③ 本书以下论述《杭州白话报》的小说时，都包括演书。
④ 《杭州白话报》贯串了整个浙江近代小说史。本书为论述方便，将第一年至第三年合并论述，光绪三十四年（1908）刊载的小说则放在第三章进行论述。

第一章 "小说界革命"前的浙江近代小说（1840—1902）

体"之办刊宗旨的主要载体，不仅主创人员多数参与了小说创作，且在题材选取及刊载顺序的安排上，都做了周详考量。如第一年刊载的六部长篇小说：《波兰国的故事》《救劫传》《美利坚自立记》《俄土战记》《菲律宾民党起义记》《檀香山华人受虐记》，皆是以外国的实例警醒国人，亡国后会落到怎样的悲惨境地；第二年、第三年刊载的12部小说分别为：《中东和战本末纪略》《日本侠尼传》《三大陶工故事》《非须眉》《女子爱国美谈》《俄宫活鬼》《世界亡国小史》《亡国恨》《儿女英雄》《俄力东侵小史》《黄天录》《游尘》，除了延续第一年用外国历史警醒国人的题材，还增加了人物传记，介绍外国百姓如何从自己做起，最终使祖国富足强盛，以激励国人无论男女、不管贵贱，都可为救国做一番轰轰烈烈的新事业。

除了试图用这些活生生的外国故事警醒国人，这些小说的作者还无一例外地在作品中现身说法，苦口婆心地奉劝世人以此为鉴。如在创刊首日即开始刊载的《波兰国的故事》，叙述了与当时中国现状颇为相似的波兰国灭亡的历史。极为衰败的波兰因为内乱及宗教压迫而寻求俄国的帮助，俄国人乘虚而入，先是用武力夺走了波兰的大片土地，而且为了防止波兰人反抗，还派了一个钦差大臣驻扎在波兰。最后，俄国人不仅将波兰人驱赶至偏远地区，且只准他们学习俄语，终于致使波兰彻底灭亡。作者孙翼中（署名"独头山人"）在篇前序言里，即阐明了小说的意旨："我因为这件事体，同我们中国的情形有几分相像，所以把波兰灭国的故事告诉你们。要晓得你们再不明白，再不振作，恐怕别人家，把我们的堂堂中国，当作波兰看待。孟夫子说的，家必自毁，然后人毁之；国必自伐，然后人伐之，便是这个道理。你们你们，大家听我说道。"在《日本侠尼传》的篇末，作者黄海锋郎（汪嵚）也语重心长地告诫读者："那望东不过一个女子，不过一个老尼，都知道爱国，都知道保护志士。看后来日本恢复旧业，独主亚洲，那个不想望东呢？那国不爱望东呢？回想我们中国，无上的主权，被人夺了，种种的利益，被人取了。瓜分的说话，已听惯了。奴隶的苦处，要到快了。唉！我看中国四万万人，还是那一个，能够知国民的义务，和国家的责任呢？还是那个，能够有望东知耻的心事，爱国的志气呢？我们二万万的须眉男子，还不要愧死么？"直接在作品中嵌入自己的评论，以警醒告诫读者，不仅是《杭州白话报》的小说作者惯用的手法，也成为诸多近代小说的一个显著特征。

《杭州白话报》借小说开风气之先究竟是否取得了实际效果？虽然主编者对于刊行后所造成的社会影响并无把握，谦虚地说"毕竟得益处的有几多，这却无从去考究"。但在该刊问世一个月后，《中外日报》即刊载了一篇《〈杭州白话报〉书后》的长文，对之评价极高。该文先历数三千年中华古国之愚民政策及民智不开之缘由，次论现今"欲开民智"之"十余家""且多在通商大埠"之报馆，则"整襟危坐，庄言高论，洵足以动学士之听，悦文人之目矣，而阛阓之市侩与村落之耕夫，类皆识字无多，虽欲纵观而苦于不能通其文义，则反不如向所谓之小说、平话、盲词之耐寻味资谈助也"，由此转而盛赞《杭州白话报》以通俗之语言变中国之性质、开中国之风气之无量功德：

> 《杭州白话报》同人有鉴于此，爱仿旬报体裁，月出三册，一以通俗之语言演之，义取粗浅不嫌质俚，而后真如白香山诗，老妪都解其苦心孤诣，诚加人一等。将来风行内地，民智大开，则斯报之功大有造于支那矣。夫泰西语言与

第一章 "小说界革命"前的浙江近代小说(1840—1902)

文字合,故通国中妇人稚子咸喜看报,视如性命,成为风俗,因其易明也。中国语言与文字离,故报章虽极浅显,仍多未易领会者。《白话报》之创立,通文字于语言,与小说和而为一,使人之喜看者亦如泰西之盛,可以变中国人之性质,改中国人之风气,由是以津逮于文言各报,盖无难矣。至其报末所附《波兰(的)故事》《地学问答》,尤关紧要。如日后扩充,能将泰西政治学业诸小说,依次演入,斯于开民智之事收效应愈速,继贝原益轩而起,岂异人任乎?执笔于是有厚望焉。抑又有一说。从前中国恒以施送善书为莫大功德,故如《阴骘文》《感应篇》《明圣经》之属,往往有刊印千百部,随人分赠,以之祷病、求子、禳灾、祈福者。今《白话报》之有益较诸善书为多,价值亦贱,当世不乏有心人,似亦可订购若干分专于乡僻之区施送劝阅,广厥流传,以求四万万黄种子孙免于奴隶牛马之惨,视《阴骘》《感应》《明圣》之功德奚啻十倍欤!若各省语言不同,则不妨用其土话另自为报,无失开民智之本意,当亦杭州诸君子所闻而欣然也。①

该文不但一语中的地肯定了《杭州白话报》"通文字于语言,与小说和而为一"的特色,且预言该刊"如日后扩充,能将泰西政治学业诸小说,依次演入,斯于开民智之事收效应愈速",并认为《杭州白话报》之功德,将十倍于《阴骘文》《感应篇》《明圣经》②等

---

① 《〈杭州白话报〉书后》,《中外日报》光绪二十七年六月初三日(1901年7月18日)。
② 《阴骘文》:全称《文昌帝君阴骘文》,道教善书。以文昌帝君降笔(即扶乩)的名义编纂而成。成书年代不详。内有许多宣传佛教的句子。在中国,相传为掌握人间禄籍之神,旧时士人多崇祀之。"阴骘"即暗里做好事,为道家所说阴德。《感应篇》:全称《太上感应篇》,托称太上老君所授,是流传最广的道教善书。《明圣经》:全称《关帝桃园明圣经》,托关公而作,是在民间流传甚广的善书。

善书，可谓对之极尽赞誉之词。事实上，《杭州白话报》此后亦未负众望，在销量上一直保持着较高的水平。光绪二十七年六月初六日（1901年7月21日），《中外日报》"外埠新闻·杭州"一栏"再志《白话报》"有"是以日来销路甚旺，每期可售二千分。外埠宁、绍及淮安等同志，都有特捐寄杭者。此报可不虞中止矣"之语，可见《杭州白话报》在当时已经站稳脚跟，具有相当不错的销售业绩。而据在东京出版的浙江留日学生所办《浙江潮》光绪二十九年（1903）的调查统计，当年在杭州销售的七种省内外报刊，《杭州白话报》销量位居榜首，其借助白话小说以开启民智和进行爱国教育的实践，在当时也有了实质性的社会影响。

综上所述，就办刊宗旨而言，《杭州白话报》与《新小说》已较为相近，刊载的小说数量亦不在少数，它所拥有的读者已有一定规模，其社会影响也越来越广，"我们有理由相信，它在一定程度上促使了后来《新小说》的问世"[①]。梁启超所发起的"小说界革命"，正是因为有了《本馆附印说部缘起》及《杭州白话报》的理论及实践基础，才得以成功，并为中国近代小说开启全新的篇章。

---

① 陈大康：《中国近代小说编年史》，人民文学出版社2014年版，"导言"第60页。

第二章 浙江近代小说的第一波高潮(1903—1905)

若要在浙江近代小说史中寻找一个开始繁荣的节点,光绪二十九年(1903)无疑是最为允当的。在本人以编年形式对与浙江近代小说相关的资料进行了编排的《浙江近代小说资料长编》中,道光、咸丰、同治及光绪朝前期所出现的年份并不连贯,如道光朝只有道光二十四年(1844)、二十六年(1846)、二十七年(1847)、三十年(1850)有事可载;咸丰朝只有咸丰三年(1853)、七年(1857)有事可载;同治朝只有同治二年(1863)、十年(1871)有事可载;光绪朝前期出现的年份虽然较之前频繁,但所出现的年份中,也只有某一月或者某几个月有事可载。而自光绪二十九年(1903)开始,《浙江近代小说资料长编》不仅须按年记录,且每一年须逐月载录,并且,每月出现的日期也越来越密集。这一状况足可表明浙江近代小说已开始步入繁盛时期。

报刊小说作为近代小说最为重要的形式,在此一阶段成为主流,浙江近代小说中除了早已于光绪二十七年(1901)创刊的《杭州白话报》,先后有《浙江潮》《绍兴白话报》等八种报刊相继创办,而"小说"则成为这些报刊的必备栏目。这种"有报刊处，必有小说"的现象，一方面促进了浙江近代小说在数量上的繁荣；另一方面，也使"小说界革命"的负面效应在此阶段的浙江近代小说中暴露无遗：小说只是有志之士们寻求救国之途的工具，以及释放革命激情的副产品，"小说"本身却显得面目模糊，报刊创办者及小说创作者并不在乎小说所应该具有的艺术魅力，它只是一具粗糙不堪的躯壳，用以安放他们拯救民族危亡的炽热的灵魂。

翻译小说的热潮在这一时期开始出现：魏易继续与林纾合作，此阶段他们开始有计划地翻译了《足本迦茵小传》，以及英国小说家哈葛德、司各德等的作品，并体现出渐趋成熟的翻译观念；钱塘（杭州）人吴梼，绍兴人周氏兄弟等翻译家亦开始在此一阶段初露锋芒。

小说批评领域，王国维的《红楼梦评论》发表于《教育世界》，这篇后来被视为近代借用西方理论体系对中国文学作品进行批评、从纯艺术角度分析评价小说的奠基之作的理论长文，在当时并未产生应有的反响，而是被暂时湮没在铺天盖地的小说功用论的洪流之中。

第一节　小说革命阵地：报刊小说成为主流

同治十一年四月十五日（1872年5月21日），《申报》开始连载《谈瀛小录》，代表了报刊小说作为近代新兴的媒介及传播方式开始出现，至光绪二十九年（1903）出现井喷式增长。该年创办的与小说相关的报刊数为19种，比上一年的6种多出13种。报刊小说的数量为107部（篇），而同治十一年（1872）至光绪

第二章 浙江近代小说的第一波高潮(1903—1905)

二十八年(1902)共 31 年的总量为 143 部(篇)①。浙江近代亦进入报刊小说的高峰期,此阶段共有八种期刊创办,分别是:《浙江潮》(东京)、《绍兴白话报》(绍兴)、《宁波白话报》(上海)、《萃新报》(金华)、《湖州白话报》(上海)、《南浔通俗报》(南浔)、《东浙杂志》(金华)、《浙源汇报》(金华)。其中,创刊于日本东京的《浙江潮》虽然只持续了一年左右的时间,但影响最大;《绍兴白话报》《萃新报》《南浔通俗报》《东浙杂志》《浙源汇报》都创刊于浙江本土;《宁波白话报》《湖州白话报》虽在上海创刊,但创办者及编辑人员皆为浙江人,且发行地也主要在浙江本土。

这八种期刊的创办人、编辑或资助者,多为资产阶级革命派"光复会"②的成员,或与之有密切联系,因而这些期刊都有浓郁的"革命"色彩。浙人自古"水行而山处,以船为车,以楫为马,往若飘忽,去则难从,锐兵任死"(《越绝书》),因而形成了"慷慨以复仇,隐忍以成事"(南宋王十朋《会稽风俗赋》)之胆剑精神,近代屡遭外族侵略而致国势日衰之外患,及清政府腐败无能而使国人处于任人屠宰之屈辱境地之内忧,使得好勇尚武的浙江人成为"革命"的主力军。有识之士们此时对于报刊的舆论监督作用已深有体会,他们将之作为"革命"阵地,希冀借此"日日激刺于吾国民之脑,以发其雄心,以养其气魄"(《浙江

---

① 数据见《近代报刊小说发表情况一览表》,载陈大康《中国近代小说编年史》,人民文学出版社 2014 年版,"导言"第 75 页。

② 光复会成立于光绪三十年(1904)冬天,是由浙江籍知识分子组建的资产阶级革命团体,浙江绍兴人蔡元培任首任会长。同盟会成立后,光复会成员以个人身份加入同盟会,但光复会仍保持独立的组织,并以自己的名义在长江中下游的苏浙皖赣闽等以及海外的日本和南洋地区开展革命活动。光复会制定了《光复会章程》,以"光复汉族、还我山河、以身许国、功成身退"为宗旨,将推翻清政府的封建专制统治、建立资产阶级共和国作为奋斗目标。

潮》发刊词)、"为我桑梓同胞作警晓钟、作渡津筏,异日者,跳出黑暗界,步行红日中"(《萃新报》发刊词)。

一 《浙江潮》

《浙江潮》[①]创刊于光绪二十九年正月二十日(1903年2月17日),由101个浙江留日学生在日本东京创办。在近代小说发展的地域分布中,日本是除上海、浙江、江苏、广东之外的另一个重要的区域,"小说界革命"的标志性刊物《新小说》即是在日本横滨创刊,进而引领了国内近代小说的狂潮。其他诸如早期的《清议报》《新民丛报》等,亦是在横滨创刊。据统计,中国留日学生共创办了62种报刊,这些报刊"不仅达到一般杂志的水准,而且在质素方面还领先于国内的杂志,发行数量亦较国内的杂志为多"[②]。这是因为除了像梁启超、康有为等领袖人物因为政治原因逃亡邻国日本,另有一大批青年学子在甲午战争之后或公派或自费纷纷浮桴东渡,致使日本聚集了众多中国知识分子,而他们正是各种报刊的核心人物。

这些留日精英在日本初步接触到西方资产阶级的言论自由和新闻传播知识,认识到报刊不仅能影响政治局势,而且在引导社会舆论、改良社会风俗,以及促进社会进步等方面都有着不可替代的作用,因此他们开始创办报刊,旨在输入文明,增益民智。国内清政府的倒行逆施与腐败无能使得这些留学生们开始在日本

---

① 1938年,另一份同名期刊《浙江潮》在金华创办,由黄绍竑、严北溟主编。始为半月刊,后改为旬刊,继而又改为周刊。辟有文艺栏目,发表诗文作品。为激励抗战而呼号。文艺作品主要撰稿者有邵荃麟、葛琴、平子、绀弩、黄源、辛劳、张天翼等。该刊与《浙江潮》并无关联。

② [日] 实藤惠秀:《中国人留学日本史》,谭汝谦、林启彦译,生活·读书·新知三联书店1983年版,第346页。

第二章 浙江近代小说的第一波高潮（1903—1905）

进行"有组织的革命活动，并以一个地区、一个省为单位，建立学生组织，创办区域性或以省命名的刊物"①。光绪三十年（1904），东京就有湖北同乡会创办的《湖北学生界》、江苏同乡会创办的《江苏》、湖南同乡会创办的《游学译编》等。《浙江潮》亦由浙江同乡会创办，是一份大型的综合性、知识性月刊，每月二十日（农历）出版。栏目每期不固定，大体有图画、社说、论说、学术、大势、谈丛、记事、杂录、小说、新浙江与旧浙江、文苑、日本闻见录、时评、专件等门类。

除了刊名极具省域辨识度，《浙江潮》在内容上亦较为偏重介绍与浙江相关的风土人情及社会概貌，除了居于每期之首的"图画"一栏专门放置浙江同乡会、名人，及反映时事（如杭州放足会摄影等）的照片、本省地图、各处名胜古迹图片等，还另专设"新浙江与旧浙江"一门，每期至少刊载两篇以上的专文介绍浙江的历史、地理、物产、人文及当下社会百态等，如《浙江文明之概论》《海盐地理之关系》（第1期），《论杭州放足会》（第2期），《浙江大学堂学生退学始末记》《杭城报纸销数表》（第3期），《论海盐之教育》《绍兴新昌县物产表》（第4期），等等。

与其他区域性刊物相比，《浙江潮》除了具有浓郁的地域色彩，还是一份极具战斗性的刊物，《中国近代报刊名录》就将之定位为"革命刊物"②。《浙江潮》的首任主编蒋百里、继任主编许寿裳，以及主要成员孙翼中、蒋智由、马君武、叶瀾、王嘉祎、蒋尊簋、周树人等，大多思想激进、倾向革命，后来也成为光复会的主要成员。他们和其他留日学生一样，在屈居日本之时，含

---

① 宋应离主编：《中国期刊发展史》，河南大学出版社2000年版，第66页。
② 史和、姚福申、叶翠娣编：《中国近代报刊名录》，福建人民出版社1991年版，第274页。

垢忍辱，备尝战败国留学生被歧视和欺凌的辛酸况味：他们被日本人谩骂为"野蛮人""低能儿"，日本人还用嘲弄与鄙视的腔调称之为"支那人"，因而他们更加痛恨腐败无能、对外一味媾和的清政府，认为只有以毒攻毒、通过暴力革命方可捍卫民族国家的利益。

据主编许寿裳回忆，在刊物命名之始，成员内部曾有争执，"温和的一派主张用浙江同乡会月刊之类，激烈的一派大加反对，主张这个名称（即《浙江潮》，本书作者注），来作革命潮汹涌的象征"①。后来显然是"激烈的一派"占了上风，刊物用了极具革命色彩的"浙江潮"之名。首任主编蒋百里撰写的《发刊词》，即是长歌当哭，挟有无穷之恨：

岁十月，浙江人之留学于东京者百有一人，组织一同乡会。既成，眷念故国，其心恻以动，乃谋集众出一杂志，题曰《浙江潮》。且述其体例而为之辞曰：

我浙江有物焉，其势力大，其气魄大，其声誉大，且带有一段极悲愤极奇异之历史，令人歌，令人泣，令人纪念。至今日则上而士夫，下而走卒莫不知之，莫不见之，莫不纪念之。其物奈何？其历史奈何？曰：昔子胥立言人不用，而犹冀人之闻其声而一悟也，乃以其爱国之泪，组织而为《浙江潮》，至今称天下奇观者，浙江潮也。

……可爱哉，浙江潮！可爱哉，浙江潮！可爱哉，浙江潮！挟其万马奔腾、排山倒海之气力，以日日激刺于吾国民之脑，以发其雄心，以养其气魄。二十世纪之大风潮中，或

---

① 许寿裳：《亡友鲁迅印象记》，岳麓书社2011年版，第12页。

第二章　浙江近代小说的第一波高潮(1903—1905)

亦有起陆龙蛇,挟其气魄,以奔入于世界者乎?西望忽龙,碧天万里,故乡风景,历历心头。我愿我青年之势力,如浙江潮;我青年之气魄,如浙江潮;我青年之声誉,如浙江潮。吾愿吾杂志亦如之,因以名,似为鉴,且以为人鉴,且以自警,且以祝。

《浙江潮》上刊载了许多宣扬民族主义与尚武精神的文章,如《民族主义论》(第1、2、5期)、《国魂篇》(第1期)、《真军人》(第3期)、《俄人要求立宪之铁血主义》(第4、5期)、《论军国民教育会》(第5期)、《铁血主义之教育》(第10期)等。在《民族主义论》中,署名"余一"的作者指出,考察天下大势,民族主义是19世纪至20世纪整个世界的主题词,"今日者,民族主义发达之时代也,而中国首当其冲,故今日而再不以民族主义提倡于吾中国,则吾中国乃真亡矣"[①]。提倡民族主义就必须提倡尚武精神,在屡遭外侮内患的乱世,军人才是立国之本,"武士魂者,导源于希腊,而盛行于今日,德意志其宗子也。盖军人者,非战争为用之,以言其统一纪律之精神,则立国之本也;以言其强毅坚壮志气魄,则资生之原也;以言其竞争共同之敌忾,则爱国心之所由发达也。故曰帝国主义之世界,其国家必以军人之精神组织之,进则齐进,退则齐退,盖非是不足以立于大地也"[②]。

《浙江潮》刊载的小说,也与之相呼应,"火药味"十足。该刊专设"小说"一门,分章回体、传奇体、杂记体三类。在目前所见的10期中,共刊载了16部小说。为便于分析论述,

---

① 《民族主义论》,《浙江潮》光绪三十年(1904)第1期。
② 《国魂篇》,《浙江潮》光绪三十年(1904)第1期。

列表如下。

表2-1　　　　　　　《浙江潮》所载小说一览

序号	小说名称	作者	所刊期数	文言或白话	长篇或短篇	自著或翻译	小说类型
1	《少年军》	喋血生	第1期	文言	短篇	译述	军事小说
2	《专制虎》	喋血生	第1期	文言	短篇	译述	侦探小说
3	《苦英雄逸史》	任克	第2期	文言	短篇	译述	
4	《海上逸史》	太公	第2期	文言	短篇	译述	
5	《摄魂花》	喋血生	第3期	文言	短篇	译述	侦探小说
6	《血痕花》	蕊卿	第4期、未完	白话	长篇	编译	
7	《斯巴达之魂》	自树（周树人）译	第5期、第9期	文言	长篇	译述	
8	《哀尘》	法国嚣俄著，庚辰（周树人）译	第5期	文言	短篇	译述	
9	《爱之花》	侬更有情	第6期至第8期	白话	长篇	自著	
10	《自由魂》	美国威尔晤著，鲍尘译	始载第6期，未完	文言	长篇	译述	
11	《少年军》（二）	喋血生	第7期	文言	短篇	译述	
12	《返魂香》	喋血生	第8期	文言	短篇	译述	
13	《恋爱奇谈》	侬更有情	第8期	文言	短篇	自著	
14	《少年军》（三）	喋血生	第9期	文言	短篇	译述	
15	《雌雄蜥》	喋血生	第9期	文言	短篇	自著	
16	《地底旅行》	英国威男著，之江索子（周树人）译	第10期至第12期	文言	长篇	译述	

从上表可以看出，在10期刊物中，除第3、4、7、10期只刊载了一部小说，其他6期都载有两部，可见该刊两任主编对于小说的醒世作用及"战斗力"寄予厚望。在16部小说中，只有《血痕花》和《爱之花》为长篇白话小说，且《血痕花》未刊载

第二章　浙江近代小说的第一波高潮(1903—1905)

完毕,其他 14 部作品皆为文言。此时国内已有《无锡白话报》《杭州白话报》《苏州白话报》《智群白话报》等多家白话报创刊,它们希冀用通俗易懂的家常白话锁定下层民众作为读者群,进而达到真正开启民智的目的。其中如《杭州白话报》等,销量已经非常可观,影响也越来越大。但是,此时的留日知识分子因自身和地域原因,尚无暇顾及语言上的革命,而依然习惯用文言写作。

在 16 部作品中,除了《爱之花》《恋爱奇谈》《雌雄蜥》为自著小说,其他作品虽然只有《斯巴达之魂》《哀尘》《自由魂》《地底旅行》明确标示为"翻译小说",但其他作品或在正文中有所交代(如三篇《少年军》及《血痕花》),或从小说内容可判断,实译述自外国小说。

所有小说的作者皆用笔名,实际上,《浙江潮》刊载的文章绝大多数署的是笔名[①],且有很大的随意性,如周树人在该刊共发表了三部小说,却用了三个笔名:《斯巴达之魂》署"自树",《哀尘》署"庚辰",《地底旅行》署"之江索子"。这也是整个近代小说界的普遍现象。

就作品内容而言,在 16 部小说中,除了《恋爱奇谈》由三个恋爱故事组成,《摄魂花》《雌雄蜥》单纯讲述了一个普通的侦探故事,三篇小说的主题不具有教化作用之外,其他 13 部作品大体上皆有共同的主题,即配合刊物宗旨,弘扬民族主义和尚武精神,激励国人在内忧外患之危难时刻,共同拯救祖国危亡,振兴中华民族。如该刊"小说"一栏的主要撰稿人喋血生先后共发表了三篇明确标为"军事小说"的《少年军》、《少年军》(二)、《少年军》(三),就是希望借小说起懦夫、辟魔鬼,希望"我同

[①] 在《浙江潮》刊载的文章中,只有第 2、3 期"哲理"一栏《续五鬼论》署名"陈榥";第 4 期"论说"一栏《气体说》署名"何燏时"。

胞"无论贵贱、老少、男女，皆奉此作为好脚本，投袂而起，用自己的热血染红革命的旗帜。此外，《专制虎》虽然标为"侦探小说"，实际是颂扬俄国虚无党人前仆后继与俄国皇宫暴政对抗之英雄主义；《苦英雄逸史》中普鲁士亚皇后路易卧薪尝胆，捐钱资助法兰西民党颠覆拿破仑的专制统治；《血痕花》演绎法国大革命推翻专制政府、创立共和的历史；《斯巴达之魂》叙写斯巴达人殊死抵抗波斯人的进攻，直至全军覆没；等等，皆是欲借他人酒杯，浇自己块垒，希望这些尚武爱国的故事，能唤醒昏睡的同胞。《海上逸史》《地底旅行》都是宣扬冒险精神；《哀尘》《返魂香》则是暴露统治者的暴政和社会腐败，所有作品都有明确的励志目的。为帮助读者迅捷地吸收小说中的"营养"，作者们在作品的篇前、篇首或篇末还设有识语或说明，如刊载于第1期的《少年军》之篇前"识语"云：

少年军何为而起哉？我同胞亦曾读美国一斤《南北战争之历史》乎？纪元千八百六十一年，卒以黑奴问题，启南北战争之大剧。丁斯时也，战云惨淡、战血淋漓中，而忽现一种不可描写之光彩者，华华少年军一队是也。此篇乃当时南部兵学校之生徒，炮烟弹雨中之一少年之从军日记耳。记少年军之历史，仅得其凤毛麟角。虽然，读之令我之精神油然勃然，飞舞不止也。乃述其口吻，以正告我同胞少年。

其篇末又云：

译者乃曰：夫美，世所谓好平和之国民也，而其乐战乃

第二章 浙江近代小说的第一波高潮（1903—1905）

若是。吾于是不解吾中国人之性质也。彼死于水火，死于盗贼，死于疫疠而不畏，而一言战，则皆摇首丧气以思走。何以故？曰：畏战死。惟畏战死，于是甲午之役，死者数十万；庚子之役，死者数十万。呜呼！吾中国人其果畏死耶？则吾举世界列国之死亡者而比例之，多莫吾中国若也；举历史上之破坏事业而比例之，多莫吾中国若也。昊天不吊，降丧下民。自有历史以来，未有如中国民族之惨者也。然其习于死也如此，而畏死也又如彼，于是吾敢断断曰：惟爱平和，乃战争死；惟畏战死，乃丧其父若母若家室妻子若国。

此文可谓一字一血、用心良苦。周树人在《斯巴达之魂》的书首"牟言"中，亦是殷殷切盼，希望借斯巴达将士殊死战斗之英气，唤醒国人："斯巴达将士殊死战，全军歼焉。兵气萧森，鬼雄昼啸，迨浦累皆之役，大仇斯复，迄今读史，犹懔懔有生气也。我今掇其逸事，贻我青年。呜呼！世有不甘自下于巾帼之男子乎？必有掷笔而起者矣。"

《浙江潮》以杭州万安桥《白话报》馆和上海的《中外日报》馆作为总代派所，销往全国各地后，立刻在国内尤其是具有一定知识的青年学生和新军士兵中引起了强烈反响。同时，《浙江潮》鲜明的反清倾向也使得清政府对其极为恐慌和忌恨，必欲除之而后快。他们一方面颁布《约束游学生章程》（光绪二十九年四月，1903年5月），加强对留日学生的管理和监督，严格控制他们的言论和行动自由；另一方面，三令五申禁止国人购买此类革命报刊，威胁将追究阅者、售者的责任，并颁布了"查禁悖逆各书示"：

准军机处函开,近闻南中各省,书坊报馆,有寄售悖逆各书,如《支那革命运动》《革命军》《新广东》《新湖南》《浙江潮》……等种种名目,骇人听闻,丧心病狂,殊堪痛恨。若任其肆行流布,不独坏我世道人心,且恐环球太平之局,亦将隐受其害。此固中法所不容,抑亦各国公法所不许。务希密饬各属,体察情形,严行查禁。但使内地无销售之路,士林无购阅之人,此等狂言,不难日就澌灭等因。仰书坊报馆及诸色人等知悉,自示之后,倘敢再售前项悖逆各书,一经查出定即饬提严办。其各学堂诸生及士民人等,务各束身自爱,不能购阅,致干咎戾。①

类似的告示直至光绪三十一年(1905)依然存在,却像外强中干的幌子,没有任何威慑作用,也不能阻止这些刊物在国内的流传,如《浙江潮》依然在全国各地销售,并产生影响。当它秘密地传到了湖南长沙周南女校时,"革命思想的浪潮即刻就泛滥起来,冲动了整个学校"②。发行《浙江潮》等书籍的广告,也公开在上海的《中外日报》刊载。③

二 《萃新报》《东浙杂志》《浙源汇报》

不独远隔重洋的《浙江潮》充满革命元素,此一阶段的浙江本土期刊,也是以"革命"作为关键词。最为典型的即《萃新报》。该刊于光绪三十年五月十四日(1904年6月27日)创办于

---

① 戈公振:《中国报学史》,湖南大学出版社2014年版,第148—149页。
② 方汉奇:《中国近代报刊史》,山西人民出版社1981年版,第224页。
③ 《国学社新书折价广告》,《中外日报》光绪三十年九月十三日(1904年10月21日)。

第二章 浙江近代小说的第一波高潮(1903—1905)

浙江金华,由张恭与当地名流刘琨、蔡汝霖、盛俊等人创办。张恭出生于书香之家,12岁即在金华县童子试中头名秀才,被时任金华知府继良收为"义子",但他无心功名,喜欢接触社会底层,结交江湖豪杰,其中不乏反清会党人物。光绪二十六年(1900),张恭就读于杭州紫阳书院,其间接受蔡元培、章太炎等革命派的新思想,从此走上民主革命之路。他早年曾创设"积谷会"(又名"千人会"),后又任"龙华会"副会主,联络会党,宣传反清革命。

金华地处浙东上游,万山崇沓,交通极为不便,导致当地信息闭塞,观念守旧。张恭等新型知识分子认识到报刊的重要传播作用,于是在经费严重不敷的情况之下,向社会募捐入股,且"办事人暂行不支薪水"(《萃新报》简章),创设了《萃新报》。"萃"为"聚集"的意思,因而该刊所有文章全部转载自其他报刊:"采辑海内外新报之学说丛谈,为我桑梓同胞作警晓钟、作渡津筏,异日者,跳出黑暗界,步行红日中。"其文章来源,涉及《新民丛报》、《女子世界》、《东方杂志》、《时报》(上海)、《警钟日报》、《大陆》、《政法学报》、《游学译编》、《湖北学生界》、《汉声》、《浙江潮》、《江苏》等当时的20多种报刊。

《萃新报》栏目众多,除设有"文学""文苑"等专门刊载文学作品的栏目之外,另专设"小说"一栏。这应该是受其他报刊之影响,自《新小说》之后设"小说"栏目,且必刊载小说的做法已非常流行。但《萃新报》实际只转载了两部小说:一为连载于第1期至第3期的《俄皇宫中之人鬼》,注"录《新小说报》",署"曼殊室主人译",该篇原载《新小说》第2号,曼殊室主人实为梁启超,是一篇反映俄国专制体制的小说;一为《少年军》(二),该篇原载《浙江潮》第7期,由喋血生译述,是一篇倡导尚武精神的军事小说。《萃新报》第 4 期"小说界"（传奇体）一栏还刊载有《冥闹》（传奇体），作者署"蒋鹿山"，但该篇实为戏剧，而非小说。这说明创办人关于小说的观念还相对滞后，对于"小说"开民智的作用也还没有足够的认识。

《萃新报》在当时颇受欢迎，第 1 期出版不久即告售罄，且因索购者纷至，不出两月第 1 期又行再版，发行地除了金华、衢州、严州（今属杭州）、处州（今丽水）四府之外，还远销至香港和南洋一带。正因为其影响越来越大，当出版至第 6 期，清政府以"言语狂悖"的罪名对该刊进行了查封，这就是有名的"《萃新报》案"，据陶成章在《浙案纪略》中记载："苏报案之风潮既传入内地，于是金华志士刘焜、盛俊、张恭等亦倡办一报，以谋开通内地之风气，名曰《萃新报》，盖旬报也。有严州学生某偶携一册至严州府学校，为知府锡纶所闻，进禀浙抚，谓该报出言狂悖，请封禁正士习。是时，魏兰、陶成章等旅居杭州下城头巷《白话报》馆，得杭城同志报告，即由魏兰函告张恭。逮浙抚下令金华知府封禁，而该报之门面已早改易矣，故此案得无牵连。"[①] 这也是浙江第一次有报馆被查封。

光绪三十年十一月（1904 年 12 月），《萃新报》改为《东浙杂志》在金华刊出，出至第 4 期，又于次年四月（1905 年 5 月）改为《浙源汇报》，亦在金华刊出。《东浙杂志》只载有一篇小说：《我有我》，该篇作者不详，于第 4 期开始连载，亦仅见于该期，之后《东浙杂志》停刊。此篇原载《国民日日报》光绪二十九年八月十一日至八月十六日（1903 年 9 月 12 日至 9 月 17 日），小说前有一段"引子"，讲述了作者至一村庄，先有一说书先生

---

① 陶成章：《浙案纪略》，载汤志钧编《陶成章集》，中华书局 1986 年版，第 229—330 页。

第二章　浙江近代小说的第一波高潮(1903—1905)

为村民演说《西游记》，后有一李姓先生从外面带回来一本外国小说《我有我》，并为村民演说，该村因为学了小说中的道理，三年后居然大为富足起来。"引子"结尾有作者一段议论，大意为：但凡一个人知道"有个我"，就能靠自己，不需要靠别人。正文叙亚细洲的一个自弃村，极为穷苦，村里二三百人家，田地虽多，但十年有九年荒，连官粮都缴不起。一年秋天，几个贪酷粮差又来逼粮，并且要求"脚步钱"，穷苦的村民正被逼得无计可施，只见一个人走上前来，将粮差大骂一顿，并愿意为村民缴纳公粮，小说至此，未完。

《浙源汇报》文章亦多选自当时其他报刊，所设"小说"一栏，共刊载三部短篇小说分别是：第2期的《结婚之赠言》、第3期的《路毙》及《好为人师》，三篇皆未署作者名。《结婚之赠言》与《好为人师》皆有讽刺之意，前者讲的是某学堂一学生婚期将近，全校同学相聚一堂，就此事进行讨论，最后决定不赠贺仪及物品，而代之以诸如"制造国民""传种改良""婚姻自由"等"结婚赠言"；后者讲的是某省某学堂一体操教习既无学识，且年少未婚，状告督导，不满学生呼其为"教习"或"先生"，要求尊称其为"老师"，遭学生讥讽。《路毙》原载《新新小说》光绪三十年十月（1904年11月）第2号，署"著者冷血（陈景韩），批解冷血"。小说讲的是一个又病又脏的七八十岁老乞丐在苦寒的冬天倒在大街上，经过的行人大多避之唯恐不及。有一少年不顾污秽，将老人移至干燥处，花钱请人买来温水、蛋糕喂食老人，将老人救醒后，送其回家。作者冷血在小说结尾说："我见路毙数矣，我未见少年"，意在表达对冷漠的国人的不满。

《萃新报》《东浙杂志》《浙源汇报》创办于金华这样一个地处偏僻、开化程度还相对落后的小城市的期刊皆设"小说"一栏,表明小说这一文体已被社会各阶层广泛接受。

三 《绍兴白话报》《南浔白话报》

在浙江近代小说发展进程中,《绍兴白话报》的作用不容忽视。该刊历时六年,共出 200 期,所刊载的小说数量仅次于历时最久(11 年)的《杭州白话报》。

《绍兴白话报》于光绪二十九年闰五月十五日(1903 年 7 月 9 日)创办于浙江绍兴,旬刊,每月逢五日出版,后改为五日刊。创刊当年,由杭州马市街日本编译局代印,翌年始由绍兴印刷局承印。该刊的创办人兼主编王子余,以及参与创办的陈仪(公侠)、蔡同卿(元康)等人都为倾向反清革命的激进人士,后来也都成为光复会的主要成员。绍兴的反清革命烈士徐锡麟和秋瑾也都对《绍兴白话报》给予了支持,徐锡麟在该刊创办之初,捐资一百大洋,秋瑾则在该刊发表了《大通师范学堂第二次招生广告》《中国妇人会章程》《劝女子亟宜进学堂》等文章[①]。因而《绍兴白话报》的言论亦趋于激烈,在论说、绍兴近事、中国近事等栏目中,摘载国内及绍兴新闻及重要事件,并对绍兴时局多有评论。

其"小说"一栏,共刊载 18 部小说作品,其中,光绪二十九年(1903)至光绪三十一年(1905)为 7 部:《十五小英雄》《外国故事演义》《大师兄传》《斯密亚丹传》《李鸿章演义》《可怜世界》《外国故事演义·虚无党》;光绪三十二年(1906)至光

---

① 《大通师范学堂第二次招生广告》,载光绪三十三年正月十四日(1907 年 2 月 26 日)的《绍兴白话报》;《中国妇人会章程》,载光绪三十三年三月二十三日(1907 年 5 月 5 日)的《绍兴白话报》;《劝女子亟宜进学堂》,载光绪三十三年四月初四日(1907 年 5 月 15 日)的《绍兴白话报》。

第二章 浙江近代小说的第一波高潮（1903—1905）

绪三十三年（1907）为11部：《科场鬼的运动》《雨花台》《爱国幼年会》《讲波兰国灭亡故事》《穷苦幼童的慈母巴纳斗》《重阳会》（社会之现象）、《严父训》（家庭之状况）、《热心人》（国民之态度）、《新科举》《臭材料》《第二·大树》。

这18部作品全部为白话小说，且在题材的选择上都具有较强的现实性，主题也有明显的警示作用。但在风格上，两个阶段的作品稍有不同：第一阶段以开启民智和有助于爱国教育的历史类及人物传记为主；第二阶段则多为现实性题材，以针砭社会为主。如第一阶段的《外国故事演义》《斯密亚丹传》和《外国故事演义·虚无党》等，都取材于国外，大抵不外乎希望借他国历史，作本国借鉴。《外国故事演义》由四个短小的故事组成：英国人阿克来历经磨难成功造出纺花机最终发迹；美国总统华盛顿小时候砍倒父亲心爱的樱桃树后主动承认错误反而受到父亲的褒奖；甲午战争期间日本人破釜沉舟，将与投降白旗有关的所有白布、白手巾全部扔到海里，终于获胜；甲午年间，俄国人逼迫日本交还中国的辽东，日本人因此怀恨在心，连日本小学生都有志气，不吃俄国人的东西。篇末，作者不无感慨地说：

> 我中国人被外国人屡次欺侮得这种田地，不要说有东西给他吃是非常高兴，只要外国人肯同他说一句话，外国人家里走得进，就自道非常荣耀了。所以我中国人被外国看不起，说是有奴才的性格。可恨呀，可怜！

在署名为"余子"的《大师兄传》的篇末，亦有类似的感慨：

·83·

咳，列位要晓得，近来像江绍华这样人实在不少。就是同江绍华一起做拳匪，一起投外国人，托外国人势道的也不少。不过我们只晓得这个江绍华，所以单单替江绍华做了一篇传。请你们把江绍华不肖情形想想。

后一阶段刊载的 11 部小说，主要集中于光绪三十二年（1906），该年载有 10 部，而光绪三十三年（1907）只刊载了一部标示为"教育小说"的《第二·大树》。题材上，这些作品已由第一阶段的"警世"转变为"讽世"，如在光绪三十二年（1906）九月至十二月刊载了"诙谐小说"系列：《重阳会》（社会之现象）写开会的无聊、《严父训》（家庭之状况）以女人放足为题材、《热心人》（国民之态度）写普通老百姓对于革命茫然无所知、《新科举》写科举制度废除后社会的反映、《臭材料》以各地开通火车为题材，从多个角度反映了人生百态，虽语涉诙谐，实际上却具有严肃的讽世意味。

《绍兴白话报》至光绪三十四年（1908）因改为《绍兴公报》而停刊，共出 200 期①，就刊载的小说数量而言，该刊仅次于《杭州白话报》（28 部），但《绍兴白话报》主要还是以刊载时事为重头，小说的刊载并不连贯，共 200 期的期刊总共只有 26 期载有小说，而且，光绪三十年（1904）与光绪三十四年（1908）均整年未刊载任何小说作品，光绪三十三年（1907）也只载有

---

① 宣统二年（1910）二月，王子余等人复办《绍兴白话报》，"自家尽义务做文章，自家出铜钱印刷"。宗旨为"注重提倡自治，改良社会"，力求"以浅显文字，求人易解，低廉价格，期人易购"。栏目有论说、小说、绍兴五千年人物谈（续）、论常识、大事记等。复刊至宣统三年十月（1911 年 11 月）终刊，发行所在绍兴城关丁家弄，由绍兴印刷局承印，又续出 60 余期。但也有人认为，复出的《绍兴白话报》与此前无关。史和、姚福申、叶翠娣主编的《中国近代报刊名录》持这一观点。

第二章 浙江近代小说的第一波高潮(1903—1905)

一篇作品。因而，就小说刊载的比例和密度而言，《绍兴白话报》远远不如《杭州白话报》和《浙江潮》。但值得注意的是，《绍兴白话报》刊载的这18部作品，全部为白话小说，相比于《杭州白话报》后期又刊载大量文言小说，以及《浙江潮》全部为文言小说，这无疑是一大进步。而且这18部小说只有载第91号至97号的《雨花台》及载第103号的《爱国幼年会》转载自其他报刊①，其他则全是以时事为题材的原创作品②，对于创办于浙江绍兴这样一个小城市的期刊而言，能做到这一点，已属不易。

另一种创办于浙江本土的期刊为《南浔通俗报》，该刊于光绪三十年九月初一日（1904年10月9日）创办于浙江南浔，原名《南浔白话报》，后因考虑到我国南北方音不同，但文字统一，所以用通俗文字办报，报名亦改为《南浔通俗报》，半月刊。创办人之一的徐一冰自幼习武，曾于光绪三十一年（1905）赴日本留学，其间加入同盟会，两年后回国任教。该刊栏目有论说、传记、教育、世界新闻、本国新闻、杂录、小说等。就目前所见，其中"小说之部"共刊载五部小说：《入世观》（白话）、《男权》（白话）、《灵敏之审判》（文言）、《影戏中之国家观》（文言）、《亡是公》（文言）。其中《入世观》为长篇小说，其他皆为短篇。五部作品都有较强的现实针对性，有些甚至可称为时事小说，如《男权》写"我"某夜经过一栋楼时，听见有夫妻二人在吵架，丈夫声色俱厉，要求妻子将脚缠小，妻子不愿意，但最终

---

① 《雨花台》注"录《南洋官报》"；《爱国幼年会》原载《时报》（上海）光绪三十二年五月十七日（1906年7月8日），作者署"笑（包天笑）"。

② 这18部小说没有译作，但《外国故事演义》《斯密亚丹传》《外国故事演义·虚无党》《讲波兰国灭亡故事》《穷苦幼童的慈母巴纳斗》等题材都来自国外，或许为外国小说的译述。

只能妥协。小说题下标注"此篇为女子谈话而作",篇末有"作者自批"云:"新人要女子晓得女权,作者要女子先晓得男权。"《亡是公》写主人公亡是公因以"世界之上,我不见有可以亲我者,可以亲我者,惟我而已"为处世信条,而被人称为"怪物"。实则亡是公乃是会多国语言、关心国家命运的维新人士。亡是公多子,他将所有儿子分遣至世界有名的各个国家。死后留下遗书,嘱托儿子们不必挂怀自己的后事,希望他们能同化于所居之国。篇末,"作者批"云:"此公殆真所(谓)开通识时务者。但我平日欲开通识时务者之多,今殊不尔尔也。"又有"作者之友批":"我欲读'亡'字作'如'字。若有亡国元勋,非是公其谁与归?"

《南浔通俗报》的停刊时间不详,目前所见,只有出至光绪三十一年五月十五日(1905年6月17日)的第16、17合册,但该刊似乎销路不错,第8期刊有"本社特别告白":"本报出版以来,颇蒙阅者奖许,随到随罄。此后当益整顿报体,加增页数,以答阅报诸君之雅谊。为此广告零售诸君,日后请至本报各分销处购买。至定年者,仍至报务通信处可也。本报首贰期早已销罄,无以应纷纷来购者之命。拟俟明年重行排印,届时当再登报,以便欲补购者。"

四 《湖州白话报》《宁波白话报》

此一阶段,还有两种由浙江人在上海创办、在浙江本土发行的期刊:《湖州白话报》和《宁波白话报》。

《湖州白话报》于光绪三十年四月初一日(1904年5月15日)创刊,半月刊,逢农历初一、十五刊行,每期40页。创办人钱玄同,栏目有社说、纪事、教育、实业、历史、地理、小说、杂志、

第二章 浙江近代小说的第一波高潮(1903—1905)

来稿等,第 7 期后增入论说、理科、专件、选报、文苑、调查、会稿等,编辑部设在湖州南街中西小学堂,在上海出版,委托开明书店为总售报处。该刊在《发刊词》中,提及总目中第七项为小说:"你看读《三国志》的,那一个不想做诸葛亮?读《水浒传》的,那一个不想做宋公明?小说一道,本来是顶容易感动人的,所以我们也要做些小说,劝劝人家。"但就目前资料,未见该刊有小说作品。

《宁波白话报》于光绪二十九年十月(1903 年 11 月)创刊,在上海出版。旬刊,宁波旅沪同乡会创办,主编为陈屺怀,光绪三十年五月初一日(1904 年 6 月 14 日)出改良版,期数另起,改为半月刊,仍由上海宁波同乡会出版。栏目有论说、评议、本埠新闻、小说、专件、指谜条、调查条。改良版的栏目有论说、评议、历史、地理、教育、实业、格致、纪事、杂录、歌谣等。社址设在上海四马路惠福里,但主要是在宁波发行。大致每月 2 期,到光绪三十年四月(1904 年 5 月)共出 14 期,五月改良,至七月停刊前又出 5 期。

两种版本都有"小说"一栏,目前所见,共载有两部长篇小说:《理想的宁波》和《英国商界第一伟人戈布登事迹演义》。《理想的宁波》连载于第 2 期至第 5 期,小说写宁波被设为通商口岸,外国货物越来越多,危及本土商贾生存。一个名叫赵振明的年轻后生,与宁波一群年轻人成立了"宁波自治会",并起草通过了《自治会章程》,带领宁波人共同自治的故事。《英国商界第一伟人戈布登事迹演义》连载于第一次改良第 1 期(光绪三十年五月初一日,1904 年 6 月 14 日)至第一次改良第 4 期,未署作者名。该小说即为刊载于《绣像小说》的《商界第一伟人》(该小说连载于《绣像小说》第 6—8、11、14 期),作者署"忧患余生",实为浙江杭州人连文澂①。每一节的字词稍作改动,如刊载于《绣像小说》的第一节为"绪论"、第二节"戈布登家世"、第三节"戈布登幼时",此处则改为:第一节"发端"、第二节"戈布登的家世"、第三节"戈布登幼小的时候",内容则完全不变,小说叙述了戈布登出身贫寒,从小被卖给叔叔当儿子,叔叔死后,戈布登沦为乞丐,后历经磨难,奋发图强,终于成为英国商业第一伟人的故事。

值得一提的是,已创刊一年有余的《杭州白话报》,此阶段也一改初创时期"开民智、作民气"的温和做派,在孙翼中的主导之下,言论也更趋激进,并逐渐演变为革命派的舆论阵地。孙翼中,字耦耕,别号江东,浙江钱塘(杭州)人,光绪二十七年(1901),他在杭州求是书院任教时因"罪辫案"②而被迫离开杭州,之后远赴日本留学,在东京参加了革命团体青年会,并与浙江留日同学共同创办了《浙江潮》。光绪二十九年六月(1903年7月),孙翼中回到杭州,应项藻馨之请,接任《杭州白话报》经理及主笔。此后不久,他加入光复会,从而使《杭州白话报》成为革命的舆论机关,报馆也成了革命党人的秘密联络点,陶成章、龚宝铨、苏曼珠、魏兰等人常下榻于此。在孙翼中的主持之下,《杭州白话报》发行量由七八百份增至两千份,影响逐渐增强。③ 但是,

---

① 连文澂,字梦青,一字慕秦,乃翁同龢之门生,曾于光绪二十八年二月(1902年3月)至二十九年六月(1903年7月)任《大公报》主编,后因受《中俄密约》泄密事件牵连,逃至上海,在刘鹗的帮助下开始笔墨生涯,撰写小说卖稿为生。

② 光绪二十七年十月(1901年11月),孙翼中在杭州求是书院主讲国文第四班,在学生组织的一次作文会上,孙出一文题为"罪辫文",因学生作文中有"本朝"字样,另一学生史寿白改为"贼清",遭浙江巡抚查究,孙翼中受株连而被迫离开杭州,这就是有名的"罪辫案"。

③ 光绪三十二年(1906),孙翼中改任杭县高等小学校长,离开《杭州白话报》,不久又因受满族官绅诬陷而被迫离杭。孙翼中离职后,由胡子安、魏深吾相继任经理。该刊革命色彩逐渐淡薄,但对革命仍持同情态度。

第二章 浙江近代小说的第一波高潮(1903—1905)

就小说刊载而言,《杭州白话报》此一阶段(指光绪二十九年至光绪三十一年,1903—1905)所刊载的七部小说的题材与前一阶段并无明显不同,依然是借他人酒杯,浇自己块垒,希望同胞从他国亡国历史的惨痛经历中吸取教训,或用他国的英雄激励国人。这一时期刊载的七部小说为:《俄宫活鬼》《世界亡国小史》《亡国恨》《儿女英雄》《俄力东侵小史》《黄天录》《游尘》。其中《俄宫活鬼》是根据载《新小说》第2号《俄皇宫中之人鬼》改写而成,这是一篇由梁启超译述的小说,主要抨击了俄国的专制体制;《世界亡国小史》讲述了埃及、波兰、印度三个国家由兴至衰的事迹,作者黄海锋郎(汪嵚)希望国人能以此为鉴:"我且把世界亡国的事迹演成一部小史,愿我同胞把那亡国过去的事迹,比较中国现在的情形,才好抖擞精神,造就未来的中国";《亡国恨》未刊载完毕,内容大体是"庚子国变"之后,洋人在中国横行霸道,以及国人在洋人面前的种种可耻奴性;《俄力东侵小史》写俄国如何通过种种不平等条约,一步步地侵占我国领土的历史,以及中日甲午战争之后,俄国欲吞并中国的野心,并警醒国人不要重蹈印度和波兰灭国的覆辙;《儿女英雄》也是借法国女英雄罗情一心救国的故事警示国人"趁现在国尚未亡,大家出力医他好来,切勿等他亡了,再做罗情恐怕迟了";《黄天录》是以日俄战争为背景,写杭州府江湖英雄陈隐、教书先生何勿用等激愤于日俄之战时政府腐败无能,于是聚集一班朋友私下商议,准备秘密干一番事业,不料事情败露,何勿用被抓,陈隐和女儿陈飞卿等一干人连夜逃出,之后亡命江湖的故事,其中涉及满族旗丁倚势横行,以及洋人在中国肆意欺凌中国人等社会乱象。

《杭州白话报》光绪三十年(1904)第16期的《游尘》,作者黄海锋郎(汪嵚)一反常态,在篇首即表明该篇的主题是"解闷儿":

喂,看官,久违呀,纳福呀!还记得起第二年报上有个锋郎么?我前两年,常把些亡国恨呀,醒国民呀,女子教育呀,儿童教育呀,说得来天花乱坠,聒噪诸君的清听。到今年舌也枯了,笔也秃了,便卷起舌锋,藏起笔锋,做了个退锋郎,浪迹天涯,阅历些社会上奇奇怪怪的风俗,到也赏心乐事,耳目一新。现在游倦归来,追想前尘,颇多滋味,荟萃拢来,好待看官茶余酒后,在那豆棚瓜架之下,解个闷儿。却比不得那孙行者一个筋斗三万八千里的《西游记》呢。

黄海锋郎(汪嵚)在《杭州白话报》共发表了四部小说,除了《游尘》之外,另有《日本侠尼传》《世界亡国小史》及《俄力东侵小史》,这三篇都与"亡国恨""醒国民"的主题相关,虽然作者表明《游尘》和古典小说《西游记》一样,只是"好待看官茶余酒后,在那豆棚瓜架之下,解个闷儿",实际上,该篇并非完全将现实置之度外的"游戏"之作,文中的"我"有感于"白人势强,黄人势弱",认为原因在于白人敢于单枪匹马开辟新世界,具有冒险精神,而中国人则崇尚"在家千日好,出门一时难",只会儿女情长,以致英雄气短。于是,"我"约上四位同志,打算一起游历一番,不料还未动身,就有一人因为出行日期不吉利而打算推迟行程,其他四人撇下他按原计划起程,路上又遇见国人吃斋拜佛等种种愚昧迷信的行为,四人慨叹不已。可见,该篇的着眼点仍然在于反映国人的麻木不仁,虽然作者也怒其不争,但《游尘》的确没有了之前《日本侠尼传》《世界亡国小史》及《俄力东侵小史》等小说的斗志和豪气了。事实上,自此尤其是光绪三十四年(1908)之后,《杭州白话报》上所刊载的小说不仅主题开始出现多样化,出现诸如言情小说、寓言小说等,语言也由原来引以为

第二章 浙江近代小说的第一波高潮(1903—1905)

傲的白话变为文言,可以说风格已经迥然有别。

综上所述,从这一阶段开始,报刊这一新型的传播方式成为主角,并一直引领了之后的浙江近代小说的发展。而这一时期的浙江报刊在反清革命浪潮的影响下,普遍带有较为浓郁的"革命"色彩,这些报刊的创办人和主要成员,多为反清革命组织"光复会"的成员。受此影响,这一时期的报刊小说实际上成了"革命"的附属品,带有一定的政治性因素。实际上,这也是"小说界革命"之后整个中国近代小说曾经出现的共同现象,只是当时的文化中心上海较快地结束了这一发展趋势,《绣像小说》(光绪二十九年,1903)、《新新小说》(光绪三十年,1904)等纯文学期刊的创办,对扭转这一局面起到了至关重要的作用。而浙江近代的报刊则要在下一阶段开始关注小说的艺术魅力并逐渐走向成熟。

第二节 开眼看世界:翻译小说的热潮

自光绪二十九年(1903)始,近代翻译小说整体已站稳脚跟,并开始逐渐进入繁盛期。该年新出的翻译小说为44部,而前一年(光绪二十八年,1902)仅为八部,光绪二十七年(1901)则为四部,之前则更少。这一年不仅在总数上远远超过了此前的任何一年,且自此之后,翻译小说的数量开始逐年增加①,直到光绪三十四年(1908)才开始出现回落②。在近代翻译小说领域

---

① 只有光绪三十年(1904)为37部,少于上一年的总数。
② 数据来自陈大康《中国近代小说编年史》,人民文学出版社2014年版,"导言"第117页。

具有开拓之功的浙江翻译小说,自是年也开始步入繁荣阶段:除了早期已有经典之作《黑奴吁天录》的魏易继续与林纾合作,开始有计划地译介哈葛德等英国小说家的作品之外,吴梼、周树人、周作人等近代翻译名家此时亦开始小试牛刀,出版了一部分作品。

一 魏易:与林纾开始有计划地合译

在光绪二十九年(1903)至光绪三十一年(1905),魏易与林纾合作翻译了七部小说作品,分别是:《布匿第二次战记》、《埃司兰情侠传》、《足本迦茵小传》、《英孝子火山报仇录》、《拿破仑本纪》、《撒克逊劫后英雄略》(今译《艾凡赫》)、《玉雪留痕》。这七部作品都是英国小说,其中《布匿第二次战记》和《拿破仑本纪》为战争题材的作品,前者于光绪二十九年九月(1903年10月)由京师大学堂官书局出版,原作者为英国作家阿纳乐德(Thomas Arnold)。布匿战争是发生在古罗马和古迦太基之间的三次战争,其中第二次布匿战争历时最长,也最为有名,迦太基主帅汉尼拔在第一次战争失败后,不顾罗马的警告,率六万大军穿过阿尔卑斯山,入侵罗马。这场战争最后以迦太基再一次战败,丧失全部海外领地,交出舰船,并向罗马赔款而告终。后者于光绪三十一年七月(1905年8月)由北京学务官书局出版,原作者为洛加德(L. G. Lockhart),共42章,介绍了法兰西第一帝国皇帝拿破仑的生平事迹。这两部译作在他们翻译的小说中知名度并不高,目前保存下来的相关资料也较少。

《撒克逊劫后英雄略》于光绪三十一年十月(1905年11月)由上海商务印书馆出版,标"国民小说",这是英国著名作家司各特(当时署"司各德")(Walter Scott)的代表作,是一部以中

第二章 浙江近代小说的第一波高潮(1903—1905)

世纪的英格兰为背景的历史小说。故事写撒克逊人挨梵诃（艾凡赫）因不满于父亲安排的婚事而被家人驱逐，之后参加了狮心王英王李却（今译理查）于1191年发起的十字军东征。其间他与骆宾荷德（罗宾汉）一起帮助李却成功击败了欲夺王位的约翰亲王，并最终与心上人罗文娜幸福地生活在一起。在这部译作中，英国盎格鲁—撒克逊民族受到的异族入侵压迫与中国颇为相似，对国人抵御外侮有着借鉴意义，因而译出之后，颇受欢迎，并影响了很多年轻人。如周作人就曾说："使得我们佩服的，其实还是那部司各德的《撒克逊劫后英雄略》。原本既是名著，译文相当用力，而且说撒克逊遗民和诺曼人对抗的情形，那时看了含有暗示的意味，所以特别的被看重了。"[①]

《埃司兰情侠传》《足本迦茵小传》《英孝子火山报仇录》《玉雪留痕》都是英国作家哈葛德（Henry Rider Haggard）的作品。哈葛德是19世纪末英国畅销通俗小说作家，出生于英格兰东部的诺福克郡，毕业于当地的文法学校，修习法律，1875年至1882年服务于南非的英国殖民政府，担任纳塔尔总督的秘书，一度出任当地最高法院的院长。1882年回国后开始小说写作生涯，他一生创作了57部小说，10部杂著，作品多以非洲为背景，以冒险、爱情、鬼怪为主要题材，这些作品大多情节离奇曲折，充满异国情调，富有理想主义色彩。哈葛德在近代中国以启蒙民众、救国保种为目的的西学翻译浪潮中备受欢迎，其被译介的作品数量在近代域外作家中排名第二，仅次于侦探小说《福尔摩斯探案集》的作者柯南·道尔，其后才是儒勒·凡尔纳（Jules Gabriel Verne）、大仲马（Alexandre Dumas）和押川

[①] 周启明：《鲁迅与清末文坛》，《鲁迅的青年时代》，中国青年出版社1957年版，第78—79页。

春浪①。哈葛德的头像还登上了近代四大小说杂志之一《月月小说》的创刊号,同样有此类殊荣的另外两位则为大文豪雨果和托尔斯泰②。哈葛德在中国近代的影响甚至还超过了托尔斯泰和雨果:"表面上前两者取法托尔斯泰、雨果,文学趣味自然高些,实际上并非如此;倒是学哈葛德实在些。知道托尔斯泰、雨果名声很大,也很想介绍借鉴,可就是不知道从何处入手解读。不像哈葛德的小说,以太史公笔法就能'说其妙',以普通读者就能'识其趣'。这就难怪在'新小说'家及其读者看来,写'人心'的托尔斯泰还不如讲'故事'的哈葛德带劲。"③

四部作品除了《英孝子火山报仇录》标"伦理小说",叙写的是英国孝子汤麦司为母复仇的故事,其他三部都为言情类小说。其中《埃司兰情侠传》为林纾最早接触的哈葛德作品,与魏易合译而成。《埃司兰情侠传》于光绪三十年七月(1904年8月)由广雅书局出版,共二册,16章。该书以公元10世纪的冰岛为历史背景,讲述了埃司兰勇士爱力克与巨豪乌齿为争美人歌特萝达斗杀累年的故事,中间又杂以魔女司温希儿之妖术,以及向火宝剑、神狞鬼、妖蟆等奇幻物象。虽然该书情迹奇诡,且"多椎埋攻剽之事,于文明轨辙相去至远",并不是魏易和林氏所推重的类型,但因为"其中之言论气概无一甘屈于人",其"阳刚""武概"之气,足可以"救吾种人之衰惫,而自厉于勇敢"(《埃司兰情侠传》序)而成为二人对哈葛德作品

---

① 数据来自陈平原先生的统计:在1896—1916年出版的翻译小说中,柯南·道尔32种、哈葛德25种、凡尔纳和大仲马都是17种、押川春浪10种。见陈平原《中国现代小说的起点——清末民初小说研究》,北京大学出版社2010年版,第42页。

② 托尔斯泰头像刊登于《新小说》创刊号(光绪二十八年十月十五日,1902年11月14日);雨果头像刊登于《小说林》创刊号(光绪三十三年正月,1907年2月)。

③ 陈平原:《中国小说叙事模式的转变》,北京大学出版社2010年版,第100页。

第二章 浙江近代小说的第一波高潮(1903—1905)

的首选。

在三部言情作品中,又以光绪三十一年二月(1905年3月)上海商务印书馆出版的《足本迦茵小传》最负盛名。该书共二卷,每卷各20章。书首有林纾所写之"小引",叙述了二人合译此书的由来:

> 余客杭州时,即得海上蟠溪子所译《迦茵小传》,译笔丽赡,雅有辞况。迨来京师,再购而读之,有"天笑生"一序,悲健作楚声,此《汉书·扬雄传》所谓"抗词幽说,闲意眇旨"者也。书佚其前半篇,至以为憾。甲辰岁译哈葛得所著《埃司兰情侠传》及《金塔剖尸记》二书,则《迦茵全传》赫然在《哈氏丛书》中也,即欲邮致蟠溪子,请足成之,顾莫审所在。魏子冲叔告余曰:"小说固小道,而西人通称之曰文家,为品最贵,如福禄特尔、司各德、洛加德及仲马父子,均用此名世,未尝用外号自隐。蟠溪子通赡如此,至令人莫详其里居姓氏,殊可惜也。"因请余补译其书。嗟夫!向秀犹生,郭象岂容窜稿,崔灏在上,李白奚用题诗!特哈书精美无伦,不忍听其沦没,遂以七旬之力译成,都十三万二千言。于蟠溪子原译,一字未敢轻犯,示不掠美也。佛头著粪,狗尾续貂。想二君都在英年,当不嗤老朽之妄诞也。畏庐林纾书于京师春觉斋。①

在二人合译该小说之前,早已存在另一种译本,即由杨紫驎(蟠溪子)和包天笑(天笑生)合译的《迦因小传》,该译

---

① [英]哈葛德:《足本迦茵小传》,闽县林纾、仁和魏易同译,《说部丛书》第二集第三编,光绪三十一年二月(1905年3月)上海商务印书馆初版。

本最初于光绪二十七年二月十五日（1901年4月3日）开始连载于《励学译编》第1册至第12册，当时只署"蟠溪子译"。两年之后，文明书局又出版了该译本的单行本，署"蟠溪子、天笑生译"。据杨紫驎自述，他当时在书摊上买到一本英文版《迦因小传》，但残缺上帙，虽然后来他从欧美名都竭力搜求，但终是一无所得，于是和包天笑一起将下半部翻译了出来。

林纾对这一版本的《迦因小传》颇为熟悉，且极为称赏，认为其"译笔丽赡，雅有辞况"，并特意购买一本来收藏。所以，在意外地发现《迦因小传》之后，他的第一反应是想马上写信给蟠溪子，希望他将未翻译的部分补全。但魏易另有想法，他认为没有必要再费尽心思去找原译者，因为在西方，小说家和其他文学家一样地位很高，受到世人尊敬，所以很少有小说家用外号署名，蟠溪子既能欣赏外国小说，通达如此，却依然固守传统观念，连真实姓名都不愿意透露，"殊可惜也"，言下之意，他对于蟠溪子故意"不详其里居姓氏"的做法颇不以为然，因而鼓励林纾补全全书。为示区别，魏易与林纾二人将完整版的译本题为《足本迦茵小传》，不仅加上"足本"二字，女主人公的名字也由原来的"迦因"变成了"迦茵"。《足本迦茵小传》讲述了一个凄美的爱情故事：迦茵为一小村庄女子，秉绝代姿容，自幼母亲已亡，不知父亲为谁，倚靠姨母姨父生活。一日，迦茵在一古塔边偶遇路过此地的励爵之子亨利，亨利因为帮助迦茵取塔顶的两只乳鸦而身受重伤，并留在迦茵家中养伤，二人陷入爱河，并私订终身。亨利本为水师船主，父亲虽有爵位，然而因为亨利刚刚过世的长兄溺于赛马，欠下巨债，家人希望亨利回来继承爵位，并收拾残局。债主来文杰有一女名爱玛，对亨利颇为爱悦，亨利的母亲及姐姐为保家业，也希望促成这门婚

第二章 浙江近代小说的第一波高潮(1903—1905)

事。亨利父亲临死前嘱咐亨利迎娶爱玛,遭到亨利拒绝,他告知家人自己与迦茵已定婚约,将誓娶之。迦茵已怀有身孕,女婴出生后即夭折。二人后来虽未见面,但书信来往,互传情愫。然而,他们的婚事始终遭到亨利家人的激烈反对,亨利的母亲甚至找到迦茵,请求她主动离开亨利。最终,在重重阻隔之下,迦茵为了成全亨利,挥泪斩断与亨利的情缘,匆匆嫁给了一直钟情于自己的本村土豪洛克,而亨利也无奈与爱玛成婚。来文杰临终之时,告知迦茵身世,她实为来文杰嫡妻之女。但为了保护爱玛,避免洛克与爱玛争夺财产,迦茵只是将真相告诉了亨利,并嘱咐其为之保密。洛克因见迦茵依然心恋亨利,妒火中烧,欲枪杀亨利,危急之中,迦茵为亨利挡住了枪口,饮弹身亡。

《足本迦茵小传》面世之后,立即在文坛引起了轩然大波,因为在蟠溪子和天笑生合译的《迦因小传》中,并没有迦因未婚怀孕且生下私生子的情节,迦因是一个清洁自好的"贞节"女子。原来,林氏和魏易不仅补全了蟠溪子他们一直未找到的那上半部,也补上了他们费尽心机刻意遮掩的一些可能让持守传统道德的中国读者产生不适的情节:主要是迦茵和亨利相恋,并生下一名私生女,以及最后迦茵将夭折的幼女的一缕头发赠给亨利等。当时的读者们显然不能接受这样的现实,他们不能容忍他们心目中纯洁美好的贞女"迦因",变成了污秽淫贱的荡妇"迦茵",所以,在他们看来,"为中国社会计,正宜从包君(即包天笑。本书作者注)节去为是"①。不仅林纾和魏易合译的这一版本得到否定,林纾本人甚至也因此而受到谴责:"而林氏则自诩译本

---

① 金松岑:《论写情小说于新社会之关系》,《新小说》光绪三十一年五月(1905年6月)第17号。

之富,俨然以小说家自命,而所译诸书,半涉于牛鬼蛇神,于社会毫无裨益。"①

在这一段文坛公案中,关于"婚姻道德"的讨论实际越过了翻译本身,而成为事件的焦点。反对者金松岑、寅半生等的观点也代表了当时大多数传统知识分子的看法,他们认为,译介域外小说,"为中国社会计"才是翻译者首先应该考量的因素,如迦茵这样"未婚先孕"等有伤风化的情节,就应该"格杀勿论"。相比而言,林译小说虽然也属于"译述",离今天的翻译标准也有着很大的距离,但它们已经能跨过"道德"的界线,选择最大限度地忠实于原文,其翻译理念已经远远超越了同时代人。在这一点上,其合作者魏易显然是功不可没的,为了让翻译忠实于原文,他经常不惜与林纾争执,因此,我们完全可以合理推测,在《足本迦茵小传》的翻译过程中,正是魏易严谨认真的翻译作风最终使真实且完整的迦茵形象呈现于读者面前。

二 周氏兄弟:开启翻译生涯

光绪二十九年五月(1903年6月),刚刚接任《浙江潮》主编的许寿裳向好友周树人约稿,由此开启了后者的翻译生涯。许寿裳在《亡友鲁迅印象记》中记下了这段经历:

> 这时我和鲁迅已经颇熟,我觉得他感到孤寂,其实我自己也是孤寂的。刚刚为了接编《浙江潮》,我便向他拉稿。他一口答应,隔了一天便缴来一篇——《斯巴达之魂》,他的这种不谦让、不躲懒的态度,与众不同,诺言之迅和撰文

---

① 寅半生:《读〈迦因小传〉两译本书后》,《游戏世界》光绪三十三年二月(1907年3月)第11期。

第二章　浙江近代小说的第一波高潮(1903—1905)

之迅,真使我佩服!这篇文章是少年作,借斯巴达的故事,来鼓励我们民族的尚武精神。后来他虽自惭幼稚,其实天才没有不从幼稚生长来的。①

《斯巴达之魂》载《浙江潮》第5期、第9期,为文言小说,周树人在此篇以"自树"为笔名。这篇小说的译述与当时留日学生的拒俄运动有关,光绪二十九年三月(1903年4月),俄国撕毁中俄《东北三省交收条约》,企图将东三省并入俄国版图,并提出七项无理要求,由此国内爆发了拒俄运动。留日学生也自行组织了拒俄义勇队,准备随时回国效命疆场,但被清政府勾结日本政府强行解散。《浙江潮》第4期《留学界记事·拒俄事件》记载了此事,其中有留学生致北洋大臣函,提及斯巴达人顽强抵抗波斯人侵略的这场战争:"昔波斯王泽耳士以十万之众,图吞希腊,而留尼达士亲率丁壮数百,扼险据守,突阵死战,全军歼焉。至今德摩比勒之役,荣名震于列国,泰国三尺之童无不知之。夫以区区半岛之希腊,犹有义不辱国之士,可以吾数百万里之帝国而无之乎!"周树人正是在这样的背景之下,译述了《斯巴达之魂》,该小说记叙了这场战争:公元前480年,波斯王泽耳士大举侵略希腊,斯巴达王黎河尼佗率领三百斯巴达将士及数千盟军,与三倍于己的敌军殊死战于温泉门之峡。斯巴达人遵守"一履战地,不胜则死"之国法,几乎全军覆没。其中有两个弱冠青年:预言家息每卡及斯巴达王的一个亲戚都拒绝了王的庇护,誓死卫国。只有克力泰士因目疾而未战死疆场,其妻涘烈娜深以为耻,自刎而亡,斯巴达人为之立碑。在小说的结尾,周树

---

① 许寿裳:《亡友鲁迅印象记》,岳麓书社2011年版,第13页。

人作了一首七言绝句:"不拼一死报封疆,忍使湖山牧虎狼。当日本为妻子计,而今何面见三光。"显然,斯巴达人英勇无畏和誓死卫国的精神正是同样面临着灭国灭种之危机的中国人所急切需要的,周树人正是有感于该小说"兵气萧森,鬼雄昼啸,迨浦累皆之役,大仇斯复,迄今读史,犹懔懔有生气也"[1],因而希望借此以激励祖国人民为拯救危亡的祖国而战,为反对帝国主义瓜分中国,保卫祖国而战。

除了《斯巴达之魂》,周树人还在《浙江潮》发表了另外两篇翻译小说:《哀尘》和《地底旅行》。《哀尘》也载《浙江潮》第5期,排在《斯巴达之魂》之后,译者署"庚辰",为法国作家嚣俄(雨果)《随见录》之一,是周树人转译自日文译作。作品讲述了嚣俄(雨果)在一个冬夜,亲眼见一恶少年无故用雪球攻击路边一女子芳梯,芳梯负痛反击。二人正争斗间,巡警至,捕走芳梯,且判其六个月监禁,却丝毫不敢触犯少年。嚣俄(雨果)对芳梯的不幸遭遇动了恻隐之心,主动到警署为芳梯作证,但警署依然判芳梯有罪。在篇末,译者发表了一段长篇议论,表达了对"转辗苦痛于社会之陷阱"的不幸女子芳梯的同情,以及对"而彼贱女子者,乃仅求为一贱女子而不可得"的丑陋世界的鞭挞。

《地底旅行》始载《浙江潮》第10期,至第12期完毕[2],为文白夹杂的章回体小说,署"英国威男著,之江索子译"。实际上,该小说的原作者是法国作家儒勒·凡尔纳,周树人是据日本的三木爱华、高须墨浦的日译本《拍案惊奇地底旅行》转译而成,由于日译本的错误,原作者被署为英国威男。《浙江潮》第

---

[1] 《斯巴达之魂》牟言,《浙江潮》光绪二十九年(1903)第5期。
[2] 目前《浙江潮》只见10期。

第二章 浙江近代小说的第一波高潮(1903—1905)

10期只刊载了该小说的第一回"奇书照眼九地路通,流光逼人尺波电谢"和第二回"割爱情挥手上征途,教冒险登高吓游子"。① 小说讲的是德国研究矿山及测地之学的博物学家列曼,在得知衣兰岬岛的斯捺弗黎山的最高峰斯恺忒列因火山喷发留下一巨穴后,打算从此处开始一次地底旅行。他邀侄子亚离士同往,途中又遇猎夫梗斯,三人一道经历了一番惊心动魄的旅行后重返故乡,从此名声大噪。这是一部科学小说,后来《时报》(上海)在刊载关于《地底旅行》的广告中标之"冒险小说",并极力渲染其"发崭新之思想,富冒险之精神"②。

同一年,周树人还出版了另一部文白夹杂的科学小说《月界旅行》。该书于光绪二十九年九月(1903年10月)由日本东京进化社出版,署"(美)培伦著,中国教育普及社译印",但原作者实际为儒勒·凡尔纳。书原名为《自地球至月球在九十七小时二十分间》,因周树人是据日本井上勤的日译本《九十七时二十分间月世界旅行》转译而成,同样由于日译本的错误,原作者被署为美国的查理士·培伦。日译本为28章,周树人将之"截长补短",缩为14回。小说写的是美国一枪炮会社的社长巴比堪突发奇想,率众铸造哥伦比亚炮,最后和法国人亚电、反对者臬科尔乘弹丸一起飞往月球的故事。

从出版时间看,该书早于《地底旅行》,所以应为周树人翻译的第一部科学小说。周树人早期"因为想学科学,所以喜欢科学小说"③ 并作《〈月界旅行〉辨言》,指出科学小说对于普及科

---

① 光绪三十二年三月(1906年4月),日本东京浅草区东京并木活版所印刷出版了《地底旅行》的完整版单行本,并由上海的普及书局、南京的启新书局总发行。
② "冒险小说《地底旅行》"广告,载《时报》(上海)光绪三十二年四月二十四日(1906年5月17日)。
③ 鲁迅:《鲁迅全集》卷13,人民文学出版社2005年版,第99页。

学知识的重要性,"能浸淫脑筋,不生厌倦",且我国说部独缺科学小说,致使国人智识荒陋:

> 我国说部,若言情谈故刺时志怪者,架栋汗牛,而独于科学小说,乃如麟角。智识荒陋,此实一端。故苟欲弥今日译界之缺点,导中国人群以进行,必自科学小说始。①

周作人的翻译始于《侠女奴》,这部作品译于光绪三十一年(1905)下半年,当时就读于南京水师学堂的周作人无意中得到一册伦敦纽恩斯(Newnes)公司发行的英文插画本《天方夜谭》,于是翻译了其中《阿利巴巴和四十个强盗》(今译为《阿里巴巴和四十大盗》)的故事,改为《侠女奴》,他后来在回忆录中详细记录了此事的经过:

> 我看了不禁觉得"技痒",便拿了《阿利巴巴和四十个强盗》来做试验,这是世界上有名的故事,我看了觉得很有趣味,陆续把它译了出来。虽说是译当然是用古文,而且带着许多误译与删节。第一是阿利巴巴死后,他的兄弟凯辛娶了他的寡妇,这本是古代传下来的闪姆族的习惯,却认为不合礼教,所以把它删除了,其次是那个女奴,本来凯辛将她作为儿媳,译文里却故意的改变得行踪奇异,说是"不知所终"。当时我的一个同班朋友陈作恭君定阅苏州出版的《女子世界》,我就将译文寄到那里去,题上一个"萍云"的女子名字,不久居然分期登出,而且后来又印成单行本,书名

---

① 周树人:《〈月界旅行〉辨言》,载陈平原、夏晓虹《二十世纪中国小说理论资料》第一卷,北京大学出版社1997年版,第68页。

第二章 浙江近代小说的第一波高潮(1903—1905)

"侠女奴"。译本虽然不成东西,但这乃是我最初的翻译的尝试,时为乙巳年(一九〇五)的初头,是很有意义的事。①

《侠女奴》于光绪三十年七月初一日(1904年8月11日)开始连载于《女子世界》第8期,至第12期结束,署"萍云女士述文"②。《侠女奴》讲述了这样一个故事:以砍柴为生的埃梨,一次无意中得知四十大盗藏宝的秘密,因而窃获了巨额财富,而四十大盗毫无发觉。其兄慨星知道后,亦去盗宝,却因贪财忘记开门暗号被困于洞穴之中而被四十大盗所杀。埃梨将被肢解的兄长尸体运回,因而惊动了四十大盗,四十大盗决定复仇。慨星家里有一女奴曼绮那,为人机警多智,在得知四十大盗准备复仇的事情之后,她精心策划,巧施计谋,不仅使埃梨一次又一次躲过杀身之祸,而且让四十大盗在报仇中全部死亡。该小说刊出后颇受欢迎,《女子世界》随即刊载了即将发行单行本《侠女奴》的广告,单行本于次年十一月(1905年12月)由小说林社出版发行。

《侠女奴》发表之后,周作人紧接着发表了另一部译作《玉虫缘》。最初,周作人以故事中的重要物件"山羊图"命名小说,但光绪三十一年四月(1905年5月)日本翔鸾社印刷时易名为

---

① 周作人:《知堂回想录》(上),安徽教育出版社2008年版,第73页。
② 周氏兄弟早期发表作品时用了很多笔名,周作人还用了几个女性笔名,除了这次的"萍云女士",还有"碧罗女士",据他自己解释,发表第一部翻译作品《侠女奴》时用女性笔名,是考虑到"给《女子世界》做文章的关系,所以加上女士字样,至于萍云的文字大抵也只取其漂泊无定的意思罢了。碧罗是怎么来的呀,那已经忘记是什么用意,或者是'秋云如罗'的典故吧,或者只是临时想起,以后随即放下了也未可知。……少年的男子常有一个时期喜欢假冒女性,向杂志通信投稿,这也未必是看轻编辑先生会得重女轻男,也无非是某种初恋的形式,是慕少艾的一种表示吧"。参见周作人《知堂回想录》(上),安徽教育出版社2008年版,第97页。

《玉虫缘》，五月由小说林社发行，署"美国安介坡著，会稽碧罗译述，常熟初我①润辞"。该小说的原作是美国作家埃德加·爱伦·坡（即"安介坡"）（Edgar Allan Poe）的中篇小说《金之甲虫》，周作人依据的底本是其兄周树人从东京寄来的日本山悬五十雄编写的《英文学研究》的一册，题目为《掘宝》，但当时还在南京水师学堂的周作人尚"不解和文，而于英文稍有涉猎"②，因而仍从英文译出。小说写"我"的友人莱格阑，因家道中落而避居苏利樊岛，偶然得到一只吉丁虫③，形状颇像人的骷髅，因为要画出图来给"我"看，莱格阑又意外地从海边捡到一幅羊皮纸，一番仔细检视后，他们发现这张羊皮纸原来是海贼首领甲必丹渴特的遗物，经过苦心研究，终于将暗号密码翻译了出来，并掘得海贼所埋藏的巨额的珍宝。书末，译者除特意加上"附识"，解释自己翻译此书不是提倡发财主义，并告诉读者，如果兼具智识、细心、忍耐三者，则"天下事事皆可为，为无不成矣"，之后又有一段"附叙"，再次引用西哲名言叮嘱读者"勤勉造黄金"，唯恐读者误解，并仿效书中情节去寻宝。事实上，这部《金之甲虫》在情节上属于侦探推理小说，被周作人称之为"还没有侦探小说时代的侦探小说"④。而原作者爱伦·坡也被认为是"侦探推理小说的鼻祖""科幻小说的奠基者"⑤。周作人翻译该书，也是受到当时侦探小说热潮的影响，"在翻译的时候，《华生包探案》却

---

① "初我"即丁祖荫，《女子世界》主编，《小说林》的编者之一。
② 周作人：《周作人译文全集》第十一卷，止庵编订，上海人民出版社2000年版，第32页。
③ 据周作人解释：此虫本为黄金甲虫，因为当时用的是日本的《英和辞典》，甲虫称为玉虫，实际是吉丁虫，我们方言叫它"金虫"，是一种美丽的带壳飞虫。参见周作人《知堂回想录》（上），安徽教育出版社2008年版，第94页。
④ 周作人：《知堂回想录》（上），安徽教育出版社2008年版，第164页。
⑤ 朱振武：《爱伦·坡小说全解·序言》，学林出版社2008年版，第16、24页。

第二章 浙江近代小说的第一波高潮（1903—1905）

早已出版,所以我的这种译书,确是受着这个影响的"①。因为《玉虫缘》,周作人也成为中国译介爱伦·坡作品的第一人。

此外,周作人在光绪三十一年（1905）还翻译了三部作品:《好花枝》《女猎人》和《荒矶》。前两部皆为文言短篇小说,同载《女子世界》第二年（光绪三十一年,1905）第1期（原第13期）,署名皆为"萍云"。《好花枝》虽标为小说,但并无任何情节,应属散文类,写一女子阿珠夜梦大雨将花畦中的繁花全部打落,醒来才知是梦,但见花园亦满地落花狼藉,由此伤感不已。《女猎人》乃是周作人参照英国作家星德夫人的《南非搏狮记》译述而成,写"予"（即篆因）与女友在密林中与百兽之王狮子搏斗的故事。在这两篇作品的篇首或篇末,译者皆有说明,自己翻译这些作品是"以此深悲我女界"（《好花枝》篇末"萍云氏曰"）、"因吾国女子日趋文弱"（《女猎人》篇首"约言"）,表现了周作人对女性命运的关注和同情。

《荒矶》亦为文言小说,刊载于《女子世界》光绪三十一年（1905）第2期（原14期）至第3期（原15期）,署"（英）陶尔（Dayle）著,会稽萍云（周作人）译述",该篇原作者为《福尔摩斯探案集》的作者柯南·道尔,但并非侦探小说,而是标为"恋爱奇谈",讲述了一个爱情故事:"我"（英国人约翰麦微汀）得到一笔遗产,遂避居于开斯纳斯海岸的一片荒凉之地,从事哲学研究,不问世事。他在附近的一次沉船事件中救起了少女苏菲,并与苏菲相恋。对苏菲一往情深的濠玕尼夫后来找到苏菲,但没能挽回女友的心,最后两人双双葬身大海。

周作人翻译《荒矶》显然也受到柯南·道尔的侦探小说在中

---

① 周作人:《知堂回想录》（上）,安徽教育出版社2008年版,第164页。

国盛行的影响，此时，《福尔摩斯探案集》的每一个故事都已被翻译过来，且都有多种版本，周作人正是利用了这种效应，而聪明地选择了柯南·道尔的一篇非侦探小说以吸引眼球。

周氏兄弟在这一阶段开始踏入译坛，他们对译作的选择，以及翻译方法等较多地受到社会因素、译界潮流等的影响。此时他们一个远在日本东京，一个留在国内，并没有开始合作，而是"分头行动"，但周作人此期显然得到了其兄周树人的引导和帮助。他们的译作还显得较为稚嫩，也还没有形成自己的翻译理念和稳定的译风，但此阶段的尝试，无疑是他们之后的翻译成就的重要基础。

三 吴梼：仅次于林纾的近代小说翻译家

作为中国近代第一位同时将高尔基、契诃夫、莱蒙托夫翻译介绍到中国来的译者，吴梼在近代小说翻译方面的地位被认为仅次于林纾[1]。晚清小说研究领域的泰斗阿英先生对吴梼的翻译成就亦多有肯定，如其《晚清小说史》在介绍晚清翻译小说家时，认为"就译家方面而言，除林纾而外，有几个人是很值得注意的"，其中第一个就推出吴梼，并评价他"选本虽亦有所失，然其在文学方面修养，却相当的高"[2]，之后才介绍陈冷血（景韩）、包天笑等其他近代译家。阿英在1938年的《翻译史话》中再次提到吴梼时，认为他"所译俄国小说颇不少，且大多为名著，如莱芒托夫著之作品，在当时译家中，可谓真能了解俄国文学者"[3]。

---

[1] 连燕堂认为，吴梼的翻译"涉及的作家之多、题材之广，除林纾以外，似乎少有出其右者"。参见连燕堂《二十世纪中国翻译文学史·近代卷》，百花文艺出版社2009年版，第285页。

[2] 阿英：《晚清小说史》，东方出版社1996年版，第216页。

[3] 阿英：《翻译史话》，《小说四谈》，上海古籍出版社1981年版，第231页。

第二章 浙江近代小说的第一波高潮（1903—1905）

光绪三十年（1904）至宣统三年（1911），吴梼共翻译了19部小说作品，基本上为名家名著。但吴梼的翻译高峰在光绪三十二年（1906）至光绪三十三年（1907），因此本书的第三章第二节将会对他的翻译作品进行重点论述。在光绪三十二年（1906）之前，吴梼只有两部作品问世：军事小说《卖国奴》和侦探小说《车中毒针》。

《卖国奴》于光绪三十一年二月（1905年3月）开始连载于《绣像小说》第31期，后续载于第32、33、37、48期，共16回。作者署"（德）苏德蒙"，这是吴梼翻译的唯一的德国小说，但他依据的底本是日本作家张竹风的日译本①，这部小说写的是公元1806年，俄德两国联合，打算灭掉波兰，法国的拿破仑以援助波兰为名，直逼德国境内。德国的史那特男爵因愤于本国统治者对波兰的暴行，偷偷地派一小婢带领法国军队入境。事情泄露后，男爵被国人视为卖国奴，男爵至死引以为憾。男爵有子约西，先苦谏父亲不成，后更名雅曼投身军队，最终为国捐躯，被村民厚葬，终于为先人湔雪卖国之耻。光绪三十二年（1906），上海商务印书馆出版了《卖国奴》的单行本。

《车中毒针》于光绪三十一年十二月（1906年1月）由上海商务印书馆出版，共14回。原著者为英国作家勃拉锡克，吴梼应是依据日译本转译而成②。这是一部侦探小说，写的是一个年轻貌美的女子在法国乘坐马车时意外身亡。与她同乘一辆马车的法国油画家葛挠在车上拾到一根女子用作撑扣的小针，以为乃该女子所有，于是悄悄留下来以作纪念，并意外地发现针上被涂抹了

---

① 吴梼翻译的所有欧美小说，都是依据日译本重译的。
② 该小说的每一回前面都有大段介绍性文字，每涉及一个话题时，都是将中国、日本一并与西方相比照。

剧毒。后来葛挠的门生、自小爱好侦探的伊达峨,与一直在暗中侦察这起案件的警局包探季恩拉一起使案件真相大白,并成功地抓捕到凶手。

与早已在中国风行的《福尔摩斯探案集》相比,《车中毒针》作为侦探小说而言,其故事情节的悬疑性并不强,判案过程也缺乏严密的逻辑推理,小说中的包探季恩拉甚至只是一个次要人物,他只是在最后阶段协助了侦察水平相当业余的侦探爱好者伊达峨一起将凶手绳之以法。作品似乎更注重人物刻画,如多情且善良的葛挠、热心且喜爱侦探的伊达峨等,令人印象深刻。

在翻译风格上,吴梼一开始就显现出重文学价值、轻社会功用的特点。光绪二十九年(1903)至光绪三十一年(1905)的翻译小说,译者一般都习惯于在篇首或篇末加一段"牟言"或"译者论曰"之类,对该作品的警示意义或对社会的积极作用进行提炼说明,即使如《玉雪留痕》这样"事至离奇,皆哈葛德无聊不平,幻此空际楼阁,以骇观听耳"的小说,林纾也能够挖掘其"但以奥古司德义心侠骨,为义自陷于黥,此万古美人所不能至者。译而出之,特为小说界开一别径"① 之价值;而对于《好花枝》这种纯粹是多愁善感的女子因落花而伤悼的作品,周作人在篇末也能发出"吾以此深悲我女界,吾见有许多同胞甚苦"之感叹。吴梼显然没有表现出这样的意愿,《车中毒针》每回前虽然也都有译者的介绍或议论性文字,但所涉及的主题都是与本回的情节发展相关,而不牵及其他。如第一回开头谈及的是交通工具,先介绍了在上海、天津常见的人力车,由此引出与本文案件密切相关的西方的马车;第二回论及的是中国、日本的写意画与

---

① 林纾:《玉雪留痕》首序,上海商务印书馆中华民国三年(1914)版。

第二章 浙江近代小说的第一波高潮(1903—1905)

西方油画的区别,这是因为小说主人公葛挠是一个油画家,而另一个主要人物史绿波则是他的油画模特。而像《卖国奴》这样极具"爱国教育"价值的题材,吴梼通篇也未着一语对读者进行"点醒"。联系阿英先生对其文学修养颇高的评价,可推测,自翻译之始,无论是对原作的选择还是翻译手法,抑或翻译目的,吴梼更多地注重其文学价值,而不是社会功用,正是这些,奠定了他整个翻译生涯在小说选择及翻译手法等方面高于同时代人的水准,并得到了"文学修养颇高"的评价。

第三节 《红楼梦评论》:"不合时宜"的小说理论

在王国维研究、中国小说批评研究、《红楼梦》研究等多个领域,《红楼梦评论》都占据着重要位置。在已有的研究成果中,虽然也不乏对其所运用的西方理论,以及批评模式等"未成熟之处"提出质疑的声音①,但在指出其缺点之前,研究者无一例外都会首先认可其在中国小说批评史上的重要地位。学界关于《红楼梦评论》的评论,可以叶嘉莹先生在《王国维及其文学批评》一书中的一段话作为代表:

> 《红楼梦评论》一文,却是从哲学与美学观点来衡量《红楼梦》一书之文艺价值的一篇专门论著。从中国文学批评的历史来看,则在静安先生此文之前,在中国一向从没有任何一个人曾使用这种理论和方法从事过任何一部文学著作的批

---

① 如曹顺庆认为《红楼梦评论》"存在逻辑上的错误与理论上的重大漏洞",见曹顺庆、涂慧《王国维〈红楼梦评论〉之得与失》,《文史哲》2011年第2期。

评,所以静安先生此文在中国文学批评史上实在乃是一部开山创始之作,因此即使此文在见解方面仍有未尽成熟之处,可是以其写作之时代论,则仅是这种富有开创意味的精神和眼光,便已足以在中国文学批评拓新的途径上占有不朽之地位了。①

此外,温儒敏、佛雏、黄霖等文学理论、近代小说及王国维研究等多个领域的研究者都肯定其"理论批评的系统性""全新的观点"及"是一篇真正具有现代意义的文学论文"。但是,如果将《红楼梦评论》还原至它所诞生的时代,这篇被高度评价的论文却属于当时小说理论界的"非主流",而且没有引起其他人的关注和共鸣。

一 文本解读

《红楼梦评论》发表于光绪三十年四月(1904年5月)下旬,在《教育世界》第76号开始连载,至该年七月第81号(其中第79号未载),历时两个半月。《教育世界》为半月刊,是中国近代以介绍国外教育动态为主旨的最早的教育专门杂志,由浙江上虞人罗振玉②于光绪二十七年四月(1901年5月)创刊于上海。罗氏在发刊《序例》中说:"人才组合而成世界,是世界者,人才之所构成;而人才者,又教育之化导者也。无人才不成世界,无教育不得人才",所以,他自费筹办该杂志,旨在用"优胜劣绌"

---

① 叶嘉莹:《王国维及其文学批评》,中华书局香港分局1980年版,第175—176页。
② 罗振玉(1866—1940),字式如、叔蕴、叔言,以"雪堂"之号名闻学界,晚号贞松老人、松翁。他出生于江苏治安,原籍浙江上虞永丰乡,故自称"永丰乡人"。中国近代农学家、教育家、考古学家、金石学家、敦煌学家、目录学家、校勘学家、古文字学家,中国现代农学的开拓者,中国近代考古学的奠基人。对王国维有知遇提携之恩。

第二章 浙江近代小说的第一波高潮(1903—1905)

的"进化论",来推进中国的学制改革,倡导"人才兴邦""教育强国"。该杂志创办的前三年[光绪二十七年(1901)至光绪三十年(1904)],罗振玉自任"笔削",王国维和其他人则共同负责翻译日本教科书及学校管理、学制规程等,其间他翻译的算术、教育学等教科书及《西洋伦理学史要》等,皆初刊于《教育世界》。

从光绪三十年正月(1904年2月)第69号开始,罗振玉委任王国维负责《教育世界》的编辑工作,王国维接手之后,对杂志进行了较大调整。他首先将杂志由原来的"石印线装",改为"铅印洋装",并且刊出《本报改章广告》,宣布刊物从宗旨、栏目到内容,实行全面改革。

《红楼梦评论》即刊载于王国维自己主编《教育世界》期间,这也是他的第一篇学术性论文,共约一万五千言。该文以德国哲学家叔本华的哲学及美学观点为理论基础,对中国古典名著《红楼梦》的文艺价值进行了全面衡定。全文共分为五章,兹将各章梗概分述如下。

第一章"人生及美术之概观",此处的"美术"即"文艺"。王国维在这一章阐述了他的人生观、文艺观,他认为生活之本质即"欲",而一切欲望皆是无厌无足的,这种状态便是苦痛,因而欲、生活、苦痛,"三者一而已矣";而艺术("美术")则可以让人远离生活之欲,"使吾人超然于利害之外,而忘物我之关系",这也正是艺术之美之所在。以此标准纵观美术中之顶点:以描写人生为目的的诗歌、戏曲、小说,则唯有《红楼梦》为"绝大著作"。

第二章"红楼梦之精神",王国维认为,《红楼梦》不仅描写了人生之苦痛,且告示了解脱之道。人生之苦痛由人类的饮食、男女之欲望而引起，皆"由于自造"；解脱之道亦"不可不由自己求之者出"，《红楼梦》之"还玉"，即"还欲"也，因而真正的解脱之道存于出世，而非自杀。在王国维看来，描写"人人所有之苦痛"的《红楼梦》甚至优于"近世之文学中"推为"第一"、写"天才之苦痛"的《浮士德》，是真正的"宇宙之大著述"。

第三章"红楼梦之美学上之价值"，阐释《红楼梦》一书在美学上的价值，在于它既大悖于吾国人乐天之精神，也与其他诸如《牡丹亭》《长生殿》等代表着国人乐天之精神而"无往不着此乐天之色彩"的戏曲、小说相反，是"彻头彻尾之悲剧"。而且，按照叔本华将悲剧分为三种的理论，《红楼梦》属于"天下之至惨"的第三种悲剧，这种悲剧是"由于剧中之人物之位置及关系而不得不然者；非必有蛇蝎之性质与意外之变故也，但由普通之人物、普通之境遇，逼之不得不如是；彼等明知其害，交施之而交受之，各加以力而各不任其咎"，是"悲剧中之悲剧"。

第四章"红楼梦之伦理学上之价值"，《红楼梦》除了具有美学上之悲剧价值，还有伦理学上之"解脱"价值。王国维认为，《红楼梦》的解脱之道为"出世"，虽然这不合乎人类"通常之道德观"，但世界人生之存在，并非有合理的根据："吾人从各方面观之，则世界人生之所以存在，实由吾人类之祖先一时之误谬。"因而，弃绝人伦的宝玉，就普通之道德而言，属于不忠不孝之人，但"若开天眼而观之，则彼固可谓干父之蛊者也。知祖父之误谬，而不忍反覆之以重其罪，顾得谓之不孝哉？"所以，宝玉"一子出家，七祖升天"是另一种"孝"。接着，王国维又以模拟问难的形式，论述人类之于宇宙，并非不可或缺，"安知解脱之后，山川之美，日月之华，不有过于今日之世界者乎？"推而论之，假设宇宙无人类，以人生之苦痛与解脱为基础的美术固然不

第二章 浙江近代小说的第一波高潮(1903—1905)

存在,却会有"超今日之世界人生以外"之美术存在。王国维在此章还质疑了叔本华关于宗教与哲学的理论,认为其只"言一人之解脱,而未言世界之解脱",所以是"徒沾沾自喜之说,而不能见诸实事者"。

第五章"余论",王国维批评了从考证学的角度对《红楼梦》的主人公是谁不厌其烦地进行考证的研究,因为他认为"美术之所写者,非个人之性质,而人类全体之性质。惟美术之特质,贵具体而不贵抽象。于是举人类全体之性质,置诸个人之名字之下",所以,《红楼梦》的主人公只是一个代码而已,可以是贾宝玉,也可以是纳兰性德,或者曹雪芹,抑或其他,完全没有必要坐实到底是谁。他最后指出,《红楼梦》作为"我国美术上之唯一大著述",其"作者之姓名与其著书之年月",乃是"唯一考证之题目",其他的考证,则无必要。

二 融通中西的理论与"另类"的批评方法

如前所述,王国维这篇借用西方哲学与美学观点对中国古典小说《红楼梦》的艺术价值进行条分缕析的学术性论文,后来受到各方高度评价,也引起了足够多的关注。但是,无论是从它评论的作品《红楼梦》本身,还是批评方法,以及评论侧重的角度,在当时都不符合时代潮流,而显得颇为"另类"。

在咸丰、同治年间及光绪年间的前期,即近代的前一阶段,包括《红楼梦》在内的传统小说颇受出版界的欢迎,尤其是先进的印刷技术在文化中心上海推广之后,传统小说的出版曾经出现了高潮,许多小说都有多种版本,《红楼梦》的各种续书也层出不穷。但是,在"庚子国变"前后,尤其是"小说界革命"之后,《红楼梦》等传统"旧"小说不仅已淡出出版商及研究者的关注视野，在为数不多的相关评论文章中，这部经典小说也完全"变了味"，要么"与时俱进"地成为"隐然有一专制君主之威，在其言外，使人读之而自喻"的政治小说①；要么被斥为"海淫海盗"的社会毒瘤，落到"大方之家，每不屑道"②的地步。而风云人物梁启超关于《红楼梦》的论断，颇具代表性，且影响也较大。

在其纲领性文章《论小说与群治之关系》中，梁启超严厉批判了中国的旧小说是"中国群治腐败之总根原"，其不仅导致好读小说之人受其毒害，不好读小说者亦因社会风气的影响，受到间接毒害，还指出《红楼梦》是中国人"佳人才子之思想"之根源，使"我国民轻薄无行，沉溺声色，绻恋床第，缠绵歌泣于春花秋月，销磨其少壮活泼之气，青年子弟，自十五岁至三十岁，惟以多情多感多愁多病为一大事业，儿女情多，风云气少，甚者为伤风败俗之行，毒遍社会"，是社会发展的绊脚石。而王国维将《红楼梦》从当时的社会及政治环境中剥离，单纯将之作为文学艺术作品进行评价和论述，在"小说界革命"前后［光绪二十七年（1901）至光绪三十一年（1905）］，显然是有些"不合时宜"的。

另外，在对西方理论的借用及对小说重视的"重心"上，《红楼梦评论》也显得比较"特别"。自甲午战争后，"西学东渐"已成为社会各个领域的常态，就小说界而言，夏曾佑、康有为、梁启超等近代知识分子开始重视小说，并将小说提升到可以影响社会变革甚至国家兴盛的地位，皆明言是受到西方及日本借小说

---

① 《小说丛话》中"侠人"语，载《新小说》光绪三十年十月二十五日（1904年12月1日）第12号。

② 梁启超：《译印政治小说序》，《清议报》第一册（光绪二十四年十一月十一日，1898年12月23日），转引自陈平原、夏晓虹编《二十世纪中国小说理论资料》第一卷，北京大学出版社1997年版，第37—38页。

第二章 浙江近代小说的第一波高潮(1903—1905)

改良社会的做法的影响，从而打算仿效之。如夏曾佑在《本馆附印说部缘起》中说"本馆同志，知其若此，且闻欧、美、东瀛，其开化之时，往往得小说之助"；康有为亦有感于"泰西尤隆小说学哉"①；而梁启超发起"小说界革命"，倡导政治小说，也是因为发现"彼美、英、德、法、奥、意、日本各国政界之日进，则政治小说，为功最高焉"②。在他们的影响下，整个社会开始从各种不同角度阐述小说的重要性，并认同传统小说"入人之深、行世之远"的艺术感染力远胜于经史之类的典籍。正如梁启超在《论小说与群治之关系》一文中费力阐述小说有"支配人道"之"熏、浸、刺、提"四种魔力，只为构筑一座桥梁，说明可以借助这座桥梁到达改变天下人心风俗，乃至改良群治、革新社会的目的地。当时极力抬高小说地位的小说理论家们，其实也是希望扯起"泰西重视小说"这块"虎皮大旗"，达到他们革新社会、开启民智的目的而已。

在《红楼梦评论》发表的前后，即光绪二十九年（1903）至光绪三十一年（1905），整个小说界的主流依然是借小说进行社会改良，正如后来摩西在《小说林》发刊词中所说"出一小说，必自尸国民进化之功；评一小说，必大倡谣俗改良之旨"③，这一时期创办的各种报刊，在小说刊载的问题上也非常明确，即"惟小说非有益于社会者不录"④。即使如《绣像小说》《新新小说》

---

① 《日本书目志》识语，载陈平原、夏晓虹编《二十世纪小说理论资料》第一卷，北京大学出版社1997年版，第29页。
② 陈平原、夏晓虹编：《二十世纪小说理论资料》第一卷，北京大学出版社1997年版，第38页。
③ 摩西（黄人）：《小说林》发刊词，《小说林》光绪三十三年正月（1907年2月）第1期。
④ 《时报》（上海）发刊词，《时报》（上海）光绪三十年四月二十九日（1904年6月12日）第1期。

等专门性小说期刊,亦是"铁肩担道义",以教化民众为己任。刊载于《绣像小说》创刊号的《本馆编印〈绣像小说〉缘起》,批评中国小说界,虽作者如林,"然非怪谬荒诞之言,即记秽亵邪淫之事,求其稍裨于国,稍利于民者,几几乎百不获一",于是,"本馆有鉴于此,于是纠合同志,首创此编。远摭泰西之良规,近挹海东之余韵。或手著,或译本,随时甄录,月出两期,藉思开化夫下愚,遑计贻讥于大雅"①。并希望刊物能成为"嚆矢",带动爱国诸君子"引为同调,畅此宗风"。而《新新小说》所定的条例,其中第一条即是申明"本报纯用小说家言,演任侠好义、忠群爱国之旨,意在浸润兼及,以一变旧社会腐败堕落之风俗习惯"②。

除了如以上各报刊的发刊词、叙例,以及刊于各新出翻译小说、自著小说篇首或篇末的序(叙)、跋、弁言、识语等之外,这一时期几篇较为完整的专门性小说评论,如夏曾佑的《小说原理》、楚卿的《论文学上小说之位置》、饮冰(梁启超)等的《小说丛话》、为冷的《论小说与社会之关系》、松岑的《论写情小说于新社会之关系》③,亦皆从各种不同角度阐述小说之于社会的关系,尤其是小说如何为社会改良服务等,其中关于小说艺术性的论述,也没有出梁启超"熏、浸、刺、提"

---

① 《本馆编印〈绣像小说〉缘起》,《绣像小说》光绪二十九年五月初一日(1903年5月27日)创刊号,转引自陈平原、夏晓虹编《二十世纪中国小说理论资料》第一卷,北京大学出版社1997年版,第69页。

② "《新新小说》叙例",《大陆》光绪三十年五月二十日(1904年7月3日)第5号,转引自陈大康《中国近代小说编年史》,人民文学出版社2014年版,第721页。

③ 《小说原理》,载《绣像小说》光绪二十九年闰五月十八日(1903年7月12日)第3期;《论文学上小说之位置》,载《新小说》光绪二十九年十一月(1903年12月)第7号;《小说丛话》,载《新小说》光绪二十九年(1903)至光绪三十二年(1906)第7、8、9、11、12、13、14、17、19、20号;《论小说与社会之关系》,载《时报》(上海)光绪三十一年五月二十七日(1905年6月29日)及六月初八日(7月10日);《论写情小说于新社会之关系》,载《新小说》光绪三十一年五月(1905年6月)第17号。

第二章　浙江近代小说的第一波高潮（1903—1905）

四种力的范畴。这其中尤其值得一提的是浙江人夏曾佑的《小说原理》。

《小说原理》是夏曾佑继《本馆附印说部缘起》之后的又一篇理论长文。夏曾佑约于光绪二十四年十一月（1898年12月）离开《国闻报》后，避祸南归，先是于次年年底出任安徽祁门知县，任期满后寓居上海，并于光绪二十九年（1903）至光绪三十一年（1905）担任《中外日报》的主笔。《小说原理》载《绣像小说》第3期，这篇文章指出，乐观小说是人之天性，但写作小说则有五难，分别是：（1）写小人易，写君子难；（2）写小事易，写大事难；（3）写贫贱易，写富贵难；（4）写实事易，写假事难；（5）叙实事易，叙议论难。在夏曾佑看来，撰写"为社会起见"的"导世"小说为最难，因为这样的小说"五忌俱犯"，所以，要写好这样的小说，"是犹航断港绝潢而至于海也"。但是，中国古代小说从唐传奇至《水浒传》《金瓶梅》《石头记》等，皆犯此五弊，但依然能引人入胜，主要是因为读此书之人"文理不深，阅历甚浅，若观佳制，往往难喻，费心则厌，此读书之公例，故遂弃彼而就此"。据此，夏曾佑按照思想嗜好将中国人分为两派：一派为学士大夫，一派为妇女与粗人。与此相应，中国的小说也可以分为两派："一以应学士大夫之用；一以应妇女与粗人之用"，这两派小说"体裁各异，而原理则同"。而且，夏曾佑还认为，现在西学流入，士大夫要学习的知识有很多，所以"不必再以小说耗其目力"。唯有那些妇女和粗人，"无书可读，欲求输入文化，除小说更无他途"，"先使小说改良，而后此诸物，一例均改。必使深闺之戏谑，劳侣之耶揄，均与作者之心，入而俱化。而后有妇人以为男子之后劲，有苦力者以助君子之实力，而不拨乱世致太平者，无是理也"。

因此，在夏曾佑看来，小说等"诞妄之书"只能帮助那些无知无识的妇女与粗人学习文化用，学士大夫们则不必为此浪费宝贵的时间。正如梁启超批判古代经典小说是"中国群治腐败之总根原"一样，这些近代小说的倡导者和大功臣们，都是在特殊的社会背景下采取了非常之手段，并发表了极端之言论。一方面，他们极力推崇小说、抬高小说的地位，并最终促成了近代小说繁盛的局面；另一方面，他们只是看中了小说"入人之深，行世之远"的特性可作启蒙民众、革新政治之用，至于这些传统小说之所以成为经典的艺术价值本身，则不在他们的关注视野之内。

而王国维在《红楼梦评论》中极力推崇的，正是被他们抛弃的《红楼梦》等传统小说的艺术价值本身。他融合中国的老庄思想与西方的叔本华哲学及美学观点对《红楼梦》进行分析论述，并得出《红楼梦》不仅是"我国美术上之唯一大著述"，也是"宇宙之大著述"的结论。这一研究思路实际是与以夏曾佑、梁启超为代表的小说理论家的主流理论背道而驰的。而且，像王国维这样纯粹以小说的"美术价值""伦理价值"等作为研究目的的研究，在当时可谓纯属"异类"了。

王国维曾于光绪二十七年（1901）和二十八年（1902）两次赴日本，之后又长期身居上海，因而，对当时发祥于这两地的主流小说理论不可能毫不知悉，他刻意保持着冷静的头脑及独立思考的能力，不让自己随波逐流。事实上，这也是王国维终其一生的政治及学术作风。例如，在光绪二十四年（1898）"百日维新"期间，王国维时任《时务报》书记兼校对，可以说处于政治旋涡的中心，但他并不像一般维新志士那样头脑发热。当时，以"维新"标榜的文人学士，开口"竞争"，闭口"群学"，就连汪康年这样已有进士功名的人，也大谈"合群"，王国维却不以为然。

第二章　浙江近代小说的第一波高潮(1903—1905)

他认为,近世士大夫中的"魁垒奇特之才","日日言合群而终不能合群"①,仅因为学派的异同而相互争得水火不容。如《时务报》馆的汪康年与康有为、黄遵宪等人就因为意见不合,导致报馆主笔无人、人才离散,一天比一天不景气。而维新阵营里像这样的内讧尚且不胜枚举,要"合"全国之"群"去变国家之"法",几乎是不可能的。在变法刚启动,维新志士们达到"振臂疾走"的高潮时,王国维便提醒他们不要把什么都寄托在朝廷"变法"上,不要幻想一纸诏书即可万事大吉。他说:"欲望在上者变法,万万不能:惟有百姓竭力去做,做得到一分就算一分"②,适时给他们"泼冷水"。

除了不从众的"独学"精神,王国维在学术上一开始即具有参比古今、融通中西的开放眼光。他早期曾写有诗作《咏史二十首》,后来在光绪二十六年(1900)赴杭州准备"出洋考试"时将之赠给了时任杭州知府幕僚的友人高梦旦,并特意加了注语和跋文。从他所加的诗注,即可窥见其欲以"西洋神话"参证小国古史的初步尝试。如该组诗的第六首和第七首分别为:

> 铜刀岁岁战东欧,石弩年年出挹娄;
> 毕竟中原开化早,已闻镠铁贡梁州。

> 谁向钧天听乐过?秦中自古鬼神多。
> 即今诅楚文犹在,才告巫咸又亚驼。

---

① 王国维:《致许家惺》(1898年6月4日),载谢维扬、房鑫亮主编《王国维全集》第十五卷,浙江教育出版社、广东教育出版社2009年版,第10页。
② 王国维:《致许家惺》(约1898年3月上旬),载谢维扬、房鑫亮主编《王国维全集》第十五卷,浙江教育出版社、广东教育出版社2009年版,第3页。

在第六首第一句"铜刀岁岁战东欧",王国维加注"希腊鄂漠尔(今译荷马)诗中多咏铜兵",以证他所咏的"铜刀岁岁战东欧";第七首王国维由所咏的《诅楚文》中的"巫咸"与"亚驼",参比《圣经·创世记》传说中之亚当,注云:"亚驼音与亚当(Adam)近,岂秦在西方,已闻犹太人之说欤?"他的咏史与诗注,可以说是开了近代史学与文学之中西比较研究的先河。这一融通中西的研究方法也是《红楼梦评论》中所运用的最重要的研究方法。

王国维与叔本华之哲学结缘,始于光绪二十五年(1899)他在东文学社遇到的日籍教员田冈岭云①,田冈是一位颇有造诣的文艺美学家,王国维正是从他随身携带来的文集中,看到了康德、叔本华的文章,从而引发了他对西方哲学的志趣。《红楼梦评论》写作的时间,正是他"与叔本华之书为伴侣之时代"(《静庵文集》自序,《遗书》第5册),这一时期,也是王国维"体素羸弱,性复忧郁"之时,叔本华关于人生、欲望与苦痛的哲学观点正好契合了他当时的状态。这期间,他还作了一首七律《病中即事》:

滴残春雨住无期,开尽园花卧不知。
因病废书增寂寞,强颜入世苦支离。
拟随桑户游方外,未免杨朱泣路歧。
闻道南山薇蕨美,肯车径去莫迟疑。

这首诗正反映了王国维写作《红楼梦评论》时的情状,颇具

---

① 田冈岭云(1870—1912),本名佐代治,1899年5月至1900年5月任教于东文学社,著有《岭云摇曳》《第二岭云摇曳》《云的碎片》等美学著作。

第二章 浙江近代小说的第一波高潮(1903—1905)

"苦吟"之况味。诗中之"桑户"当即"桑门",梵文 Sramnna 之意译(音译"沙门那",略称"沙门"),专指佛教僧侣,泛称出家者。杨朱痛哭歧路亡羊,表现了一种面临异说纷呈的世变而无所适从的心态,典出《列子·杨朱篇》。在无奈中,王国维想起了"隐于首阳山,采薇而食之"的孤竹君之二子:伯夷、叔齐;更向往那饮酒不忘夷、叔"穷节"、以"采菊东篱下,悠然见南山"为乐的陶渊明之隐居生活。因此,《红楼梦评论》中的"出世"为人生最好之解脱的观点,既是王国维受叔本华思想的影响,同时也是他此阶段对于人生的体味与看法。

《红楼梦评论》发表一年后,王国维自编了平生第一部文集《静庵文集》,在自序中,他提及自己的哲学研究及在《红楼梦评论》中的运用:

> 余之研究哲学,始于辛、壬之间。癸卯春,始读汗德之《纯理批评》,苦其不可解,读几半而辍。嗣读叔本华之书而大好之,自癸卯之夏以至甲辰之冬,皆与叔本华之书为伴侣之时代也。其所尤惬心者,则在叔本华之知识论,汗德之说得因之以上窥。然于其人生哲学,观其观察之精锐与议论之犀利,亦未尝不心怡神释也。后渐觉其有矛盾之处。去夏所作《红楼梦评论》,其立论虽全在叔氏之立脚地,然于第四章内已提出绝大之疑问。旋悟叔氏之说,半出于其主观的气质而无关于客观的知识,此意于《叔本华及尼采》一文中始畅发之。

可见,其实在《红楼梦评论》的写作过程中,王国维已开始对叔本华哲学提出了质疑。但是,他关于小说作为文学作品应具有独立之价值的观点，却始终如一。光绪三十二年十一月（1906年12月）上旬，王国维在《教育世界》该年第23期（第139号）"论说"栏开始连载了另一篇理论文章《文学小言》，其中第17条专论戏曲小说，便对这一观点进行了重申：

> 吾人谓戏曲、小说家为专门之诗人，非谓其以文学为职业也。以文学为职业，铺裰的文学也。职业的文学家，以文学得生活，专门之文学家，为文学而生活。今铺裰的文学之途，盖已开矣。吾宁闻征夫思妇之声，而不屑使此等文学嚣然污吾耳也。

在王国维看来，当时的小说界，已经完全沦为"以文学为职业"的"铺裰的文学"（铺裰：意思是"吃喝"。本书作者注），此等文学，只会嚣然污人耳朵，与"为文学而生活"之纯粹文学是不可同日而语的。

《红楼梦评论》在多方面都具有开创意义，并对后来的中国小说理论界影响深远，但在当时并未引起任何反响，这当然与王国维当时"人微言轻"不无关系，但更重要的则是彼时的主流理论——强调小说与群治之关系，既符合特殊时代的需求，也是一直以来处于边缘的中国小说提升地位的必经阶段，因而还具有强劲的生命力。纯粹以小说的艺术价值本身为目的，并反思"小说界革命"之后小说理论界严重出轨状况的研究，要在小说理论领域取得主要话语权的时机还未到。这一时机，直至光绪三十二年（1906），在黄人、徐念慈、寅半生等小说理论家的共同努力下，才开始来临，可见王国维算是这方面的先行者。

第三章　浙江近代小说的第二波高潮(1906—1908)

自光绪三十二年（1906）开始，中国近代小说开始步入极为繁盛的阶段，这主要表现在三个方面：（1）小说数量较前一阶段有大幅增长。该年出版的单行本小说总量为143部，是前一年77部的近两倍；报刊小说的总量为365部，是前一年153部的二倍有余。而且，此后的几年，单行本及报刊小说都呈现出逐年增长的势头，直至宣统二年（1910）才开始出现回落[①]。（2）小说类型开始呈现多样性特征：政治小说、军事小说、社会小说、历史小说、国民小说等与现实接轨的新小说继续占有一定的市场份额；狡骗小说、发奸小说、怨情小说、滑稽小说、商侨小说、广告小说、怪诞小说等各种制造噱头、标新立异的小说也竞相粉墨登场。如创办于光绪三十二年（1906）的《月月小说》，其创刊号上就刊载了12个门类的小说，其门类之丰富，可谓史无前例。（3）小说理论界"百家争鸣"。"小说界革命"之后出现的小说

[①] 光绪三十三年（1907），单行本为174部；报刊小说为471篇；光绪三十四年（1908），单行本为184部，报刊小说为688篇；宣统元年（1909），单行本为192部，报刊小说为695篇；宣统二年（1910），单行本为118部，报刊小说为673篇。数据见陈大康《中国近代小说编年史》，人民文学出版社2014年版，"导言"第75、76、93页。

为社会改良之工具的理论偏颇，在这一期间得到反思和修正，小说的美学价值开始受到前所未有的重视，各种类型的小说评论、品评纷纷发表，这为近代小说步入正轨，以及中国小说向现代性迈进提供了理论基础。

浙江近代小说于光绪二十九年（1903）至光绪三十一年（1905）已开始进入高潮（本书第二章已具体论述），但是，其间自著小说的类型相对单一，主要以"革命"与"启蒙"题材为主，而且多为报刊小说，单行本数量相对较少；翻译小说的数量亦开始进入繁盛期，但翻译家只有魏易、吴梼、周氏兄弟等为数不多的几人。而自光绪三十二年（1906）至光绪三十四年（1908），浙江近代小说开始进入第二波高潮。与上一阶段相比，这一阶段除了自著小说在数量上有明显增加，且单行本与报刊小说平分秋色，更为重要的，是在小说类型、题材上都呈现出新旧杂糅的多样性特征：既有《立宪镜》《天足引》等"接地气"的新小说，亦有《新水浒》《新三国》《邹谈一噱》等"旧瓶装新酒"的翻新小说；此前曾遭遇出版失利的传统言情小说《泪珠缘》，这一阶段再版成功，且创下不错的销售业绩。受此鼓舞，陈栩这段时期还创作了《柳非烟》《鸳鸯渡河》等传统小说。此外，用文言形式写作旧式题材的小说亦不在少数。这一状况表明此阶段小说的创作、出版及读者的阅读期待都已经渐渐脱离单纯政治化或社会功用化模式的捆绑，开始寻求小说自身的价值。

在翻译小说领域，除了数量上的显著增长，翻译者队伍亦呈现出群体参与的特征。除了上一阶段已有大量译作的魏易、吴梼、周氏兄弟等继续成为翻译的主力军，另外还出现了绍兴金石、海宁褚嘉猷、杭州王纯甫、洪如松、杨希曾、嘉兴李国英、吴兴沈祥麟等新兴翻译者。此外，一些以创作为主的小说家，如

第三章 浙江近代小说的第二波高潮(1906—1908)

陈栩、蒋景缄等,亦有译作刊出。

与此相应地,《游戏世界》《著作林》《宁波小说七日报》等纯文艺性期刊开始成为报刊小说的主力,这也有利于小说的健康发展。在小说理论领域,寅半生的《小说闲评》不仅开始对小说市场之种种乱象进行严肃批评,同时以小说应具有的美学价值为标准,对当下新出版的各种小说一一品评,成为近代颇受重视的小说理论文章。

第一节 新旧交糅:小说创作的多样性

这一阶段,共有由浙江籍作者自著的17部小说出版,加上嘉兴同源书庄出版的1部(作者不详),共有18部作品,占同一时期自著小说单行本的出版总量198部[①]的11%,数量颇为可观。而且,这198部作品中还有相当一部分作者佚名,不排除其中有浙江人的创作。虽然浙江本土只有杭州萃利公司与嘉兴同源书庄两个出版机构有小说出版,其他绝大部分小说则出自上海的出版机构,但值得注意的是,经济文化中心上海的这些出版机构中,有很多是由浙江人创办,或为股东、经理人的,其中有如彪蒙书室、理文轩书庄、开明书店、《中外日报》馆、广益书局、鼎新书局、鸿宝斋分局、千顷堂[②]等知名度高的出版机构。因而,浙

[①] 光绪三十二年(1906)为56部、光绪三十三年(1907)45部、光绪三十四年(1908)97部,数据见陈大康《中国近代小说编年史》,人民文学出版社2014年版,"导言"第93页。

[②] 彪蒙书室由浙江钱塘人施崇恩光绪二十九年(1903)创办于杭州,光绪三十一年(1905)前后迁上海;理文轩书庄店东戎宾儒,字文彬,浙江慈溪人;开明书店创始人章锡琛,浙江绍兴人;《中外日报》馆创办人汪康年,浙江钱塘人;鼎新书局店东为浙江慈溪人戎宾儒;鸿宝斋分局局东何瑞堂为浙江定海人、经理乌仁甫为浙江镇海人;千顷堂经理鲍兴华为浙江镇海人。

江人对于这一阶段小说出版繁荣之功绩是显而易见的。

这十多部作品涵括了这一时期近代小说出现的绝大多数题材，在内容和形式上都呈现出新旧杂糅的特征：在内容上，新小说、翻新小说、怪诞小说、传统言情小说各擅其长；在形式上，白话小说、文言小说并行不悖。而有着经世致用传统的浙江人，往往对社会现实及新鲜事物有着更为敏锐的感知度，并做出迅疾的反应，因而创作出了如《立宪镜》《天足引》等一系列紧跟时代脉搏的小说作品。

一　新小说与翻新小说热销

"新小说"的概念确立于光绪二十八年十月（1902 年 11 月）梁启超主编的《新小说》创刊，以及《论小说与群治之关系》中关于"新小说"的论述。"新小说"之新，除了传播方式上的新，更体现于内容上有别于"诲淫诲盗"的传统旧小说，而要求"发起国民政治思想，激厉其爱国精神"。随着时代的推进与近代小说的发展，"新小说"概念的外延也越来越广，一切关注当下、以现实生活为题材的，都可称为"新小说"。

《立宪镜》是这一阶段新小说的佼佼者。该小说共十回，作者署"杭州戊公"，由新小说社出版于光绪三十二年九月初四日（1906 年 10 月 21 日），是以当时发生的历史事件"预备立宪"运动为事实基础而进行的演义，而且其出版时间距离清政府宣布"预备立宪"仅一月有余，因而可谓反应最为迅速的时事小说。

光绪三十二年七月十三日（1906 年 9 月 1 日），清廷迫于压力，颁发了《宣示预备立宪谕》，并设立考察政治馆，次年改建为宪政编查馆，作为预备立宪的办事机构，此后进行了一些预备立宪活动。但是，此次活动的重点在于"预备"，是清政府慑于

第三章　浙江近代小说的第二波高潮(1906—1908)

资产阶级革命运动的压力而采取的无限拖延之策略，此间设立的各种机构以及颁布的宪法，也都没有实质意义，具有极大的保守性和欺骗性。但是，"预备立宪"在客观上也起到了一定的积极作用，如使人们意识到清政府的不作为，打破了对统治者的最后幻想，开创了中国政治的近代化进程，给国人进行了一场深刻的民主政治启蒙教育，等等。当时小说市场出现了众多以此为题材的作品，除了《立宪镜》，吴趼人也撰写了《庆祝立宪》《预备立宪》《立宪万岁》等系列短篇小说刊载于《月月小说》，另有《宪之魂》《宦海升沉录》等单行本出版。这些以立宪运动为题材的小说可以分为两种倾向："一是拥护立宪运动，一是反对立宪。"[1]《立宪镜》显然是属于反对立宪运动的一方。小说的主人公金人先生出洋考察归国，雄心勃勃，预备一展身手，不料一入境便发觉现状与理想有天壤之别：在上海，他与一帮维新人物相会，谁知这些人只热衷于叫局狎妓、纵酒打牌。更有甚者，文明戒烟会的会长竟日日躺在烟榻上吞云吐雾，为此他十分失望。在作品篇首，作者也明确地表达了这种失望之情：

> 列位看者，须知道我做这部小说的主义，并不是看轻同胞，说这些同胞都是一般魔鬼，不过想学夏禹铸鼎的法子，把这般魔鬼铸在鼎上，借此劝戒劝戒，使我们中国四万万可敬可爱之同胞，见了这等怪现状，有则改之，无则加勉，趁此预备立宪时代，努力做一般立宪国民。这就是我做书的主义。

虽然维新党人及众多社会人士寄望较高的立宪运动最终成为

---

[1] 阿英：《晚清小说史》，东方出版社1996年版，第86页。

"有空影而无实际"的"镜中立宪",那些执行的官员们也如魔鬼一般令人痛恨,作者还是抱有一线希望,鼓励"中国四万万可敬可爱之同胞"还是要努力做立宪国民。他甚至还打算在续编中"造一个花团锦簇的新世界,遇一个旋乾纽(扭)坤的大人物",但是在该小说篇末所许诺的"且听续篇分说"并未兑现,续编后来并未见出版。

随着立宪运动的失败,以及维新人士内部渐趋复杂,出现了越来越多的投机分子,这一时期也出现了许多以维新党人为题材的新小说,他们在作品中多成为受嘲讽和攻击的人物形象。如杭州老耘的《一字不识之新党》即属此列。该小说发行于光绪三十三年三月(1907年4月),分初编和二编,共33回。小说宗旨所在,是针对那些自命不凡实则一无所知的维新党人。作者在书首牟言中即对其进行尽情讥讽:"一字不识,岂得谓之通人?"除了《一字不识之新党》,李伯元的《文明小史》、黄小配的《大马扁》、浪荡男儿的《上海之维新党》,以及无名氏的《新党升官发财记》等,也是将维新党人,尤其是康有为、梁启超两位领导人物作为反面形象的小说。如李伯元在《文明小史》中将康有为变成安绍山、梁启超变成颜轶回,在作品中极写这师徒二人投机取巧、沽名钓誉之种种丑态;无名氏的《新党升官发财记》塑造了一个叫袁伯珍的绅耆,靠着从几本书里学来的新知识和侵吞来的五千元积谷款,借着假维新的条陈,到处渔利,以达到升官发财的目的,文笔老辣劲练,可谓骂尽了当时投机倒把的维新官僚。

女性解放亦是近代社会小说中表现较多的题材,其中又以放足运动最受关注。最早从健康的视角对缠足进行批判的是来华的传教士,特别是西医传教士。他们从生理健康的角度出发,认为缠足是导致中国妇女身体积弱、罹患疾病的祸首,因而应该取

第三章 浙江近代小说的第二波高潮(1906—1908)

缔。中国第一个反缠足组织也是由传教士倡导建立的。这种认为缠足危害健康的论调很快为中国的知识界所认同,许多民间知识精英及其发起的社会团体开始倡导不缠足运动,如梁启超起草的《试办不缠足会简明章程》,谭嗣同起草的《湖南不缠足会嫁娶章程》,都规定会员生女不得缠足,会中男女彼此可以通婚,也可以与会外放足女子通婚,等等。之后,慈禧太后为巩固危机四伏的统治,于光绪二十八年(1902)下达劝诫缠足的上谕,地方官员也纷纷通过颁布告示等形式进行响应。放足运动在民间力量的倡导与国家层面的介入之下,在社会上产生了较大的影响。

在反映这类题材的小说中,以白话小说《天足引》影响最大。该小说于光绪三十三年三月(1907年4月)由鸿文书局出版,标"社会小说",作者署"武林程宗启佑甫演说",书共八回,叙一对双胞胎姐妹,姐姐十全因一双小脚被富裕的夫家宠爱;妹妹双全由于脚大,只能嫁给清贫书生。但在遭遇战争和匪徒时,十全的三寸金莲饱受折磨,而双全的天足却为全家救急解难。恰值朝廷推行新法,其中有"不许缠足"一条,所以双全被推为榜样,受封为一品夫人。该小说从目录到正文全用白话写成,因作者为杭州人,因而官话之中,还特意夹杂着一些杭州土音,希望能吸引更多女性读者:"能够杭州女人家,大家看看,已是侥幸到万分了。若是外府外县的女人,肯赏个脸儿,看我这部书,想来土音虽不同,究竟也差不多的,又何必虑他喔。"① 这样的语言形式和其内容一起,皆受到评论界的称赞。如鸿文书局在介绍新书的广告中,认为该书不仅"为开通风气起见,普劝中国女人脱缠足之苦,享天足之乐",且"书中大意如敦孝友,除迷信,贱势利,贵自立,革

---

① 程宗启:《〈天足引〉白话小说序例》,鸿文书局光绪三十三年三月(1907年4月)版。

旧俗，启新机，浅近易知，老妪都解，颇能为女界放一光明，洵为天足会中不可少之书也"①；寅半生在《小说闲评》中对该小说也极为推重，认为其虽然语言极为粗浅，"然开通风气，裨益社会，允推此种"②。

除了上述各类以时事为创作素材的新小说，这一阶段还出现了大量用旧的形式表达新的内容，即"旧瓶装新酒"的"翻新小说"。晚清此类"翻新小说"数量极多，《水浒传》《三国演义》《西游记》《红楼梦》《聊斋志异》《儒林外史》《封神演义》《镜花缘》《今古奇观》等较为畅销的传统小说都有翻新之作，连近代的一些作品，如《七侠五义》《官场现形记》《海上繁华梦》等亦有不同版本的翻新作品。

在这些翻新小说中，数量排在首位的是关于《水浒传》的翻新之作。其中浙江人西泠冬青的《新水浒》被认为是同类作品中"出现较早也较完整的"③。该小说由鸿文恒记书局出版、新世界小说社发行于光绪三十三年三月（1907年4月），题"西泠冬青演义，谢亭亭长评论"。叙写梁山108位英雄，因见朝廷改革官制，准备立宪，便欲有一番作为。适逢朝廷派人来招安，于是欣然接受，陆续下山，"以个人自治，合群爱国为宗旨"，各人尽其所长，预备干一番大事业来：吴用办学堂、编教科书；雷横教警察、练警兵；张顺创办渔业、谋划铁路事业；顾大嫂在天足会上演讲；西门庆之子自制戒烟强身丸；等等。小说袭用《水浒传》，"将原书旧有人物，一一妆点附会起来，若嘲若讽，且劝且惩，

---

① 陈大康：《中国近代小说编年史》，人民文学出版社2014年版，第1233页。
② （清）寅半生：《小说闲评》，《游戏世界》光绪三十三年七月（1907年8月）第16期。
③ 王鑫：《晚清标"新"小说论稿》，中国社会科学出版社2016年版，第235页。

第三章 浙江近代小说的第二波高潮(1906—1908)

欲使人人知道今日新政之现象"①。

另一部较为成功的翻新作品为《邹谈一噱》。该小说由启文社出版于光绪三十二年八月（1906年9月），作者署"乌程蛰园"，实为浙江乌程（今吴兴）人费有容，乃光绪二十八年（1902）举人，曾就读于杭州诂经精舍，师从俞樾。《邹谈一噱》分前编和后编，共24回，是借《孟子》中的故事及齐国的历史书写当下的时事：战国时期，齐宣王欲行新政、办大学，从楚国请来十余位教员，分班教导。但学员多为好名之人，并非真心好学，楚傅因此也乐得敷衍塞责。一年后，举行毕业典礼，宣王亲自为学员颁发文凭。有学员宋勾践，申请留学楚国一年，并请来仰慕周公仲尼之道且懂得多门外语的陈良，在齐国开办了译学馆。楚国与秦国交战，宣王派人出使二国，为之斡旋，并成功为双方签订了议和协议。之后，一行人奉宣王之命，周游列国。归国之后，齐国仿效他国，开始在邮政、税务、军政等方面进行改革，同时兴修铁路，宣王又命兴办矿业、筹办船政，以充盈日益亏空的国库。因宣王允许各国宗教设堂传教，各国宗教在齐国盛行，教案频发。齐国又与各国签订通商条约，允许各国与齐国通商。

该小说在回目设置上较有特色，不仅裁对工稳，且新颖奇特，如第一回"齐宣王授室兴大学，楚大夫聘傅定专科"、第二回"借好游句践出重洋，因悦道陈良通四译"、第三回"定馆餐乐正吃番菜，辨朝服曹交改洋装"等，内容上亦不落窠臼，被认为"是为说部中放一异彩"②。

---

① 西泠冬青：《新水浒》第一回，彪蒙书室光绪三十三年（1907）三月初版。
② "新小说《邹谈一噱》出现"广告，载《中外日报》光绪三十二年九月十八日（1906年11月4日）。

二　传统小说重受关注

光绪三十三年七月十五日（1907年8月23日），《中外日报》刊载了一则"写情小说《泪珠缘》初、二、三、四全集出版"的广告：

> 本书系天虚我生所著，全书六十四卷，洵推写情小说之杰作，《红楼》而后独一无二。其初、二集前经《大观报》馆刊出行世，刷印至铸板已经漫漶，其销数可以想见。全书精华尤萃聚于后半部之间，写情写景，万无一漏，故读者都以未窥全豹为憾，历年求购三、四集者，户限几穿。各书肆因之怂恿将全书开印五千部……

写情小说《泪珠缘》乃天虚我生（陈栩）模仿《红楼梦》而作的旧体小说，共64回，分初、二、三、四集，但《大观报》馆于光绪二十六年（1900）首次将其出版时只刊出了初集和二集，本书第一章对此已有论述，《大观报》馆当时未出完全本的主要原因是销路不畅而打击了作者将之继续出版的信心。所以，该广告中声称《大观报》馆刊本"刷印至铸板已经漫漶，其销数可以想见"有虚夸不实之嫌。但是，此次萃利公司将《泪珠缘》的全本刊出却获得了成功。五个月后，本次刊印的5000部就销售告罄，"仅存数十"，于是萃利公司决定再版，"并承海内诸大家逐细加评，精为校核，更请名手绘图，全书愈形美备"[①]，不仅请名家点评，且请了名手绘图，准备再出精装绘图本，可见该小说

[①] "招人承印三板（版）《泪珠缘》小说书"广告，载《中外日报》光绪三十四年二月初一日（1908年3月3日）。

第三章　浙江近代小说的第二波高潮（1906—1908）

的确有一定的销售市场。

《泪珠缘》初刊失利却再版成功，皆为时势使然。该书初刊的光绪二十六年（1900），正是国家几遭覆灭的"庚子国变"发生之时，小说的主要读者——知识分子们忧国忧民，哪有心情细细品味儿女情长的"风流佳话"《泪珠缘》。而时间推演至七年后的光绪三十三年（1907），饱受磨难的国人已学会舔舐伤口，并渐次尝试着走向革新之路。小说则在经历了被特殊时代裹挟着成为最有用的政治革新工具而风云无限的时光之后，也开始向文学的正轨回归，单纯强调小说的政治及社会功用的作品已经不能满足小说市场的需求，读者们还希望有更多的其他题材和样式的作品出现。正是这样的市场期待成就了旧式写情小说《泪珠缘》的再版成功。

受此鼓舞，陈栩进而创作了一系列的传统小说。如《柳非烟》《断爪感情记》《分牛案》《鸳鸯渡河》等，都写于这一时期。《柳非烟》共20章（未完），是一个才子佳人式的爱情故事，于光绪三十三年十一月（1907年12月）开始连载于《月月小说》第一年第11号，标"侠情小说"。写苏州才子施逖生与杭州美貌佳人柳非烟一见倾心，但因施逖生一文不名，二人的爱情遭到贪财的非烟母亲的极力阻挠而危机重重、险象环生。后在侠义之士陆位明的帮助之下，二人最终如愿以偿地相守于太湖畔。其"侠情小说"之"侠"，即指侠客陆位明。另外三部为短篇小说，皆刊载于由陈栩自己创办的纯文学性期刊《著作林》上。题材上，三篇小说皆属于无关社会与现实痛痒的类型。《断爪感情记》标"物语小说"，写作者自十岁开始蓄无名指及禁指（小指）的指甲，历二十一载。其间严遵四种护爪之法，对两爪呵护备至，且对其已生恋恋之感情，遂得"长爪郎"之名，作者颇以为傲。

后女友丽绡乘其不备,剪断了他心爱的长指甲(长爪),作者不仅没有生气,反而深情款款,发出"予爪不足惜,顾为君之名誉惜耳"的表白。该小说刊出之后,又有署"吴门长爪郎"之《断爪感情记第二》及署"杭州华痴石"之《两读断爪记书后》出现,可见当时像陈栩这样,在小说创作上纯粹追求闲情逸趣,而刻意回避"国事天下事"之人士,尚不在少数。

《分牛案》与《鸳鸯渡河》皆为"理想小说",前者写某翁临终前,将仅有的财产十九头牛分给三个儿子甲、乙、丙,规定大儿子得二分之一,二儿子得四分之一,小儿子得五分之一,且不许杀牛卖牛。某翁死后,三个儿子为如何遵照父亲遗嘱而争执不下,最后只能讼于有司。有司没有杀牛卖牛,让三个儿子都分到了应得之数;后者写甲、乙、丙各有艳妻子、丑、寅,三人互有垂涎之想。时值匪乱,六人结伴同行逃难,一日行至湖滨,唯有一空渔舟,仅容两人,幸六人皆可操舟。但甲、乙、丙为如何让六人顺利渡河,且能严防己妇为人觊觎而争议不休,未有万全之策,笔墨至此即止,该小说未完。

另外,陈栩还续作了《新泪珠缘》,于光绪三十四年(1908)连载于《月月小说》第7、8、9、12期,但该篇未完,共八回。《新泪珠缘》的人物仍袭自《泪珠缘》,但内容上已有很大不同,属于"翻新小说"之列。小说的回目设置即已体现出"新"的因素,如"因印书提论旧光学,代引擎虚造新水机"(第一回)、"订合同教授新名词,做水陆牵引老檀樾"(第三回),等等。秦府与主人公宝珠的生活中也多了一些新鲜事物,如德律风,宝珠还亲自设计了记音器,并打算新造防火器、电灯等先进器械。

三 文言小说潜滋暗长

自甲午战败与"庚子国变"后,伴随着开启民智、改良"群

第三章 浙江近代小说的第二波高潮(1906—1908)

治"等急迫的政治诉求,白话小说开始被推至高位。各种白话报刊亦先后创刊,其中尤以《杭州白话报》影响最大、贡献最著。其他报刊以及书局为了迎合文化层次较低的庞大读者群,获得更多的商业利润,也纷纷重拳出击,刊载和出版白话小说。自光绪二十九年(1903)之后的三四年里,白话小说在声势和数量上都一度远远超过了文言小说。

而光绪三十二年(1906)后,随着"小说界革命"影响的渐渐消退,以及小说市场多样性需求的刺激,文言小说也开始增多。如浙江钱塘(今杭州)人蒋景缄在这一时期出版的两部自著小说:《凤厄春》和《金蒻叶》皆为文言。蒋景缄生平不详,笔名"天寄生""天寄""寄生""景"等。小说林社于光绪三十三年八月(1907年9月)出版的《凤厄春》,虽为文言,但叙述的却是一个与严肃的人体科学有关的新题材,写的是女子乔凤英在医生的帮助下,体质互换,转女为男,最后还与一女子缔结良缘的故事。在篇首"小叙"中,作者驳斥了中国古代将男女自然变性当作灾祥符瑞之兆的论调,并引述人体解剖学知识,力证男女体质在某种特殊情况下可自行转换,"乃数百年前,忽有医学巨子首先发明,讵非至可惊奇者乎?夫男女体质,不过内外反对而已,而转易时之变病,辄足致死"[①]。作者正是想证明科学的可信,而将自己所知的人体学知识通过凤英的故事撰为小说。

这一时期的报刊小说亦出现了颇多文言作品。如光绪三十二年四月(1906年5月)创刊于杭州的文学期刊《游戏世界》共刊载了八篇小说,全部为文言(本章第三节将具体论及)。尤其值得注意的是,最早进行"新小说"实践、将"便是不读书的

---

① 光绪三十三年八月(1907年9月)小说林社版《凤厄春》"篇首小叙",见陈大康《中国近代小说编年史》,人民文学出版社2014年版,第1341页。

人,也可以看"作为目标、曾被盛赞为"通文字于语言,与小说和而为一"的《杭州白话报》,这一阶段所刊载的九部小说作品,也全部为文言,且题材也是五花八门,早已与当初以"开风气事体"为己任的办报宗旨相去甚远,不仅有《薄幸儿》《多情郎》等纯粹言情的小说,亦有《人茧》《百宝箱》《失狗案》《闹新婚》等"插科打诨"式的小说。

由此可见,近代小说发展至这一阶段,在观念上已基本摆脱了"小说界革命"的影响,进入了完全由市场主宰的局面。正是在小说市场多样性需求的调适之下,小说创作在题材及语体上都呈现出新旧杂糅的多样化的繁荣局面。虽然这种繁荣存在着作家为逐利而罔顾作品质量、小说数量众多却难觅佳品的弊端,但对于小说自身发展而言,这是一个从量到质转变的必经过程。

第二节 蔚为壮观:翻译小说的全盛时代

光绪三十二年至光绪三十四年(1906—1908)是中国近代翻译小说数量最多的三年,"三年共出651种,几乎是前三年的三倍。其中,翻译小说单行本从136种,增至303种,增加了223%。报刊所载更从106种增至348种,增加了328%"[①],到了"几乎触处皆是"的地步。这一时期的浙江翻译小说也处于最为繁荣的阶段,这主要表现在三个方面:其一,翻译小说数量最为丰富,这三年共有52部,比前三年的20部增加了260%,且作品覆盖英、美、法、俄、日本、波兰、匈牙利等多个国家。其二,翻译

---

① 陈大康:《论近代翻译小说》,《文学评论》2015年第2期。

第三章 浙江近代小说的第二波高潮(1906—1908)

者呈现群体参与的势头。除了魏易、吴梼、周氏兄弟等翻译领域的主力军，还出现了绍兴金石、海宁褚嘉猷、杭州王纯甫、杭州洪如松、嘉兴李国英、吴兴沈祥麟、仁和杨希曾等翻译者，他们的加入，使得翻译家队伍迅速壮大，覆盖面也更广。其三，翻译理论领域多声合奏。魏易、吴梼等老牌翻译家的翻译理念在这一时期已经完全成熟，无论是作品的选择还是译风上，皆趋稳定，并显示出独特性。尤其是吴梼在翻译文体上的探索，对于中国近代翻译界意义深远。周氏兄弟在这一时期开始尝试合译，并形成自己的翻译理论雏形。除此之外，如寅半生等以读者的身份就翻译时增删改编应把握的尺度、中外小说的比较等问题表达的观点，使得翻译理论界呈现出新旧碰撞的繁荣局面。

一 翻译者的群体参与

陈大康先生认为，翻译小说顺利发展须有三个条件：其风格与读者的欣赏习惯相应调整，互相适应；有一批通晓外语的人才；读者有阅读的需求。[1] 随着其顺利发展所需的三个条件皆得到满足，翻译小说在中国开始快速繁荣，至光绪三十二年（1906）后，甚至出现了"著作者十不得一二，翻译者十常居八九"[2] 的局面，足见当时的译者队伍已相当庞大。这一时期的浙江翻译领域，除了魏易、吴梼、周氏兄弟[3]等主力军外，还出现了绍兴金石、杭州洪如松等一批新生译家。

魏易与林纾的合译在此期间也进入最为旺盛之时，共有 22 种

---

[1] 陈大康：《论近代翻译小说》，《文学评论》2015 年第 2 期。
[2] 觉我（徐念慈）：《余之小说观》，载《小说林》光绪三十四年正月（1908 年 2 月）第 9 期。
[3] 吴梼、周氏兄弟在这一时期的译作及翻译理论将分别在本节的第二、三部分论及，因此该部分只重点论述魏易与其他译者。

译作问世。魏易在上一阶段与林纾合译的 7 部作品全为英国的小说，其中又以哈葛德的作品为主。这一阶段，有 17 部作品为英国小说，其中有 3 部为哈葛德创作，分别是：《洪罕女郎传》《红礁画桨录》《橡湖仙影》，3 部作品皆出版于光绪三十二年（1906），应该是上一阶段魏易有计划地译介哈葛德作品的延续。除此之外，另有 3 部美国小说：华盛顿·欧文（Washington Irving）的《大食故宫余载》《旅行述异》，马支孟德的《西利亚郡主别传》；1 部法国小说：男爵夫人阿克西《大侠红蘩蕗传》（又名《红蘩蕗传》）；1 部日本小说：《不如归》，该小说由日本德富健次郎原著，盐谷荣译为英文，魏易与林纾转译而成。

这 22 部作品涉及多种小说类型，包括 4 部言情小说、1 部哀情小说、5 部社会小说、1 部军事小说、2 部侦探小说、2 部伦理小说、3 部历史小说、2 部滑稽小说、1 部义侠小说，另有 1 部标为"新译小说"（《花因》）。可见，随着翻译过程越来越顺畅，为了适应读者口味的多样性需求，这一阶段魏易在对原著的选择上在仍然以英国作家为主的基础上，将其他国家的作品纳入了翻译范畴，且小说类型也更加丰富。

这一时期魏易的合译者林纾的翻译事业也进入高产期，加上上海商务印书馆的着力打造，"林译小说"可谓独步翻译作品市场。根据马泰来《林纾翻译作品目录》的统计，这段时间上海商务印书馆以各种形式出版的"林译小说"占其译本总数的 90% 以上。这一阶段魏易与之合译的 22 部作品，除了《花因》连载于《中外日报》，后亦由《中外日报》馆出版单行本外，其他作品皆由上海商务印书馆出版。"林译小说"的受欢迎程度在这一时期也到了无以复加的地步，甚至还有人偷窃了魏易与林纾合译的《恨绮愁罗记》的译稿，对此林氏不得不刊登遗失广告："今有译稿《恨绮愁罗

第三章 浙江近代小说的第二波高潮(1906—1908)

记》,中叙鲁意十四宫中事,现已被窃,如有将原稿或改名求售者,各编译所各书坊切勿购入为幸。"①

但是,由于过分追求高产,林纾与合译者们不得不加快翻译速度,进而严重影响了译本的质量。如一部共60章的《西利亚郡主别传》,魏易与林纾"日五、六千言,不数日成书",这样的急就章自然"难保不无舛谬"。此种错谬百出的译本还不在少数,以致林纾不得不自曝其短。在该书的"附记"中,林纾这样解释:"近有海内知交投书,举鄙人谬误之处见箴,心甚感之。惟鄙人不审西文,但能笔述;即有讹错,均出不知。尚祈诸君子匡正为幸。"实际上他为了面子又将责任推脱给合译者。

宣统元年(1909),魏易终止了与林纾的合作,并于宣统三年(1911)开始步入仕途。魏易之于林纾的作用,也早已得到了普遍认可,"假如林纾少了他(魏易),那么决不会达到这样的成功,那是可以断言的"②。因而,当我们谈及"林译小说"之于中国近现代文人及文学的深远影响时,是绝不能回避魏易的贡献的。

在上一阶段,浙江翻译小说从数量上已开始进入繁盛期,但据笔者掌握的资料,只有魏易、吴梼及周氏兄弟四名翻译家。这一阶段,他们依然有大量译作问世,但除此之外,还出现了其他译者及其作品,主要有:绍兴金石、海宁褚嘉猷合译的"冒险小说"《旧金山》《秘密电光艇》;杭州王纯甫与瀹州(隶属于浙江舟山)许桢祥合译的"侦探小说"《合浦还珠记》;宁波林翼清、杭州洪如松合译的"爱情小说"《玉屑喷》;杭州洪如松

---

① 见《中外日报》光绪三十四年正月十四日(1908年2月15日)刊载的"林琴南译稿遗失广告"。
② 郭延礼:《中国近代翻译文学概论》,湖北教育出版社1998年版,第300—301页。

· 139 ·

翻译的"言情小说"《双鸽记》《电幻奇谈》；嘉兴李国英译、泉唐万迥儒编的"侦探小说"《倭刀恨》、"探奇小说"《洞中天》；吴兴沈祥麟翻译的《葛范生侠义记》；仁和杨希曾翻译的"言情小说"《色界之恶魔》等十个译家合译或独译的十部作品。这些作品都由英美原著翻译而来，除了《葛范生侠义记》连载于北京的《顺天时报》，其他小说全部出版或刊载于上海。在十部作品中，除了《合浦还珠记》为白话小说，其他九部全部为文言小说。内容上，十部作品有四部爱情类小说、两部侦探类小说，这两类题材的小说，也是最受中国读者欢迎、刊载出版数量最多的类型。

笔者通过各种途径搜索、查找，但目前依然没有找到这些翻译者的任何生平资料，而这些"名不见经传"的译者及其作品的大量存在，正表明当时翻译领域是一个极具吸引力、蕴含巨大商机的市场，因而导致译者队伍的扩充。他们中的一部分人，或因"失馆之余，无以谋生"而厕身翻译小说界，或为"学堂生徒，不专心肄业，而私译小说"，有些只是粗通外语，有些甚至对外语一窍不通，"闭门杜造，面壁虚构，以欺人而自欺焉"[1]，如此境况之下，"格格不堪卒读"自然在所难免，这也是近代翻译小说走向繁荣并向成熟趋近的必经阶段。

二 吴梼及其对翻译文体革新的探索

吴梼翻译活动的高峰期在光绪三十二年（1906）至光绪三十四年（1908），其间共有 17 部译作问世，其中 6 部译自日本（《侠黑奴》《寒牡丹》《寒桃记》《美人烟草》《新魔术》《薄命

---

[1] 新广（周桂笙）：《说小说·海底漫游记》，《月月小说》光绪三十三年三月（1907年4月）第7号。

第三章 浙江近代小说的第二波高潮（1906—1908）

花》)、1部波兰著作（《灯台卒》）、2部美国著作（《山家奇遇》《二十六点钟空中大飞行》）、3部法国著作（《理想美人》《博浪椎》《棠花怨》）、1部英国著作（《斥候美谈》）、3部俄国著作（《忧患余生》《银钮碑》《黑衣教士》）、1部原著不详（《五里雾》），其中尤以3部俄国著作最引人注目，因为这三部作品的作者、俄国当时最为著名的三位作家：高尔基、莱蒙托夫、契诃夫都是首次被介绍至中国。

高尔基（戈厉机）的《忧患余生》（今译《该隐和阿尔乔姆》）于光绪三十三年正月二十五日（1907年3月9日）开始连载于《东方杂志》第四年第1期，至第4期完毕，标"种族小说"，署"俄国戈厉机著，日本长谷川二叶亭译，钱唐吴梼重演"。高尔基短篇小说的艺术价值是世所公认的，这篇《该隐和阿尔乔姆》创作于1898年，主人公该隐有着"尖尖的脑袋，黄黄的瘦脸，颧骨和下巴上长着一结结坚硬的红毛，……一双灰色的小眼睛在帽槽和稀疏的红眉毛下面滴溜溜转来转去飞"，高尔基正是借助肖像描写、细节描写和个性化的语言，塑造了该隐卑微的灵魂和谄媚的个性，这篇是高尔基短篇小说中较有代表性的作品。

莱蒙托夫（莱门忒夫）的《银钮碑》于光绪三十三年六月（1907年7月）由上海商务印书馆出版，标"袖珍小说"，署"原著者：俄国莱门忒夫（莱蒙托夫）；译述者：钱塘吴梼"。莱蒙托夫是继普希金之后俄国19世纪上半叶的重要诗人和批判现实主义作家，他的小说《当代英雄》是俄国文学中的第一部心理小说，也被认为是最优秀的心理小说之一。该小说由五个相对独立的故事组成，按照出版的时间分为两卷，《贝拉》《马克西姆·马克西梅奇》和《彼乔林日记》中的《塔曼》先行发表于1839年至1840年的《祖国纪事》上，同样是《彼乔林日记》中的《梅丽公爵小姐》和《宿命论者》则以单行本于后来单独发表。全书以主人公皮却林为主线串联而成。皮却林聪明、有教养，孤芳自赏，不愿与贵族上流社会同流合污，但没有理想，他只关心自己，其行动也只是给别人带来痛苦和死亡，最终他不得不离开祖国。这一形象是俄国文学史上"多余人"画廊中的一幅出色画像。吴梼的《银钮碑》即《当代英雄》的第一部《贝拉》，书未分章节，小说叙写年轻士官配邱林（今译皮却林或皮巧林）到达岱立克河堡寨后，利用当地楷尔开斯族酋长之子亚若马忒的贪薄无行，设计抢夺了酋长之女白爱娜（今译贝拉）。在博得了白爱娜的欢心之后，配邱林又很快对她厌倦了，致使白爱娜被他的情敌喀斯皮梯抢去并刺伤。白爱娜在痛苦中死去，而配邱林却并不悲哀，只是在死者的墓碑上嵌了一枚楷尔开斯银钮子。

契诃夫（溪崖霍夫）的《黑衣教士》（今有《黑衣修士》等新译本）由上海商务印书馆出版于光绪三十三年六月（1907年7月），标"袖珍小说"，署"原著者：俄国溪崖霍夫；译述者：日本薄田斩云；重译者：钱塘吴梼"。这是契诃夫的一部有着深远影响的杰作。书共九章，未列标题，写一个眼高手低、自大成性和因过度工作损害了自己神经的哲学教师柯林（今译科弗林）的思想和爱情婚姻生活。小说以他多次在迷惘与幻觉中见到一千年前出没在叙利亚和阿拉伯沙漠的黑衣教士幻影来展开故事，形象地刻画了这类知识分子的心理状态。该书末尾有"附言"，对原著作者做了简单介绍：

> 原本有跋云：此篇作者安敦溪崖霍夫与哥尔基齐名，为俄国文坛健将。其为小说，专以短篇著，世称俄国之毛拔森。文章简洁而犀利，尝喜抉人间之缺点而描写形容之。以

第三章　浙江近代小说的第二波高潮（1906—1908）

为此人间世界，毕竟不可挽救，不可改良，故以极冷淡之目而观察社会云。今年七月中旬，旅于德国而逝，年四十四。世界文坛，又弱一个矣。

从这段附言可知，吴梼是特意选择了当时俄国文坛名将、短篇小说艺术大师契诃夫（溪崖霍夫）的作品，并将之译介给中国读者。

吴梼在一年之内便出版了三位著名俄国作家的译作，并且这三位作家皆是由他第一次介绍到中国，其对于中国近代翻译界的贡献是不言而喻的。不仅如此，他在翻译过程中还有意识地使用了有别于旧式白话文的通俗白话文，这种在翻译文体上的探索于近代翻译领域而言，是一种创造性的革新。

吴梼的大多数译作都是使用与现代白话文非常接近的通俗白话文，其译文也较少删节，比较能够忠实于原文，例如《银钮碑》的开头：

> 我从高加索属下一个市府查里斯雇一辆往复马车，坐了上路。我今番旅行，所带行李物件只有高加索山间科罗查地方一篇《旅行日记》，装满了半个小皮包，此外并无长物。及至我马车驶入奎虾尔谷间的时候，一轮太阳早已隐闪在白雪皑皑的一山后面。那赶车马夫意欲趁天色未暮赶上奎虾尔山，不住将鞭子催马，嘴里一面讴唱着山歌。①

这段描写的现代译文是：

---

① 阿英：《晚清文学丛钞·俄罗斯文学译文卷》上册，中华书局1961年版，第66页。

我乘着驿车从纪夫立司起程。所有我车上的行李，只是一件不算大的皮箱，里面装了半箱子关于乔治亚的旅行杂记。这些杂记的大部分后来都遗失了，这该着你们走运；但是皮箱和里面的别的东西都完全存在，这却便宜了我。

当我进了葛刹尔谷时，太阳正开始隐没到覆雪的山脊后面去。为了要在夜晚前爬上葛刹尔岭，我的车夫，一个阿色人，不断地鞭打着马匹，同时尽着嗓子的力量唱着歌。①

比较可知，吴梼的译文不仅同样精彩，且使用的语言也已非常接近现代白话文。又如吴梼从光绪三十二年（1906）至光绪三十三年（1907）在《东方杂志》以连载的形式刊载了三部译作：《侠黑奴》《美人烟草》《忧患余生》，都为白话短篇小说，而同时期《东方杂志》上的其他文章，包括翻译小说，如《毒美人》《双指印》《苹果酿命记》《荒塔仙术记》《空谷佳人》等，都依旧使用的是没有句读的文言文；而光绪三十二年（1906）《绣像小说》刊载的四部吴梼的译作：《灯台卒》《山家奇遇》《理想美人》《斥候美谈》，全部是用白话文翻译，而此一时期该刊刊载的多数小说，如《华生包探案》《幻想翼》《三疑案》《天方夜谭》等，则为文言文译作。这些都表明，吴梼的确是有意识地在翻译文体上进行新的尝试，他的这一努力对于中国近现代白话文运动的推动作用无疑是不容忽视的。

三　翻译理论界多声合奏

自被视为中国近代史上第一部真正意义上的翻译小说、浙江

---

① ［俄］莱蒙托夫：《当代英雄》，翟松年译，平明出版社1954年版，第5页。

第三章　浙江近代小说的第二波高潮(1906—1908)

人蒋其章的《昕夕闲谈》于同治十一年年底（1873）刊出，至翻译小说开始步入最为繁盛之时代的光绪三十二年（1906），30多年间浙江翻译领域不仅名家辈出，翻译小说数量亦极为丰富。与此同时，翻译理论界也渐趋成熟，并出现译者及读者、新理念与旧观点等多声合奏的局面：作为翻译家的魏易、吴梼等不仅已形成稳健的译风，且有自己的翻译理念作指导；而对中国现当代翻译领域及文学界都产生了极为重要之影响的周氏兄弟，在这一时期开始尝试合译，其具有现代性的翻译理论也已初具雏形。另外，读者们从最初对域外小说的新奇、偏宠，至此开始就其增删改编应把握的尺度、不同的版本等发声品评，阐述自己的看法。

光绪三十二年（1906），周树人从仙台医学专门学校退学，回到东京，正式开始文艺活动，个中原因，便是他后来在《呐喊·自序》中那段广为人知的解释：因为在一次课间观影中看到一群体格健壮却麻木不仁的同胞而受到刺激，并从此改变了观念，认为"我们的第一要著是在改变他们的精神，而善于改变精神的是，我那时以为当然要推文艺，于是想提倡文艺运动了"。他首先着手筹备出版一本文学杂志《新生》，"将以译介外国文学为主"，希望借此转移性情、改造社会。这本代表着"新的生命"的杂志后来因为多种原因而胎死腹中，但周树人为此所做出的努力并没有完全白费，他的六篇理论性文章论文：《人间之历史》《摩罗诗力说》《科学史教篇》《文化偏至论》《裴彖飞诗论》《破恶声论》，后来都发表在《河南》杂志上，这些论文都与近代思想文化发展大有关系，其中《摩罗诗力说》与《裴彖飞诗论》则为专门译介外国文学之作。这一年的春天，周作人也来到日本，和兄长周树人住在一起，并共同从事翻译活动。

此阶段，周氏兄弟共有八部译作问世，其中周树人翻译一部：

《造人术》；周作人译述六部：《天鹨儿》《孤儿记》《一文钱》《庄中》《寂漠》《匈奴奇士录》；二人合译一部：《红星佚史》。其中《孤儿记》《红星佚史》《匈奴奇士录》为长篇小说，并出版了单行本，其他五部则为短篇小说。就译作数量而言，并非多产，其主要贡献在于此阶段他们开始认真思考翻译活动及小说的价值及意义，并由此形成自己的翻译及小说理论：其一，受外国小说的影响，周氏开始有意区分"学"与"文"之界限，并注重小说的"移情"作用；其二，开始尝试改变翻译方式。

周氏兄弟关于小说的观念最初是受了梁启超的影响，周作人曾经说："梁任公的《论小说与群治之关系》，当初读了的确很有影响，虽然对于小说的性质与种类后来意见稍稍改变，大抵由科学或政治的小说渐转到更纯粹的文艺作品上去了。"[①]

这种"稍稍改变"在《〈孤儿记〉凡例》中已有体现。《孤儿记》由小说林社出版于光绪三十二年（1906），是周作人在构思上受到雨果的《悲惨世界》的影响，并"偷"了该小说的结局的一篇译述作品。在《〈孤儿记〉凡例》中，周作人说"小说之关系于社会者最大。是记之作，有益于人心与否，所不敢知；而无损害，则断可以自信"。联系周作人之前每发表一篇译作必阐释其于社会之价值与意义，可见此时他已将小说是否有益于社会人心放到了次要的地位。而这一观念在《红星佚史》中体现得更为明显。

《红星佚史》是周氏兄弟第一次合作翻译的作品，由周作人口译、周树人笔述。此书是英国作家哈葛德和安度阑俱合著而成，原名《世界欲》，因为书中人物海伦佩有滴血的星石，故名《红

---

① 周作人：《关于鲁迅之二》，《瓜豆集》，河北教育出版社2002年版，第162页。

第三章 浙江近代小说的第二波高潮(1906—1908)

星佚史》，其序有云：

> 中国近方以说部教道德为枭，举世靡然。斯书之翻，似无益于今日之群道。顾说部曼衍自诗，泰西诗多私制，主美，故能出自由之意，舒其文心。而中国则以典章视诗，演至说部，亦立劝惩为臬极，文章与教训，漫无畛畦，画最隘之界，使勿驰其神智，否者或群逼抌之。所意不同，成果斯异。然世之现为文辞者，实不外学与文二事。学以益智，文以移情。能移人情，文责以尽，他有所益，客而已。而说部者，文之属也。①

从这段序言可以看出，周氏兄弟开始对曾"举世靡然"，自身亦颇受影响、并为其鼓吹的以小说救世的理论进行反思，并将"学"与"文"区分开来，认为"学以益智，文以移情"，文学（当然也包括小说）的主要责任在于"出自由之意，舒其文心"，"能移人情，文责以尽，他有所益，客而已"。周氏兄弟这一文学观念上的进步，显然是从消化与吸收外国文学中得来的。

另外，周氏兄弟这一阶段开始尝试"直译"的翻译方式，这主要表现于译作《匈奴奇士录》中。该书为匈牙利作家育河摩耳（今译约卡依·莫尔）原著，周作人（署"中国会稽周逴"）翻译，于光绪三十四年九月（1908年10月）由上海商务印书馆出版。原名《神是一个》，主要讲述一个神宗徒的故事，"神是一个"即不承认三位一体之说，其中又穿插了爱情、政治等内容。

---

① 会稽周逴（周作人）:《红星佚史》序，[英]罗达哈葛德、安度阑俱《红星佚史》，会稽周逴（周作人）译述，上海商务印书馆光绪三十三年（1907）版。

147

在书首"小引"中，周作人有一段解释：

  匈加利人先姓后名，正同中国，故译亦仍之。又，本书间引他国文字一二言，译之有伤其意，故留原文。附识于此。

  可见，在翻译该书时，周作人只是为了避免翻译有损于文意而保留了原文，是他们"直译"的最初尝试。倡导并践行"直译"也是二人对于中国翻译界的主要贡献之一。但是，因为人们已经习惯了"译述""编译""意译"等基本上不尊重原文、主要以迎合本国读者口味的翻译方式，周氏兄弟的这一尝试最初并不成功，完全以"直译"方式翻译的《域外小说集》的初版销售失利便是明证。

  域外小说中新奇的故事情节、独特的叙事方式等皆对本国读者有着巨大的吸引力，因此出现了翻译小说的刊载与发行超过了自著小说的局面，有的热销小说还出现了多种版本。但是，对于西方开放的爱情婚姻等观念，许多旧式知识分子并不能理解和接受。因而，他们从维护传统道德的角度出发，认为译者们应把握译述时进行增删改编的尺度。其中颇具代表性的，当属兼具书商、读者、小说评论家三重身份的寅半生所撰写的《读〈迦因小传〉两译本书后》。

  该文刊于《游戏世界》第 11 期（光绪三十三年二月，1907年3月），寅半生以 1700 余字的篇幅，详细论述了《迦因小传》两种不同译本的优劣（本书第二章第二节对《迦因小传》两种不同译本及其故事情节已做详细介绍）。寅半生对蟠溪子节译本"传其品也，故于一切有累于品者，皆删而不书"的做法高度赞赏，他认为蟠溪子并不是真的残缺了上帙，而是"几费踌躇，几

第三章　浙江近代小说的第二波高潮（1906—1908）

费斟酌"，"曲为迦因讳"，故意为迦因隐去怀孕一节，因而成全了迦因的"深情高义"，所以"盖自有蟠溪子译本，而迦因之身价忽登九天"。而林纾全译本则将他们心目中纯洁美好的贞女"迦因"，变成了污秽淫贱的荡妇"迦茵"，是"传其淫也，传其贱也，传其无耻也"，所以"亦自有林畏庐译本，而迦因之身价忽坠九渊"。不仅如此，寅半生对林译本完全不顾社会影响的做法的批评也十分严厉："而林氏则自诩译本之富，俨然以小说家自命，而所译诸书，半涉于牛鬼蛇神，于社会毫无裨益。"

寅半生的这篇文章，实际上是将这两种不同的翻译版本当成了两种小说，完全从道德的评判角度，肯定节译本苦心孤诣为迦因"讳其短而显其长"，并否定全译本"暴其行而贡其丑"，而不是从翻译的角度来评判二者的优劣。这在当时具有一定的代表性，如另一位小说理论家金松岑也发表过类似的观点："《迦因》小说，吾友包公毅译。迦因人格，向为吾所深爱，谓此半面妆文字，胜于足本。今读林译，即此下半卷内，知尚有怀孕一节。西人临文不讳，然为中国社会计，正宜从包君（指包天笑，本书作者注。）节去为是。"①《读〈迦因小传〉两译本书后》在《游戏世界》发表之后不到一个月，《月月小说》第一年（1907年3月）第7号"杂录·说小说"一栏，即以《迦因小传两种》为标题全文转载，说明寅半生的观点在当时是得到了认可，并产生了一定的影响。此文的观点虽然较为传统保守，但是作为第一篇专门探讨两种不同翻译版本的理论文章，也成为后来讨论翻译理论和实践的典型范本之一，为中国近现代翻译理论走向成熟起到了重要的铺垫作用。

---

① 松岑（金松岑）：《论写情小说于新社会之关系》，《新小说》光绪三十一年五月（1905年6月）第17号。

第三节 风头正劲:文艺性期刊成为
报刊小说的主力出版物

光绪三十二年（1906）至光绪三十四年（1908），浙江共有五种刊载过小说的报刊创刊，分别是：《游戏世界》《著作林》《浙江日报》《绍兴医药学报》《宁波小说七日报》。与上一阶段的《浙江潮》《萃新报》等具有浓郁的革命色彩、以革新社会为己任的期刊相比，这一时期的报刊大多已经开始摆脱小说须为政治服务的影响，在办刊宗旨及性质上更具个性化和多样性，更加注重小说与其他文学样式的艺术价值和审美功能。最为突出的如《游戏世界》与《著作林》，二者皆为纯文学性期刊，撰稿人多为传统文人，在办刊宗旨上，它们强调文学的"游戏"和娱乐功能，因而更为注重小说的美学价值；《宁波小说七日报》作为浙江近代唯一一种专门的小说期刊，虽然只生存了七个月时间，但共刊载34篇小说作品，数量为浙江近代报刊之冠；《浙江日报》与《绍兴医药学报》，一为以刊载新闻为主的综合性报纸，一为医药类专门期刊，但皆设"小说"一栏，并刊载了为数较多的小说作品，说明这一时期的"小说"依然被各大报刊青睐。

一 《游戏世界》与《著作林》：以"游戏"为小说之宗旨

《游戏世界》于光绪三十二年四月（1906年5月）创刊于浙江杭州，月刊，木刻，线装本，目前共见18期。内容以谐杂文、旧体诗词、戏曲为主，兼涉文学论文、时评，小说主要见于"小

第三章　浙江近代小说的第二波高潮（1906—1908）

说"一栏之"囊萤随录"。创办人兼主编为寅半生（钟骏文）。作为近代较为重要的小说理论家、期刊创办人，学界对于寅半生的生平身世一直了解甚少，相关的研究成果也存在失误之处①，因此本节笔者将根据新发现的［浙江萧山］《钱清钟氏宗谱》②中的资料，先对其生平事迹做大致梳理。

据［浙江萧山］《钱清钟氏宗谱》中陆钟渭所撰《修职郎钟君八铭家传》（以下简称《家传》），钟骏文为萧山钱清镇（今属绍兴）人，字八铭，又字伯铭，别署寅半生③，生于同治四年正月（1865年2月），卒于光绪三十四年六月（1908年7月），享年四十有四。又据［浙江萧山］《钱清钟氏宗谱》中其他传记，钟骏文出身科举世家，曾祖钟锡瑞为道光二年（1822）进士，历任汧阳、宝鸡、临潼知县；祖钟康曾被敕封文林郎；父钟观豫为咸丰八年（1858）举人，历任义乌、临安等地训导或教谕。钟骏文光绪九年（1883）以第二名进学，时年19，而其父、子也都是19岁以第二名进学，一时传为佳话。

钟骏文曾自言"少年具大志，功名视反手，大言日炎炎，立身期不朽"④。《家传》说他"每试辄压其曹"，课艺屡屡刊刻问世，"一时文人学子咸以订交于君为幸"。可是他的科举之途走得

---

① 目前可找到的论文有刘德隆先生的《出房·堂备·寅半生——对晚清一位小说理论研究者的考察与探讨》（《明清小说研究》2006年第2期），及陆林先生的《也谈寅半生之"八应秋考"及其他》（《明清小说研究》2008年第1期）。刘先生主要以《游戏世界》的相关资料为依据，为寅半生作了小传，并介绍了其家庭基本情况，同时对其《自述诗》中"八应秋试、六次出房、两次堂备"的科考经历提出了质疑。陆先生在论文中纠正了刘先生关于寅半生科举考试经历的判断的失误，认为"八应秋试、六次出房、两次堂备"是可信的，并进一步考证了"出房"和"堂备"的概念。
② 钟福球纂：［浙江萧山］《钱清钟氏宗谱》第十二卷，承启堂活字本，1915年版。
③ 钟骏文以别号"寅半生"闻名于中国近代小说，"钟骏文"之本名反而不为人所知。因此，本书除了在本节对他进行身世介绍时用"钟骏文"之名外，后文论及时，仍用"寅半生"名之。
④ （清）钟骏文：《自述诗》，《游戏世界》光绪三十二年四月（1906年5月）第1期。

极不顺利，八次乡试都名落孙山。唯一可聊以自慰的，是每次试卷都曾得到赏识，优于一般落选者：其中六次已被同考官推荐给主考官；两次是"堂备卷"，以备发榜出现意外时补用。[①] 特别是光绪十七年（1891）辛卯科，本已拟定录取，但"以墨卷经营惨淡，涂改逾额摈"而"临榜被黜"[②]。光绪三十一年八月（1905年9月），袁世凯、张之洞奏请立停科举，后清廷宣布自光绪三十二年（1906）始，所有乡会试及各省岁科考试一律停止，钟骏文的中举梦想终告破裂。

由于屡试不售，钟骏文在科举废止之前已考虑另谋他途。《家传》称他"遵例由廪贡生报捐教谕"，但此事不知何时能实现，于是又"创设崇实斋书肆于省会"。钟骏文选择开书店，或是因浙江商业氛围浓厚，或是因出身书香世家的钟骏文对书有着特殊感情的缘故，而古来书肆正是文人雅集的重要场所，能满足他"放浪诗酒，与国中诸名士相往还"的喜好。崇实斋开设的具体时间不详，但在废科举一年多前的光绪三十年九月初六日（1904年10月14日）至十二日（10月20日），《中外日报》就已接连刊载"杭州崇实斋新出书目"广告，内有小说《女豪杰》，此即"中国之新民（梁启超）"所著的《罗兰夫人传》，原载光绪二十八年九月（1902年10月）《新民丛报》第17、18号。虽不能由此推测钟骏文赞同书中观点，但他至少不拒绝销售这类新潮书籍。

科举废止后，钟骏文全力经营崇实斋，并创办了《游戏世

---

① 关于钟骏文八次乡试经历的三种记载略有差异：《自述诗》为"八应秋试，六次出房，两次堂备"；张麟年《钟骏文传》为"鹗荐者六，堂备者三"[《游戏世界》光绪三十二年十二月（1907年1月）第9期]；《修职郎钟君八铭家传》为"膺荐者五，堂备者三"（[浙江萧山]《钱清钟氏宗谱》）。此处以《自述诗》为准。

② （清）钟骏文：《自述诗》，《游戏世界》光绪三十二年四月（1906年5月）第1期。《修职郎钟君八铭家传》为"癸巳科（光绪十九年）已入选"，此处以《自述诗》为准。

第三章　浙江近代小说的第二波高潮(1906—1908)

界》。该刊开卷之《游戏社简章》第一条即宣布了杂志"宗旨"："以游戏为宗旨，不议论时事，不臧否人物。"何谓"游戏"？寅半生《〈游戏世界〉发刊辞》写道，"迢迢千古，游戏之局也；茫茫六合，游戏之场也"，整个世界"无在不可作游戏观也"。作为文人，则可以以几案为舞台、字句为活剧，"运游戏之心思，假游戏之笔墨，作游戏之生涯"。同为浙江人的小说家陈栩的《〈游戏世界〉叙》，则从作文叙事角度阐述了该刊的游戏观：

> 世道寖衰，斯文堕地，随园以性情论文章，今则维（惟）以新名词论文章而已。呜呼！吾伤于斯文之将丧。虫虫者竞以新名词堆砌文字，而矫饰欺人，其实亦欺人自欺耳。强拗其性情，浪费其笔墨。嘻嘻！与其浪费笔墨为人云亦云之说，又何若放纵其笔墨为游戏文章之愈乎？①

陈栩的萃利公司与他后来创办的《著作林》都在杭州太平坊，与《游戏世界》编辑部同在一地，钟骏文特地请他为《游戏世界》作叙，二人显然为志同道合的朋友，皆主张文学应以"游戏"为宗旨，即放纵笔墨、以真性情写作。

对于小说，寅半生亦有同样的要求，《游戏世界》连载的由他撰写的《小说闲评》，即是这样的代表作。（本章第四节将对《小说闲评》进行专门论述）。除了《小说闲评》，《游戏世界》还刊载了八篇文言小说。其中《杀仆案》与《香枣缘》选登自其他报刊，作者不详，一为侦探小说，一为艳情小说。另外六篇：《素云》《迁尼》《金蚕神》《陈女》《凤姑》《猴有人性》，都为

---

① （清）泉唐天虚我生（陈栩）：《〈游戏世界〉叙》，《游戏世界》光绪三十二年四月（1906年5月）第1期。

寅半生撰写。这六篇小说全部选择了与现实无涉的传统题材：如《素云》是寅半生根据《刘梦途后集》中的戏曲《素云》及序言改编而成的小说，写的是明朝末年溧阳公子伊密之将自己的绝色歌姬素云慷慨赠予仰慕者傅生，后密之为仇人陷害，已官至宰辅的傅生将其救出的故事；《迁尼》写一年少女尼与相邻的寒微书生素相契，一日女尼自荐枕席，书生不愿污其清白，遂严拒之。后女尼究心佛典，因持论坚僻而得"迁尼"之名。《陈女》《凤姑》则是关于古代女子遵守传统妇德的故事，前者写南海陈氏女生而慧丽，从兄学《女孝经》及书算之属，能佐父亲理家政。聘于邑中富室冯氏，闻婿冯氏溺于赌博，深以为忧，遂在未嫁之时，即从兄长及一精于赌博的年老仆人学习赌博之术。嫁给冯氏后，先用娴熟的赌博术博取冯氏欢心，后与陪嫁的老仆人一起设计，终于帮助冯氏戒赌，复为富室；《凤姑》的主人公凤姑亦为富室女，年已及笄，艳丽无双，已受聘于城内萧姓子，彼此常通唱和。未料婚期将近之时，忽报萧生死，凤姑矢志守之。数月之后，有义和团作乱于城，凤姑自缢家中，后被人救醒，而救人者即萧生也。原来萧生未死，二人相见，如在梦寐，终于如愿成婚。综而论之，这六篇作品皆以文言写成，追求的是构思精巧与笔墨简练，且没有针砭时事与发挥政见，与当时"新小说"潮流保持了距离。

作为书商，寅半生对当时小说界的状况有着非常清醒的认识，一方面，对于流行的"新小说"是否真正起到了政治革新和民智启蒙的积极作用，他是持怀疑观点的；另一方面，他真切地感受到了全民参与小说创作所导致的小说市场的混乱，尤其是多为质量低劣之作品，因而在撰写小说时能更坚定地持守自己的尺度和兴趣，践行"游戏"主张，而有意回避了当时动辄教化的创作时髦。

第三章 浙江近代小说的第二波高潮(1906—1908)

《著作林》由天虚我生(陈栩)倡办并主编,创刊于杭州。月刊,未著出版年月,据该刊第17期(光绪三十四年六月,1908年7月)广告"按月逢望出版",可推知第1期出版时间应为光绪三十三年二月十五日(1907年3月28日)。初为木刻,自第17期改为铅印,刊物也移至上海。光绪三十四年十一月(1908年12月)并入刚创刊的《国闻日报》,共出22期。

这是一份纯文学性期刊,陈栩自谓创办初衷乃"自设《著作林》社于海上,专事蒐集友朋之作,刊为丛编"[①]。该刊设有"说部"一栏,共刊载八篇文言小说作品,分别是:《赈饥食报》《素鸳》《断爪感情记》《分牛案》《蜗触蛮三国争地记》《厌世之富翁》《断爪感情记第二》《鸳鸯渡河》,其中《断爪感情记》《分牛案》《鸳鸯渡河》为陈栩创作,《断爪感情记第二》的作者为"吴门长爪郎",乃附和《断爪感情记》,本章第一节已论及,此不赘述。

《赈饥食报》与《素鸳》皆为短篇,刊载于《著作林》第13期。《赈饥食报》署"南屏老衲、白石道人同著,小红女史参校",写山东钜野县人姚宏毅因幼年失怙,弃书从商,做贩米生理。某算命先生预测其20多岁时将腰缠十万贯,但同时有性命之忧。姚宏毅开始不信,后在友人鼓动下花万余金囤积麦子四万斛。来年春天果然发生大旱灾,姚宏毅所囤积的麦子可立赚十万金。他方信算命所言非妄。于是听从他人建议,决定积德以回天,耗尽所有家财赈灾,因此而声名大噪。数十年后富逾从前,且夫妇皆百岁,儿孙绕膝,还受到皇太后的旌奖。《素鸳》未署作者名,写秦淮吴氏女素鸳,七岁能诗,且能弹唱,为一代才女。与其夫吴门名士姚芙江琴瑟相得。后庚子之乱,夫妻在逃难途中

[①] 陈栩:《栩园丛稿·初编之三 诗集》(下),《栩园斐膡诗》,家庭工业社1927年版。

离散,姚芙江于途中慨然帮助了一个因贫鬻妻的猎户赎回妻子,后夫妻团圆之时,才发现猎户亦是素鸳的救命恩人。《蜗触蛮三国争地记》为长篇小说,《著作林》只连载了六回,未完①,作者署"虫天逸史氏",该小说类似于寓言,叙述了隔海相望、毗邻而居的三国——蜗牛国、触国、蛮国相互争斗的故事。《厌世之富翁》为译作,标"社会小说",由中国陶报癖(陶兰荪)转译自日本,原著者为英国作家霍尔克尼,写的是一个美国人文希从穷困至暴富,其间看透人情冷暖世态炎凉,于是将一半资产资助亲朋,一半充公,带着余资携美眷从此归隐的故事。

《著作林》所刊载的这八篇作品与《游戏世界》一样,不仅皆为文言,其所选取的题材,也是或宣扬善恶有报等传统道德观念,或追求闲情逸趣,而与社会革新、启蒙民智等保持着一定距离,可归为传统小说之类。这一现象表明,这一阶段已有相当一部分人在刻意规避风行一时的小说功用论,而试图通过回归传统找回小说本身应具有的艺术价值。

二 《宁波小说七日报》:浙江近代唯一的小说期刊

《宁波小说七日报》于光绪三十四年(1908)五月底创刊于浙江宁波,周刊,于本年十二月停刊,共出 12 期。栏目分十多个门类,其中小说占三门:长篇小说、短篇小说、札记小说,另有"论著"一栏,也以论述小说、发表关于小说的看法为主。作为近代浙江唯一一家专门的小说期刊,该刊虽然只生存了约七个月时间,但共刊载了 34 篇小说,数量为近代浙江报刊之冠。②

---

① 1914 年《香艳杂志》全文刊载了《蜗触蛮三国争地记》,共 16 回。
② 其次为《四明日报》共刊载 32 部小说作品;再次为《杭州白话报》,共刊载 28 部小说作品。

第三章　浙江近代小说的第二波高潮(1906—1908)

在创刊号上刊载的发刊词中,作者"蛟西颠书生"[①]谓创办《宁波小说七日报》是受上海的《新新小说》《绣像小说》《新世界小说》《月月小说》《小说林》《竞立小说》等小说丛刊的启发和影响,并在标题和体例上模仿了创刊于上海的《小说七日报》。作为专门的小说期刊,《宁波小说七日报》显然特别注重为小说"正名",其创刊宗旨主要承接梁启超《论小说与群治之关系》,认为新小说"可以为习俗之针砭,而文明之鼓吹也。其寄托遥深,能使学士文人感念交加,殷然引国民为己任;其语词激刺,能令田父野老神经偶触,忽焉结团体于同群。一纸风行,万方雷动",创办者们对于小说可谓寄予厚望,他们还希望有朝一日,"发抒理想,灌输文明,国魂因而昭苏,同胞享其幸福,则前途如潮之希望,或即在是焉"[②]。这些观念也体现于该刊的小说作品中。34篇小说作品中,明确标示为"警世""醒世"的就有三部:《黑海回澜》《荡子棒》《迷信圈》。其中《黑海回澜》的连载贯串于该刊始终,可以说是最为重要的一部作品。

《黑海回澜》始载《宁波小说七日报》第1期,至最后1期,即第12期,共六回,未完。篇首引言的结尾有"组织既成,予乃洒挥秃笔、贡卮言,滥竽此廿世纪中《宁波小说七日报》开幕之祝典"之语,表明该小说乃专门为该刊而作。小说叙写浙江镇海人郑醒华与朋友慈溪人潘哀陆皆为学界中人,打算改良学界,在学堂开办体操课,于是二人先去上海一个商团体操会考察。到了上海,醒华却整日流连于妓院,与各色烟花女子夜夜笙歌。小

[①] 该刊第8期有"戊申年收款"的字样,主事者签署为"蛟西倪邦宪谨启"。据此知,"蛟西颠书生"当为倪邦宪之笔名。
[②] 蛟西颠书生(倪邦宪):《宁波小说七日报》发刊词,《宁波小说七日报》光绪三十四年五月(1908年6月)第1期。

说标题中的"黑海"即指烟花无情，只会逢场作戏，妓院乃使人倾家荡产之无底黑洞。潘哀陆与其他朋友皆劝其早日脱离苦海，但醒华执迷不悟，小说至此结束。小说中的人名，如"醒华""哀陆"等应具有比较明确的寓意，作者"十里花中小隐主"在引言中也强调，当今我中国面临亡国灭种的危险："咳，同胞同胞，狂飙怒号，落日无色，大厦将倾，幻梦方酣，死者长已矣，生者何以堪。作书的也是过来人，现身说法，所以演成一部醒世小说。"但小说未完，从已刊载的内容来看，尚无法推知该作品的"醒世"之意何指。

另外两篇皆为文言短篇小说，与《黑海回澜》以政治社会革新为题材不同，这两篇取材于日常生活。《荡子棒》载该刊第4、5期，标"警世小说"，写城南（应指宁波城，本书作者注）口口村口某从商，经常外出。娶妻口氏，颇有姿色，惯会招蜂惹蝶，与同村章某你情我爱，甚为火热。口某得知奸情，回家质问口氏，在丈夫的逼问之下，口氏只得承认，并遣心腹婢女将章某叫来，章某不知是计，口氏在亲吻之时咬断了章某的舌头，以示要痛改前非，但口某并未为此回心转意；《迷信圈》刊载于第5、6期，标"醒世小说"，讲的是宁乡二十都村富翁陈某，广有家财，但性悭吝，且独独迷信阴阳休咎。被以巫术为业的同村张某与邻村杨某设计骗去一大笔资财。两篇小说结尾，作者皆有评论，如《荡子棒》末有"此风化之奇闻也，可以当淫妇鞭，可以作荡子棒"；《迷信圈》末尾则云"吾愿世间之富翁，毋掷黄金于虚牝，为旁观所窃笑，宁行公德于实际，留后人之记念也可"，用以告诫警示。

除了醒世小说和警世小说，这34篇小说作品还涉及其他小说类型，如写情小说、游戏小说、滑稽小说、社会小说、义愤小说

第三章 浙江近代小说的第二波高潮（1906—1908）

等。但这些小说多取材于现实，反映当地的人生百态，且多具讽世与醒世之意旨。如开始连载于该刊第 1 期的另一部长篇文言小说《怨海》，作者亦为"十里花中小隐主"，虽然标为"写情小说"，所写之情，乃主人公嘉兴秀水县双桥村孝廉董良玉之女鹣鹣思念亡母之深情，其他内容实际多与时事相关，如董良玉趁朝廷变法、重视教育之际纠合近村同志组织小学堂，令鹣鹣入校学习，并让她放足；鹣鹣劝继母放足；良玉对年轻人友丞随身携带猎枪之事极口揄扬，认为国难当头之时，应具尚武之精神；等等。另一篇文言短篇小说《留学生》，写宁波人张某为纨绔子弟，荡尽家财后决计留学日本。到日本后，花晨月夕，日日流连于青楼妓馆，月余金尽归国。回国后西装革履、手持文明杖，游于各公卿之门。初被待为上宾，后本相败露，被下逐客令。张还打算开馆授徒。结尾，作者"病骸"曰："此实录也，留学生之写照也。"该篇小说对于当时那些在国外不学无术、囫囵度日，回国后耀武扬威、装腔作势的留学生形象刻画得可谓入木三分。又如短篇小说《某县令》中的某县令，就任某邑月余，居衙内无所事事。一日吸完鸦片烟后突发奇想，决定上街了解整顿该邑之民情风俗，以显政绩。走上街头，见一少年衣着考究，辫子松散，前面刘海压额，见此怪异发型，遂喝令将少年一顿痛打，之后扬长而去。小说末尾，作者无不讥讽地说："贤哉县令，明哉县令，整顿地方，而以禁前刘海为基础，可谓行远自迩、登高自卑矣。"

《宁波小说七日报》只生存了七个月左右便没了下文，正如该刊在第 6 期刊载的"本社特别启事"中所云："惟是由来各报之不能持久，旋起旋仆者，每为经济所困，皆非出于得已"[①]，该

[①] 该启事载《宁波小说七日报》第 6 期，光绪三十四年七月（1908 年 8 月）。

刊在第三个月后即感周转困难，并刊发"特别启事"催促各订阅处"先惠全资或半资"。甚至因经济支绌，自第6期后"旷隔月余，几有为善不终之虑"。无奈之下，该刊于第7期再刊"特别启事"催缴报资。

虽然只是昙花一现，但《宁波小说七日报》在当时产生了不小的影响，且远销海外，"没有刊登广告，竟能远销至南洋群岛，亦一奇事"[①]。作为通商港口，宁波在商业及对外贸易等方面较为发达，但文化氛围远远不如上海和杭州，资讯接收亦相对缓慢。然而，在此处有专门性的小说期刊出现，亦足以表明近代小说的影响的确已经非常深远。

三 《浙江日报》《绍兴医药学报》：小说刊载亦占一席之地

这一阶段，除了《游戏世界》《著作林》《宁波小说七日报》等文学性期刊外，以刊载新闻为主的综合性报纸《浙江日报》与医药类期刊《绍兴医药学报》亦设有"小说"一栏，并刊载了为数不少的小说作品。

《浙江日报》[②] 于光绪三十四年四月二十五日（1908年5月24日）创刊于浙江杭州。日刊，每天出版两张半，宣统三年（1911）停刊。该报共刊载12部小说作品，其中三部长篇、九部短篇。三部长篇小说分别是：《人心镜》《鬼世界》《新舞台》，都是对当

---

① 赵彰泰：《解放前六十年来的杭州报纸》，载浙江省政协文史资料委员会编《浙江文史大典》，中华书局2004年版，第801页。
② 在浙江报刊史上，名为《浙江日报》的共有5种。除了光绪三十四年（1908）创刊的这份，另有：1. 1924年由《杭州晚报》改组的《浙江日报》；2. 日军侵占浙江时，有一份日伪创办的《浙江日报》；3. 1941年3月12日创刊的《浙江日报》；4. 1949年5月9日创刊的《浙江日报》。

第三章 浙江近代小说的第二波高潮(1906—1908)

时社会现实生活的反映。《人心镜》为文言小说,共 11 回,作品写江南临江县西郊小桃源村孔习之为私塾先生,科举考试制度停废后,孔翁失业,与老妻衣食无着。好友万通甫将其推荐给他的姐夫——以前同为二人好友、现已在邻县繁华县做观察的余老土那儿谋职。之后侧重叙写二人一同来到繁华县天堂州余公馆后的经历及所见所闻。该作品标为"社会小说",的确如广角镜一样全面反映了当时的社会生活,如科举停废后私塾先生的困境与尴尬、报馆的旋开旋灭、官员对于报馆揭露其丑行的切齿痛恨、吸食鸦片已成风气、普通百姓对君主立宪的不解、洋人因不懂华语被通事愚弄、工种工党运动、乡民与基督教会的冲突等。小说第五回有一段官员对于"社会小说"的议论,颇具意味:

> 近来新出的小说,我看着极有兴趣,侦探最好,顶不好的,是社会小说。那班作书人,实在可恶,也不看看自己,果然心口如一么?动不动形容人得要命。这个现形记,那个怪现象,描摹各种神情,到那个做熟人的嘴里,总无一句好话。敝东(指余观察)恨死了这一般人了。

从这一点议论可知"社会小说"痛贬官场丑陋和社会弊病,让那些官员头痛不已,还是起到了一定的警示作用。

《鬼世界》与《新舞台》为白话小说。《鬼世界》共十回,作者借自己的灵魂进入鬼世界,将历史上与文学作品中有名的各色人等打乱次序串到一起,如屈原、李逵、王莽、苏东坡、孔融、鬼谷子等,借以影射现实世界,意在表明"这鬼社会的腐败与现下的人心也不分伯仲"。《新舞台》共刊载九回,未完。小说写以私贩盐斤为生的黄海州,因外国人在海面横行,其私盐生意受到影响,打算和好友候武一起到内地,了解中国人对外国人的看法,以及在中国的外国人具体是何情形。在路上又结识年轻人毛式规和贾新,四人一同至上海。毛式规有表兄宗立住在上海新闸,宗立的两个姨妹为新派女性,天足,从女校肄业,喜欢看戏,喝酒豪放,主张言论自由、男女平等。黄海州颇为开通,亦有见识,他赞同女性解放,但对二姐妹的一些行为依然不能理解。又有上海人邢寓公爱色不爱命,邢夫人大闹妓院,回家劝夫参加一个反对专制、主张民主的中国自治会。黄海州还结识了宗立的亲戚,新来上海的安徽人孔先生,孔先生好议论时政,科举废后,还打算成立一个八股文研究所,被人认为守旧,甚至被医生诊断为神经病。该小说在主题上与《人心镜》类似,都是将当时的社会生活与人生百态融入了作品。

九部短篇小说皆为文言,类型涉及"滑稽小说""讽刺小说""侦探小说""冒险小说"等。除了由美国《阿美利加梅轧丁报》记者濮伦孙记、天涯芳草馆主亶中(吴梼)翻译的《二十六点钟空中大飞行》为译作外,其他皆为自著小说,题材上大多也是社会人生的描摹。如无题小说(标为"滑稽短篇小说")中东乡野人因语言之误被警兵误作为革命党人逮捕;《道士新学》中惯会扶鸾的张道士见生意日渐萧条,将乩坛改为学堂,原来的办事人员则改为学堂的校长、教员,并请坛中大仙制定课程表,学堂开办年余几乎无人问津;《巡边队》中巡边队员为一只雀笼将某茶园打得稀烂,而乡民被枭匪袭击报警时,他们却掉头不顾;《捉赌》中某某总局突袭地下赌局,而局员正在某绅家赌博;最后赌徒们被绞于市,而局员依旧照赌不误;《烟窟》中的县官正审讯偷食鸦片之烟民,自己的烟瘾却犯了;等等。

第三章　浙江近代小说的第二波高潮(1906—1908)

值得一提的是，当时报刊刊载小说虽已成常例，但若当日新闻或其他必须刊出的内容过多导致编排不下，编辑者们亦会首先考虑放弃小说的刊载。如《浙江日报》自创刊的第三个月始，便会经常刊载"今日新闻过多，小说暂停一天"或"今日新闻过多，小说续停一天"的告白，有时连续几天都会刊载这样的告示。这一现象在当时颇为普遍，如《申报》在光绪三十四年八月初十日（1908年9月5日）亦刊载"今日要摺过长，小说停一天"的广告，而在八月十三日（9月8日）再次刊载广告"今日小说暂停一天"。这一天，《浙江日报》也登出了暂停小说的告白。除此之外，《杭州白话报》于光绪三十四年九月二十四日（1908年10月18日）亦有暂停小说的广告刊出。这一方面说明在综合性报刊中，小说的刊载要让位于新闻；另一方面也表明，小说在这些报刊中已占有一席之地，且受到读者关注，因而停刊之时必须以特别告示的形式进行说明。

《绍兴医药学报》为医药类期刊，由绍兴医药学研究社创办于光绪三十四年五月三十日（1908年6月28日），专设"小说"一栏，共刊载四篇小说作品，都与医药相关。《医生本草》是以药物说明书的形式解读儿科的常见病情、诊断方法、所用药物等，每句话又辅以注释说明的文字，如："儿科，味苦（儿科哑科，孩提不能自言疾病，医者苦于审诊）"等。据《医林外史》"绪言"云："吾越《医药学报》，初版出有《医生本草》，以作者远游故，霁然中断，至今阙如，引为憾事"可知该作品本为长篇连载，但只载在本期；《医林外史》为长篇白话小说，标"科学小说"，亦只刊载了第一回。小说写浙江绍兴范家庄范成，世代行医，家资厚富。有子名小俺，16岁从中学堂毕业，为将祖业发扬光大，小俺决定外出游学，临行前其父谆谆告诫，嘱其勿忘行医济世之祖训,以及如何对症下药,并列举了一大堆何病该如何诊断、如何开方、如何用药等,小说至此结束,未完;《破伤风》标"医学小说",原载《时报》(上海)宣统元年十月二十九日(1909年12月11日),写金陵谭生40岁得一子阿聪,全家爱若珍宝。阿聪在玩弄小刀时刺伤手指后引起发热,实为破伤风,被小儿医生误诊为惊风,服药后夭亡;诙谐小说《鬼谷先生列传》乃借某先生悬壶于鬼门,数次将鬼治死,连鬼王也被他诊治得再登鬼籍。鬼王之子愤而将其发配至黑鬼国,做鬼奴才。

在医药类期刊上登载小说作品,《绍兴医药学报》并非个例,如由中国自新医院主办发行、光绪三十四年六月(1908年7月)创刊于上海的《医学世界》,亦设有"短篇小说""医事小说"等栏目,并刊载有《细菌大会》《时道医生》等与医学相关的小说作品。个中原因,一方面是编辑者们意识到在这类刊物上刊登与专业领域相关、通俗有趣的小说,将有利于传播医学知识、帮助普通民众更多地了解医学界;另一方面,也是更主要的,这一时期报刊小说的形式极为流行,已经成为"必备栏目",连偏于严肃、科学性强的医学类杂志也不得不借刊载小说以吸引更多读者,从而提高被关注度。

第四节 《小说闲评》:对"小说界革命"的反思修正

自光绪二十八年(1902)梁启超发动"小说界革命"之后,中国近代的小说创作及理论迎来一个相对繁荣的局面,尤其至光绪三十二年(1906),单行本与报刊小说的数量都比上一年成倍增长,小说理论界也形成了群体参与的良好势头。但是,由此带

第三章 浙江近代小说的第二波高潮(1906—1908)

来的负面效应也非常明显:新译之小说作品数量庞大,却鲜有佳品;小说理论则动辄"群治""改良",随声附和,殊有新意,以致到了"出一小说,必自尸国民进化之功;评一小说,必大倡谣俗改良之旨。吠声四起,学步载途"① 的地步。这一现象也让一批小说理论家们开始冷静反思,同时希冀通过正确的理论引导,让小说界回归到正常有序的状态。寅半生即是其中之一。

虽然大半生都沉迷于应付科考、博取功名,但寅半生并非"两耳不闻窗外事,一心只读圣贤书"的酸腐文人。他不仅关心时事,所读之书也较为博杂:与人"纵谈时务,则悬河之口滔滔不竭",且"虽制举艺,亦必纬以经史"②;而且,他自称"素好小说"③,不仅对于传统小说《水浒传》《红楼梦》等都十分熟悉,对新出小说亦知之甚详,受其影响,继室唐孺人亦于暇时"涉览泰西诸小说"④。科举停废后,他不仅创办了《游戏世界》,还开设了一家崇实斋书肆。作为书店主人,寅半生对于当时小说界的混乱局面可谓了如指掌,于是他决定撰写《小说闲评》,为购阅小说者作指南之助。

一 《〈小说闲评〉叙》:晚清小说界弊端指摘

在《游戏世界》创刊号上,寅半生先发表了一篇《〈小说闲评〉叙》,介绍自己写作《小说闲评》的缘起,也对当时小说界

---

① 摩西(黄人):《小说林》发刊词,光绪三十三年正月(1907年2月)《小说林》第1期。
② 陆钟渭:《修职郎钟君八铭家传》,见钟福球纂[浙江萧山]《钱清钟氏宗谱》十二卷,承启堂活字本1915年版。
③ (清)寅半生:《〈小说闲评〉叙》,《游戏世界》光绪三十二年四月(1906年5月)第1期。
④ (清)寅半生:《镜秋阁记》,《游戏世界》光绪三十二年七月(1906年8月)第4期。

的现状进行了客观的描述，兹录如下：

十年前之世界为八股世界，近则忽变为小说世界，盖昔之肆力于八股者，今则斗心角智，无不以小说家自命。于是小说之书日见其多，著小说之人日见其夥，略通虚字者无不握管而著小说。循是以往，小说之书，有不汗牛充栋者几希？顾小说若是其盛，而求一良小说足与前小说媲美者卒鲜何？则昔之为小说者，抱才不遇，无所表见，借小说以自娱，息心静气，穷十年或数十年之力，以成一巨册，几经锻炼，几经删削，藏之名山，不敢遽出以问世，如《水浒》《红楼》等书是已。今则不然，朝脱稿而夕印行，一刹那间即已无人顾问。盖操觚之始，视为利薮，苟成一书，售诸书贾，可博数十金，于愿已足，虽明知疵累百出，亦无暇修饰。甚有草创数回即印行，此后竟不复续成者，最为可恨。虽共推文豪之饮冰室主人亦蹈此习（如《新罗马传奇》《新中国未来记》俱未成书），他何论焉。鄙人素好小说，于近时新出诸书，所见已不下百余种，求其结构谨严，可称完璧者，固非无其书，而拉杂成篇，徒耗目力，阅之生厌者，不知凡几。甚且有一书而异名者，几令购者望洋生叹，无所适从。因决意嗣后凡阅一书，必撮其纲领，纪其崖略，兴之所到，或间以己意评骘是非，随见随书，不分体类，汇为一编，颜曰《小说闲评》，以为购小说者作指南之助，云胡不可。是为叙。①

光绪二十三年（1897），也就是《游戏世界》创办的九年前，

---

① （清）寅半生：《〈小说闲评〉叙》，《游戏世界》光绪三十二年四月（1906年5月）第1期。

第三章　浙江近代小说的第二波高潮(1906—1908)

康有为曾经调查过上海的书店，并了解到小说在当时的书籍市场已暗藏潜力："'书''经'不如八股，八股不如小说。"① 他也由此意识到小说在启迪民智方面的重要意义。短短几年时间之后，小说已经以极其庞大的数量，强势占领了整个书籍市场，昔日之"八股世界"，也迅速演变为"小说世界"。时至光绪三十二年（1906），小说在各种因素的刺激之下，已进入极为繁盛的时代；同时，在"小说界革命"的推动之下，小说承载着启迪民智、改良社会的神圣使命的观念也为大众所接受。自清廷诏准从光绪三十二年（1906）始，所有乡会试及各省岁科考试一律停止，绵延了约1300年的科举考试制度宣告终结之后，那些如寅半生一样，为科考蹉跎大半生，功不成名未就，既不能投考新式学堂、又难以再谋出路者倍感前路渺茫。他们中的相当一部分人结合自身所长选择了创作小说作为谋取生计的"正业"，并成为小说创作队伍的"生力军"。他们的加入进一步助长了小说数量的增幅，而多数人以博利为目的的创作动机，及"朝脱稿而夕印行"的轻率创作态度又导致数量庞大的小说数量多为"拉杂成篇，徒耗目力，阅之生厌"之作。另外，近代小说的翻译、出版等在相当长一段时期内并不是很规范，或将译作当创作，或为逐利翻刻盗印热销小说，略加修改并易之以他名，因而屡屡出现"一书而异名"的现象，以上诸多情况致使小说界乱象丛生。

在这篇叙里，寅半生痛斥了当时小说市场存在的各种弊病，他认为主要是因为那些曾经专治八股的文人，"今则斗心角智，无不以小说家自命"，且"操觚之始，视为利薮"，仓促成篇、无暇亦无心修饰，才导致小说质量每况愈下，新出小说难觅佳品的

---

① 康有为：《〈日本书目志〉识语》，转引自陈平原、夏晓虹《二十世纪中国小说理论资料》第一卷，北京大学出版社1997年版，第29页。

状况。另外，作为书商，寅半生又从"购者望洋生叹，无所适从"的混乱局面敏锐地意识到顾客需要一份购阅指南，以便迅速找到值得购买的小说作品，于是他决意撰写《小说闲评》，将所阅之书"撮其纲领，纪其崖略，兴之所到，或间以己意评骘是非"，"以为购小说者作指南之助"。

二 《小说闲评》：小说界现状的整体把握

《小说闲评》共两卷，约 25000 字，连载于《游戏世界》第 1 期至第 18 期"杂著"一栏①，共论及 66 部单行本小说，这些小说的出版时间集中于光绪二十九年（1903）至光绪三十三年（1907），基本上为近年新出小说，其中光绪三十一年（1905）至光绪三十三（1906）最多，分别为 16 部和 36 部②。从出版发行机构的地域分布看，除湖南的苦学社、日本的中国祥文社及香港《中国日报》编译处各有一部小说之外，其他都在上海③。近代小说的流通因交通便利已经变得非常快捷，寅半生在杭州即可迅速阅读到来自各地出版发行的作品，如《大除夕》由小说林社出版于光绪三十二年一月（1906 年 2 月），而同年五月出版的《游戏世界》第 2 期中的《小说闲评》，即发表了关于该小说的评论，间隔不到四个月。而且，《游戏世界》为雕版木刻，从印刷到发

---

① 《小说闲评》连载于《游戏世界》第 1、2、5、7、9、10、11、14、15、16、18 期。其中第 16 期未分栏目。

② 其他年份的出版情况为：光绪二十九年（1903）2 部、光绪三十年（1904）7 部、光绪三十三年（1907）3 部，另有 3 部出版时间不详：《海天啸》和《新剑侠传》出版时间不详；《天足引》介于光绪三十二年（1906）至光绪三十三年（1907）；《哑旅行》上册出版于光绪三十年（1904），下册出版于光绪三十二年（1906），此处分别算入光绪三十年（1904）和光绪三十二年（1906）年。

③ 湖南苦学社出版了《洗耻记》、中国祥文社出版了《双金球》、香港《中国日报》编译处出版了《新剑侠传》；上海的机构共出版了 60 部作品。另有《狮子血》（雅大书社）、《双碑记》（爱社）、《瑞西独立警史》（译书汇编社）的出版地不详。

第三章　浙江近代小说的第二波高潮（1906—1908）

行需要一定的周期，这意味着一本新出的小说从上海到达杭州读者手中的时间更短。

66 部作品中，自著小说为 17 部、翻译小说 49 部，翻译小说的数量远远高于自著小说，这也是当时小说市场状况的客观反映：光绪二十九年（1903）至光绪三十三年（1907），正是翻译小说已经被中国读者接受并广受欢迎的时期，因此数量也迅猛增长的几年，这五年间，市场出版的单行本自著小说的总量为 168 部，翻译小说为 352 部，不仅在总量上翻译小说与自著小说保持着较大的差距，且每一年中，翻译小说的数量也要远远高于自著小说。①

从作品的分类来看，共涉及 22 类小说②，其中侦探小说 18 部，数量最多。一方面，这与侦探小说在当时受市场欢迎程度有关，据陈大康先生《关于"晚清"小说的标示》的统计，在晚清 1075 篇有标示的小说中，侦探小说类有 98 篇，在按题材分类进行标示的小说中数量位居第二③（最高为世情小说，164 篇）；另一方面，也与寅半生的个人喜好相关，他表示自己"最喜阅侦探小说"④，对侦探小说的翻译、出版情况也相当熟悉，如在《小说闲评》介绍侦探小说《四名案》时，寅半生还具体介绍了《福尔摩斯探案全集》的刊载、汇印、续译情况⑤。

---

① 光绪二十九年（1903）至光绪三十三年（1907），自著小说和翻译小说的数量依次分别为：31、44；14、37；22、55；56、87；45、129。数据来自陈大康《近代小说单行本出版统计表》，《中国近代小说编年史》，人民文学出版社 2014 年版，"导言"第 93 页。

② 《小说闲评》中关于小说的分类并非寅半生所为，而是直接搬用了出版机构对于小说的标示。另有 14 部以爱情婚姻为题材的小说（包括艳情、写情、言情、婚姻等）；冒险小说、社会小说、历史小说各 3 部；科学小说、义侠小说各 2 部；游记小说、传奇小说、滑稽小说、弹词小说、道德小说、国民小说、政治小说、立志小说各 1 部。另有 9 部作品未标类型。

③ 陈大康：《关于"晚清"小说的标示》，《明清小说研究》2004 年第 2 期。

④ （清）寅半生：《小说闲评》，《游戏世界》光绪三十二年十月（1906 年 11 月）第 7 期。

⑤ （清）寅半生：《小说闲评》，《游戏世界》光绪三十二年五月（1906 年 6 月）第 2 期。

《小说闲评》对每部作品的类型、作者（翻译小说的原作者及翻译者）、出版机构、回目、内容等都做了介绍，并进行简要评述。介绍有详有略，最详者字数达1000余字（如《恨海》《电术奇谈》）；最略者只有几十字（如《黑行星》《狡童》），兹将自著小说、翻译小说各举一例：

冒险小说《狮子血》（一名《支那哥伦波》），保定何迥撰，雅大书社印行。书凡十回，初叙查二郎斗天龙擒海豹，继叙二十余人冒险驶入冰洋，在海龙岛度岁。查二郎者，素称膂力家，由少林出身，复入武当山练习，以故南北两派，独得其宗。在墨西哥角力，轰动全府。后与李大、严八、王七、倪五等五人，被海风刮入德拉村。力搏两狮，村人奉为酋长。邻村鄂薄与萨朴连均系吃人部落，二郎乃选村人五十人进征，次第归化。将三处地方，整顿一新。全书从此归结。第一回至第五回写查二郎不过一粗蛮武夫，毫无趣味。第六回起首叙入德拉村，与前回并不接笋，忽疑另起炉灶。书中主人翁自以查二郎为主，而查之出身不过于第五回自述数语，而次回叙加富伦，竟不辞出力，描写一似细为作传者，实则加不过药中之引耳，笔墨殊嫌太费。第七回写查二郎等五人，忽从天而下，遂成后半篇文字，就前而观，查不过一武夫耳，入后整顿三村，颇具经济，前后几成两橛。[①]

侦探小说《彼得警长》，洞庭吴步云译，小说林社印行。是书即《阱中花》，彼分两卷，此分上中下三卷。书中姓名，与《阱中花》无一雷同。船政大臣名白稚德，女名爱黛，英

[①] （清）寅半生：《小说闲评》，《游戏世界》光绪三十二年四月（1906年5月）第1期。

第三章　浙江近代小说的第二波高潮（1906—1908）

公使随员名古登，公主名华佳，警察大臣名哥老罗开亲王。而其中事实，无一不同。是一书而两译者。彼曰言情小说，此曰侦探小说，实则两义均未惬当。以云言情，则并未叙及若何钟情之处；以云侦探，则并无奇案之烦侦，奇情之烦探。全书所叙，重在警察部之残忍，虚无党之秘密。无已，则不如归之政治小说也可。①

冒险小说《狮子血》由雅大书社出版于光绪三十一年（1905），是《小说闲评》介绍的第一部作品；侦探小说《彼得警长》为翻译小说，由小说林社出版于光绪三十二年（1906）。《小说闲评》列举了两部小说的类型、作者、翻译者、出版机构等基本信息，并着重介绍了作品的具体内容及情节发展（因《阱中花》有具体内容介绍，所以关于《彼得警长》的内容介绍从略），并作相关评述：对《狮子血》的艺术水平进行评价，认为其在人物形象塑造、情节设计、结构安排及趣味性等方面皆乏善可陈；关于侦探小说《彼得警长》，则侧重考校其与言情小说《阱中花》一书两译的具体情况：两部小说只是主人公变换了姓名，"其中事实，无一不同"。而且，寅半生认为两部小说的标示皆欠"惬当"，《阱中花》虽标"言情小说"，却未叙及有何情义；《彼得警长》标"侦探小说"，却"并无奇案之烦侦"②。

当时各出版机构为提高小说销售量，在各大报刊刊载广告的现象已非常普遍，这些广告也有关于小说的介绍和评价，如《狮

---

① （清）寅半生：《小说闲评》，《游戏世界》光绪三十二年十二月（1907年1月）第9期。

② （清）寅半生：《小说闲评》，《游戏世界》光绪三十二年十二月（1907年1月）第9期。

子血》与《彼得警长》的出版机构在小说出版不久即在各大报刊刊载了广告，为便于比较，亦录之于下：

雅大书社所刊《狮子血》广告：

我同胞冒险之性质，以闽广为最强，其次即数齐人，特较欧洲之钜子凌霜雪、涉波涛，尝生人未尝人之苦，历生人未历之境，勇往不顾，开辟洪荒以来之新地，而自为其主人翁。我同胞瞠（瞠）乎后矣。近顷十数年，思想日富，智力亦日进，乃有是书发现于社会。勇力似孙唐，坚忍似哥伦波，赤手捕长鲸，空拳敌山王，则又我中国武斗之特色。我同胞手是一编，血热若火，气蒸若□，以鼓有死无生、有进无退之勇气，其即将来探险拓地之介绍欤？每部一册，大洋四角五分。寄售棋盘街广益书局。①

小说林社所刊《彼得警长》广告：

以一娟洁韶秀英国女子，而在黑暗阴险之社会。警察长之肆恶，虚无当（党）之秘密，无不身为试验，迭受风波。一中间人写双方之面目，又笔笔凌空，不蹈实地，均异于他书之呆写者。先成上册，中、下月内并出，以副先睹为快者之盛意。定价三角。上海棋盘街小说林启。②

---

① 此广告载《时报》（上海）光绪三十一年十一月二十一日（1905年12月17日），见陈大康《中国近代小说编年史》，人民文学出版社2014年版，第918页。
② 此为上卷广告，载《时报》（上海）光绪三十二年二月初三日（1906年2月25日），中卷、下卷的广告分别载《时报》（上海）同年二月二十六日（3月20日）、四月十二日（5月5日），见陈大康《中国近代小说编年史》，人民文学出版社2014年版，第948页。

第三章 浙江近代小说的第二波高潮(1906—1908)

雅大书社的广告主要突出了《狮子血》"鼓有死无生、有进无退之勇气"的励志效果,以及强调"我同胞"之冒险性质,从而勾起人们的购买欲望,对人物及情节发展则加以虚化,不做具体介绍;小说林社的广告从虚处落笔,渲染小说的人物形象塑造、情节设置及语言艺术,并预告中、下册的出版时间。这两则广告有一些共同的特征,这些特征也体现了当时各出版机构为所出版小说拟制广告词所惯用的套路:虚化作品中的人物(一般不点明姓名)、简化具体情节介绍,而堆砌描述性较强的溢美之词,如"笔笔凌空,不蹈实地,均异于他书之呆写者"(其他还有如"可歌可泣""令人惊骇欲绝""读之令人捧腹不止"等),或者加之以诱惑购买的字眼,如"我同胞手是一编"(其他还有诸如"欲购者请勿延缓是幸""书印无多,祈速购取"等);对所出小说皆只褒不贬;结尾标注书籍价格及出版发行机构等销售信息。

《小说闲评》也包含一定的为书店推介书籍的广告因素,但与出版机构的广告有着明显的区别:关于小说的基本情况及情节内容介绍更加具体,对小说的评价也更为客观公正:优者则褒之、劣者则贬之。据笔者统计,《小说闲评》涉及的66部小说,只有23部获得寅半生的好评,其他则都有不同程度的批评。作为书商,寅半生非常清楚,那些遭受批评的小说,其销量必定会受到影响,这无异于自砸饭碗,"合理的推测是,先购样本阅读,然后根据自己的判断采购,于是崇实斋便起了种筛滤器作用,这明显异于一般书商为牟利而不负责任地推销"[①]。

与《小说闲评》同时,一些报刊也刊载了类似的如"读小说法""漫笔""小说品"等小说评论,其中《新世界小说社

---

① 朱永香:《论寅半生及其〈小说闲评〉》,《华东师范大学学报》(哲学社会科学版)2015年第4期。

报》的《读新小说法》，以及菽园（邱炜菱）的《新小说品》，与《小说闲评》较为接近，也是对新出小说进行评价。《读新小说法》共评论了 25 部小说，《新小说品》共评论了 99 部小说，但三者的评价方式各不相同，如关于社会小说《哑旅行》，其评述分别为：

《读新小说法》："显明如《哑旅行》，冷嘲热骂，读之可令人笑。"①

《新小说品》："《哑旅行》，如髯参短簿，能喜能怒。"②

《小说闲评》："社会小说《哑旅行》，日本末广铁肠著，昭文黄人译述，小说林社印行。书凡上下两卷，叙日本绅士隐太郎游历英法，不通语言。无论汽船、火车、旅馆、市场，种种可笑之事，如痴如颠，如盲如哑，故名曰《哑旅行》。然试设身处地，不谙语言者确有此种形状。描摹神情，淋漓尽致，足为漫游者鉴。"③

《读新小说法》和《新小说品》对所有小说都只进行一句话评论，且"有褒无贬"，《小说闲评》在信息量上显然要大得多，不仅包括小说类型、原作者、翻译者、出版机构、卷次等基本信息，亦有内容的大体介绍、分析了小说命名《哑旅行》的原因，并对小说进行了评价。

除了对小说基本信息及内容的详细介绍及客观评价，《小说闲评》对小说市场出现的一书多名、一书两译等现象，亦一一详

---

① 陈大康：《中国近代小说编年史》，人民文学出版社 2014 年版，第 1177 页。
② 陈大康：《中国近代小说编年史》，人民文学出版社 2014 年版，第 1438 页。
③ （清）寅半生：《小说闲评》，《游戏世界》光绪三十三年正月（1907 年 2 月）第 10 期。

第三章 浙江近代小说的第二波高潮(1906—1908)

加甄别：除了指出《彼得警长》即《阱中花》，另如：《狮子血》又名《支那哥伦波》；《神女缘》"乃摘译《麦巴士游记》中一篇"；侦探小说《案中案》即《四名案》；冒险小说《青年镜》即《新小说》中所刻《二勇少年》；冒险小说《险中险》"原名《航海遇险日记》，为意人莫克杰而律士所著。后由英人亨利美士点缀成书"；科学小说《地心旅行》，一名《地球隧》；《环球旅行记》，一名《八十日环游记》《琴瑟寄庐外书》；等等。后来有一部分近代小说，如《女儿花》《四名案》《福尔摩斯最后案》等，早已散佚，且当时出版机构未有文字广告，寅半生在《小说闲评》中对这些作品的相关介绍，也就成了留给后来者弥足珍贵的史料。

三 以"游戏"为宗旨的评判标准

作为《游戏世界》的创办人，寅半生在"游戏社简章"第一条即明确刊物乃"以游戏为宗旨"，并倡导"运游戏之心思，假游戏之笔墨，作游戏之生涯"[①]。寅半生的"游戏"宗旨，即放纵笔墨，以真性情写作。因此，在他看来，传统小说家因"抱才不遇"而"借小说以自娱"，且"息心静气，穷十年或数十年之力，以成一巨册，几经锻炼，几经删削，藏之名山，不敢遽出以问世"，才是真正的"游戏笔墨"，时下视小说为利薮、以"朝脱稿而夕印行"[②]的轻率与之不可同日而语。因此，寅半生尤其青睐传统小说，《水浒传》《红楼梦》等传统经典，也经常成为《小说

---

① （清）寅半生：《游戏世界》发刊辞，《游戏世界》光绪三十二年四月（1906年5月）第1期。
② （清）寅半生：《〈小说闲评〉叙》，《游戏世界》光绪三十二年四月（1906年5月）第1期。

闲评》用来衡量新小说艺术价值的主要参照。如对于言情小说《阱中花》，寅半生认为其"后半写警察部与虚无党各施手段，为自来小说中所仅见"，构思之巧已超过了《水浒传》的经典情节"劫法场"，而"此书自见影魂飞至，请君入瓮，数回无不出自意外。耐庵有知，亦当退避三舍"①。在论及家庭小说《小公子》时，寅半生惜其"喋喋家常，并无变化"，但"说部领袖"《红楼梦》"不但喋喋家常，即如吃饭一事，《红楼梦》中屡见不一，而阅者并不讨厌。他人学之，便同嚼蜡。问之我心，我亦不解。即问之普天下读小说者，恐亦不能自解也"②。

传统小说所推重的回目裁对，寅半生亦颇为注重。如冒险小说《青年镜》，即原载《新小说》之《二勇少年》，《二勇少年》共18回，回目都极为简单，诸如"第一回：同敌忾；第二回：难破船；第三回：爱国者；……第十八回：和议告成"；等等。《小说闲评》先引《小说丛话》中曼殊的评价，谓《二勇少年》虽内容绝佳，但因回目草率，亦使小说减色不少，接着评述《青年镜》谓虽然每回添撰了回目，"然裁对牵强，仍未出色。顾视原书，则较胜矣"③。又如《邹谈一噱》，寅半生认为其内容虽无甚可取之处，"然回目之裁对，新颖匪夷所思，实足为说部中放一异彩，不可没也"④，并将该小说24回全部回目备录于《小说闲评》，足见其对回目裁对之重视。

---

① （清）寅半生：《小说闲评》，《游戏世界》光绪三十二年十二月（1907年1月）第9期。
② （清）寅半生：《小说闲评》，《游戏世界》光绪三十二年四月（1906年5月）第1期。
③ （清）寅半生：《小说闲评》，《游戏世界》光绪三十二年五月（1906年6月）第2期。
④ （清）寅半生：《小说闲评》，《游戏世界》光绪三十二年五月（1906年6月）第2期。

第三章 浙江近代小说的第二波高潮(1906—1908)

《小说闲评》涉及的66部小说,除《玉雪留痕》只有基本信息及内容介绍外,寅半生对其他65部作品都进行了评述,或评骘其优劣,或由小说引发人生观感。评价优劣的标准,则是看情节、结构、人物形象塑造、语言等小说形式上的要素是否具有艺术性和趣味性,如侦探小说《手足仇》《狡童》因情节离奇,往往出人意料,加之详简合宜、笔墨简练而被赞为"佳构""名作"①;对于那些在结构、情节上表现平庸、没有任何波澜的作品,如侦探小说《日本剑》、写情小说《波乃茵传》等,寅半生则予以毫不留情的否定,认为其"难以终卷"、令人"兴致索然"②。当同一部作品在人物塑造、结构布局、情节安排等方面的艺术水准表现出差异性时,《小说闲评》则分别评判,优者褒之,劣者贬之。如评价侦探小说《车中美人》,认为其"前半写加之眷恋,雪之凄楚,活现纸上。后半索然无味,不及他种侦探书之离奇变幻,令人拍案叫绝者"③;艳情小说《忍不住》"第一卷风流旖旎,颇有清趣,后三卷写芙初清谈拉杂,似觉太费"④。

对于那些以裨益社会为宗旨的小说,寅半生同样认为其必须有较高的艺术价值,否则难以达到目的。如家庭小说《鸿巢记》,寅半生认为其"没头没脑",毫无新意,所以不可能起到开民智、改良社会的作用,"欲开民智、欲有益于社会难矣"⑤。而对于完

---

① (清)寅半生:《小说闲评》,《游戏世界》光绪三十三年正月(1907年2月)第10期。
② (清)寅半生:《小说闲评》,《游戏世界》光绪三十二年十月(1906年11月)第7期、光绪三十三年七月(1907年8月)第16期。
③ (清)寅半生:《小说闲评》,《游戏世界》光绪三十二年四月(1906年5月)第1期。
④ (清)寅半生:《小说闲评》,《游戏世界》光绪三十二年五月(1906年6月)第2期。
⑤ (清)寅半生:《小说闲评》,《游戏世界》光绪三十三年五月(1907年6月)第14期。

全没有艺术价值,"大旨以革命为主,不伦不类,事同儿戏,阅之令人头脑胀痛"的历史小说《洗耻记》,寅半生的批评则尤为严厉苛刻,称其为"立撕小说"①。但对于社会小说《天足引》,寅半生则高度评价,认为该书"语极粗浅,然开通风气,裨益社会,允推此种。盖为劝化妇女起见,正不必过于深文也。越土越好,诚哉是言"②。

除了对小说的优劣进行评价,寅半生还在《小说闲评》中就小说的创作技法发表了自己的看法。如他认为《寒牡丹》的结局安排过于简单率鄙而为其出谋划策:

何以转关如此易易?此处似嫌太率鄙。到家后宜实行离婚,女还产独处,怡然自得,当有爱莲知恩报恩,竭力斡旋,大费一番周折,然后破镜重圆,则结局较为有味。况有柯夫人可有,有福华斯可效力,尽可欲擒故纵,欲合故离,腾挪变化,做一篇大好文章。③

对于最为喜爱之侦探小说,寅半生不仅总结归纳了其创作套路,并由此对其情节设置、结构布局等都提出了自己的建议,如侦探小说《情魔》《女人岛》,寅半生认为它们因不具有侦探小说应有的悬疑紧张而大大降低了作品的艺术性和趣味性:

---

① (清)寅半生:《小说闲评》,《游戏世界》光绪三十二年十月(1906年11月)第7期。
② (清)寅半生:《小说闲评》,《游戏世界》光绪三十三年七月(1907年8月)第16期。
③ (清)寅半生:《小说闲评》,《游戏世界》光绪三十二年十月(1906年11月)第7期。

第三章 浙江近代小说的第二波高潮(1906—1908)

> 凡侦探小说，往往将一无罪之人认为凶手，乃至事事合拍，证据显然，几将定案。然后由侦探查出真真（正）凶手，重翻前案。阅者于是如拨云雾而见青天。各种侦探，无不如是，几乎千部一律。此案始疑巧珠，继疑梅英，阅者已心知其非，然凶手必须由侦探查出，方有趣味。若程云越之自行吐实，则需侦探何用？全书减色不少。①

> 盖此种谋案，必须由著名侦探逐一探出，庶能步步引人入胜。乃案尚未破，凶手先毙，以后事皆属可有可无，令人意兴索然。②

另外，《小说闲评》也是寅半生发表人生感想和议论时事的载体。如《瑞西独立警史》写小国瑞西摆脱日耳曼的专制统治而独立的故事，寅半生由此发出"有志者事竟成，区区瑞西能奋发有为如是，而况皇皇大国乎哉"③的感叹，表达了对于国家命运的忧虑和希望；在论及侦探小说《福尔摩斯最后案》时，寅半生从法律角度质疑了作品情节设置的合理性："西国法律，苟非证据确凿，未能轻易捕人。嘉萍之被诱入署，在中华差役惯有此种伎俩，似与西律未合。"④体现了寅半生较为广阔的知识面；论及侦探小说《铁锚手》时，则有"高侦探谓自古命案，皆因财色而起，诚哉是言"，"总之不外一'贪'字，'色'字一关尚在其

---

① （清）寅半生：《读〈迦因小传〉两译本书后》，《游戏世界》光绪三十三年二月（1907年3月）第11期。
② （清）寅半生：《小说闲评》，《游戏世界》光绪三十三年七月（1907年8月）第16期。
③ （清）寅半生：《小说闲评》，《游戏世界》光绪三十三年六月（1907年7月）第15期。
④ （清）寅半生：《小说闲评》，《游戏世界》光绪三十三年六月（1907年7月）第15期。

次。甚矣，利之害人也，如是如是"的警诫之语。①

在爱情婚姻观念上，寅半生则体现出了作为旧式文人的传统与保守。如出版于光绪三十年（1904）的婚姻小说《双碑记》，叙述了法国女子媚兰色斯克幼与毕斯姆凄恻缠绵的爱情悲剧。当时该书出版机构爱社在《中外日报》上刊载的广告极力宣扬其情文并至，认为其"实与吾国婚姻界上有绝大之感动"，较之《茶花女》《迦因小传》更胜一筹，并预言该小说将会广受中国读者欢迎追捧：

此书著者为法京巴黎著名小说家金威登君。吾友铁英生以清新之笔，蕴藉之文，译而出之，实与吾国婚姻界上有绝大之感动，较诸《茶花》《迦因》等，尤觉情文并至，想为吾四万万同胞所欢迎者也。②

寅半生的观点与该广告则完全相反，他担心该书所倡导的西方自由恋爱的婚姻观念会遗毒本国，因此在结尾不惜循循劝诫：

婚姻为男女大伦，西人自相择配，父母不能参权，所以免怨耦也。然使吾国人效之，适滋流弊，盖风俗所宜，习惯自然，不能强为之同也。③

寅半生是一个典型的旧式知识分子，因科考制度停废才转而

---

① （清）寅半生：《小说闲评》，《游戏世界》光绪三十三年六月（1907年7月）第15期。
② 爱社的广告，载《中外日报》光绪三十年七月二十八日（1904年9月7日）。
③ （清）寅半生：《小说闲评》，《游戏世界》光绪三十二年九月（1906年10月）第5期。

第三章　浙江近代小说的第二波高潮(1906—1908)

开书店、办刊物，并进而介入小说理论界，其经历也相对简单而传统：没有留学海外的经历；一生主要活动地点都在距离当时的文化及经济中心上海约200公里的浙江杭州。一方面，这种"传统"使得他的某些观念趋于保守：如他虽然表示"素好小说"，但对于"近来文人勾心斗角，无不肆力于小说"① 的现象并不赞同；关于"翻译小说"的理解也体现了他作为传统文人的落后，在他看来，"翻译"与"创作"二者并无明显的界限，他甚至认为，为了增强小说的趣味性和适应国内阅读者的口味，翻译者可以做更多的调整和改动，如在论及侦探小说《四名案》时，寅半生就感叹："惜乎全书人名多至五六字，易启阅者之厌，苟易以中国体例，当更增趣味不少。"② 在婚姻爱情观念上，寅半生也非常保守。另一方面，也正是这种"传统"，使寅半生能巍然独立于潮流之外，较少受到"小说救世论"的影响，而能从冷静而客观的视角，反思当时早已偏离正途、怪相百出的"小说世界"。

李欧梵先生在论述中国的现代性时，认为中国现代性的风貌和内容，"不可能是一两个人建立起来的，需要无数人的努力"，而恰恰是那些在科举考试制度终结之后，参与办报撰文的"半吊子"文人，"完成了晚清现代性的初步想象"③。从这一角度来说，"半吊子"文人寅半生在《小说闲评》中以传统小说为标准，强调小说的艺术价值，是对近代将小说作为政治工具的理论的纠正，客观上也参与了中国小说向现代性迈进的"初步想象"。稍

---

① （清）寅半生：《小说闲评》，《游戏世界》光绪三十三年九月（1907年10月）第18期。

② （清）寅半生：《小说闲评》，《游戏世界》光绪三十二年五月（1906年6月）第2期。

③ 李欧梵：《中国现代文学与现代性十讲》，复旦大学出版社2002年版，第13页。

后的小说理论家黄人、徐念慈等,受西方文化的影响,更加注重小说的情感及美学价值,强调"小说者,文学之倾于美的方面之一种也"①,"则所谓小说者,殆合理想美学、感情美学,而居其最上乘者乎"②,显示出中国近代小说理论已逐渐走向成熟,并开始向现代性迈进。

---

① 摩西(黄人):《小说林》发刊词,光绪三十三年正月(1907年2月)《小说林》第1期。
② 觉我(徐念慈):《〈小说林〉缘起》,光绪三十三年正月(1907年2月)《小说林》第1期。

第四章 余波(1909—1911)

宣统元年（1909），无论是报刊小说还是单行本，皆比光绪三十四年（1908）有小幅增长[①]，至宣统二年（1910）才出现减少的趋势。总体而言，整个宣统朝三年的小说已现衰落之象。其中最为明显的，体现为自著小说与翻译小说单行本的数量急剧下降、报刊小说逐渐减少、小说理论界乏善可陈等几个方面。但是，这一时期并非毫无亮点可言，如杭州人蒋景缄共发表19部小说，可算佼佼者；新创刊的《四明日报》共刊载32篇小说作品，数量仅次于《宁波小说七日报》位居第二；周氏兄弟的《域外小说集》在宣统元年（1909）出版，虽然在当时并未产生多大影响，甚至还遭遇销售困境，但其在文本选择、翻译方法等方面的探索所体现的价值和意义，早已被学界认可，被视为中国翻译史上的一座里程碑。

[①] 光绪三十四年（1908）至宣统三年（1911），中国近代的报刊小说总量分别为688种、695种、673种、751种；单行本总量分别为184种、192种、118种、93种。数据见陈大康《中国近代小说编年史》，人民文学出版社2014年版，"导言"第75、93页。

第一节　式微：小说创作的数量开始下降

一　自著小说数量明显减少

宣统元年（1909）至宣统三年（1911），浙江近代只有七部新著小说单行本出版，比上一个三年［光绪三十二年（1906）至光绪三十四年（1908）］的18部少了一半有余，数量下降非常明显。这七部作品分别是：冯文兽《曾公平逆纪（传）》、浙江王楚香《新笑林广记》、吴兴严庭樾《国朝中兴记》《中兴平捻记》、书带子《新天地》，以及《杭州白话新报》馆出版的《白话痛史》、绍兴印刷局出版的《少年泪》。①其中《新笑林广记》为文言短篇笑话集，《少年泪》标"哀情小说"，其他五部则皆是以时事为题材的小说。《曾公平逆纪（传）》《国朝中兴记》《中兴平捻记》三部作品都是以清朝末年曾国藩、李鸿章等率领清军如何成功地镇压太平天国及捻军等农民起义军的史实为题材而进行的演绎，从小说标题的"平逆""中兴"等字眼可看出作者冯文兽、严庭樾的立场完全站在统治阶层一边，并天真地将他们的成功视为清廷的中兴之象。

《新天地》标"滑稽时事小说"，署"著者书带子"，从书首序言"适有鸳湖茂才郑君书带子戏著滑稽小说《新天地》二卷二

---

① 《曾公平逆纪（传）》于宣统元年十月（1909年11月）由徐瑞记书局出版；《新笑林广记》于宣统元年四月（1909年5月）由小说进步社出版；《国朝中兴记》于宣统元年五月（1909年6月）由集成图书公司出版；《中兴平捻记》于宣统元年十二月（1910年1月）由集成图书公司出版；《新天地》于宣统二年三月（1910年4月）由集文书局出版；《白话痛史》于宣统元年十一月（1909年12月）由《杭州白话新报》馆出版；《少年泪》于宣统三年四月（1911年5月）由绍兴印刷局出版。

第四章 余波（1909—1911）

十章"可知"书带子"姓郑，浙江嘉兴人。作者在作品篇首曰："如今我们中国世界，是要把四千余年专制政体的旧世界，渐渐改造立宪国新世界。试问世界既要换新，则天地自然也要改换改换新的。况在下所说这个新天地，亦是由改造新世界的人才代造出来的。"可见他对于当时乱哄哄的"新世界"不以为然，因而以讽刺幽默之笔调，将当下出现的新事物，如立宪、革命等杂糅进古代历史，以供读者"茶前酒后，消遣余间，亦足助笑"。

《白话痛史》最初于宣统元年（1909）连载于《杭州白话新报》，刊出后反响甚好，"因各省索取的太多，又值南北志士发起国耻纪念会，纷纷订印。因把初稿重加删订，再版付印"（《〈白话痛史〉自序》），因此于同年十一月（1909年12月）又出版了单行本。该书作者杭辛斋为浙江海宁人，曾于光绪二十四年（1898）与夏曾佑、严复等创办了近代第一张民办报纸《国闻报》，鼓吹变法维新。他还曾经上书光绪皇帝，条陈变法自强，两次被密旨召见，并赐"言满天下"象牙章。后曾在北京创办《京话报》《中华报》等，以恢复国权、启导民智为宗旨。光绪三十四年（1908），他与人合作创办了《浙江白话新报》，旨在宣传民主革命，并提倡白话。《白话痛史》即用白话讲述了庚子年间义和团起事、八国联军攻入北京烧杀抢掠、两宫太后及皇帝仓皇出逃等惨痛历史。作者希望通过该小说敲响警钟，让"社会普通人脑筋中均含有此种哀痛迫切之感情，务引国人以知耻而已"。该小说后来于宣统二年（1910）与宣统三年（1911）分别再版与三版，可见这种以时事演绎成的白话小说颇受市场欢迎。除了《白话痛史》，另有多部以"庚子国变"为题材的白话小说出现。最早的如该事件发生的次年（光绪二十七年，1901）即已在《杭州白话报》刊出的 16 回《救劫传》，但该小说观点较为偏激，对义和团责难备至。此外还有忧患余生的《邻女语》与吴趼人的《恨海》，都真实地反映了"庚子国变"八国联军入京后的乱世状态，属于此类题材中影响较大者。

二　蒋景缄一枝独秀

宣统年间，蒋景缄进入创作高峰期[①]，共有 19 部小说作品发表，这也使他成为宣统朝最为高产的浙江近代小说家。为便于分析论述，列表如下。

表 4-1　　　　　　　　蒋景缄宣统年间小说作品一览

序号	小说名称	所载报刊	文言或白话	长篇或短篇	自著或译作	小说类型
1	《灯下髑髅》	《时事报》	文言	长篇	译作	社会小说
2	《碧血巾》	《时事报》	文言	长篇	译作	哀情小说
3	《黑宝星》	《时事报》之《画报》	文言	长篇	译作	言情小说
4	《刺蔷薇》	《时事报》	文言	长篇	译作	军事小说
5	《迷信一噱录》	《时事报》之《图画旬报》	文言	短篇	自著	滑稽小说
6	《啼猩泪》	《舆论时事报》	文言	长篇	译作	奇情小说
7	《美人肝》	《舆论时事报》	文言	长篇	自著	中国家庭小说
8	《迷龙劫》	《舆论时事报》	文言	长篇	自著	哀情小说
9	《红大人》	《十日小说》	文言	短篇	自著	滑稽短篇

① 光绪年间，蒋景缄有三部小说问世，分别是：《凤卮春》，光绪三十三年八月（1907 年 9 月）小说林社出版；《金翡叶》，光绪三十四年三月（1908 年 4 月）小说林社出版；《黄金舌》（译作），光绪三十四年五月十九日（1908 年 6 月 17 日）《时事报》连载，连载开始时间不详，现所见连载至光绪三十四年六月二十六日（1908 年 7 月 24 日），未完。

第四章 余波(1909—1911)

续表

序号	小说名称	所载报刊	文言或白话	长篇或短篇	自著或译作	小说类型
10	《费娥剑》	《舆论时事报》之《时事画报》	文言	长篇	自著	义烈小说
11	《秭归声》	《图画日报》	文言	长篇	自著	中国苦情小说
12	《军人魂》	《扬子江白话报》（汉口）	文言	长篇	自著	军事小说
13	《自由镜》	《舆论时事报》之《图画新闻》	文言	长篇	自著	社会小说
14	《芦花棒喝记》	《舆论时事报》	文言	长篇	自著	家庭小说
15	《醉生传》	《舆论时事报》	文言	短篇	自著	短篇小说
16	《盗窟花》	《舆论时事报》之《图画新闻》	文言	长篇	译作	侠情小说
17	《佛座官》	《中西日报》（旧金山）	文言	短篇	自著	短篇小说
18	《鸳鸯玦》	《图画报》	文言	短篇	自著	侠情小说
19	《幽兰怨》	《图画报》	文言	短篇	自著	言情小说

从上表可知，这19部作品全部为文言，且皆为报刊小说，其中有13部刊载于《时事报》和《舆论时事报》。二者实为一种报刊在不同时期的不同名称，《时事报》于光绪三十三年十一月初一日（1907年12月5日）创刊于上海，宣统元年（1909）与《舆论日报》合并为《舆论时事报》[①]。蒋景缄可能曾任《舆论时事报》及其副刊《图画新闻》的主笔[②]，在当时已经小有名气，如《扬子江小说日报》（汉口）创刊后，其发行广告的第三条为

[①] 《舆论时事报》后于宣统三年四月十九日（1911年5月17日）停刊，同年四月二十日（5月18日）更名为《时事新报》。
[②] 据庄逸云《蒋景缄小说创作初探》（《中国文学研究》2015年第3期），但该文只有结论，并未提供任何证据。笔者亦尚未找到其他佐证材料。但《舆论时事报》所刊载的小说绝大多数为蒋景缄的作品，可推测其为该报的主笔。

"本报各门著作，皆属报界名人"，并依次罗列了一串人名，蒋景缄排在第四[①]，其他还有当时的名家李涵秋、陶祐曾等。

19部作品涉及各种类型，如社会小说、言情小说、军事小说、滑稽小说、义烈小说、家庭小说等。其中最多的是言情小说，标"言情""哀情""奇情""苦情""侠情"的就有8部。6部为短篇小说，13部为长篇，这些长篇小说后来有相当一部分，如《费娥剑》《碧血巾》《刺蔷薇》《秭归声》《自由镜》等，在民国后皆出版了单行本[②]；6部为译作，13部为自著小说。所有的译作都未标明原作者，目前亦无法考证出原著，只能根据小说中的人物和内容猜测作品所属的国籍。如标为"军事小说"的《刺蔷薇》叙写的是发生在英国的故事。该小说未刊载完毕，目前所见共19章，写英国贵族女子加他邻聪慧而美丽，却患有怪癖，生来恶见男子，一见男子，则能力全失，犹如羸弱的野兽遇见猎犬。军官柏季深深爱上了加他邻，但加他邻对自己的怪癖亦无能为力。厄塞侯爵为美男子，为了帮助柏季，男扮女装冒充自己的夫人，与加他邻相伴数月，二人相处融洽。得知真相后，加他邻爽然若失。适值柏季从战场归来，加他邻最终战胜了自己的怪癖，与柏季永结良缘。而"哀情小说"《碧血巾》则写的是法国路易十六时期的故事，该小说先是于宣统元年（1909）连载于《时事报》"第三张图画"版，后《时事报》馆于宣统元年二月（1909年3月）出版了《戊申全年画报》。该书共11册，其中第7、8、

---

① "看！看！看！《扬子江小说日报》出现"广告，载《汉口中西报》宣统元年八月八日（1909年9月21日）。

② 《费娥剑》1916年由进步书局出版；《碧血巾》进步书局出版，时间不详；《刺蔷薇》1915年由进步书局出版；《秭归声》1917年由文明书局印行。另有发表于光绪三十四年（1908）的《黄金舌》1915年由文明书局出版；《自由镜》于1915年易名为《情孽》由进步书局出版。

第四章 余波(1909—1911)

9、10册为《碧血巾》的第1、2、3、4册。小说共16章,第一人称"余"为已逝的法国路易十六的宫女比兰小姐,比兰在生死患难中结识了海军学生约翰,在用沾有国王血迹的纱巾订婚后失散。比兰小姐千里寻夫,在情场对手和政治反对派设下的层层陷阱中历尽险阻、死里逃生,终于找到了已升为海军少将的约翰,但此时约翰已被奸人所害,二人从此天人永隔。其他四部翻译作品,"社会小说"《灯下髑髅》因无头无尾,尚无法判断其故事发生地;"言情小说"《黑宝星》写发生于英国的故事,"奇情小说"《啼猩泪》写两个俄国人逃亡至欧洲一个小国家的故事,"侠情小说"《盗窟花》写俄国女子爱痕深入贼巢,将恋人侯爵哈兰森特成功救出的故事。综上可知,蒋景缄的所有翻译作品应都为欧美小说。

13部自著小说涉及的题材颇为广泛,且多部作品皆体现出对于社会现状的忧虑,以及对于当时热点问题的关注。如长篇哀情小说《迷龙劫》即是对晚清社会中诸多痼疾的针砭。小说写在"恨海之滨、愁城之侧"的青心国万感县,有一富家子弟邹锡麟始沉迷于赌博,复耽溺于鸦片,最终家败身亡,其未婚妻贞姑亦殉亡的悲惨故事。作者明确将故事的发生时间设定在宣统二年(1910),即是欲借邹锡麟的毁灭表达对当时普遍存在的缺乏进取心与抗争意识的国民性格的不满,并虚构一个"青心国万感县"来影射整个晚清社会,使国民正视中国积弱已久的惨痛现实。蒋景缄还借小说表达了对于当时甚为热门的女性解放问题的看法。如在"社会小说"《自由镜》中,女主人公章兰薰不满包办婚姻、向往自由,认为在门户大开、文明输入的新时代,当"自由思想,男女具有同情",因此她毁弃婚约,与一浪子私奔至上海,最终却落了个爱尽宠衰,甚至还遭浪子陷害的下场。蒋景缄将女主人公的不幸归咎为其误信自由、滥用自由。因此，他创作此书，即是为了"处处为误解自由者痛下针砭"①。由此可知，蒋景缄应是一个思想尚相对保守的传统文人。

蒋景缄在民国后依然相当活跃，出版过非常多的小说，应为鸳鸯蝴蝶派重要成员。由胡寄尘主编的鸳鸯蝴蝶派刊物《小说名画大观》，共20卷24册，收录作品261种，其中，蒋景缄入选作品最多，共26种（其次为包天笑19种）。蒋景缄著、译兼长，其小说不仅数量甚多，且内容与风格在当时皆具代表性，可谓佼佼者。

第二节　遇冷：《域外小说集》的出版和营销

宣统年间，翻译小说单行本数量大幅度递减：宣统元年（1909），全国共出版67种，次年减至33种，至第三年，则只有11种②。这当然有多方面的原因，如译者数量减少、书局经营不景气、翻译小说题材狭窄等，但主要原因，则在于"供与求之比例"发生变化③。受这一大背景之影响，浙江在晚清最后三年，只有18部（篇）翻译作品问世，其中报刊小说8篇：除了上节所述的蒋景缄的6篇，另有山阴霞若氏的《英雄儿女传略》、仁和汤红绂的《无人岛大王》④；单行本11部，包括魏易与林纾合译的6部：

---

① 蒋景缄：《情孽》，进步书局1928年版，书前"提要"。
② 数据见陈大康《中国近代小说编年史》，人民文学出版社2014年版，"导言"第93页。
③ 关于翻译小说单行本在宣统年间锐减之状况与原因分析，陈大康先生在《论近代翻译小说》（《文学评论》2015年第2期）一文有详尽论述。
④ 《英雄儿女传略》于宣统元年正月初六日（1909年1月27日）开始连载于《中外日报》，连载结束日期不详，标"艳情小说"，署"日本长田偶得君著，山阴霞若氏译"；《无人岛大王》于宣统元年四月二十六日（1909年6月13日）开始连载于《民呼日报图画》，至五月初十日（1909年6月27日），署"小波节译，红绂重译"。

第四章　余波(1909—1911)

《彗星夺婿录》《冰雪因缘》《黑太子南征录》《藕孔避兵录》《脂粉议员》《芦花余孽》，另有黄郛的《旅顺实战记》、钱塘钟濂与长乐曾宗巩同译的《拿破仑忠臣传》、冬青的《活财神》、仁和汤红绂的《旅顺双杰传》、周氏兄弟的《域外小说集》。其中，于宣统元年正月二十一日（1909年2月11日）由新学会社发行的《旅顺实战记》在同一年又被再版，继而三版，宣统三年（1911）已发行至五版[①]，创下了骄人的销售业绩。该书原著乃日本战记小说《肉弹》，是日本陆军中尉樱井忠温以自己亲历的日俄战争为题材写出的作品，小说出版后即在日本引起了极大反响，后来被定为日本的"国民教科书"，甚至明治天皇还因这本小说特别召见了作者樱井。当时正在日本留学的浙江绍兴人黄郛将之翻译成中文，并以《旅顺实战记》为题，于宣统元年（1909）在中日两国同时出版。该书在中国被当作"精神教育之最善本，能令懦夫读之亦必奋起"的精神灵药而受到热捧。与此相反，后来对中国现当代翻译界产生了重大影响的《域外小说集》，在当时却门庭冷落，销售遇冷。

一　"超前性"的文本选择

宣统元年二月十一日（1909年3月2日），《域外小说集》第一册由日本东京神田印刷所印刷出版，发行者为周树人，印刷者为长谷川辰二郎，总寄售处设在上海英租界后马路乾记弄"广昌隆绸庄"，书首有周树人所作《序言》及《略例》。该册共收七部小说。同年六月十一日（1909年7月27日），《域外小说集》第二册出版，发行者及印刷者等与第一册同，共收九部作

[①] "轰动世界之大名著《旅顺实战纪》五版发行广告"，载《帝国日报》宣统三年六月初六日（1911年7月1日）。

品。两册皆署"会稽周氏兄弟纂译",这是二人第一次以"周氏兄弟"署名。之后,"周氏兄弟"作为一个文化概念,几乎与中国整个20世纪20年代相始终①。为论述方便,现将两册所收的16部作品列表如下:

表4-2　　　　　《域外小说集》所收录小说作品一览

序号	小说名称	原著者	国籍	译述者	所在册数
1	《乐人扬珂》	显克微支	波兰	周作人	第1册
2	《戚施》	契诃夫	俄国	周作人	第1册
3	《塞外》	契诃夫	俄国	周作人	第1册
4	《邂逅》	迦尔洵	俄国	周作人	第1册
5	《谩》	安特来夫(安德列耶夫)	俄国	周树人	第1册
6	《默》	安特来夫(安德列耶夫)	俄国	周树人	第1册
7	《安乐王子》	淮尔特	英国	周作人	第1册
8	《先驱》	哀禾	芬兰	周作人	第2册
9	《默》	亚伦坡(爱伦·坡)	美国	周作人	第2册
10	《月夜》	摩波商(莫泊桑)	法国	周作人	第2册
11	《不辰》	穆拉淑微支	波思尼亚	周作人	第2册
12	《摩诃末翁》	穆拉淑微支	波思尼亚	周作人	第2册
13	《天使》	显克微支	波兰	周作人	第2册
14	《灯台守》	显克微支	波兰	周作人	第2册
15	《四日》	迦尔洵	俄国	周树人	第2册
16	《一文钱》	斯谛普虐克	俄国	周作人	第2册

从表4-2可知,这16部作品,其中波兰3部、俄国7部、芬兰1部、英国1部、美国1部、法国1部、波斯尼亚(波思尼亚)2部,周树人在书首"略例"第一条即表明"集中所录,以

---

① 周树人与周作人的兄弟亲情于1923年7月周作人给其兄周树人的一封绝交信而告终。但在此之后,"周氏兄弟"依然被他们的同志和论战对手一再相提并论。

第四章　余波(1909—1911)

近世小品为多,后当渐及19世纪以前名作。又以近世文潮,北欧最盛,故采译自有偏至",即作品以近世短篇小说(小品)名作为主,地域则偏于欧洲,尤其侧重弱小民族,周作人后来在其回忆录中亦对此有所说明:"当初《域外小说集》只出了两册,所以所收各国作家偏而不全,但大抵是有一个趋向的,这便是后来的所谓东欧的弱小民族。……这里俄国算不得弱小,但是人民受着迫压,所以也就归在一起了。换句话说,这实在应该说是,凡在抵抗压迫,求自由解放的民族才是。"[①] 事实上,此前周氏兄弟的译作多数情况是随机抓取原著,"从选材到文字都不脱时尚,没有找到自己独特的位置"[②],自《域外小说集》开始,他们在作品选择上已具备不为流俗所拘囿的个性视野。

在16部作品中,策划人兼发行者周树人只翻译了3部,分别是:安特来夫(安德列耶夫)的《谩》《默》和迦尔洵的《四日》,都是通过德文转译;另外13部则皆由周作人根据英译本转译而成。这些作品在形式和叙事方式上在当时都显示出超前性,因而被多数论者界定为具有"现代性""先锋性"和"新文学的理念"[③] 等特征。形式上,16部作品全部为短篇,这让当时看惯了鸿篇巨制的读者有些难以适应:"《域外小说集》初出的时候,见过的人,往往摇头说,'以为他才开头,却已完了!'那时短篇小说还很少,读书人看惯了一二百回的章回体,所以短篇便等于

---

① 周作人:《周作人回忆录》,湖南人民出版社1982年版,第220页。
② 陈平原:《二十世纪中国小说史》第一卷(1897—1916),北京大学出版社1989年版,第49页。
③ 相关的论文有:周羽《试论晚清短篇小说译本的现代性——以周氏兄弟〈域外小说集〉为个案》,《求是学刊》2009年第5期;何敏《一朵忽先变　百花皆后香——〈域外小说集〉在晚清译界的先锋性》,《文史博览》2011年第1期;杨联芬《〈域外小说集〉与周氏兄弟的新文学理念》,《鲁迅研究月刊》2002年第4期。

无物。"① 在叙事方式上，只有显克微支（显克维支）的《乐人扬珂》、淮尔特（王尔德）的《安乐王子》（今译《快乐王子》）、斯谛普虐克的《一文钱》较为传统，有按顺序进行的连贯的情节，故事本身也有头有尾。如《域外小说集》的首篇《乐人扬珂》，叙述了一个生于穷困却极爱音乐的孩子扬珂最终悲惨死去的故事。扬珂生来羸弱，与穷困的母亲相依为命，但生有异禀，能倾听感知到大自然的各种声音，这些声音在他听来都是美妙无比的音乐。扬珂尤爱胡琴，常常躲在酒家的窗下偷偷听里面弹奏出的胡琴声，并用薄板自制了一把不能发声的胡琴。在一个有月光的夜晚，扬珂在幻觉的引领下，摘下了村中庄主家挂在厨房里的一把胡琴。于是扬珂被当作小偷毒打一顿，没过几天便悲惨死去，临死前还问母亲，到了天国后自己是否能拥有一把真胡琴。

其余 13 部作品则采用了极具"现代性"的叙事方式，它们又可以分为三类：第一类，契诃夫的《戚施》②（今译《在庄园里》）、《塞外》（今译《在流放中》）、穆拉淑微支的《不辰》、显克微支的《天使》等四篇，并没有叙述一个首尾俱全的故事，而是使用最经济的文学手段，集中火力地记述事实中最精彩的一段或一方面。如《戚施》只是叙述了刚愎腐朽的老贵族罗舍微支在自己死气沉沉的庄园里招待政府中的年轻新贵、法官迈伊尔的那个下午，罗舍微支为了讨好对方，喋喋不休地向迈伊尔兜售自诩为"达尔文主义"的"白黑骨头论"，诬蔑所谓的上等人与下等人骨头的颜色都是不同的，也就更不可能有下等人可以打破阶级分野、跻身上层，乃至吃饭的时间都不愿意放过，未料迈伊尔正

---

① 周作人（实为鲁迅）：《域外小说集》序，《域外小说集》，群益书社 1921 年版。
② 《戚施》即原刊载于《河南》光绪三十四年十一月十二日（1908 年 12 月 5 日）第 8 期的《庄中》，译者署"独应"，实为周作人。

第四章 余波(1909—1911)

出身草根,其父为工人,闻言愤怒地拂袖而去。第二类,迦尔洵的《邂逅》和《四日》、安特来夫(安德列耶夫)的《谩》等三篇,则属于早期心理小说,"其叙事重心不再是故事情节,人物的心理独白构成小说主要的叙事动力"[①]。如《邂逅》,通篇由两位主人公:一位叫"那及什陀"(今译"娜结兹达")的妓女与一位叫"伊凡"的青年男子各自的心理独白与日记构成,译者在每段末尾附注"以上那及什陀记"或"以上伊凡记"等字样,帮助读者及时调整阅读角度,适应这种叙事方式。第三类,安特来夫(安德列耶夫)的《默》(今译《沉默》)、哀禾的《先驱》、亚伦坡(爱伦·坡)的《默》、摩波商(莫泊桑)的《月夜》、穆拉淑微支的《摩诃末翁》、显克微支的《灯台守》(今译《灯塔看守人》)等六篇,则属于以抒情性和散文化的方式取代小说的故事性和情节性,完全以人物的幻觉和想象为主。如被称为"神秘派或颓废派"的作家安特来夫(安德列耶夫)的《默》,主人公伊革那支牧师在女儿威罗因不堪其专横、冷酷、粗暴而卧轨自杀后,终于尝到了惩罚的滋味。瘫痪在床的妻子终日沉默以对,这死亡般的沉默使牧师最终不能承受,他来到女儿坟前呼唤,并求妻子乞怜,但回答他的依然只有沉默。作者将笔触深入人物幽深的内心世界,在象征的意境中将一种难以描述的情绪揭示出来。

二 "弗失文情"的直译

《域外小说集》除了体现周氏兄弟在作品的选择上已开始有意识地避免随波逐流,践行自己的翻译理念,在译风上,他们亦

---

① 周羽:《试论晚清短篇小说译本的现代性——以周氏兄弟〈域外小说集〉为个案》,《求是学刊》2009年第5期。

开始大胆尝试基本上忠实于原著的"直译"。在该书"序言"中，周树人即表达了这一想法：

> 《域外小说集》为书，词致朴讷，不足方近世名人译本。特收录至审慎，迻译亦期弗失文情。异域文术新宗，自此始入华土。使有士卓特，不为常俗所囿，必将犁然有当于心。按邦国时期，籀读其心声，以相度神思之所在，则此虽大涛之微沤与？而性解思惟，实寓于此。中国译界，亦由是无迟莫之感矣。

在这篇序言里，周树人主要从三个方面对《域外小说集》做出了说明。

第一，"词致朴讷"，即译文但求准确达意，不尚藻饰、务除虚妄。周树人此处特意指出《域外小说集》"不足方近世名人译本"。"近世名人"，显然是专指风靡整个晚清的林纾。完全不懂外文的林纾仅通过合译者口授，依靠极高的古文修养、娴熟的表达技巧及流畅的文笔打造了"林译小说"的品牌，并受到持久热捧。周氏兄弟早期亦曾为之着迷，并因受其影响而开始涉足翻译界。然而，此时周氏兄弟已决意与这种"华而不实"的译文划清界限，而开始诚实不欺地再现原著。

第二，"收录至审慎"，即在作品选择上以近世名家小品为主。周氏兄弟的原计划是先采译当时文潮最盛的北欧作品，次及"南欧暨泰东诸邦"之作，主要侧重于关注弱小民族及正受着深重压迫的底层人们。关于这一点，前文已有论及，兹不赘述。

第三，翻译但求"弗失文情"，即最大限度地忠实于原著，不任意删削，在他们看来，"任意删易，即为不诚。故宁拂戾时

第四章　余波（1909—1911）

人，逐徒具足耳"①（《〈域外小说集〉略例》）。这一观点几乎是要与当时整个时代的翻译观念相抗衡。在《域外小说集》之前，中国近代所有的翻译小说从形式到内容都经过了译者们的随意删减或添补，以适应本国习俗和读者口味。读者们亦未觉得此种做法是"不诚"，反而认为本该如此，如一个叫苦海余生的人就认为："中西文体不同，直笔译之，谓能尽善尽美耶？琴南知此，故视其说部一篇到底，有线索、意境，直如为文，匪不尽心力而为之。——欲其不享盛名得乎？"②时人甚至认为译者懂得外语反而会被原文窒碍："今不善译书者，往往就彼之文法次序出之，一入我文，遂觉冗赘不堪，此译者之大病也。"③然而，周氏兄弟还是打算向流俗挑战，在他们看来，文学不是娱乐消遣之物，而是国民精神的火炬，所以才值得毕恭毕敬地直译，不敢随意改造，恐失去原意。

可见，周氏兄弟不仅期望通过《域外小说集》的译介，能"纠正以往翻译取义遗形、削足适履、画虎类犬的弊病"④，更期待通过该书忠实地再现域外文化，为中国小说提供一种可资借鉴的新形式，并与世界文学接轨，"异域文术新宗，自此始入华土"。正如周作人所言，这"短短的一小篇序言，可是气象多么的阔大，而且看得出自负的意思来；这是一篇极其谦虚也实在高傲的文字了"⑤。

---

① 周树人：《〈域外小说集〉略例》，《域外小说集》，日本东京神田印刷所，宣统元年二月十一日（1909年3月2日）。
② 徐敬修：《文学常识》，大东书局1925年版，第71页。
③ 孙宝瑄：《忘山庐日记》，光绪三十三年（1907），载陈平原、夏晓虹编《二十世纪中国小说理论资料》第一卷，北京大学出版社1997年版，第574页。
④ 连燕堂：《二十世纪中国翻译文学史·近代卷》，百花文艺出版社2009年版，第301页。
⑤ 周作人：《周作人回忆录》，湖南人民出版社1982年版，第219页。

事实上，周氏兄弟自此之后都没有改变追求"直译"的初衷。鲁迅在1935年的《题未定草》（二）（《且介亭杂文二集》）中说："凡是翻译，必须兼顾着两面，一当然力求其易解，一则保存着原作的丰姿，但这保存，又常常和易懂相矛盾：看不惯了。不过它原是洋鬼子，当然谁都看不惯，为了比较的顺眼起见，只能改换他的衣裳，却不该削低他的鼻子，剜掉他的眼睛。我是不主张削鼻剜眼的，所以有些地方，仍然宁可译得不顺口。"周作人在1918年写给朋友的信中，也表达了对于直译的一贯看法："要使中国文中有容得别国文的度量……又当竭力保存原作的'风气习惯，语言条理'，最好是逐字译，不得已也应逐句译，宁可'中不像中，西不像西'，不必改头换面。"①

三 营销失败

周氏兄弟对《域外小说集》可谓寄予厚望，在序言中，周树人即期待有知音共赏："使有士卓特，不为常俗所囿，必将犁然有当于心。"甚至在遭受打击之后，他对该译作的价值依然深信不疑："只是他的本质，却在现在还有存在的价值，便在将来也该有存在的价值。"② 该书出版后，周树人还亲自写了推销的广告，刊登在《时报》（上海）上：

> 是集所录，率皆近世名家短篇。结构缜密，情思幽眇，各国竞先选译，裴然为文学之新宗，我国独阙如焉。因慎为

---

① 此段文字是周作人于1918年11月8日针对张寿朋题为《文学改良与孔教》的文章而做出的回复，刊发于《新青年》1918年第五卷第六号"通信栏"。
② 周作人（实为周树人）：《域外小说集·序》，《域外小说集》，日本东京神田印刷所，宣统元年二月十一日（1909年3月2日）。

第四章 余波(1909—1911)

译述,抽意以期于信,绎辞以求其达。先成第一册,凡波阑(兰)一篇,英一篇,俄五篇。新纪文潮,灌注中夏,此其滥觞矣。至若装订新异,纸张精致,亦近日小说所未睹也。每册小银员(元)三角。现银批售及十册者九折,五十册者八折。总寄售处:上海英租界后马路乾记弄广昌隆绸庄。会稽周树人白。[1]

然而,他们的美好愿望未能如期实现,《域外小说集》的销售极为惨淡,在1921年群益书社重印版的序言中,周作人(实为鲁迅)对此做了详细介绍:

当初的计画,是筹办了连印两册的资本,待到卖回本钱,再印第三第四,以至第×册的。如此继续下去,积少成多,也可以约略绍介了各国名家的著作了。于是准备清楚,在一九〇九年的二月,印出第一册,到六月间,又印出了第二册。寄售的地方,是上海和东京。

半年过去了,先在就近的东京寄售处结了账。计第一册卖去了二十一本,第二册是二十本,以后可再也没有人买了。

那第一册何以多卖一本呢?就因为有一位极熟的友人,怕寄售处不遵定价,额外需索,所以亲去试验一回,果然划一不二,就放了心,第二本不再试验了——但由此看来,足见那二十位读者,是有出必看,没有一人中止的,我们至今很感谢。

---

[1] "《域外小说集》第一册"广告,载《时报》(上海)宣统元年闰二月二十七日(1909年4月17日)。

至于上海，是至今还没有详细知道。听说也不过卖出了二十册上下，以后再没有人买了。于是第三册只好停板，已成的书，便都堆在上海寄售处堆货的屋子里。过了四五年，这寄售处不幸被了火，我们的书和纸板，都连同化成灰烬；我们这过去的梦幻似的无用的劳力，在中国也就完全消灭了。

关于《域外小说集》的营销失败及其原因，学界已多有研究[①]，概而言之，可归于以下三个因素。

（一）作品原因

这又可归结为三个方面：文本内容、短篇小说的形式、用古文直译小说。

首先，《域外小说集》所选的小说文本，侧重于主观表现的抒情化小说，这些作品多没有清晰完整的情节，而以表达人物主观的感觉与想象为主，这种超越时代的文学趣味与审美倾向已经超出了当时读者的审美习惯与能力，因而无法获得共鸣。如有学者认为，"《域外小说集》传播上的失败，缘于它审美与道德欲求上的超前"[②]。其次，短篇小说的形式与其时流行的章回体小说的接受语境完全相左，也迥异于中国传统短篇小说的模式。传统小说往往是有始有终的故事之浓缩，而《域外小说集》所选的小说文本基本上只有不连贯的碎片式的生活场景，甚至连周树人自己

[①] 相关研究论文有：谢仁敏《〈域外小说集〉初版营销失败原因新探》，《鲁迅研究月刊》2014年第8期；张惠《跨不过的文化与夭折的直译——以周氏兄弟〈域外小说集·安乐王子〉为例》，《鲁迅研究月刊》2013年第5期；时世平《清末民初的翻译实践与"文言的终结"》，《华中师范大学学报》（人文社会科学版）2012年第5期；等等。

[②] 杨联芬：《晚清至五四：中国文学现代性的发生》，北京大学出版社2003年版，第129页。

第四章 余波(1909—1911)

也认为这是一个重要的原因。再次,在意译之风盛行的时代,用直译方法翻译出来的小说,很难被读者接受,遑论"行文生涩""如对古书"的译法,更让读者敬而远之。如陈平原先生指出:"'直译'始终没占主导地位,理论上也没有得到充分的肯定。相反,'直译'在清末民初是个名声很坏的术语,它往往跟'率尔操觚''诘屈聱牙''无从索解'、跟'如释家经咒''读者几莫名其妙'联在一起。"① 胡适也站在推行白话文的角度对其失败进行了分析:"古文译小说,固然也可以做到'信、达、雅'三个字——如周氏兄弟的小说——但所得究不偿所失,究竟免不了最后的失败。"②

(二) 营销失当

营销失当主要表现在入市时机不利和营销策略失当两个方面。宣统元年(1909),整个小说界开始走入低潮,"小说市场供过于求的矛盾日益突出,书贾们已经开始收缩出版量,低价促销积压商品。而此时身在日本的周氏兄弟并不了解国内市场行情,错判形势逆流而上,选择了这个相当不利的出版时段"③。在营销策略上,周氏兄弟也几乎无亮点。近代小说市场非常活跃,如上海商务印书馆、《申报》馆、改良小说社等各家出版机构的小说营销策略已相当专业,并且大多建立了专业化的营销网络。"小本经营"的周氏兄弟明显不具备足够的财力与市场运作能力与之匹敌,虽然周树人也在《时报》(上海)上刊载了广告,但广告

---

① 陈平原:《二十世纪中国小说史》第一卷(1897—1916),北京大学出版社1989年版,第37页。
② 胡适:《五十年来中国文学》,《胡适文集》第3册,北京大学出版社1998年版,第216页。
③ 谢仁敏:《〈域外小说集〉初版营销失败原因新探》,《鲁迅研究月刊》2014年第8期。

语的内容相对中规中矩，且学术气过浓，有端着"阳春白雪"的架子之嫌，这对当时看惯了各种喜欢夸大其词、极尽游说之能事的宣传广告的读者来说，显然诱惑力不够。而且，该书在国内的代售点仅设一处：广昌隆绸庄。诚如谢仁敏所言："可以想象，在小说专业市场已经形成的晚清时代，书局遍布，货源充足，品种丰富，读者买书可选择的余地很大而且相当便利，那么又有几位读者会想到（知道）要跑去卖花布的绸庄店买本小说呢？"[1]

(三) 作家原因

任何时期，名家效应都是产品销量的重要保障。而周氏兄弟相对于严复、林纾、吴趼人等人而言，尚属翻译界的无名小卒。从上海商务印书馆给出的稿酬等次来看，他们的名次还在包天笑之下，仅处于普通作家行列[2]，这也决定了他们尚不足以与流俗相抗衡，甚至引领一个新的翻译时代。

十多年后，当初惨遭失败的《域外小说集》被人们重新记起，周氏兄弟在友人的劝告和张罗之下，"从久不开封的纸裹里，寻出自己留下的两本书来"[3]，于1921年交付群益书社重印。《域外小说集》重印获得成功，一方面是周氏兄弟此时在文学界已享盛名；另一方面是随着时代的演进，其中所蕴含的现代性与超前性的小说内容与形式已能够被普遍接受和认可。正如冯至所言："但我们不能不认为它（指《域外小说集》，本书作者注）是采取进步而严肃的态度介绍欧洲文学最早的第一燕。只可惜这只燕子来得太早了，那时的中国还是冰封雪冻的

---

[1] 谢仁敏：《〈域外小说集〉初版营销失败原因新探》，《鲁迅研究月刊》2014年第8期。
[2] 当时包天笑的稿酬是每千字三元，而周氏兄弟是每千字二元。参见包天笑《钏影楼回忆录》，中国大百科全书出版社2009年版，第386页。
[3] 周作人（实为鲁迅）：《域外小说集·序》，《域外小说集》，群益书社1921年版。

第四章 余波(1909—1911)

冬天。"① 当这个"冰封雪冻的冬天"过去,《域外小说集》终于如两位译者所愿,"因为他本来的实质,能使读者得到一点东西",而且引领了五四新文化运动的时代潮流,并一定程度地影响了整个中国现代小说的发展进程。

第三节 没落:《四明日报》独撑报刊小说局面

宣统年间,浙江本土报刊小说开始进入没落期。在已有的报刊中,对整个中国近代报刊和小说皆产生过重要影响的《杭州白话报》,于宣统元年正月初六日(1909年1月27日)在《中外日报》刊载广告宣告终结,改为《全浙公报》;《浙江日报》这一阶段仅刊载了一篇未完的"寓言小说"《毛族传》,并于宣统三年(1911)停刊;由《绍兴白话报》改组而成的《绍兴公报》于宣统二年六月(1910年7月)刊载了一则周作人(署"顽石")的短篇小说《侦窃》,这也是目前所见,该刊物登载的唯一一篇小说作品;医药类期刊《绍兴医药学报》这一阶段共刊载了三篇小说②,相对而言,在已有的报刊中小说数量算最多的了。

这一时期,浙江新创办了三种刊载过小说的报刊,分别是:《浙江白话新报》,宣统二年正月初二日(1910年2月11日)创刊于杭州,由《杭州白话新报》与《浙江白话报》合并而成;

---

① 冯至、陈祚敏、罗业森:《五四时期俄罗斯文学和其他欧洲国家文学的翻译和介绍》,载罗新璋《翻译论集》,商务印书馆2009年版,第474页。
② 这一时期刊载的三篇小说为:《医林外史》《破伤风》《鬼谷先生》。本书第三章第三节对此已有论述,此处从略。

《四明日报》，宣统二年五月二十四日（1910年6月30日）创刊于宁波；《朔望报》，宣统三年六月十五日（1911年7月10日）创刊于宁波。其中，《浙江白话新报》与《朔望报》皆仅见一期，前者只刊载了两篇《巡官风流案》《逐虎记》，连载开始、结束时间及作者不详；《朔望报》专设"小说"一栏，共刊载了四篇小说作品，分别是：《二十世纪新国民》《少年军》《敢死团》及《别有天地》。该刊以"唤起国民爱国思想，鼓吹国民尚武精神"为宗旨，与此相应，所刊载的四篇小说，除了短篇小说《别有天地》只是叙述了一富家子弟在梦中游历了一个名叫"别有洞天"的仙境之外，其他三篇皆表现了醒世、爱国的主题。如标为"勇武小说"的《少年军》主要描写了一队少年军高喊着战斗和杀敌口号奔向战场，被敌军四面包围，生命危在旦夕，人民高呼"少年军万岁"；《敢死团》写一群青年志士组织民众开会，宣布国难当头之际，他们将成立敢死团，以御外侮，并呼吁大家踊跃报名参加，然而现场一片寂静，无人响应，这群青年只得无奈散去；标为"惊世小说"的《二十世纪新国民》为长篇章回小说，然未完，仅刊载了第一回"老头儿痛砭老学究，新少年发挥新思想"，无从知道完整的故事，该回写浙江杭州府仁和县人高雪山，弃儒从商后积有家财，晚年得一子取名尚志。尚志长至六岁，其母徐氏因不放心，欲请私塾先生到家里来教他，高雪山则极力反对，并借机痛砭了唐宋以后中国的科举取士制度是导致国势渐弱、实业不兴的罪魁祸首，因而主张将儿子送至新式学堂接受教育。但作者在这一回前即明确地表达了创作主旨："这一册小说，名唤《二十世纪新国民》。看官，你道此书为何而作？因为我们中国百姓不晓得国家为何物，向来没有半点儿爱国的思想，专取家族主义。……作者所以编出这部小说来，给列位看看，借几

第四章 余波(1909—1911)

位英雄豪杰的作为,给我百姓当个模范,使我百姓个个有爱国思想,扫除脱却从前种种的陋习私见,如重造过人的模样,所以取名曰'二十世纪新国民'。"

《四明日报》是这一时期新创报纸中刊载小说数量最多的,共有32部作品①,这一数据也使其成为仅次于《宁波小说七日报》,而位居第二的浙江本土报刊。该报是晚清时期重要的通商口岸——宁波的第一份日报,由鄞县人王东园与当地几位绅士筹集股款创办,办报者多为社会、经济地位较高的地方绅士及商界巨贾。近代的许多报刊皆因陷入经济困境而如昙花一现,如同在宁波的《宁波小说七日报》,虽然当时销路甚好,"由浙而苏而粤,而推及于南洋庇能各埠",却终"以经济竭蹶,将伯徒乎,如天空之断筝,如长流之拆楫,划焉中辍"②。因此,有雄厚的经济实力做后盾的《四明日报》一开业即受到宁波各界关注,并被寄予厚望:"今贵报社诸同志之发起是报,其间无不资本家在,本此慈然大愿,造此普济慈航,以度我四明一切众生。"③

该报以"开通风气、沟合乡情为宗旨",专设"小说"一栏,"取其改良风俗,警醒国民者"④。所刊载的32部小说,包括31部自著小说、1部翻译小说。这部翻译小说为《蕹痕小传》,又名《同命鸟》,译者署"芙",原作者为法国亚历山大·仲马,即著名的小说家大仲马。该小说开始连载于《四明日报》创刊号(宣

---

① 目前所能见到的宣统年间的《四明日报》,只有宣统二年五月二十四日(1910年6月30日)至十月二十八日(1910年11月29日)刊载有小说作品。
② 蛟西颠书生(倪邦宪):《四明日报万岁》,《四明日报》宣统二年五月二十五日(1910年7月1日)。
③ 蛟西颠书生(倪邦宪):《四明日报万岁》,《四明日报》宣统二年五月二十五日(1910年7月1日)。
④ 见宣统二年四月十八日(1910年5月26日)《时报》(上海)刊载的"《四明日报》广告"。

统二年五月二十四日，1910 年 6 月 30 日），至本年七月十八日（1910 年 8 月 22 日）结束，共 11 章。小说写的是，公元 1812 年拿破仑进攻莫斯科期间，英俄联军将法军围困于荷兰一海港，其中有一少年俄国大佐爱立·迈落苏，见一只船在风浪中飘荡，十分危险，遂不顾众人反对，毅然率领几人前去搭救，不料他们自己亦在风浪中落入大海，几人游泳至岸上，又碰巧救起正遭强徒抢劫的商人拿维·奥古士德及其女儿蕙痕。爱立与年轻貌美的蕙痕一见钟情，并很快坠入爱河，乐不思归。后爱立被情敌陷害，险遭不测，最终成功脱险，有情人终成眷属。

31 部自著小说全部为文言短篇，涉及官场、禁烟、家庭生活、妇女嫉妒等多种与现实相关的题材。如作者署"奇"的《衣冠仆》与《烟臣叹》，既涉及官场，亦与当时盛行的鸦片烟相关。前者刊载于《四明日报》创刊号，描写了某镇吸食鸦片成风，负责查处鸦片的某委员亦犯有烟霞癖，靠收受鸦片税而富甲一方。后者写某年老朝廷大员病逝沉重，见医药无效，要求家人另请高明。新来的医士用一剂药即将其治愈，原来医士知大员主要是犯了烟瘾，在药里加了鸦片。大员知悉实情后，决定不再戒烟，且辞官归老而去。在这些自著小说中，较多的还是与家庭生活及人生百态相关的题材，如标为"滑稽短篇"的《中国女侦探》，写某京官日夜担心被刺客所杀，寝食难安，夫人建议其请女侦探保护，并请出家中四个婢女，告之此即训练有素之女侦探。她们的职责是帮夫人侦探出京官出门在外的一言一行，如在何地打牌、饮酒，何时狎妓，以及纳贿的数额，等等，京官见此亦哑然失笑。《培塿松》写扬郡北乡灯笼窝村，张氏妇颇有风致，其夫游荡且好赌，打算将妻子偿还所欠下的巨额赌债。危急之时，妻子被亲戚救下，张氏子亦畏罪逃跑，不知所终。妇人的父亲劝其改嫁同

第四章　余波（1909—1911）

村富室之子，而张氏妇却欲以死明志。正当她打算撞树时，又被人救起，救人者乃张氏子，他此时已痛改前非，入伍为军官，二人遂和好如初。《长蛇毒》与《妒毒》两篇，则皆是关于妇女嫉妒的内容，《长蛇毒》写明州（今浙江宁波）东乡陈氏子丧妻，遗下一个13岁幼女，已议婚。因无嗣，聘邻乡张氏为继室。张氏十分凶悍，对继女百般虐待凌辱，欲置之死地而后快。一日，继女在田间劳作时得了热病，张氏趁此机会将一毒蛇灌入女腹中，并诬女与人有私，以至有妊。陈亦怒，将女送至舅姑家。小蛇在女如厕时爬出，始知为张氏毒计，陈于是与张氏离婚，依靠女婿以终天年。《妒毒》写浙江杭州府海宁州清水村鲍魁，有百万家财，娶妻陈氏。几个子女先后夭亡，陈氏又善妒，逼迫鲍魁将偷偷在外所娶、已怀孕的妾驱逐，鲍魁因此而得郁疾，病渐沉重，家财也被一帮游手好闲的亲戚抢掠殆尽，最后连陈氏的养老资金亦没有了。

另有《浙路梦》与《浙路谈》两篇，涉及当时浙江重大的政治性事件"保路运动"。光绪三十一年（1905），浙江绅商以美国要求承办浙赣铁路为契机，申请浙路商办，奉旨奏准。但是，浙路完全商办和光绪二十四年（1898）清政府与英国所订立的苏杭甬铁路草约相冲突，为了保护路权、主权和自身利益，浙江绅民掀起了长达六年的保路运动。这场运动为后来的辛亥革命奠定了良好的社会基础。这两篇小说创作之时，浙江保路运动还未取得成功，因此作者"醒庵"对该事件的前景甚为担忧。《浙路梦》作者写了一个噩梦，梦见自己进入了森罗殿，亲历阎王升殿，一位名叫贼畜人的鬼臣奏告：自己的儿子贼心坏将卖路钱为自己修建了一座祠堂，因浙江民众进行的保路运动，祠堂有被损毁的危险，因此他请求阎王派鬼兵、鬼卒保护。阎王大怒，说保路运动乃众望所归,且有光绪皇帝谕旨批准,贼心坏卖路人人痛恨,说完愤而退朝。贼畜人又贿赂诸鬼及大臣为之营谋,有人献计要他托梦给家人要儿子发动官员派兵强制保护,作者至此梦醒。《浙路谈》并没有故事情节,主要写了一段对话:作者游览鉴湖古迹时,见甲乙二人在湖滨一边垂钓、一边讨论浙路运动,深为忧心,唯有寄希望于咨议局,但又担心咨议局无所作为,等等。

《四明日报》刊载的所有小说的作者用的都是笔名,如"奇""沸轮""醒庵"等,目前笔者尚未找到有价值的材料以考证他们的生平,但从这些小说全用文言的形式,以及竭力维护封建道德、对激进的政治题材处理亦较为温和等内容来看,这些作者应该基本上是立场较为保守的传统文人。小说这一文学样式,在经历了近代波澜起伏的大风大浪之后,在他们笔下依然复归于"隐恶扬善""警世醒世"等传统观念之中了。

结　　语

美国学者费正清在《作为小传统的面海的中国》一文中指出：中国自近代海禁大开以来，一直存在着两个对立的传统，即"面海的中国"的"小传统"和"占支配地位的农业—官僚政治腹地"的"大传统"，前者表现为先进的"城市—海上的思想"，后者则依然是"占统治地位的农业—官僚政治文化的传统制度和价值观念"，两者构成尖锐冲突。在冲突中富有变革精神的"小传统"渐获生机，其释放的巨大能量日益改变着被"支配"的角色定位，而日渐由"边缘"向"中心"位移。[①] 作为"面海的中国"的一部分，浙江依凭独特的地缘优势，自古经济繁盛、文化传统悠久。"东南财赋地，江浙人文薮"，在南宋定都临安（今杭州）后，这里便成为南方的文化中心。经济的发达与变革又推动着浙江启蒙哲学与人文思潮的兴起，"两浙"文明在相当程度上影响和主导了宋明时期的思想文化潮流，王阳明的"心学"与以黄宗羲为首的浙东史学，前者抨击压抑人性的经学和理学，后者提倡经世致用，在当时的思想文化领域掀起巨大波澜，且对之后的中国文化产生持续影响。浙江在经济及文化上的勃勃生机、相

---

① [美]费正清编：《剑桥中华民国史（1912—1949）》，杨品泉等译，中国社会科学出版社1994年版，第11—15页。

谐发展，正是源于其作为"小传统"所具有的勇迎潮流、外向拓展、善于吸纳异质文明的眼光与气派。

在近代小说的发展历程中，浙江人这种由特殊的地理人文环境养成的开放性与流动性，不仅使其率先感受到西方文化的"冲击"以及所带来的机遇，在多个领域开风气之先；而且，与生俱来的外向拓展意识，使其在闭关自守格局被打破之时，纷纷探头向外，"走异路、逃异地、去寻求别样的人们"①，这些走出去的浙江人，亦成为当时近代小说发展重镇——上海和日本东京等地的中坚力量。在浙江本土，项藻馨、王沛泉、王利生等一批有识之士发起创办《杭州白话报》，该刊在创刊第1期，即以"演书"的形式，引入《波兰国的故事》《救劫传》《美利坚自立记》《俄土战记》《菲律宾民党起义记》等屈辱的外国历史，警世国人亡国后将面临的悲惨境遇，成为近代中国"以小说家言，以发起国民政治思想"的最早实践。之后，《绍兴白话报》《萃新报》《南浔通俗报》《游戏世界》《著作林》《宁波小说七日报》《四明日报》等刊载了大量小说，其题材和内容多与浙江本土社会生活、世俗人情相关，使其成为近代浙江各地的鲜活历史样本；俞樾、寅半生、张恭、倪轶池、庄禹梅、王子余、陈仪等主要活跃于浙江本土的知名作家、小说理论家、出版家，以及那些为浙江本土各报刊"小说"一栏撰稿、仅留有笔名、目前尚未能考证其真实姓名及生平事迹的小说创作者，如白过日子、丹、豫立、禅等，他们既是浙江近代小说发展进程的主要贡献者，也是中国近代小说重要的组成部分。

那些因特殊的时代背景选择离开故土，外出求知或求生的浙

---

① 鲁迅：《呐喊·自序》，《鲁迅全集》第一卷，人民文学出版社2005年版，第415页。

结 语

江人,虽然他们主要的小说活动并不在浙江本土,但是,其生活习惯有着明显的"乡土"烙印,其文化底蕴、思维方式等亦早已受到"两浙"文化传统刻骨铭心的熏染,而这些又是其小说活动(也是一切文学活动)之底色与基础,因而本书依然将之归入浙江近代小说之研究范畴。如在日本留学的蒋百里、许寿裳、孙翼中、王国维、周树人、周作人等人,他们是在日本东京创办的《浙江潮》的核心力量,该刊就具有浓郁的浙江地域色彩:除了刊名极具省域辨识度,在内容上亦较为偏重介绍与浙江相关的风土人情及社会概貌。首任主编蒋百里在发刊词中还特别分析了地理环境对于人的气质形成的重要作用:"抑吾闻之,地理与人物有直接之关系在焉,近于山者其人质而强,近于水者其人文以弱。地理之移人盖如是其甚者也。"[①]

除了出国留洋的学子,那些活跃于国内各地的浙江籍作家、翻译家、出版家,也成为当地近代小说发展进程中的重要支撑点。如早期闯荡上海的浙江钱塘(今杭州)人蒋其章,不仅成为近代最具影响力之《申报》的首任主笔,其译作《昕夕闲谈》也被认为是中国近代史上第一部真正意义上的翻译小说;具有出国经历,回国后被聘为《时务报》英文翻译的浙江桐乡人张坤德,首次引入域外侦探小说,成功地为翻译小说冲破在中国盛行的障碍;浙江杭县(今杭州)人夏曾佑,先是于光绪二十三年(1897)至天津,与严复、王修植等创办《国闻报》,后居上海,任《中外日报》主笔,其撰写的《本馆附印说部缘起》(与严复合著),被阿英先生誉为"阐明小说价值的第一篇文字",并成为"小说界革命"的理论先声。其他如陈栩、蒋景缄、魏易、吴梼等浙江

[①] 《浙江潮》发刊词,《浙江潮》光绪二十九年正月二十日(1903年2月17日)第1期。

籍作家、翻译家，亦是近代上海小说单行本出版的重要力量。尤其值得一提的是近代著名出版家、浙江钱塘（今杭州）人汪康年。康年字穰卿，为光绪二十年（1894）进士。光绪二十三年七月（1896年8月），他与黄遵宪在上海创办《时务报》，并延请梁启超为总撰述，该刊一出即备受瞩目，"举国倾靡，以为得未曾有"[1]。之后又先后创办《中外日报》《京报》《刍言报》，其中尤以《中外日报》历史较久，且具有较高的知名度，该报以附印的形式，刊载了大量小说作品。虽然囿于研究对象的限定，本书并没有将汪康年作为论述重点，但他创办的这些报刊，以及他与王国维、夏曾佑等的沟通与互动，对于中国近代小说发展都具有不可低估的价值和意义。笔者亦计划将来单独撰文，论述汪康年、陆费逵、戎宾儒、魏天生[2]等浙江籍人士对于上海近代出版业及小说发展的贡献。

如上所述，秉承优良文化传统、带有鲜明地域印记的浙江籍小说家、理论家、翻译家、出版家，以及由他们创办的出版机构、报刊等共同构成的浙江近代小说系统，作为整个中国近代小说大系统的一部分，其意义与作用举足轻重、不可替代。而在近代小说完成从古代小说到现代小说过渡转换的历史使命中，这些由浙江近代小说发展历程浸润成长的浙江籍人士之地位与作用，则尤为显赫，显示了"两浙"文明的深厚底蕴。他们在这方面的贡献主要体现于在这一转型过程中，为建构具有"现代"特质的中国小说，乃至整个中国新文学做出了新质储备。其中，又以被誉为

---

[1] 林纾:《汪穰卿先生墓志铭》，转引自汪诒年纂辑《汪穰卿先生传记》，中华书局2007年版，书首第5页。

[2] 陆费逵：浙江桐乡人，上海商务印书馆国文部编辑、《教育杂志》主编、中华书局创办人；戎宾儒：浙江慈溪人，理文轩书庄、鼎新书局等的创办人；魏天生：浙江镇海人，中西石印五彩书局、广益书局局东。

结 语

"现代文化上的金字塔"① 的王国维与周氏兄弟贡献最著。

虽然目前学界对中国小说（以及文学）"现代性"之内涵并无统一而严谨的定义，但必须将之置于19世纪扩张主义后与西方文明进行融通之语境中，以及文学必须保持剥离于政治等因素之外的纯粹性与独立性等前提进行探讨，这是学者们对文学"现代性"共同的理解。因而，没有人会否认浙江海宁人王国维在这方面的开拓之功。光绪三十年（1904），小说应对改良社会负有主要责任的功利主义理论依然甚嚣尘上，王国维却在当时的经济及文化中心上海发表了《红楼梦评论》，这是一篇纯粹以小说的"美术价值""伦理价值"等作为研究目的、首次借用西方哲学与美学观点对中国古典小说《红楼梦》的艺术价值进行条分缕析的学术性论文，也被认为"是一篇真正具有现代意义的文学论文"。两年之后，王国维又发表了《文学小言》，重申了关于小说作为文学作品应具有独立之价值，以及文学乃"游戏的事业"之观点。② 虽然在当时及后来相当一段时间，王国维的"纯文学"理论体系没有得到认可和附和，但是，"它毕竟以一种极为独特的姿态，宣布了一种真正具有现代性的中国现代文学与美学思想的诞生。它的价值不是轰动的、迅速产生影响力的，然而却对中国现代文学与美学产生了潜在而持久的影响"③。诚如所言，王国维带有鲜明"现代"色彩的文学理论，为以后中国现代纯文学批评作为一门独立学科的形成奠定了基石，在中国学术史上意义

---

① 郭沫若：《鲁迅与王国维》，《沫若文集》第十二卷，人民文学出版社1959年版，第536页。

② 关于王国维的《红楼梦评论》，本书第二章第三节"《红楼梦评论》：'不合时宜'的小说理论"有详细论述，兹不赘述。

③ 杨联芬：《晚清至五四：中国文学现代性的发生》，北京大学出版社2003年版，第40页。

非凡。

另一位在小说理论及创作实践上对中国小说的现代化进程具有开创之功的，则是被称为"中国现代小说之父"的浙江绍兴人鲁迅。早在翻译出版《域外小说集》时，周氏兄弟即有引入"异域文术新宗"之宏愿，所选作品，在形式和叙事方式上都显示出超前性，因而被多数论者界定为具有"现代性""先锋性"和"新文学的理念"。虽然因多种原因，二人寄予厚望的《域外小说集》在市场遭遇失败，但其引领"五四"新文化运动的时代潮流，并一定程度地影响了整个中国现代小说的发展进程之作用，则已成公论。宣统元年八月（1909年9月），鲁迅[①]回国，之后相继在绍兴、杭州等学校担任教职，其间开始翻阅、抄录、整理唐以前的小说逸文。民国元年（1911），鲁迅应教育总长蔡元培之邀，担任中华民国临时政府教育部部员，期间拟定章程条例，打击风靡一时的黑幕派小说。此时，他已经从近代屈身日本的"无名小卒"逐渐蜕变成熟，并开始在多方面对中国小说进行革新。

1918年，鲁迅在五四运动的标志性刊物《新青年》上发表了白话短篇小说《狂人日记》，这是中国现代文学史上第一篇白话小说，开创了中国现代小说的新纪元。鲁迅其后的一系列小说创作则为中国小说艺术表现方面的完善提供了经典范式，曾经在近代就已开始尝试的小说理念在这一时期——实践并获得成功。如在《域外小说集》中就已表现出的对弱小民族、受压迫的底层民众的关注，认为小说创作必须"为人生"的价值，以及在小说形式创造上的先锋性，等等。一如《域外小说集》中对域外小说叙事方式等形式上的激赏与推介，鲁迅在小说艺术上"充分吸取了

---

① 此处涉及的时间在1918年之前，"鲁迅"的笔名还未产生，应该用"周树人"，但考虑到上下文统一，为避免混乱，此处用"鲁迅"。

结　语

西方小说结构灵巧多变、形式多样的优点，在小说体裁、结构、叙事方式、情节组合等诸多方面做了探索、创造，使其作品在格局上几乎无一雷同。正由于他的小说格局存在大幅度的差异感和多样类的创造性，无疑为后起者提供了艺术表现的典型范例，同时也因鲁迅的存在，很快就把中国现代小说提升到很高的位置"[①]。

除了以上两位"领军"人物，在中国现代小说史上有着卓著贡献的还有其他浙江籍人士。如出生于光绪二十二年（1896）的浙江富阳人郁达夫和嘉兴人茅盾。郁达夫是在小说艺术样式上从国外整体引进一种新颖形式的第一人，他创作的"自叙传"小说，把艺术的立足点粘连于作家自身经历及自我心灵之上，以真挚恳切的态度袒露自己的心迹，体现了与旧小说完全不同的理念。他还对现代小说做了道德、心理范畴上的开拓，以坦诚直率作为自己的美学追求，侧重描述包括性欲在内的人的自然天性，从而大大拓展了现代小说的美学内涵。其代表作品、白话短篇小说集《沉沦》，以充满感情、描写真率、行云流水般的散文式笔调和意趣盎然的诗一般的语言，形成一种直抒胸臆的全新样式，这种"郁达夫模式"的"抒情体"小说，此后得以延伸，并成为中国现代小说的一种重要文体。

茅盾对中国现代小说的贡献主要在于其在长篇小说创作方面的建树。"五四"新小说的创建，对于我国现代小说的建构自有其创造意义，但其主要局限在短篇的范围之内，且长时间未有突破。他奉献给文坛的第一个长篇《蚀》三部曲，突破了"五四"以来我国现代小说仅短篇的局限，对于中国现代长篇小说创作具

---

① 王嘉良：《开拓与创造：地域文化精神的生动张扬——论"浙江潮"对中国新文学建设的开山之功》，《浙江师范大学学报》（社会科学版）2005 年第 4 期。

有开创意义，之后一发不可收拾，中长篇佳作迭出，在其引领之下，20世纪30年代中国掀起了长篇小说的创作热潮，并逐渐走向成熟。

"于越故称无敌于天下，海岳精液，善生俊异，后先络绎，展其殊才。"① 得天独厚的地理环境与历史悠远的"两浙"文明，使得浙江这一片土地上英雄豪杰，生生不息；文人学士，绵绵不绝。开放外向、勇于拓新、善于吸纳异质文化等精神特质，使得浙江人在各个历史时期、各个领域都建树不俗。本书以《浙江近代小说研究》为论题，以期再现曾活跃于风雷激荡之近代社会的浙江籍小说家、翻译家、小说理论家、出版家的小说活动，并将他们及其小说作品、小说理论，以及创办的报刊、书局等作为一个相对独立且相互影响的系统，梳理其发展状况，归纳其地域性特征，同时亦考察其在浙江古代小说向现代小说过渡转换的进程中的独特地位和作用。希望本书能为浙江地域文学研究及中国近代小说研究提供一种视角及可供参考的资料。

---

① 鲁迅：《〈越铎〉出世辞》，《鲁迅全集》第八卷，人民文学出版社2005年版，第39页。

附 录

说明：

本书附录包括两部分：一、浙江近代小说家简介；二、浙江近代小说报刊简介。

附录一"浙江近代小说家简介"包括86位浙江籍近代小说作家、翻译家、理论家、报刊主要创办人、书局创办人，资料来源主要有《浙江省文学志》（浙江省文学志编纂委员会编）、《浙江省人物志》（浙江省人物志编纂委员会编）、《浙江文史资料》（政协浙江省委文史委），以及各地方志、人物传记等。附录二"浙江近代小说报刊简介"包括18种与浙江近代小说相关的报刊的简介。

附录一　浙江近代小说家简介

说明：

1. 本附录只涵括作家在道光二十年（1840）至宣统三年（1911）的小说活动及小说作品。

2. 本附录包括86位浙江籍近代小说作家、翻译家、理论家、报刊主要创办人、书局创办人。

3. 人物出生年月按公元纪年，小说活动则按农历纪年，后用括号标注公历。

4. 在浙江本土创办的报刊上发表了小说作品的外省人（林白水作为《杭州白话报》的主笔例外），或者不能界定籍贯的小说创作者，暂不列入。

爱国爱浙人　浙江人，生平不详。

小说作品：

《呆子孙》，光绪三十四年（1908）国民社出版。

蔡元培（1868—1940），字鹤卿，又字仲申，自号民友、孑民，笔名蔡振、周子余，浙江绍兴人。光绪十五年（1889）举人，光绪十六年（1890）会试贡士，因对自己的楷书没有信心而延期殿试，光绪十八年（1892）补殿试，授二甲进士，被点为翰林院庶吉士，光绪二十年（1894）参加散馆考试，被授为翰林院编修。

接踵而至的甲午战争以及丧权辱国的《马关条约》的签订，使得蔡元培悲愤至极，欲哭无泪，他和其他以国家兴亡为己任的知识分子一样，开始寻求强国之路。光绪二十一年（1895）冬，对京官生活日趋厌倦的蔡元培请假一年，离京返里，开始学习日

附 录

文,并阅读及翻译日文书籍。

光绪二十四年(1898),蔡元培正式告别四年半的翰林生涯,携眷返回绍兴,被聘为绍兴中西学堂监督(一说是校长),提倡新学。光绪二十七年(1901),出任南洋公学教习。光绪二十八年(1902),与叶瀚、蒋智由等发起成立中国教育会,蔡元培被推为会长。同年夏,蔡元培利用暑假游历日本,同年秋回国,在上海创设爱国女校及爱国学社,分别任校长(第二任,蒋智由为第一任)、总理。光绪二十九年(1903)冬,蔡元培与刘师培、叶瀚等成立"对俄同志会",并与陈镜全等合作创办《俄事警闻》(后改为《警钟日报》),谋划与宣传拒俄活动。光绪三十年(1904),与陶成章、龚宝铨等在上海建立光复会,被推为会长,次年加入同盟会。光绪三十三年(1907),随驻德公使孙宝琦赴德国留学,第一年在柏林,主要任务是补习德语,第二年入莱比锡大学(现名马克思大学)学习,期间还编著和翻译了30多万字的文稿,寄交商务印书馆陆续出版。宣统三年(1911)回国,后任南京临时政府教育总长。1940年病逝于香港。

小说活动:

1. 光绪二十九年十月二十七日(1903年11月14日),与上海反清同志创办《俄事警闻》;

2.《新年梦》,《俄事警闻》光绪三十年正月初二日(1904年2月17日)第65号"社说"栏开始连载《新年梦》,至本月25日第73号①。

陈墨涛(1883—?),原名师良,又名简,改名谌,字墨涛,号耕石,会稽(今浙江绍兴)人,秀才。其弟陈渊牺牲后,曾请

---

① 附录一和附录二中,如果作品连载结束的时间,与连载开始的时间在同一年,则承前省略,不再标注时间,只标注结束的期、号。

陈去病为之立传，并将次子过继给陈渊。

小说作品：

《海上魂》，共 4 卷 16 回，稿本，未刊。

陈屺怀（1872—1940），名训正，字屺怀，号玄婴、天婴，浙江慈溪人。光绪年曾中秀才、举人，光绪二十三年（1897）在家乡组织剡社，以诗文气节相砥砺，宣统二年（1910）加入同盟会。

小说活动：

《宁波白话报》主编。该刊于光绪二十九年十月（1903 年 11 月）创刊，旬刊，宁波旅沪同乡会创办，在上海出版。

陈栩（1879—1940），浙江钱塘（今杭州）人。原名寿嵩，后改名栩。字蝶仙，取《庄子》栩栩化蝶之意。别署超然、惜红生、太常仙蝶。又有仿日本人的取名，如樱川三郎、大桥式羽。科举废后，觉进取路绝，因更号为天虚我生。蝶仙早年曾从事幕府生活，诗、词、曲、骈、散文皆有相当造诣，书法亦称秀逸。是鸳鸯蝴蝶派成员之一，一生译著之书，凡百余种。光绪二十一年（1895），在杭州创办《大观报》；光绪三十三年二月（1907 年 3 月），在杭州创办文学刊物《著作林》，并于 1913 年先后主政《游戏杂志》《女子世界》，以及《申报》副刊《自由谈》。陈蝶仙也是近代杰出的实业家，光绪二十七年（1901）和光绪二十八年（1902），分别在杭州开办萃利公司和石印出版社。1917 年，陈蝶仙成功研制出无敌牌牙粉。1918 年，创办家庭工业社，发售无敌牌牙粉。数年后，即扩充资本至 20 万元，并分设酿酒、制汽水及碳酸镁玻璃瓶、造纸等工厂。有《栩园丛稿》。1940 年 3 月，病逝于上海。

小说活动：

1. 光绪二十一年（1895），在杭州创办《大观报》，每月 3

附 录

期，大约于光绪三十年（1904）前后停刊；

2. 光绪二十七年（1901），在杭州创办萃利公司出版；

3. 光绪二十八年（1902），在杭州开办石印出版社出版；

4. 光绪三十三年二月（1907年3月），在杭州创办文学刊物《著作林》。

小说作品：

1. 《泪珠缘》，二集32回，于光绪二十六年（1900年12月）由《大观报》馆出版；初、二、三、四集共64回，于光绪三十三年七月（1907年8月）由萃利公司再版；

2. 《胡雪岩外传》（12回），光绪二十九年四月（1903年5月）由东京爱善社发行；

3. 《柳非烟》，《月月小说》第一年（光绪三十三年十一月，1907年12月）第11号开始刊载，续载于第12号，以及第二年第1、2、4—6期，共20章。

4. 《科学罪人》，光绪三十三年十二月（1908年1月）由上海中华书局出版，题"原著者：英国甘霜；译述者：李新甫、吴匡予译；润辞者：天虚我生（陈栩）"。

5. 《断爪感情记》，《著作林》光绪三十四年六月十五日（1908年7月13日）第17期刊载。

6. 《新泪珠缘》，《月月小说》第二年（光绪三十四年七月，1908年8月）第7期（原19号）开始连载，续载于第二年第8、9、12期，共八回。

7. 《分牛案》，《著作林》光绪三十四年八月十五日（1908年9月10日）第19期开始连载，至第21期完毕。

8. 《鸳鸯渡河》，《著作林》光绪三十四年十一月十五日（1908年12月8日）第22期开始连载，现所见仅本期，未完。

陈渊（1885—1907），浙江会稽人。原名师礼，改名渊，一名伯平，字墨峰，别号白萍、白萍生、光复子，笔名挽澜女士。

墨峰少时发奋读书，考求经史诸子百家之学，旁及诗古文辞，善属文，每一篇出，辄惊四座。光绪二十七年（1901）肄业于石门师范学堂，光绪三十一年（1905）肄业于绍兴大通师范学堂，为徐锡麟所推重。光绪三十二年（1906）初随徐锡麟赴日本，习巡警，结识秋瑾等革命志士，参加革命活动。四月随徐锡麟返回绍兴，旋又赴日本学制作炸药。六月在上海与秋瑾等组织锐进学社，并任中国公学教习。八月与秋瑾试制炸药受伤，由沪返绍兴平水养病。十月返上海协助秋瑾主编《中国女报》，光绪三十三年（1907）协助徐锡麟在安庆发动起义，不幸殉难，时年23岁。

小说作品：

1.《海外扶余》，当作于光绪三十二年十二月（1907年1月），未刊出。

2.《女英雄独立传》，《中国女报》光绪三十二年十二月初一日（1907年1月14日）第1期开始连载，续载于第2期。

程宗启 字佑甫，浙江武林（今杭州）人，生卒年不详。

小说作品：

《天足引》，光绪三十三年三月（1907年4月），由鸿文书局出版。

喋血生 原名、生平不详。《浙江潮》主要撰稿人之一，除在该刊发表小说作品之外，另有《威廉普斯夫妇合传》（第4期"传记"栏）、《中国开放论》（第6期"论说"栏）、《斯宾塞快乐派伦理学说》（第9期"哲理"栏）等作品。

小说翻译作品：

1.《少年军》，军事小说，载《浙江潮》光绪二十九年正月二十日（1903 年 2 月 17 日）第 1 期。

2.《专制虎》，侦探小说，始载《浙江潮》光绪二十九年正月二十日（1903 年 2 月 17 日）第 1 期，至第 3 期完毕。

3.《摄魂花》，载《浙江潮》光绪二十九年三月二十日（1903 年 4 月 17 日）第 3 期。

4.《少年军》（二），载《浙江潮》光绪二十九年七月二十日（1903 年 9 月 11 日）第 7 期。

5.《返魂香》，载《浙江潮》光绪二十九年八月二十日（1903 年 10 月 10 日）第 8 期。

6.《少年军》（三），载《浙江潮》光绪二十九年九月二十日（1903 年 11 月 8 日）第 9 期。

7.《雌雄蜥》，载《浙江潮》光绪二十九年九月二十日（1903 年 11 月 8 日）第 9 期。

8.《消露》，军事小说，《申报》光绪三十三年五月二十日（1907 年 6 月 30 日）开始连载，至六月二十五日（8 月 3 日）连载完毕。

冬青　或为浙江杭州人，生平不详。

小说作品：

1.《新水浒》，光绪三十三年三月（1907 年 4 月）由彪蒙书室、新世界小说社发行。

2.《活财神》，宣统元年三月（1909 年 4 月）由六艺书局出版。

二春居士　浙中人，生平不详。

小说作品：

1.《海天鸿雪记》，20 回。光绪二十五年六月二十一日（1899 年 7 月 28 日）曾由上海的《游戏报》馆分期刊出，题"二春居士编""南亭亭长评"；光绪三十年（1904）《世界繁华

· 223 ·

报》馆出版单行本，共四册，每册五回，首有茂苑惜秋生序。

2. 《续海天鸿雪记》，宣统二年（1910）横山旧主《〈海天鸿雪记〉跋》云："《海天鸿雪记》四卷，二春居士著于壬寅之冬，其续记则己酉所编也。""己酉"为宣统元年（1909），然此书不见传，不知是否刊行。

费有容（蛰园）（1874—1931），字恕皆，号只园、蛰园，别署灵寿乡民，浙江乌程（今吴兴）人。光绪二十八年（1902）举人，但次年即因为人做枪手而被革。曾作国史馆誊录。曾就读于杭州诂经精舍，师从俞樾。宣统元年（1909）冬，于杭州创办《危言报》。1919年后移居上海，入爱俪园，开馆授徒。曾任仓圣明智大学教务长，主编《广仓学会杂志》。

小说活动：

宣统元年（1909）冬，于杭州创办《危言报》，该报于宣统三年（1911）改为《昌言报》。

小说作品：

1. 《邹谈一噱》，光绪三十二年八月（1906年9月）由启文社出版。

2. 《艮岳烽》，光绪三十二年十二月下旬（1907年1月）由新世界小说社出版。

3. 《表忠观》，光绪三十二年（1906）由浙江某报连载。

冯文兽 清末人，别署麒麟词人，自称小理想家，慈溪（今浙江慈溪）人，生平不详。

小说作品：

1. 《水月灯》，共四回，光绪三十四年（1908）由汇通印书馆排印。

2. 《曾公平逆纪》第二集八回，宣统元年十月（1909年11

月）由徐瑞记书局出版。

杭辛斋（1869—1924），浙江海宁人。名慎修，又名凤元，别字一苇。光绪十五年（1889）县试第一，补博士弟子员。次年入北京国子监。后考入同文馆，弃科举，习新学。光绪二十三年（1897）到天津，与严复、夏曾佑等创办我国第一张民办报纸《国闻报》，鼓吹变法维新。曾上书光绪帝，条陈变法自强，两次被密旨召见，并赐"言满天下"象牙章。戊戌政变后，《国闻报》以"视死如归"标题，首家报道"六君子"被杀消息，遭勒令停刊。

小说活动：

1. 光绪二十三年十月一日（1897年10月26日），与严复、夏曾佑等创办《国闻报》。

2. 《白话痛史》，宣统元年十一月（1909年12月）由《杭州白话新报》馆出版。

杭州老耘 生平不详。

小说作品：

1. 《一字不识之新党》，光绪三十三年三月（1907年4月）由彪蒙书室、新世界小说社、史学斋发行。

2. 《新官场现形记》，光绪三十三年三月（1907年4月）彪蒙书室出版。

洪如松 浙江杭州人，生平不详。

小说作品：

1. 《玉屑喷》，光绪三十三年正月（1907年2月）下旬由新世界小说社出版，与宁波人林翼清合译。

2. 《双鸽记》，光绪三十三年十一月（1907年12月）下旬由新世界小说社出版。

3. 《电幻奇谈》，光绪三十四年九月（1908年10月）由改良小说社出版。

黄郛（1880—1936），浙江绍兴人，原名绍麟，字膺白，号昭甫，别字天生，笔名以太。光绪三十年（1904）留学日本东京振武学校，后转入日本陆军测量局地形科学习，同盟会会员。辛亥革命时，任沪军都督府参谋长、师长等职。北洋时期曾任外交总长、教育总长。1924年参加了冯玉祥北京政变后，一度代理国务总理，摄行大总统职权。国民党南京政府成立后，任上海特别市首任市长、外交部部长。

小说作品：

《旅顺实战记》，一名《肉弹》，宣统元年正月二十一日（1909年2月11日）由新学会社发行。

黄庆澄（1863—1904），字源初，亦作愚初，晚号寿昌老人，浙江平阳钱库（今属苍南）人。光绪二十年（1894）举人。光绪十五年（1889），任上海梅溪书院教习，讲授西学。光绪十九年（1893）五月至七月，由安徽巡抚沈秉成举荐、驻日使臣汪凤藻资助，黄庆澄赴日考察。归国后，将在日本所见所闻及个人观感整理成《东游日记》出版。之后在温州先后创办《算学报》《史学报》等，并有《时蒙务求》《训蒙捷径》《中西普通书目表》《哲学新书》《格致蒐奇》《天演楼课艺》《白话与地学》《墨变全书》《中国四千年白话史》等多种著作。

小说作品：

《东游日记》，光绪二十年二月（1894年3月）由东瓯咏古斋刊刻印行。

蒋百里（1882—1938），浙江海宁人。名方震，小名福，字百里，晚号澹宁，笔名飞生、余一等。光绪二十七年（1901）东渡日本留学，就读于日本陆军士官学校。曾在日本发起组织

附 录

浙江同乡会，并参与创办《浙江潮》。后为民国时期著名的军事家。

小说活动：

光绪二十九年正月二十日（1903年2月17日）《浙江潮》于日本东京创刊，蒋百里为首任主编。

蒋景缄 生卒年不详。浙江钱塘（今杭州）人，笔名"天寄生""天寄""寄生""景"等，生平不详。蒋景缄在民国后依然非常活跃，出版过非常多的小说，应为鸳鸯蝴蝶派重要成员。由胡寄尘主编的鸳鸯蝴蝶派刊物《小说名画大观》，共20卷，24册，收录作品261种，其中，（蒋）景缄入选作品最多，共26种，其中社会类10种，侠情类5种，警世、滑稽、军事类各3种，道德、言情类各1种（其次包天笑19种）。

共有22部小说作品：

1.《凤卮春》，光绪三十三年八月（1907年9月）由小说林社出版。

2.《金蒻叶》，光绪三十四年三月（1908年4月）由小说林社出版。

3.《黄金舌》（译作），《时事报》光绪三十四年五月十九日（1908年6月17日）连载，连载开始时间不详，现所见连载至六月二十六日（7月24日），未完。

4.《灯下髑髅》（译作），《时事报》宣统元年正月十五日（1909年2月5日）刊载了第16章"水之危险"，标"社会小说"。此篇二月二十一日（3月12日）尚在连载，现不详其开始时间，结束当在二月二十二至二十四日（3月13日至15日）。

5.《碧血巾》（译作），连载开始时间不详，据《时事报》头版"今日本报目录"知，《时事报》宣统元年正月十六日（1909

年2月6日)"第三张图画"版已有连载,至二月十六日(3月7日)。后宣统元年二月(1909年3月)《时事报》馆出版《戊申全年画报》,该书共11册,第7、8、9、10册为《碧血巾》,第1、2、3、4册,标"哀情小说"。

6.《黑宝星》(译作),《时事报》之《画报》宣统元年二月十七日(1909年3月8日)开始连载,至四月十四日(6月1日),标"言情小说"。

7.《刺蔷薇》(译作),开始连载于《时事报》宣统元年二月二十五日(1909年3月16日),现所见至四月十五日(6月2日)止,未完,其终止当在本月下旬或稍早,标"军事小说"。

8.《迷信一噱录》,开始连载于《时事报》附送之《图画旬报》宣统元年闰二月初十日(1909年3月31日)第四期,标"短篇滑稽小说"。

9.《啼猩泪》(译作),开始连载于《舆论时事报》之《画报》宣统元年四月十五日(1909年6月2日),至十月初六日(11月18日),标"奇情小说"。

10.《美人肝》,《舆论时事报》宣统元年五月初一日(1909年6月18日)连载,其始当在四月下旬或稍早,连载至六月二十八日(8月13日),标"哀情小说"。

11.《迷龙劫》,《舆论时事报》宣统元年六月二十九日(1909年8月14日)开始连载,至翌年三月十四日(1910年4月23日),标"哀情小说"。

12.《红大人》,《十日小说》宣统元年八月初一日(1909年9月14日)第1册刊载,标"滑稽短篇"。

13.《费娥剑》,《舆论时事报》之《画报》宣统元年十月初七日(1909年11月19日)开始连载,标"义烈小说",现所见

附 录

连载至十二月十六日（1910年1月26日），未完。

14.《秭归声》，开始连载于《图画日报》宣统元年十一月初五日（1909年12月17日）第124号，至宣统二年十二月二十四日（1911年1月24日）第172号止，未完，标"中国苦情小说"。

15.《军人魂》，刊载于《扬子江白话报》（汉口）宣统元年十一月十五日（1909年12月27日）中兴第1期，标"军事小说"。

16.《自由镜》，《舆论时事报》之《图画新闻》宣统二年五月初二日（1910年6月8日）刊载了第21章"赠币"，标"社会小说"，共27章，不知于何时开始连载，现所见连载至五月三十日（7月6日）。

17.《芦花棒喝记》，《舆论时事报》之《图画新闻》宣统二年七月初九日（1910年8月13日）开始连载，标"家庭小说"，共18章，至本年十月十八日（1910年11月19日）完毕。

18.《醉生传》，载《时事报》（《舆论时事报》自此日起改名为《时事报》）宣统二年八月二十一日（1910年9月24日）。

19.《盗窟花》（译作），《时事报》（原《舆论时事报》）之《图画新闻》宣统二年十月十九日（1910年11月20日）开始连载，标"侠情小说"，现见连载至十月三十日（11月21日），篇末标"未完"，连载结束时间不详。

20.《佛座官》，《中西日报》（旧金山）宣统二年十一月初八日（1910年12月9日）附章"杂录"栏开始连载，至本月初九日（12月10日）完毕。标"短篇小说"，作者署"天寄（蒋景缄）"。

21.《鸳鸯玦》，《图画报》宣统三年六月十三日（1911年7月8日）续载，标"侠情短篇小说"，现所见载至六月二十一日（7月26日），未完，连载开始时间不详。

22.《幽兰怨》,《图画报》宣统三年六月二十八日(1911年8月23日)续载,标"言情小说",署"蒋景缄著",现所见载至七月十七日(9月9日),未完,连载开始时间不详。

蒋其章(1842—1892),浙江钱塘(杭州)人。名其章,字子相,号公质,又号质庵,别号芷湘,曾用蠡勺居士、小吉罗庵主、蘅梦庵主、西泠下士等笔名,翻译《昕夕闲谈》时署名"蒋子让"。于同治十一年(1872)至光绪元年(1875)任《申报》馆主笔。光绪三年(1877)中进士,随后被任命为敦煌县县令。曾主编《文苑菁华》(由《申报》馆刊行),另在《申报》上发表了《金闻祖烈女小传》《魏塘双节合传》《论杭州织造经书大案件》等作品。

翻译小说作品及小说理论:

1.《昕夕闲谈》(译作),开始连载于《瀛寰琐纪》同治十一年十二月十三日(1873年1月11日)第3卷,至《瀛寰琐纪》光绪元年二月(1875年3月)第28卷止,每卷二节,共载上、次、三卷,其中上卷18节,次卷13节,三卷21节,计52节。同治十三年(1874),《申报》馆出版发行《昕夕闲谈》单行本,共三本,其中第3卷比原来增加了3节,为24节。

2.《〈昕夕闲谈〉小叙》,见同治十三年(1874)《申报》馆单行本书首。

金石 浙江绍兴人。生平不详。

小说作品:

《旧金山》,光绪三十二年六月(1906年7月)由上海商务印书馆出版,署"原著者:美国诺阿布罗克士;译述者:绍兴金石、海宁褚嘉猷"。

李国英 嘉兴人,生平不详。

附 录

小说作品：

1.《倭刀恨》，光绪三十四年六月（1908年7月）由三省轩出版，署"嘉兴李国英译，泉唐万迥儒编"。

2.《洞中天》，光绪三十四年十月（1908年11月）由集成图书公司出版，署"嘉兴李国英译，泉唐万迥儒编"。

林白水（1874—1926），福建闽县（今福州）人。名獬，又名万里，字少泉，号宣樊子，又号退室学者、白水、白话道人。光绪二十七年（1901），应杭州知府林启之邀，林白水到杭州求是书院任总教席，并开始担任《杭州白话报》主笔。次年到上海与蔡元培、章炳麟等人发起组织中国教育会，暗中进行革命宣传。同年10月，和蔡元培等人发起成立爱国学社，出版《童子世界》杂志。光绪二十九年（1903）林白水赴日留学，其间积极投身拒俄运动，准备奔赴抗俄的战场。是年冬，与蔡元培、刘师培等人在上海创办《俄事警闻》。数天后，又独自创办《中国白话报》。

民国建立后，林白水一度在袁世凯政府中任职，也曾在为北方军阀所控制的《公言报》和《平和日刊》任主笔。之后认识到社会变革和思想启蒙的重要性，长期投身抨击反动军阀的斗争中。1921年春，林白水与胡政之在北京创办《新社会报》，后该报被迫改为《社会日报》出版。1926年8月5日，林白水因在《社会日报》上发表《官僚之运气》一文，揭露军阀张宗昌和他的密友潘复的罪行被以"通敌"罪名于翌日凌晨杀害于北京天桥。

小说活动：

1. 光绪二十七年（1901），担任《杭州白话报》主笔。

2.《美利坚自立记》，署"宣樊子（林獬）演"，始载《杭州白话报》第一年（光绪二十七年，1901）第4期，至本年第10

期完毕。

3.《俄土战记》，署"宣樊子（林獬）演"，始载《杭州白话报》第一年（光绪二十七年，1901）第 11 期，至本年第 15 期完毕。

4.《非律宾民党起义记》，作者署"宣樊子（林獬）"，始载《杭州白话报》第一年（光绪二十七年，1901）第 15 期，至本年第 19 期完毕。

5.《檀香山华人受虐记》，署"宣樊子（林獬）演"，始载《杭州白话报》第一年（光绪二十七年，1901）第 20 期，至本年第 23 期完毕。

林翼清 浙江宁波人，生平不详。

小说作品：

《玉屑喷》，光绪三十三年正月（1907 年 2 月）下旬由新世界小说社出版，与杭州人洪如松同译。

陆费逵（1886—1941），字伯鸿，幼名沧生，桐乡人。光绪三十四年（1908），进商务印书馆任国文部编辑。宣统元年（1909）春，升出版部部长兼《教育杂志》主编，著文宣传教育救国论，倡议改革旧教育制度。辛亥革命前，与商务印书馆同人沈知方、戴克敦等集资 25000 元，创立中华书局。1912 年 1 月 1 日，中华书局开业，陆费逵任经理，沈知方任副经理。

小说活动：

1. 光绪三十四年（1908），进商务印书馆任国文部编辑。

2. 宣统元年（1909）春，任出版部部长兼《教育杂志》主编。

陆长春 生卒年不详，浙江乌程人。字箫士，道光二十四年（1844）副贡生。善诗文，著有《绿鹦仙馆诗文集》《梦花亭骈文诗词集》《梅隐庵诗钞》等。

附 录

小说作品：

《香饮楼宾谈》，光绪三年九月初二日（1877年10月8日）《申报》馆出版。

倪轶池　浙江镇海人。生卒年不详，名承灿，字轶池。光绪三十四年（1908）五月底《宁波七日小说报》创刊于浙江宁波，倪轶池为主编。宣统二年（1910）在上海与同乡文友庄禹梅创办"艺父函授社"，社址设在上海新闸路新康里宅。

小说活动：

《宁波七日小说报》主编，该刊光绪三十四年（1908）五月底创刊于浙江宁波。

侬更有情　原名、生平不详。在《浙江潮》《杭州白话报》上都有小说发表。

小说作品：

1. 《爱之花》，始载《浙江潮》光绪二十九年六月二十日（1903年8月12日）第6期，至第8期，未完。

2. 《恋爱奇谈》，载《浙江潮》光绪二十九年八月二十日（1903年10月10日）第8期。

3. 《儿女英雄》，载《杭州白话报》第二年（光绪二十九年，1903）第21期。

鲍尘　原名、生平不详。在《浙江潮》上有小说发表。

小说作品：

《自由魂》（译作），始载《浙江潮》光绪二十九年六月二十日（1903年8月12日）第6期，未完，后未见续载。

平步青（1832—1896），浙江山阴（今绍兴）人。字景荪，号霞外，别号栋山樵，又号霞偶、侣霞、常庸等。早岁教馆于各藏书家，得以博览群书。同治元年（1862）进士，后授江西粮

233

道，署布政使、按察使，以疾归隐，著有《香雪崦丛书》，有戏曲《杨华媾》。

小说活动：

《霞外捃屑》卷九《小栖霞说稗》。

钱玄同（1887—1939），吴兴（今湖州）人。名夏，后更名玄同，字德潜，光绪三十二年（1906）赴日本留学，次年加入同盟会。师事章太炎。宣统二年（1910）回国后，在浙江、北京等地的中学任教。先后任北京高等师范学校教授兼北京大学教授、《新青年》编辑、北京师范大学国文系主任、《中国大辞典》编纂处国音大辞典股主任、国语统一筹备会常委等。著有《文字学音篇》《说文部首今读》《音韵学》《重论经今古文学问题》《中国文学概论》等。

与小说相关的活动：

《湖州白话报》创办人，该刊于光绪三十年四月初一日（1904年5月15日）创刊。

秋瑾（1875—1907），女，原名闺瑾，乳名玉姑，易名瑾，字璿卿，号竞雄，自称鉴湖女侠、汉侠女儿，别署秋千，浙江山阴（今绍兴）人。生于福建闽县。秋家自曾祖起世代为官。父寿南，官湖南郴州直隶知州。嫡母单氏，萧山望族之后。瑾幼年随兄读书于家塾，好文史，能诗词，15岁时跟表兄学会骑马击剑。光绪二十二年（1896），由父母做主与湘潭富绅子弟王廷钧结婚。光绪三十年五月（1904年6月），赴日本留学，同年秋，在上海创办《白话报》，鼓吹妇女解放，提倡男女平等，揭露清政府的腐败。十月间，参加冯自由的"洪门天地会"。光绪三十一年（1905），经陶成章、徐锡麟介绍，加入光复会。光绪三十二年二月（1906年3月），由陶成章等辗转介绍，到湖州南浔镇浔溪女校任教，该年冬，创办《中国女报》，宣传革命。光绪三十三年（1907）初，接任大通学堂督办，以大通学堂为立足点，往返沪杭，运动军学界，同时又到金华、处州等地，联络龙华会、双龙会、平阳党等会党组织。研究整顿光复会组织办法，草拟光复会军制，撰写了《普告同胞檄》《光复军起义檄》等文告。光绪三十三年六月初四日（1907年7月13日）在绍兴大通学堂被捕，六月初六日（7月15日）凌晨，就义于绍兴城内古轩亭口。遗骸几经迁葬，后建墓于杭州西泠桥侧。工诗词，作品宣传民主革命、妇女解放，笔调雄健，豪放悲壮，感情深沉。有《秋瑾集》。

小说活动：

1. 光绪二十九年（1903）闰五月，资助《绍兴白话报》创刊。该刊创办于浙江绍兴。

2. 光绪三十二年（1906）冬，在上海创办《中国女报》。

褚嘉猷　浙江海宁人，生平不详。

小说作品：

《旧金山》，光绪三十二年六月（1906年7月）由上海商务印书馆出版，署"原著者：美国诺阿布罗克士；译述者：绍兴金石、海宁褚嘉猷"。

任克　原名、生平不详。在《浙江潮》上有小说发表。

小说作品：

《苦英雄逸史》，副题为"普露士亚皇后路易"，载《浙江潮》光绪二十九年二月二十日（1903年3月18日）第2期。

蕊卿　原名、生平不详。在《浙江潮》上有小说发表。

小说作品：

《血痕花》，始载《浙江潮》光绪二十九年四月二十日（1903

年5月16日）第4期，未完，后未见续载。

山阴醉客　浙江山阴（今绍兴）人，生平不详。

小说作品：

《绍兴酒》，刊载于《竞立社小说月报》光绪三十三年（1907）九月、十月第1、2期，未完（该刊只出两期）。

沈祥麟　浙江湖州（吴兴）人。生平不详。

小说作品：

《葛范生侠义记》（译作），《顺天时报》光绪三十四年七月二十三日（1908年8月19日）开始连载，至十一月初三日（11月26日）。

沈祖芬（1880—?），浙江钱塘（今杭州）人。字诵先，因有足疾，故号跛少年。

小说作品：

《绝岛漂流记》（译作，后译为《鲁滨孙漂流记》），光绪二十八年五月（1902年6月）由蕙兰学堂印刷、开明书店发行。

施崇恩　生卒年不详，浙江钱塘（今杭州）人。字锡轩，彪蒙书室创办人。

小说活动：

彪蒙书室创办人，出版《一字不识之新党》《新官场现形记》等小说。

孙德祖（1840—1908），浙江会稽（今绍兴）皋埠人。字彦清，号宛委山民，又号岘卿、不亲学人。同治六年（1867）举人，历任长兴、淳安县学教谕，严州府学讲席。光绪三十年（1904）告假回乡。初居昌安门外半塘桥故居，后迁居皋埠。与诸子组"皋社"唱和，一时称盛。著有《寄龛文存》《寄龛诗质》《词问》《饮雪轩诗集》《题槛福墨》等。并曾应邀参加修辑《慈溪县志》和《余姚县志》等。

附 录

小说作品：

《寄龛志》（甲、乙、丙、丁各四卷），其中甲、乙、丙志于光绪二十年（1894）刊出，丁志刊出时间不详。

孙翼中（1872—?），杭县（今杭州）人，字耦耕，别号江东，化名独头山人。光绪二十六年（1900）前后，在就任求是学院国文讲习（教员）期间，曾为学生组织的笔会命题为《罪辫文》，而且对学生作业中的激烈反满文字亦不作修改，遭地方政府查究，被迫离杭，避居绍兴，在江湖通艺学堂任教。光绪二十八年（1902）远赴日本留学，参加了革命团体青年会，并与浙江留日同学共同创办《浙江潮》，任主编。光绪二十九年七月（1903年8月）回杭，应项藻馨之请，接任《杭州白话报》经理及主笔。此后不久，他加入光复会，从而使《杭州白话报》成为革命的舆论机关。在其主持下，《杭州白话报》发表了不少带有明显革命倾向的消息和时事短评，销售数量陡增，在读者中引起了强烈反响。光绪三十二年（1906）前后，孙翼中辞去《杭州白话报》的相关职务，改任杭州县立高等小学校长，以横遭地方官绅的诬谤而去职，旋卒。

小说作品：

《波兰国的故事》，始载《杭州白话报》第一年（光绪二十七年，1901）第1期，至本年第3期完毕。

太公　原名、生平不详。在《浙江潮》上有小说发表。

小说作品：

《海上逸史》，载《浙江潮》光绪二十九年二月二十日（1903年3月18日）第2期。

汤红绂　生卒年不详，浙江仁和（今杭州）人。女，光绪二十九年（1903）赴日留学，毕业于东京女子师范学校。光绪三十三年（1907）回国，曾任撷秀女塾教师。

小说作品：

1.《旅顺双杰传》（译作），宣统元年三月（1909年4月）世界社出版，（日本）押川春浪原著，汤红绂译述。

2.《无人岛大王》（译作），开始连载于《民呼日报图画》宣统元年四月二十六日（1909年6月13日），至五月初十日（6月27日），署"小波节译，红绂重译"。

顽石 生平不详，仁和（今浙江杭州）人（据《游戏世界》第1期寅半生《小说闲评》）。

小说作品：

《狡童》，光绪三十一年（1905）由科学会社出版。

汪道鼎 生平不详，归安（今浙江吴兴）人。字调生，号苕溪生。

小说作品：

《坐花志果》，文言小说集，共八卷121则。咸丰七年（1857）刊出，署"仁和调生汪道鼎述"。

汪康年（1860—1911），字穰卿，中年自号毅伯，晚年又自号恢伯。浙江钱塘（今杭州）人。光绪二十年（1894）进士。曾应两湖总督张之洞之招，入其幕府，并充任两湖书院史学斋分教。光绪二十二年七月（1896年8月），与黄遵宪等在上海创办《时务报》，并延请梁启超为总撰述人，汪自任经理。光绪二十四年六月（1898年7月），汪康年将《时务报》改为《昌言报》，一切体例一律沿袭《时务报》，出至第10期即行停办。是年又创办《时务日报》，旋易名为《中外日报》，以记载中外大事，评议时政得失为主旨，拥护清政府实行"新政"。光绪三十三年（1907）在北京办《京报》；宣统二年（1910）办《刍言报》，目的都是匡正时弊，以供朝廷"听采之益"。

· 238 ·

附 录

与小说相关的活动：

1. 光绪二十二年七月（1896年8月）创办《时务报》。

2. 光绪二十四年（1898）创办《中外日报》（原名《时务日报》）。

汪崟（黄海锋郎） 笔名黄海锋郎，字曼锋，杭州举人。曾出任杭县高等小学校长及浙江两级师范学堂教员，辛亥杭州光复时，公推任杭县民政长，旋辞去，任北京大学教授。卒后，杭州人在西湖曲院设立汪社作为纪念，著有诗文及中国历史等书。

其小说作品主要发表于《杭州白话报》。

小说作品：

1. 《日本侠尼传》，始载《杭州白话报》第二年（光绪二十八年，1902）第1期，至本年第3期完毕。

2. 《世界亡国小史》，始载《杭州白话报》第二年（光绪二十九年，1903）第15期，后未见连载。

3. 《俄力东侵小史》，始载《杭州白话报》第二年（光绪二十九年，1903）第25期，至本年第27期完毕。

4. 《游尘》，载《杭州白话报》第三年（光绪三十年，1904）第16期。

王楚香 浙江人，生平不详。

小说作品：

《新笑林广记》，宣统元年四月（1909年5月）由小说进步社出版，署"撰述者：浙江王楚香"。

王纯甫 生平不详。浙江杭州人。

小说作品：

《合浦还珠记》，光绪三十二年十一月二十八日（1907年1月12日）《新世界小说社报》第5期开始连载《合浦还珠记》，署"瀹州许桢祥、杭州王纯甫合译"。

王国维（1877—1927），字静安，又字伯隅，号礼堂，又号观堂。浙江海宁人。光绪十八年（1892）成为生员，之后数次乡试失利，遂绝意科举。甲午战后，日益高涨的维新运动让王国维亦初涉新思想，并萌生了走出海宁的念头。光绪二十四年（1898），22岁的王国维来到上海，充任《时务报》书记兼校对，并在工作之余进入罗振玉创办的东文学社学习日语，从此与罗振玉结下一生情谊。光绪二十七年（1901）冬，王国维在罗振玉的资助之下，如愿东渡日本，进入东京物理学校，专修物理学，因足疾于第二年夏无奈从日本归国。光绪二十八年（1902），王国维身体复原后在上海南洋公学虹口分校任执事，兼为罗振玉编译《农学报》及《教育杂志》。光绪二十九年（1903）及第二年，分别任教于通州师范学校教师和江苏师范学堂，于教育改革上颇为用力，并发表了系列教育论文。光绪三十年（1904），任《教育世界》主编，对刊物进行了大幅度的改革。光绪三十三年（1907），受命在学部总务司行走，充学部图书馆编辑，主编及审定教科书。宣统三年（1911）以后，随罗振玉旅居日本五年之久。1927年农历五月初三日投颐和园昆明湖自尽。主要著作有《人间词话》《宋元戏曲史》《静安文集》《观堂集林》等。有《王国维全集》。

小说活动及小说理论作品：

1. 光绪三十年（1904），任《教育世界》主编。

2.《红楼梦评论》，光绪三十年（1904）四月下旬，于《教育世界》第76号"小说评论"栏开始连载，至本年七月第81号（其中第79号未载）。

3.《文学小言》，载《教育世界》光绪三十二年十一月（1906年12月）上旬第23期（第139号）"论说"栏。

附 录

王景贤 生卒年不详,浙江秀水(今嘉兴)人。字颂仙,号伊园。同治二年(1863)进士,官至广东按察使。有《周易玩辞》《伊园诗文钞》等。

小说作品:

《谈异》,文言小说集,有光绪十九年(1893)活字本。

王妙如 光绪年间人,生卒年不详,泉塘(今浙江杭州)人。名保福,著有《小桃源传奇》《唱和集》等。

小说作品:

《女狱花》(此书又名《闺阁豪杰谈》《红闺泪》),共12回,有光绪三十年(1904)刊本,题"王妙如著";光绪间石印本,题《闺阁豪杰谈》,首有沧桑寄客序与俞兰序;此书又题《红闺泪》。

王子余 (1874—1944)名世裕,笔名余子,晚号肇謷,浙江绍兴人。清季秀才。光绪二十八年(1902)任会稽县学堂督办。曾开设"万卷书楼""进化书庄",印刷与销售新书刊。并参与组织"越群公学",资助徐锡麟等办明道女校,创刊绍兴第一家报纸《绍兴白话报》。光绪三十二年(1906)春,加入同盟会。徐锡麟、秋瑾遇难后,一度避居乡下。光绪三十四年(1908)初,与刘大白、甘润生创办《绍兴公报》。宣统元年(1909)任山阴劝学所总董,同年被选为浙江咨议局议员。辛亥革命绍兴光复后,任绍兴军政分府总务科长。

小说活动:

创办《绍兴白话报》,该刊于光绪二十九年闰五月十五日(1903年7月9日)创刊。

魏易 (1880—1930),字冲叔(聪叔),又字春叔,浙江仁和(今杭州)人。其父魏灏以功名获四川重庆道道台,但于携眷赴任途中遇风覆舟殒命。魏易兄弟三人由母亲陪嫁侍女抚养成人。魏易初受旧式教育，但家境贫寒使之无法继续科举之路。光绪二十二年（1896），魏易不顾族人反对，赴可免学费的上海约翰书院（即圣约翰大学前身）就读，三年大学毕业回到杭州，得遇当时寓居求是书院的林纾，两人开始合作翻译《黑奴吁天录》，并获得成功。之后，魏易与林纾合译英美经典文学作品达45种。宣统元年（1909），魏易终止了与林纾的合作翻译，辛亥革命后与北洋政府首脑人物关系密切，得到熊希龄的赏识。宣统三年（1911），魏易开始步入仕途，先后担任国务总理熊希龄的顾问并兼任出版局局长（1913）、国营煤油矿务局秘书（1914）、监务署秘书（1917）、直隶水利委员会秘书（1918）、大运河疏浚管理处行政主任（1919）。之后弃官从商，改任开滦煤矿公司总经理。宣统三年（1911）至1917年，魏易独自翻译了四部作品：《元代客卿马哥博罗游记》《二城故事》《冰蘖余生记》《泰西名小说家传》。1930年，魏易死于咯血之症。

翻译小说作品及小说活动：

（一）与小说相关的活动

光绪二十七年正月十五日（1901年3月5日），《译林》于杭州创刊，月刊，林纾、林长民、魏易主编，上海商务印书馆印行，共出版12期。

（二）与林纾合译的小说作品，共39部

1.《黑奴吁天录》（即《汤姆叔叔的小屋》），光绪二十七年九月（1901年10月）由武林魏氏刊行。

2.《英女士意色儿离鸾小记》，开始连载于《普通学报》光绪二十七年十月（1901年11月）第1期，后载第3期至第5期。

3.《巴黎四义人录》，刊载于《普通学报》光绪二十七年十一月（1901年12月）第2期。

4.《布匿第二次战记》，光绪二十九年九月三十日（1903年11月18日）由京师大学堂官书局出版。

5.《埃司兰情侠传》，光绪三十年七月（1904年8月）由广雅书局出版。

6.《足本迦茵小传》，光绪三十一年二月（1905年3月）由上海商务印书馆出版。

7.《英孝子火山报仇录》，光绪三十一年六月（1905年7月）由上海商务印书馆出版。

8.《拿破仑本纪》，光绪三十一年七月十五日（1905年8月15日）由北京学务官书局出版。

9.《撒克逊劫后英雄略》，光绪三十一年十月（1905年11月）由上海商务印书馆出版。

10.《玉雪留痕》，光绪三十一年十二月（1905）由上海商务印书馆出版。

11.《洪罕女郎传》，光绪三十二年正月二十五日（1906年2月18日）由上海商务印书馆出版。

12.《红礁画桨录》，光绪三十二年四月（1906年5月）由上海商务印书馆出版。

13.《橡湖仙影》，光绪三十二年十月（1906年11月）由上海商务印书馆出版。

14.《花因》，开始连载于《中外日报》光绪三十三年二月初二日（1907年3月15日），至三月初十日（4月22日）。

15.《拊掌录》，光绪三十三年二月（1907年3月）由上海商务印书馆出版。

16.《十字军英雄记》，光绪三十三年三月二十一日（1907年

5月3日）由上海商务印书馆出版。

17.《神枢鬼藏录》，光绪三十三年三月（1907年3月）由上海商务印书馆出版。

18.《双孝子噀血酬恩记》，光绪三十三年五月（1907年6月）由上海商务印书馆出版。

19.《大食故宫余载》，光绪三十三年六月十二日（1907年7月21日）由上海商务印书馆出版。

20.《旅行述异》，光绪三十三年六月十二日（1907年7月21日）由上海商务印书馆出版。

21.《滑稽外史》，光绪三十三年七月初七日（1907年8月15日）由上海商务印书馆出版。

22.《剑底鸳鸯》，光绪三十三年十一月初四日（1907年12月8日）由上海商务印书馆出版。

23.《孝女耐儿传》，光绪三十三年十二月初三日（1908年1月6日）由上海商务印书馆出版。

24.《歇洛克奇案开场》，光绪三十四年三月（1908年4月）由上海商务印书馆出版。

25.《恨绮愁罗记》，光绪三十四年五月初四日（1908年6月2日）由上海商务印书馆出版。

26.《髯刺客传》，光绪三十四年五月初四日（1908年6月2日）由上海商务印书馆出版。

27.《贼史》，光绪三十四年五月十九日（1908年6月17日）由上海商务印书馆出版。

28.《电影楼台》，光绪三十四年八月（1908年9月）由上海商务印书馆出版。

29.《大侠红蘩蕗传》，光绪三十四年九月初七日（1908年

10月1日）由上海商务印书馆出版。

30.《西利亚郡主别传》，光绪三十四年九月（1908年10月）由上海商务印书馆出版。

31.《蛇女士传》，光绪三十四年九月（1908年10月）由上海商务印书馆出版。

32.《天囚忏悔录》，光绪三十四年九月（1908年10月）由上海商务印书馆出版。

33.《不如归》，光绪三十四年十月初六日（1908年10月30日）由上海商务印书馆出版。

34.《彗星夺婿录》，宣统元年正月初七日（1909年1月28日）由上海商务印书馆出版。

35.《冰雪因缘》，宣统元年二月十四日（1909年3月5日）由上海商务印书馆出版。

36.《黑太子南征录》，宣统元年四月（1909年5月）由上海商务印书馆出版。

37.《藕孔避兵录》，宣统元年五月十八日（1909年7月5日）由上海商务印书馆出版。

38.《脂粉议员》，宣统元年十月初三日（1909年11月15日）由上海商务印书馆出版。

39.《芦花余孽》，宣统元年十月（1909年11月）由上海商务印书馆出版。

吴梼（1880？—1925），字丹初，号亶中，浙江钱塘（今杭州）人。有资料称，吴梼是清末民初时期一位著名的书法家，室名天涯芳草馆（天涯芳草、芳草馆主人、天涯芳草馆主亶中）。曾担任爱国学社历史教员，参与商务印书馆的教科书编写，在商务印书馆编译所任编辑。吴梼通过日文翻译了很多欧美作家的作品，他有较高的文学素养和鉴赏能力，其译作中名家名著较多。

共有 19 部翻译小说作品：

1.《卖国奴》，《绣像小说》光绪三十一年二月（1905 年 3 月）第 31 期开始连载，至第 48 期完毕。

2.《车中毒针》，光绪三十一年十二月（1906 年 1 月）由上海商务印书馆出版。

3.《侠黑奴》，《东方杂志》第三年（光绪三十二年正月二十五日，1906 年 2 月 18 日）第 1 期开始连载，至第 3 期完毕。该小说于本年六月由商务印书馆出版了单行本。

4.《灯台卒》，《绣像小说》光绪三十二年十一月二十九日（1907 年 1 月 13 日）第 68 期开始连载，至第 69 期完毕。

5.《寒牡丹》，光绪三十二年二月（1906 年 3 月）由上海商务印书馆出版。

6.《寒桃记》，光绪三十二年二月（1906 年 3 月）由上海商务印书馆出版。

7.《新魔术》，《新世界小说社报》光绪三十二年五月二十五日（1906 年 7 月 16 日）第 1 期开始连载，至第 8 期。该小说为吴梼与山阴（今绍兴）金为合译。光绪三十三年四月（1907 年 5 月）由新世界小说社出版单行本。

8.《美人烟草》，光绪三十二年六月（1906 年 7 月）由上海商务印书馆出版。

9.《山家奇遇》，刊载于《绣像小说》光绪三十二年十二月十七日（1907 年 1 月 30 日）第 70 期（至迟于本日出版）。

10.《理想美人》，开始连载于《绣像小说》光绪三十二年十二月十七日（1907 年 1 月 30 日）第 71 期（至迟于本日出版），至第 72 期完毕。

11.《斥候美谈》，刊载于《绣像小说》光绪三十二年十二月十七日（1906 年 1 月 30 日）第 72 期（至迟于本日出版）。

12.《忧患余生》（原名《犹太人之浮生》），开始连载于《东方杂志》第四年（光绪三十三年正月二十五日，1907 年 3 月 9 日）第 1 期，至第 4 期完毕。

13.《薄命花》，光绪三十三年六月（1907 年 7 月）由上海商务印书馆出版。

14.《银钮碑》，光绪三十三年六月（1907 年 7 月）由上海商务印书馆出版。

15.《黑衣教士》，光绪三十三年六月（1907 年 7 月）由上海商务印书馆出版。

16.《五里雾》，光绪三十三年七月（1907 年 8 月）由上海商务印书馆出版。

17.《博浪椎》，《竞立社小说月报》光绪三十三年九月二十八日（1907 年 11 月 3 日）第 1 期开始连载，至第 2 期。因该期刊只出两期，该小说未载完。

18.《二十六点钟空中大飞行》，开始连载于《浙江日报》光绪三十四年六月十二日（1908 年 7 月 10 日），至七月十五日（8 月 11 日）。

19.《棠花怨》，光绪三十四年十一月（1908 年 12 月）由上海中国图书公司出版。

一部自撰小说作品：

《开国会》，《竞立社小说月报》光绪三十三年十月二十四日（1907 年 11 月 29 日）第 2 期刊载。

吴炽昌（约 1780—?），盐官（今浙江海宁）人。号芗厈居士。屡试不中，游幕为生。

小说作品：

《客窗闲话》，文言小说集，今有敬义堂藏板道光原刻本，正集刻于道光十九年（1839），续集初刻于道光三十年（1850），后有光绪刻本与《申报》馆丛书本。

戊公 生平不详，浙江杭州人。

小说作品：

1. 《立宪镜》，光绪三十二年九月初四日（1906年10月21日）由新小说社出版。

2. 《网中鱼》，光绪三十二年（1906）十二月下旬由新世界小说社出版，翻译小说，由上海少刚氏译，杭州戊公润辞。

西泠冬青 生平不详。

小说作品：

《新水浒》，光绪三十三年三月（1907年4月）出版，版权页署"发行所：彪蒙书室、新世界小说社"。

夏曾佑（1863—1924），字遂卿，一作穗卿，号碎佛，笔名别士，浙江杭县（今杭州）人。光绪十六年（1890）进士，授礼部主事。后任安徽祁门知县、直隶知州、直隶州广德知州、泗州知州等官职。光绪二十三年（1897）年初，夏曾佑至天津，在育才馆任教职，其间与严复、王修植等创办《国闻报》，并任主编。在其主持下，《国闻报》刊载严复译著，宣传西方学术，提倡维新变法思想，成为当时国内最有影响的报纸之一。光绪二十九年（1903）至光绪三十一年（1905）居上海期间，夏氏任《中外日报》主笔。光绪三十二年（1906），夏氏随清政府出洋，五大臣赴日本考察宪政，归国后编撰《宪政初纲》，发表《刊印宪政初纲缘起》，呼吁清政府订立宪法，实行宪政。编撰了

附 录

《最新中学教科书中国历史》一书（后商务印书馆重版时更名为《中国古代史》）。

小说评论：

1. 《本馆附印说部缘起》：连载于《国闻报》光绪二十三年十月十六日（1897年11月10日）至十一月十八日（12月11日）。该文为夏曾佑与严复合著。

2. 《小说原理》：刊载于《绣像小说》光绪二十九年闰五月十八日（1903年7月12日）第3期。

项兰生（1873—1957），名藻馨，字子苾，祖籍安徽歙县，浙江杭州人。曾任求是书院教员、浙江高等学堂副理。光绪二十七年（1901），创办《杭州白话报》。光绪三十一年（1905）至光绪三十二年（1906）任浙江高等学堂监督，后从事银行工作，历任大清银行代理总办、中国银行上海分行行长、副总裁，浙江兴业银行汉口分行经理，浙江兴业银行总办事处书记长，上海市文史馆馆员等职。

小说活动：

创办《杭州白话报》，该刊于光绪二十七年（1901）创办于浙江杭州。

徐一冰（1881—1922），浙江南浔人。原名益彬，又名逸宾。体育教育家，儿童职业教育家，光绪二十七年（1901）秀才，祖父徐延祺，咸丰时著名诗人。徐一冰于光绪三十一年（1905）赴日本留学，其间加入同盟会。两年后回国任教。光绪三十三年（1907）与王季鲁、徐傅霖在上海创办中国体操学校。辛亥时支持革命。民国后继续体育办学。

小说活动：

创办《南浔通俗报》（原名《南浔白话报》），光绪三十年九月初一日（1904年10月9日）创刊。

许秋垞（1803—？），海昌（今浙江海宁）人。名汶澜，字东瀛，号秋垞，绿筠居士，咸丰恩贡。

小说作品：

《闻见异辞》，文言志怪短篇小说集，道光二十六年（1846）刊出聚珍版；光绪四年四月（1878年5月），《申报》馆亦有出版。

许寿裳（1882—1948）（《浙江省人物志》作"1883—1948"），浙江绍兴人。字秀黻、季茀，号上遂，早年留学日本，就读于东京高等师范专科学校，与鲁迅同学，结为终身挚友。宣统元年（1909）回国，任浙江两级师范学堂教务长。1912年，任教育部参事兼译学馆教授。1917年任江西省教育厅长。后任北京女师大校长、中央研究院秘书长、考试院考选委员会专门委员等职。1946年任台湾编译馆馆长。从1912年起，先后执教于北京大学、北京高等师范学校、北京女子高等师范学校、中山大学、西北联大、成都华西大学、台湾大学。一生著述颇丰，主要有《章炳麟传》《鲁迅年谱》《中国文字史》《俞樾传》《亡友鲁迅印象记》《我所认识的鲁迅》《传记研究》《考试制度述要》等。1948年2月18日在台北寓所被暗杀。

与小说有关的活动：

自《浙江潮》第5期（光绪二十九年五月二十日，1903年6月15日）后，任该刊主编。该刊于光绪二十九年正月二十日（1903年2月17日）创刊于日本东京。

许优民 生卒年不详，浙江杭州人。号冷泉亭长，别署白眼，曾继吴趼人任《月月小说》主编。

小说作品：

1.《后官场现形记》，共八回，自光绪三十三年九月初七日

附 录

（1907年10月13日）起在《月月小说》第一年第9号开始连载，续载于该刊第二年第三至九期；后有光绪三十四年（1908）小说保存会刊本。

2.《新三国》，刊载于东京《豫报》光绪三十三年九月二十六日（1907年11月1日）第4号（未完）。

杨希曾 生平不详，浙江杭州人。

小说作品：

《色界之恶魔》（译作），光绪三十四年九月（1908年10月）改良小说社出版。

姚燮（1805—1864），字梅伯，一字二石生，号复庄，又号大梅山民，别署野桥、上湖生、疏景词史（一说疏影词史）、东海生、古楳山民、大某山民、大某、复翁、老复、复道人。浙江镇海人。姚燮少负才名，但科考不利，仅于道光十四年（1834）中举人，一生皆颇为困顿塞促。有《大梅山馆集》《今乐府考》。

小说评论有：《读红楼梦纲领》，咸丰十年（1860）有手抄本，今已不存。后由浙江慈溪人魏有棐将之改名为《红楼梦类索》，由珠林书店于民国二十九年（1942）出版铅印本。

严薇（1825—1854），仁和（今浙江杭州）人。女，字瑞卿，"工绣工小词，笃信佛教"。

小说作品：

《女世说》，同治四年三月（1865年4月）刊出。

严庭樾 生平不详，吴兴（今湖州）人。字渭臣，号待飞生。

小说作品：

1.《国朝中兴记》，共六卷40回，有宣统元年（1909）集成图书公司石印本。

2.《中兴平捻记》，共六卷40回，有宣统元年（1909）集成图书公司排印本。

叶景范 生平不详,浙江杭州人。字少吾,笔名"浪荡男儿"。

小说作品:

《上海之维新党》,一名《新党嫖界现形记》,光绪三十一年十月二十日(1905年11月16日)由新世界小说社出版。

俞凤翰 生卒年不详,浙江海宁人。原名承德,字珊庆,道光二十年(1840)解元,官平江县令。

小说作品:

《高辛砚斋杂著》,同治二年(1863)刊出。

俞鸿渐 德清(今属浙江)人。字剑华,一字仪伯,俞樾之曾祖,嘉庆举人。

小说作品:

《印雪轩随笔》,道光二十七年十月(1847年11月)刊出。

于茹川 生平不详,吴兴(今浙江吴兴)人。

小说作品:

《玉瓶梅》(又名《第六奇书玉瓶梅》),共10回,有光绪二十二年(1896)石印本。

俞万春(1794—1849),字仲华,号忽来道人,晚号牛头道人。浙江山阴(今绍兴)人。俞万春一生布衣,弓马娴熟。喜读书,阅尽家中万卷藏书。年轻时随父宦居广东,帮助镇压过瑶民之变。鸦片战争期间,英人犯海疆,俞万春曾献策军门,备陈守战器械,为抚军所赏。自粤返浙后,在杭州行医,晚年归入玄门。

小说作品:

《荡寇志》,咸丰三年(1853)刊出,后又有咸丰七年(1857)重刊巾箱(袖珍)本、同治十年(1871)玉屏山馆本、光绪九年(1883)《申报》馆刊本。

附　录

俞樾（1821—1907），浙江德清人。字荫甫，号曲园，世称曲园先生。道光三十年（1850）中进士，被钦点为翰林院庶吉士。咸丰二年（1852）授翰林院编修。咸丰五年（1855）被朝廷委派为河南学政，两年后因被参以命题割裂经义，被削职，且"永不叙用"。之后侨居苏州，潜心著述，并先后执教于苏州紫阳书院、杭州诂经精舍，在诂经精舍执教30余年，两浙名士承其训迪，蔚为通才者，不可胜数，其声誉亦远播海外。俞樾居杭之时，曾主持浙江官书局，其间建议江、浙、扬、鄂四书局分刻二十四史，又在浙局精刻子书22种，所刻皆极为精良，世称善本。俞樾一生学识宏博，著述甚丰，其作品总称为《春在堂全集》。

小说作品：

1. 《耳邮》，光绪四年（1878）收录于《申报》馆丛书。

2. 《五五》，收录于《俞楼杂纂》卷39，今有《春在堂全书》本。

3. 《广杨园近鉴》，收录于《俞楼杂纂》卷43，今有《春在堂全书》本。

4. 《一笑》，收录于《俞楼杂纂》卷48，今有《春在堂全书》本。

5. 《荟蕞编》，光绪七年（1881）刊于《申报》馆丛书。

6. 《右台仙馆笔记》，光绪十五年（1889）《申报》馆刊本。

7. 《七侠五义》，光绪十六年五月（1890年6月）广百宋斋铅印出版。

俞箴墀（1875—1926），字丹石，号德孟，笔名天游，浙江德清人。北洋大学毕业，曾历任无锡竞志学校教员、厦门集美学校教务长、江苏省立图书馆主任、京师图书馆与经部主任、燕京、汇文大学教授。曾任韩国甑南浦领事。

小说作品：

1.《镜中人》（译作），一名《女侦探》，美国乌尔司路斯著，德清俞箴墀译述，无锡嵇长康润辞，光绪三十三年八月（1907年9月）小说林社出版。

2.《新飞艇》，《东方杂志》宣统三年二月二十五日（1911年3月25日）第8卷第1号开始连载，后载第2—5号、第7—9号、第11—12号。

詹熙（1852—?），浙江衢州人。字肖鲁，号绿意轩主人。清末贡生，光绪八年（1882）中副榜。中日甲午战争后，詹熙愤激于国事日非，希冀有所作为，致力于新学，先后主持衢州东乡樟潭高等小学、樟潭女子小学的校务工作，地方风气为之一新。宣统元年（1909）被选为浙江省咨议局议员，参与了浙江省的预备立宪活动。民国成立，任衢县财政科长、贫儿院院长、田粮处处长等。詹熙酷爱金石书画，曾于光绪二十三年（1897）卖文鬻画于春江书画社，其山水画，部分藏于衢州市博物馆。著作有：话本《除三害》《绿意轩诗稿》《衢州奇祸记》等。

小说作品：

《花柳深情传》（一名《醒世新编》），共四卷32回，光绪二十三年（1897）刊出，线装，出版机构不详，书名《醒世新编》。后有章福记书局石印本（光绪二十三年，1897）、春江书画社（光绪二十三年，1897）、广雅书局（光绪三十四年，1908）、上海书局（光绪三十四年，1908）等多种刊本。

张恭（1877—1912），浙江金华人。又名临，字伯谦，号万平，亦号同伯，笔名卷重、卷施。12岁参加童子试，名列榜首，26岁中举人。光绪二十六年（1900），与兰溪蒋倬章就读于杭州紫阳书院。光绪三十年（1904），与刘焜、盛俊等在金华创办

《萃新报》，鼓吹民族、民权革命，宣传近代科学文化，历时两年被查封。光绪三十三年（1907），徐锡麟、陶成章开办大通学堂于绍兴，张恭等龙华会首领先后入学，并加入光复会。

小说活动：

创办《萃新报》，该刊于光绪三十年（1904）创刊于浙江金华。

张坤德 生卒年不详。浙江桐乡乌镇人。字少堂，一作少塘，上海广方言馆毕业，曾任朝鲜釜山领事馆翻译兼副领事。为清朝政府第七届驻日使节，在光绪二十一年七月（1895年8月）至光绪二十二年（1896）驻日，清政府与日本签订《马关条约》，张任驻日西文翻译。后被黄遵宪托聘为《时务报》英文翻译。辞职后，往任担文律师馆翻译。

小说活动：

1. 翻译《英国包探访喀迭医生奇案》，载《时务报》光绪二十二年七月初一日（1896年8月9日）第1册，其所在"域外报译"栏，署"桐乡张坤德译"，译自伦敦《俄们报》。

2. 翻译《英包探勘盗密约案》（英国柯南·道尔原著），《时务报》光绪二十二年八月廿一日（1896年9月27日）第6册开始连载，至第9册完毕，注"译《歇洛克呵尔唔斯笔记》"。其所在"英文报译"栏，署"桐乡张坤德译"。

3. 翻译《记伛者复仇事》（英国柯南·道尔原著），《时务报》光绪二十二年十月初一日（1896年11月5日）第10册开始连载，至第12册完毕，注"译《歇洛克呵尔唔斯笔记》"。其所在"英文报译"栏，署"桐乡张坤德译"。

4. 翻译《继父诳女破案》（英国柯南·道尔原著），《时务报》光绪二十三年三月二十一日（1897年4月22日）第24册开始连载，至第26册完毕，注"《滑震笔记》"。其所在"英文报译"栏，署"桐乡张坤德译"。

5. 翻译《呵尔唔斯缉案被戕》（英国柯南·道尔原著），《时务报》光绪二十三年四月二十一日（1897年5月22日）第27册开始连载，至第30册完毕，注"译滑震笔记"。其所在"英文报译"栏，署"桐乡张坤德译"。

章太炎（1869—1936），浙江余杭人。名炳麟，初名学乘，字枚叔，因仰慕顾炎武更名为绛，号太炎。23岁入杭州诂经精舍，拜俞樾为师，潜心治学八年，奠定深厚的国学基础。光绪二十三年（1897），应梁启超之邀，任《时务报》撰述，投身变法。光绪二十四年（1898），与宋恕等在杭州发起兴浙会，创办《经世报》，任总撰述，兼任《实学报》主笔。

光绪二十九年（1903）因发表《驳康有为论革命书》并为邹容《革命军》作序，触怒清廷，被捕入狱。次年与蔡元培等合作，发起光复会。光绪三十二年（1906）出狱后，孙中山迎其至日本，参加同盟会，主编同盟会机关报《民报》，与改良派展开论战。宣统三年（1911）上海光复后回国，主编《大共和日报》，并任孙中山总统府枢密顾问。曾参加张謇统一党，散布"革命军兴，革命党消"言论。后主要以讲学为业。一生著作颇多，除刊入《章氏丛书》《续编》外，遗稿又刊入《章氏丛书三编》。

小说活动：

《洪秀全演义序》，光绪三十四年八月（1908年9月）香港《中国日报》社出版《洪秀全演义》，书首章炳麟序。

郑书带子 生平不详，浙江嘉兴人。

小说作品：

《新天地》，宣统二年三月（1910年4月）集文书局出版。

钟骏文（1865—1908），字伯铭，又字八铭，原名鼎文，笔名寅半生。浙江萧山钱清镇人。光绪十年（1884）秀才，后屡次乡试无果，做过一段时间的私塾先生。光绪三十二年（1906）在杭州创办《游戏世界》，同时也兼任该杂志的主笔。"以义侠自命，生平无他好，好广交，好读书，好排难解纷"（张麟年《钟骏文传》，载《游戏世界》第 9 期）。另有《未清室文稿》（待梓）、《天花乱坠》等书行世。

小说作品：

1.《素云》，载《游戏世界》第 1 期"小说"一栏之"囊星随录"。

2.《迁尼》，载《游戏世界》第 1 期"小说"一栏之"囊星随录"。

3.《金蚕神》，载《游戏世界》第 2 期"小说"一栏之"囊星随录"。

4.《陈女》，载《游戏世界》第 2 期"小说"一栏之"囊星随录"。

5.《凤姑》，载《游戏世界》第 6 期"小说"一栏之"囊星随录"。

6.《猴有人性》，载《游戏世界》第 6 期"小说"一栏之"囊星随录"。

小说评论：

1.《小说闲评》，共两卷，连载于《游戏世界》。

2.《读〈迦因小传〉两译本书后》，载《游戏世界》第 11 期。

钟濂 生平不详，浙江钱塘（今杭州）人。

小说作品：

《拿破仑忠臣传》（译作），法国佛蔡斯原著，英国亚美德辑译，长乐曾宗巩、钱塘钟濂同译，宣统元年闰二月初十日（1909

年 3 月 31 日）由上海商务印书馆出版。

周树人（1881—1936），浙江绍兴人。原名周樟寿，后改名周树人，字豫山、豫亭，后改名豫才，笔名有自树、庚辰、之江索子、索子、中国会稽周逴、鲁迅（1918 年发表《狂人日记》时所用笔名，为影响最广之笔名）等。光绪二十四年（1898），进南京水师学堂，毕业后获公费留学机会。光绪二十八年（1902）东渡日本，开始在东京弘文学院日语速成班补习日语，光绪三十年（1904）结业，是年 8 月入仙台医学专门学校肄业。光绪二十九年（1903），应主编许寿裳之约，开始为《浙江潮》杂志撰文，时年 23 岁。光绪三十三年（1907），拟创办文艺杂志《新生》，以费绌未印，后为《河南》杂志撰文。光绪三十四年（1908），师从章太炎，并为"光复会"会员，与二弟周作人译域外小说。宣统元年（1909），辑印《域外小说集》二册。是年六月（1909 年 7 月），从日本归国，先后任杭州、浙江两级师范学堂生理学和化学教员兼任日本教员铃木珪寿的植物学翻译、绍兴中学堂教员兼监学等。民国元年（1912），临时政府成立，应教育总长蔡元培之邀，任教育部社会教育司第一科科长，之后被任命为教育部佥事。之后积极参加社会活动，并进行文学创作，是"五四"新文化运动的重要参与者，中国现代文学的奠基人。1936 年 10 月 19 日逝世。有《鲁迅全集》。

小说活动及作品（近代）：

1.《斯巴达之魂》，载《浙江潮》光绪二十九年五月二十日（1903 年 6 月 15 日）第 5 期、第 9 期。

2.《哀尘》，载《浙江潮》光绪二十九年五月二十日（1903 年 6 月 15 日）第 5 期。

3.《地底旅行》，始载《浙江潮》光绪二十九年十月二十日

(1903年12月8日)第10期,至第12期完毕。

4.《月界旅行》,光绪二十九年九月(1903年10月)由日本东京进化社出版。

5.《月界旅行》辨言,光绪二十九年九月(1903年10月)由日本东京进化社出版。

6.《造人术》,载《女子世界》光绪三十二年(1906)第16、17期合刊(第二年第4、5期)。

7.《论科学之发达可以辟旧小说之荒谬思想》,刊载于《新世界小说社报》光绪三十二年七月十九日(1906年9月7日)第2期。

8.《红星佚史》(与周作人合译),光绪三十三年十月(1907年11月)由上海商务印书馆出版。

9.《域外小说集》(与周作人合译),宣统元年二月十一日(1909年3月2日)出版第一册,六月十一日(7月27日)出版第二册,都由东京神田印刷所印刷。

周作人(1885—1967),浙江绍兴人。原名櫆寿(后因参加县考改名奎绶),入南京水师学堂时改名作人,字星杓,又名启明、启孟、起孟,笔名萍云女士、萍云、碧罗女士、遐寿、仲密、岂明、三叶等,号介孙、知堂、药堂等。光绪二十七年(1901)入南京江南水师学堂,通英文,后考取官费生,于光绪三十二年(1906)随周树人、许寿裳等人留学日本。抵日后先读法政大学预科,后入东京立教大学修希腊文,研读《远征记》等文学经典,还短暂学习俄文、梵文等,宣统三年(1911)回国任教。

小说作品及小说活动(近代):

1.《侠女奴》,开始连载于《女子世界》光绪三十年七月初一日（1904年8月11日）第8期，至第12期。

2.《玉虫缘》，光绪三十一年四月（1905年5月）小说林社出版。

3.《好花枝》，载《女子世界》光绪三十一年六月十五日（1905年7月17日）第1期（原第13期）。

4.《女猎人》，载《女子世界》光绪三十一年六月十五日（1905年7月17日）第1期（原第13期）。

5.《荒矶》，开始连载于《女子世界》光绪三十一年八月初七日（1905年9月5日）第2期（原第14期），至第3期。

6.《天鹨儿》，载《女子世界》光绪三十二年（1906）第16、17期合刊（第二年第4、5期）。

7.《孤儿记》，光绪三十二年（1906）小说林社出版。

8.《红星佚史》（与周树人合译），光绪三十三年十月（1907年11月）由上海商务印书馆出版。

9.《一文钱》，载《民报》（东京）光绪三十四年五月十二日（1908年6月10日）第21号。

10.《匈奴奇士录》，光绪三十四年九月初八日（1908年10月2日）由上海商务印书馆出版。

11.《庄中》，载《河南》光绪三十四年十一月十二日（1908年12月5日）第8期。

12.《寂漠》，载《河南》光绪三十四年十一月十二日（1908年12月5日）第8期。

13.《域外小说集》（与周树人合译），宣统元年二月十一日（1909年3月2日）出版第一册、六月十一日（7月27日）出版第二册，都由东京神田印刷所印刷。

14.《侦窃》，载《绍兴公报》宣统二年六月二十日（1910

附 录

年 7 月 26 日）。

朱翊清（1786—?），归安（今浙江吴兴）人。字梅叔，号红雪山庄外史，其生平事迹史传未载，仅据书中所记，知其屡试不中，绝意仕进。

小说作品：

《埋忧集》，共 10 卷，刊于道光二十五年十月（1845 年 11 月）。

庄禹梅（1885—1970），浙江镇海庄市（今属镇海区）人。原名继良，笔名病骸、醒公、平青等。光绪三十年（1904）秀才，曾在家乡镇海任教。曾为《宁波小说七日报》撰稿人。宣统二年（1910）到上海，开始以写章回体武侠小说卖文为业，向《申报》《新闻报》《同文沪报》等投稿。1912 年任镇海县公署教育科科员，次年应聘任《四明日报》编辑。1970 年 6 月 23 日与世长辞。

小说作品：

1. 《留学生》，短篇小说，署"病骸"。载《宁波小说七日报》光绪三十四年五月（1908 年 6 月）第 1 期。

2. 《守钱虏之况味如何……劝惩》，短篇小说，署"病骸"，载《宁波小说七日报》光绪三十四年六月（1908 年 7 月）第 2 期。

3. 《新笑林》，署"病骸"，载《宁波小说七日报》光绪三十四年六月（1908 年 7 月）第 2 期。

4. 《立宪》，标"短篇小说"，署"病骸"，载《宁波小说七日报》光绪三十四年六月（1908 年 7 月）第 3 期。

5. 《官吏与盗贼》，标"短篇小说"，署"病骸"，载《宁波小说七日报》光绪三十四年六月（1908 年 7 月）第 4 期。

6. 《某县令》，标"短篇小说"，署"病骸"，载《宁波小说七日报》光绪三十四年七月（1908 年 8 月）第 6 期。

7.《医谑》,标"滑稽小说",署"病骸",载《宁波小说七日报》光绪三十四年十一月(1908年12月)第10期。

8.《中国社会谈》,标"社会小说",署"病骸",开始连载于《宁波小说七日报》光绪三十四年十二月(1909年1月)第11期,至第12期,未完。

附　录

附录二　浙江近代小说报刊简介

说明：

本附录共包括 18 种报刊，按创办时间先后顺序排列。

《杭州白话报》

光绪二十七年五月初五日（1901 年 6 月 20 日）创刊于浙江杭州，宣统元年起更名为《全浙公报》[①]，是近代出版历时最长的一份白话期刊。初为旬刊，光绪三十年（1904）改为周刊，光绪三十一年（1905）改为三日刊，光绪三十二年（1906）改为日刊。发起人为王沛泉、王利生，创办人及经理为项藻馨（兰生），光绪二十九年（1903）至光绪三十二年（1906），由孙翼中担任经理及总编辑，开始倾向革命，随后成为光复会的舆论机关。孙翼中之后，由胡子安、魏深吾先后继任总编辑。首任主笔为林獬（白水），继有钟寅、汪欽、童学琦等。邵章、汪希、袁毓麐、陈敬第、程光甫、韩靖庵等担任编辑。

栏目每一期略有变化，出现过的栏目有论说、和约全稿、俄皇彼得遗训、法国义女逸事、杂文、回銮纪事、谈天、地学问答、齐家的法术、俗语指谬（第二年该栏目名为"俗语存真"）、中外新闻、演书小说、北京纪闻、国民体育学、益智录、新弹词、新童谣、女儿叹、杂歌谣、未来的中国人、新民词之杂货店、生理

[①] 宣统元年正月初六日（1909 年 1 月 27 日），《中外日报》刊载"《杭州白话报》馆广告"："本报于宣统元年起，扩充办法，定名《全浙公报》，凡杭城愿阅诸君请随时至敝馆挂号（仍设回回堂对面），当即按段□送。外埠及各府县愿定□者，祈赐函购，亦当妥速邮寄，以快先睹。此白。"

浅说、时评、杂著、时事评论等。木刻雕版（第二年第 1 期有铅印版），连史纸印刷，册页式线装，第三年改为报纸版，文为通页竖排。报馆曾数易其址，初设于杭州祖庙巷项宅，第二年迁万安桥西首石库门，第二年度的第 24 期起，又迁至下城头巷朝东石库门内，出版日刊后又迁址保佑坊大街。

共载有 28 部小说作品：

1.《波兰国的故事》，署"独头山人（孙翼中）说"，始载光绪二十七年（1901）第 1 期，至第 3 期完毕。

2.《救劫传》，署"艮庐居士（张茂炯）演"，16 回，始载光绪二十七年（1901）第 2 期，至第 31 期完毕。

3.《美利坚自立记》，署"宣樊子（林獬）演"，始载光绪二十七年（1901）第 4 期，至第 10 期完毕。

4.《俄土战记》，署"宣樊子（林獬）演"，始载光绪二十七年（1901）第 11 期，至第 15 期完毕。

5.《非律宾民党起义记》，作者署"宣樊子（林獬）"，始载光绪二十七年（1901）第 15 期，至第 19 期完毕。

6.《檀香山华人受虐记》，署"宣樊子（林獬）演"，始载光绪二十七年（1901）第 20 期，至第 23 期完毕。

7.《中东和战本末纪略》，署"平情客演"，共九回，始载光绪二十八年（1902）第 1 期，至第 31 期完毕。

8.《日本侠尼传》，署"黄海锋郎演"，始载光绪二十八年（1902）第 1 期，至第 3 期完毕。

9.《三大陶工故事》，署"白过日子人演"，始载光绪二十八年（1902）第 1 期，至第 6 期完毕。

10.《非须眉》，署"鹤雏述"，始载光绪二十八年（1902）第 6 期，至第 9 期完毕。

附 录

11.《女子爱国美谈》，署"曼聪女士演"，始载光绪二十八年（1902）第 7 期，至光绪二十九年（1903）第 15 期完毕。

12.《俄宫活鬼》（此篇据《新小说》第 2 号《俄皇宫中之人鬼》编写，未署改写者名），始载光绪二十九年（1903）第 13 期，至第 18 期完毕。

13.《世界亡国小史》，署"黄海锋郎演"，始载光绪二十九年（1903）第 15 期，后未见连载。

14.《亡国恨》，作者署"青心"，始载光绪二十九年（1903）第 19 期，后刊于第 20、21、23 期，未结束，但后未见连载，仅刊登二回正文及第三回少量文字。

15.《儿女英雄》，署"侬更有情演"，载光绪二十九年（1903）第 21 期。

16.《俄力东侵小史》，署"锋郎"，始载光绪二十九年（1903）第 25 期，至第 27 期完毕。

17.《黄天录》，始载光绪三十年（1904）第 1 期，现所见第 14 期仍在连载，第 15 期《杭州白话报》今未见，或于第 15 期连载完毕。

18.《游尘》，作者为锋郎（即黄海锋郎），载光绪三十年（1904）第 16 期。

19.《不自由》，标"精神教育"，篇名下注"原名新空中旅行"，署"美国女士马洛克原著"，未署译者名，续载于光绪三十四年正月二十二日（1908 年 2 月 23 日）"新译小说栏"，连载开始与结束时间不详。

20.《薄幸儿》，标"短篇小说"，作者署"丹"，文言，载光绪三十四年三月初二日（1908 年 4 月 2 日）。

21.《人茧》，作者署"丹"，续载于光绪三十四年三月十四日（1908年4月14日），连载开始与结束时间不详。

22.《巴黎秘密小史》，署"波兰孤修士哥原著"，文言，续载于光绪三十四年七月初四日（1908年7月31日）"新译小说栏"，连载开始与结束时间不详。

23.《多情郎》，标"言情小说"，署"法国留花斯特原著"，续载于光绪三十四年八月十三日（1908年9月8日），连载开始与结束时间不详。

24.《二十四文之万寿牌》，标"短篇小说"，未署作者名，文言，载光绪三十四年十一月十四日（1908年12月7日）。

25.《百宝箱》，未署作者名，文言，始载光绪三十四年十二月初三日（1908年12月25日），连载结束时间不详。

26.《失狗案》，未署作者名，文言，载光绪三十四年十二月初五日（1908年12月27日）。

27.《闹新婚》，未署作者名，文言，载光绪三十四年十二月十一日（1909年1月2日）。

28.《行路难》，未署作者名，文言，载光绪三十四年十二月二十日（1909年1月11日）。

《浙江潮》

光绪二十九年正月二十日（1903年2月17日）创刊于日本东京。月刊，每月二十日（农历）出版，洋式装订。由当时在日本东京的101个浙江留学生组织主办，蒋方震（百里）为首任主编，第5期之后由许寿裳继任主编。编辑兼发行者有孙翼中、王嘉榘、蒋智由、马君武等人，主要撰述人除了上述人员外，还有叶澜、董鸿祎、陈榥、陈威、何燏时、沈沂、周树人等。《浙江潮》以"浙江潮挟其万马奔腾、排山倒海之气力，以日日激刺于吾国民之脑，以发其雄心，以养其气魄"，而名之曰"浙江潮"。栏目每期不固定，

附 录

大体有图画、社说、论说、学术、大势、谈丛、记事、杂录、小说、新浙江与旧浙江、文苑、日本闻见录、时评、专件等门类，其中"小说"一门又分为章回体、传奇体、杂记体三类。编辑部设在东京神田区骏河台铃木町十八番中国留学生会馆[①]，以杭州万安桥《白话报》馆和《中外日报》馆为总代派所。共出12期（目前所见只有10期），至光绪三十年（1904）停刊。

共刊载16部小说作品：

1. 《少年军》，标"军事小说"，译者为"喋血生"，文言，载第1期。

2. 《专制虎》，标"侦探小说"，作者为"喋血生"，文言，始载第1期，至第3期完毕。

3. 《苦英雄逸史》，副题为"普露士亚皇后路易"，作者署"任克"，文言，载第2期。

4. 《海上逸史》，作者署"太公"，文言，载第2期。

5. 《摄魂花》，作者署"喋血生"，文言，载第3期。

6. 《血痕花》，作者署"蕊卿"，始载第4期，未完，后未见续载。

7. 《斯巴达之魂》，署"自树（鲁迅）译述"，文言，始载第5期，至第9期完毕。

8. 《哀尘》，署"法国嚣俄著，庚辰（周树人）译"，文言，载第5期。

9. 《爱之花》，作者署"侬更有情"，始载第6期，至第8期，未完。

10. 《自由魂》，署"美国威尔晤著，鲍尘译"，文言，始载

[①] 编辑部表面设在东京留学生会馆，实际上设在东京牛込区早稻田大学附近的榎木町浙学会会员王嘉祎的寓所，也是浙学会集会的秘密据点。

第 6 期，未完，后未见续载。

11.《少年军》（二），译者署"喋血生"，载第 7 期。

12.《返魂香》，作者署"喋血生"，文言，载第 8 期。

13.《恋爱奇谈》，作者署"侬更有情"，文言，载第 8 期。

14.《少年军》（三），译者署"喋血生"，载第 9 期。

15.《雌雄蜥》，作者署"喋血生"，文言，载第 9 期。

16.《地底旅行》，署"英国威男著，之江索子（鲁迅）译"，文言，始载第 10 期，至第 12 期完毕。

《绍兴白话报》

光绪二十九年闰五月十五日（1903 年 7 月 9 日）创刊于浙江绍兴。旬刊，每月逢五日出版，后改为五日刊。创办人兼主编王子余，陈仪（公侠）、蔡同卿（元康）参与创办，徐锡麟出大洋 100 资助办报。编辑及主要撰稿人有王子澄、任佑虞、沈佑之、何屺瞻、胡钟生、刘大白，校对沈竹泉，访员任月波、凌柏生，等等。办报宗旨为"唤起民众爱国，开通地方风气"，栏目有论说、大事记、绍兴五千年人物谈、小说、绍兴近事等，摘载国际国内大事，且对绍兴时局多有评论。光绪三十三年（1907），登载秋瑾所撰《大通师范学堂第二次招生广告》《中国妇人会章程》《劝女子亟宜进学堂》等。

版面高 14.5 厘米、宽 10 厘米，正文采用三、四号宋体铅字直排，单面油光纸印刷。创刊当年由杭州马市街日本编译局代印，翌年始由绍兴印刷局承印。始出 8 页，以后改为 6 页，页间留有中缝，可折叠成折子，像是 32 开本。总发行所在绍兴万卷书楼，山阴、会稽和府治县镇，以及宁波、上海、福州、江西、奉天等地，设有分售处和代销点，期发二三百份，最多时为千余份。

光绪三十四年（1908），因改出《绍兴公报》而停刊，共出

附　录

200 期。宣统二年二月（1910 年 3 月），王子余等人复办《绍兴白话报》，"自家尽义务做文章，自家出铜钱印刷"。宗旨为"注重提倡自治，改良社会"，力求"以浅显文字，求人易解，低廉价格，期人易购"。栏目有论说、小说、绍兴五千年人物谈（续）、论常识、大事记等。复刊至宣统三年十月（1911 年 11 月）终刊，发行所在绍兴城关丁家弄，由绍兴印刷局承印，又续出 60 余期。

目前所见，共刊载 18 部小说：

1.《十五小英雄》，作者不详，第 6 号（光绪二十九年七月初五日，1903 年 8 月 27 日）载有第 3 回，始载及结束时间不详。

2.《外国故事演义》，作者不详，载第 11 号（光绪二十九年八月二十五日，1903 年 10 月 15 日）。

3.《大师兄传》，作者署"余子"，载第 13 号（光绪二十九年九月十五日，1903 年 11 月 3 日）。

4.《斯密亚丹传》，作者署"雪震"，载第 14 号（光绪二十九年九月二十五日，1903 年 11 月 13 日）。

5.《李鸿章演义》，作者署"汝明"，连载于第 15、16、18、20 号（光绪二十九年十月初五日，1903 年 11 月 23 日、十月十五日，12 月 3 日、十一月初五日，12 月 23 日、十一月二十五日，1904 年 1 月 12 日），未完。

6.《可怜世界》，标"不连接的小说"，作者不详，连载于第 69 至 71 号、第 83 号（光绪三十一年七月，1905 年 8 月）（此三期均为七月，具体时间不详）。

7.《外国故事演义·虚无党》，作者不详，连载于第 72、73 号（光绪三十一年八月，1905 年 9 月）（此二期均在八月，具体时间不详），未完。

8.《科场鬼的运动》，题下注"阴司界调查员周友芝报告"，作者当为周友芝，第 90 号（光绪三十一年十二月，1906 年 1 月）开始连载，后未见续载。

9.《雨花台》，标"科学小说"，注"录《南洋官报》"，作者不详，连载于第 91 号（光绪三十二年三月，1906 年 4 月）至第 97 号（光绪三十二年四月，1906 年 5 月）。

10.《爱国幼年会》，未署作者名，载第 103 号（光绪三十二年六月，1906 年 7 月）。此篇原载《时报》（上海）光绪三十二年五月十七日（1906 年 7 月 8 日），作者署"笑（包天笑）"。

11.《讲波兰国灭亡故事》，作者不详，载第 105 号（光绪三十二年七月，1906 年 8 月）。

12.《穷苦幼童的慈母巴纳斗》，作者不详，载第 112 号（光绪三十二年九月，1906 年 10 月）。

13.《重阳会》（社会之现象），标"诙谐小说"，作者不详，载第 113 号（光绪三十二年九月，1906 年 10 月）。

14.《严父训》（家庭之状况），标"诙谐小说二"，作者不详，载第 114 号（光绪三十二年十月，1906 年 11 月）。

15.《热心人》（国民之态度），标"诙谐小说三"，作者不详，载第 115 号（光绪三十二年十月，1906 年 11 月）。

16.《新科举》，标"诙谐小说四"，作者不详，载第 116 号（光绪三十二年十月，1906 年 11 月）。

17.《臭材料》，标"诙谐小说"，作者不详，载第 120 号（光绪三十二年十二月，1907 年 1 月）。

18.《第二·大树》，标"教育小说"，作者不详，载第 147 号（光绪三十三年四月，1907 年 5 月），下标"续第 144 期"，未见。

附 录

《宁波白话报》

光绪二十九年十月（1903年11月）创刊，在上海出版。旬刊，宁波旅沪同乡会创办，主编为陈屺怀，光绪三十年五月初一日（1904年6月14日）出改良版，期数另起，改为半月刊，仍由上海宁波同乡会出版。栏目有论说、评议、本埠新闻、小说、专件、指谜条、调查条。改良版的栏目有论说、评议、历史、地理、教育、实业、格致、纪事、杂录、歌谣等。社址设在上海四马路惠福里，而主要是在宁波发行。油光纸印刷，32开本，红色封面，线装，每册10页或十余页不等。大致每月2期，创刊到光绪三十年四月（1904年5月）共出14期，五月经改良后至七月停刊前又出5期。

共刊载两部小说作品：

1.《理想的宁波》，不题撰人，第2期开始连载，至第5期完毕。

2.《英国商界第一伟人戈布登事迹演义》，不题撰人，第一次改良第1期开始连载，至第4期完毕。该小说即为刊载于《绣像小说》的《商界第一伟人》（连载于《绣像小说》第6—8、11、14期），作者署"忧患余生"，实为浙江杭州人连文澂。

《湖州白话报》

光绪三十年四月初一日（1904年5月15日）创刊，半月刊，逢农历初一、十五刊行，每期40页。创办人钱玄同，其他办报人有史庚身、汤济沧、杨辛耜、张稼庭、潘芸生、汪铁群等。栏目有社说、纪事、教育、实业、历史、地理、小说、杂志、来稿等，第7期后增入论说、理科、专件、选报、文苑、调查、会稿等，编辑部设在湖州南街中西小学堂，在上海出版，委托开明书店为总售报处。

目前所见，该刊未刊载有小说作品。

《萃新报》

光绪三十年五月十四日（1904年6月27日）创刊于浙江金华，由张恭与当地名流刘琨、蔡汝霖、盛俊等人创办，以"开通民智"为务。半月刊，第1期到第3期于农历十四、二十八日出报，第4期开始改在初一、十五日刊行，每期50页至100页不等。该刊为书册式，大32开本，木刻雕版，连史纸（第6期开始改为蜡光纸）印刷。栏目有论说、上谕、学说、哲理、政法、教育、军事、舆地、史传、科学、计学、实业（包括农业、工艺、商务）、卫生、文学、专件、时论、小说、文苑、丛谈、纪事等。第6期起栏目分为：上谕恭录、著述门（社说）、言论编辑门（社会、哲理、政法、教育、军事、舆地、学说、传记、历史、科学、计学、实业、卫生、文学、时论、丛录、文件、小说、文苑），时事编辑门（内政纪、国际纪、世界纪、实业纪、琐闻纪、海外纪、日俄战纪）和附录门（浙东上游名人传、浙东上游文献录、浙东上游文明新史）。发行所设在金华中学堂右首吕成公祠内，总经销处设于马门宝和银楼，主要发行金、衢、严、处四府各县，远销香港和南洋一带。

该刊出版至第6期（大约在光绪三十年七月，1904年8月）左右）即被清政府以"言语狂悖"罪名查封。光绪三十年十一月（1904年12月）改易为《东浙杂志》于金华创刊；光绪三十一年四月（1905年5月），《东浙杂志》改为《浙源汇报》，卷期重起。

共刊载2部小说：

1. 《俄皇宫中之人鬼》，注"录《新小说》报"，作者不详，连载于第1期至第3期。该篇原载《新小说》第2号，署"曼殊室主人（梁启超）译"。

2. 《少年军》（二），作者喋血生，载第2期。该篇原载《浙江潮》第 7 期。

《南浔通俗报》

光绪三十年九月初一日（1904 年 10 月 9 日）创刊于浙江南浔，原名《南浔白话报》，后因考虑到我国南北方音不同，但文字统一，所以用通俗文字办报，报名亦改为《南浔通俗报》。半月刊，创办者为徐一冰、沈伯经、王文需。栏目有论说、传记、教育、世界新闻、本国新闻、杂录、小说等。零售价每册 35 文，半年 12 册 399 文，全年 24 册 756 文。报社设在南浔东栅马家港学堂。

目前所见，共刊载 5 部小说：

1.《入世观》，作者不详，今所见第 8 期（光绪三十年十二月十五日，1905 年 1 月 20 日）"小说之部"栏开始连载，至第 13、14 期合册（光绪三十一年三月十五日，1905 年 4 月 19 日），未完。连载开始时间不详。

2.《男权》，作者不详，题下注"此篇为女子谈话会而作"，标"短篇小说"。载第 9、10 期合刊（光绪三十一年正月十五日，1905 年 2 月 18 日）。篇末有"作者自批"："新人要女子晓得女权，作者要女子先晓得男权。"

3.《灵敏之审判》，标"短篇小说"，未署作者名，文言，载第 11、12 期合册（光绪三十一年二月十五日，1905 年 3 月 20 日）。

4.《影戏中之国家观》，标"短篇小说"，未署作者名，文言，载第 15 期（光绪三十一年四月初一日，1905 年 5 月 4 日）。

5.《亡是公》，标"短篇小说"，未署作者名，文言，载第 16、17 期合册（光绪三十一年五月十五日，1905 年 6 月 17 日）。

《东浙杂志》

约于光绪三十年十一月（1904 年 12 月）创刊于浙江金华，

月刊，东浙杂志社编辑发行，出至第 4 期，于光绪三十一年四月（1905 年 5 月）改为《浙源汇报》，卷期另起。主要栏目有：谕旨、通论、短评、文牍、舆地、实业、历史、时局、女界、纪事、浙东上游文明史、调查录等。

共刊载一篇小说：

《我有我》，作者不详，于第 4 期开始连载，仅见于该期，未完。此篇原载《国民日日报》光绪二十九年七月二十一日（1903 年 9 月 12 日）至八月初一日（9 月 21 日）。

《浙源汇报》

光绪三十一年四月（1905 年 5 月）创刊于浙江金华，由《东浙杂志》（原身为《萃新报》）改组而成。半月刊，全年共出 20 册，正月、十二月不出报。线装，有光纸单面木刻印刷。主要栏目有：上谕、社说、政法、学术、教育、实业、军事、地理、历史、科学、女界、时论、文件、纪事、小说、丛录等。文章多选自当时其他报刊。印刷、发行所设在浙江金华塔后章氏日新学堂内。

共刊载 3 篇小说：

1. 《结婚之赠言》，未署作者名，载第 2 期。

2. 《路毙》，未署作者名，载第 3 期。此篇原载《新新小说》光绪三十年十月（1904 年 11 月）第 2 号，署"著者冷血（陈景韩），批解冷血"。

3. 《好为人师》，未署作者名，载第 3 期。

《游戏世界》

光绪三十二年四月（1906 年 5 月）创刊于杭州。月刊，寅半生（钟骏文）主编。总发行所设在杭州太平坊崇实斋书庄。木刻，线装本。首有天虚我生（陈栩）所作《〈游戏世界〉叙》，第 1 期刊载寅半生《〈游戏世界〉发刊辞》。共见 18 期（光绪三十三年九月，1907 年 10 月）。每期栏目不固定，主要栏目有：社稿、选稿、专集（有时为"专稿"）、小说、杂著。内容以谐杂文、旧体诗词、戏曲为主，兼涉文学论文、时评。小说主要载"小说"一栏之"囊星随录"。主要撰稿人有：寅半生、绿香馆主、张漱石、陈钵（字莲生，又署"错铸生"）、前人、消闲录、张麟年（字峰石，又署"七七生"）、遇圆等。

共刊载 8 篇小说、3 篇（卷）小说理论作品。

小说作品：

1. 《素云》，作者寅半生（钟骏文），载第 1 期"小说"一栏之"囊星随录"。

2. 《迂尼》，作者寅半生（钟骏文），载第 1 期"小说"一栏之"囊星随录"。

3. 《金蚕神》，作者寅半生（钟骏文），载第 2 期"小说"一栏之"囊星随录"。

4. 《陈女》，作者寅半生（钟骏文），载第 2 期"小说"一栏之"囊星随录"。

5. 《杀仆案》，未署作者名，注"选某报"，载第 3 期"小说"一栏。

6. 《香枣缘》，未署作者名，注"某报"，连载于第 4 期"丛著"一栏、第 5 期"丛著"一栏、第 6 期"小说"一栏。

7. 《凤姑》，作者寅半生（钟骏文），载第 6 期"小说"一栏之"囊星随录"。

8. 《猴有人性》，作者寅半生（钟骏文），载第 6 期"小说"一栏之"囊星随录"。

小说评论：

1. 《小说闲评》，作者寅半生，共两卷，连载于第 1、2、5、

7、9、10、11、14、15、16、18 期；

2.《论小说之势力及其影响》，作者陶祐曾，载第 10 期"选稿"一栏。

3.《读〈迦因小传〉两译本书后》，作者寅半生，载第 11 期。

《著作林》

光绪三十三年二月十五日（1907 年 3 月 28 日）创刊于杭州，《著作林》未著出版年月，据该刊第 17 期（光绪三十四年六月，1908 年 7 月）广告"按月逢望出版"，可推知第 1 期出版时间应为光绪三十三年二月十五日（1907 年 3 月 28 日）。月刊，天虚我生（陈栩）倡办并主编，主要撰稿人有杨古韫、潘兰史、沈孝畊、许伏民、吴眉孙、何颈化、华痴石、徐冠群、孙芸伯、周子宎、戚饭牛、潘少文等。栏目有文薮、诗海、词苑、曲栏、说部、乐府、杂俎等。《著作林》社印行，初为木刻，自第 17 期改为铅印，刊物也移至上海。光绪三十四年十一月（1908 年 12 月）并入刚创刊的《国闻日报》，共出 22 期。

共载有 8 部小说：

1.《赈饥食报》，署"南屏老衲、白石道人同著，小红女史参校"，载第 13 期。

2.《素鸳》，未署作者名，载第 13 期。

3.《断爪感情记》，标"物语小说"，作者署"天虚我生（陈栩）"，载第 17 期。

4.《分牛案》，作者署"天虚我生（陈栩）"，始载第 19 期，至第 21 期完毕。

5.《蜗触蛮三国争地记》，署"虫天逸史氏撰"，始载第 19 期，至第 21 期完毕。

6.《厌世之富翁》，标"社会小说"，署"英国霍尔克尼著，日本右野良原译，中国陶报癖（陶兰荪）重译"，载第 21 期。

7.《断爪感情记第二》，作者署"吴门长爪郎"，载第 21 期。

8.《鸳鸯渡河》，作者署"天虚我生（陈栩）"，始载第 22 期，现所见仅本期，未完。

《绍兴公报》

光绪三十四年三月十五日（1908 年 4 月 15 日）创刊，在浙江绍兴出版，由《绍兴白话报》改组而成。原《绍兴白话报》由陈公侠、蔡同卿、何屺瞻、胡钟生等合资创办，宣统三年（1911）刘大白参与编务。两日刊。每期 2 张，售大洋一分二厘。版面为四开小报，铅印。宣统元年七月初一日（1909 年 8 月 16 日）改为每日出版，每月售价二角四分。宣统二年正月（1910 年 2 月）时，已改成大报形式，分上、下两个狭长的横式版面。宣统三年九月二十一日（1911 年 11 月 10 日）第 1048 号开始，因新闻纸购运不及，用有光纸单面印刷。每日 4 大张，售一分五厘。宣统三年十月初二日（1911 年 11 月 22 日）第 1059 号起恢复用新闻纸印刷，每日两大张，价格相同。1912 年停刊。发行所在绍兴府城内丁家弄。该刊物宣称以"开启民智、提倡自治"为宗旨。用浅近文言，"期阅者之普及，且使旅游他乡者于故乡状况旦夕目击"。栏目有：今日要目、广告、代论、小说、专件、来件（市价、官批）、宫门抄、谕旨、论说、要件、时事、选报、附以小说、杂俎、插图等（以上资料来自史和、姚福申、叶翠娣编《中国近代报刊名录》关于《绍兴公报》的介绍）。

共刊载 1 部小说作品：

《侦窃》，标"短篇小说"，作者署"顽石（周作人）"，载《绍兴公报》宣统二年六月二十日（1910 年 7 月 26 日）。

《浙江日报》

光绪三十四年四月二十五日（1908年5月24日）创刊于浙江杭州。日刊，每天出版两张半。经理贵翰香，主笔为胡晴波、孙佑臣。宣统三年（1911）停刊。主要栏目有交旨、上谕、宫门抄、论说、本地琐闻、各地琐闻、各国新闻、专件、官场纪事、商市行情等，并附设时评、杂俎、小说、图画等门。馆址在杭州棋宸桥大马路，事务所在杭州城内保佑坊大街。

共刊载12部小说作品：

1.《人心镜》，标"社会小说"，未署著者名，共11回。开始连载于《浙江日报》创刊号（光绪三十四年四月二十五日，1908年5月24日），至六月二十四日（7月22日）完毕。

2. 无题小说，标"滑稽短篇小说"，未署著者名。载《浙江日报》创刊号。

3.《道士兴学》，标"短篇小说"，未署著者名。载《浙江日报》光绪三十四年五月十五日（1908年6月13日）。

4.《巡边队》，标"短篇讽刺小说"，著者署"伶"。载《浙江日报》光绪三十四年五月二十一日（1908年6月19日）。

5.《捉赌》，标"短篇讽刺小说"，著者署"伶"。载《浙江日报》光绪三十四年五月二十三日（1908年6月21日）。

6.《某富翁（侦探之侦探一）》，标"短篇小说"，著者署"伶"。载《浙江日报》光绪三十四年六月初五日（1908年7月3日）。

7.《二少年（侦探之侦探）》，标"短篇小说"，未署著者名，载《浙江日报》光绪三十四年六月初八日（1908年7月6日）。

8.《二十六点钟空中大飞行》，标"冒险短篇小说"，署"美国《阿美利加梅轧丁报》记者濮伦孙记，天涯芳草馆主亶中译"。

附　录

开始连载于《浙江日报》光绪三十四年六月十二日（1908 年 7 月 10 日）至七月十五日（8 月 11 日）连载完毕。

9.《烟窟》，标"短篇小说"，著者署"伶"。载《浙江日报》光绪三十四年六月十六日（1908 年 7 月 14 日）。

10.《鬼世界》，标"寓言小说"，未署著者名，共 10 回。连载于《浙江日报》光绪三十四年六月二十五日（1908 年 7 月 23 日）至十月二十日（11 月 13 日）。

11.《新舞台》，作者署名"□"，共 9 回。连载于《浙江日报》光绪三十四年十月二十一日（1908 年 11 月 14 日），至十二月初八日（12 月 30 日）仍未完，现不知连载结束于何时。

12.《毛族传》，标"寓言小说"，作者署"佛"。《浙江日报》宣统三年三月初二日（1911 年 3 月 31 日）连载，标"续"，现不知连载始于何时；连载至三月初四日（4 月 2 日）篇末标"未完"，连载结束时间不详。

《宁波小说七日报》

光绪三十四年（1908）五月底创刊于浙江宁波，停刊于本年十二月，共出 12 期，周刊。主编为倪轶池，撰稿有倪豫立、郑杏生、庄禹梅等人。栏目有图画、论著、长篇小说、短篇小说、劄记小说、传记、谐文、特载、谈丛、文苑、史评、唱歌等。编辑部设于宁波东渡门内日升街新学会社内，总发行所设在新学会社。

共刊载 34 部小说作品：

1.《黑海回澜》，标"醒世小说"，作者署"十里花中小隐主"。开始连载于光绪三十四年五月（1908 年 6 月）第 1 期，至第 12 期，未完。

2.《怨海》，标"写情小说"，作者署"十里花中小隐主"。开始连载于光绪三十四年五月（1908 年 6 月）第 1 期，后载第 2

期至第4期、第8期至第10期，未完。

3.《留学生》，标"短篇小说"，作者庄禹梅（署"病骸"）。载光绪三十四年五月（1908年6月）第1期。

4.《拒款会》，标"短篇小说"，作者署"蛟西颠书生（倪邦宪）"。载光绪三十四年五月（1908年6月）第1期。

5.《亚东奇谈·关帝显圣》，标"札记小说"，作者署"十里花中小隐主"。载光绪三十四年五月（1908年6月）第1期。

6.《守钱虏之况味如何……劝惩》，标"短篇小说"，作者庄禹梅（署"病骸"）。载光绪三十四年六月（1908年7月）第2期。

7.《相面谈》，标"短篇小说"，作者署"蛟西颠书生（倪邦宪）"。载光绪三十四年六月（1908年7月）第2期。

8.《章台镜》，标"札记小说"，作者署"豫立"。载光绪三十四年六月（1908年7月）第2期。

9.《新笑林》，作者庄禹梅（署"病骸"）。载光绪三十四年六月（1908年7月）第2期。

10.《立宪》，标"短篇小说"，作者庄禹梅（署"病骸"）。载光绪三十四年六月（1908年7月）第3期。

11.《无形之教育》，标"短篇小说"，作者署"豫立"。载光绪三十四年六月（1908年7月）第3期。

12.《潮州烈妇》，标"札记小说"，作者署"豫立"。载光绪三十四年六月（1908年7月）第3期。

13.《官吏与盗贼》，标"短篇小说"，作者庄禹梅（署"病骸"）。载光绪三十四年六月（1908年7月）第4期。

14.《荡子棒》，标"警世小说"，作者署"豫立"。连载于光绪三十四年六月（1908年7月）第4—5期。

15.《特别之嗣续》，标"札记小说"，作者署"豫立"。载光绪三十四年六月（1908 年 7 月）第 4 期。

16.《新笑林》，作者署"特立馆主"。载光绪三十四年六月（1908 年 7 月）第 4 期。

17.《烟火学》，标"短篇小说"，作者署"蛟西颠书生（倪邦宪）"。载光绪三十四年六月（1908 年 7 月）第 5 期。

18.《迷信圈》，标"醒世小说"，作者署"豫立"。连载于光绪三十四年六月（1908 年 7 月）第 5 期至第 6 期。

19.《新笑林》，作者署"垂虹亭长（陈去病）"。载光绪三十四年六月（1908 年 7 月）第 5 期。

20.《某县令》，标"短篇小说"，作者庄禹梅（署"病骸"）。载光绪三十四年七月（1908 年 8 月）第 6 期。

21.《金钱缘》，标"醒世小说"，作者署"豫立"。载光绪三十四年八月（1908 年 9 月）第 7 期。

22.《大冤桶》，标"游戏小说"，作者署"龙伯"。载光绪三十四年八月（1908 年 9 月）第 8 期。

23.《董不全》，标"游戏小说"，作者署"蛟西颠书生（倪邦宪）"。载光绪三十四年八月（1908 年 9 月）第 8 期。

24.《姐妹易嫁》，标"时闻小说"，作者署"豫立"。载光绪三十四年八月（1908 年 9 月）第 8 期。

25.《时道医生》，作者署"十里花中小隐主"。载光绪三十四年八月（1908 年 9 月）第 9 期。

26.《虎伥记》，标"义愤小说"，作者署"浙江一分子"。连载于光绪三十四年八月（1908 年 9 月）第 9—12 期，未完。

27.《道德爱情》，标"社会小说"，作者署"丹徒李正学"。连载于光绪三十四年十一月（1908 年 12 月）第 10 期至第 12 期，未完。

28.《医谑》，标"滑稽小说"，作者庄禹梅（署"病骸"）。载光绪三十四年十一月（1908年12月）第10期。

29.《杯弓蛇影》，标"社会小说"，作者署"豫立"。载光绪三十四年十一月（1908年12月）第10期。

30.《渔夫冒险记》，标"札记小说"，作者署"冠万"。载光绪三十四年十一月（1908年12月）第10期。

31.《新笑林》，作者署"偶然"。载光绪三十四年十一月（1908年12月）第10期。

32.《中国社会谈》，标"社会小说"，作者署"病骸"。连载于光绪三十四年十二月（1909年1月）第11期至第12期，未完。

33.《仕途之怪现状》，标"社会短篇"，作者署"豫立"。载光绪三十四年十二月（1909年1月）第11期。

34.《囮诈异闻》，标"社会短篇"，作者署"豫立"。载光绪三十四年十二月（1909年1月）第12期。

《绍兴医药学报》

光绪三十四年五月三十日（1908年6月28日）创刊于浙江绍兴，每月两册，创办者为绍兴医药研究社，主编为名中医裘吉生、何廉臣。办报宗旨为"于国医学之足以保存者则表彰之，于西医学之足以汇通者则进取之，于中西医学之各有短长处则比勘而厘订之，共勤绵力，力谋进步"，内容重在研究中国医学。栏目有论文、学说、医案、小说、杂录、通讯、专件、近闻等。社址设府城宣化坊，总发行所在绍兴宣化坊医药学研究社事务所。中华民国十二年（1923）停刊。

共刊载4部小说作品：

1.《医生本草》，标"诙谐文"，作者署"劫"。开始连载于光绪三十四年五月三十日（1908年6月28日）第1期"小说栏",未完,现不知连载何时结束。

2.《医林外史》,标"科学小说",署"鹫峰樵者编辑"。开始连载于宣统元年七月十五日(1909年8月30日)第15期,现不知何时连载结束。

3.《破伤风》,标"医学小说",作者署"禅"。开始连载于宣统二年五月十五日(1910年6月21日)第19期,篇末标"未完",现不知何时连载结束。此篇原载《时报》(上海)宣统元年十月二十九日(1909年12月11日)。

4.《鬼谷先生列传》,标"诙谐小说",作者署"知非子"。载宣统二年五月(1910年6月)第28期。

《浙江白话新报》

宣统二年正月初二日(1910年2月11日)创刊于浙江杭州,由《杭州白话新报》与《浙江白话报》合并而成,目前仅见1期。

共刊载2部小说作品:

1.《巡官风流案》,现所见宣统二年九月二十六日(1910年10月28日)有连载,连载开始、结束时间及作者皆不详。

2.《逐虎记》,现所见宣统三年六月十二日(1911年7月7日)有连载,连载开始、结束时间及作者皆不详。

《四明日报》

宣统二年五月二十四日(1910年6月30日)创刊于浙江宁波。王东园、李霞城、蔡琴荪、董翔遂等集资创办,聘王东园任经理。社址在宁波江北岸洋船弄口第16号。日出两张,零售每份一分六厘,半年三元五角,全年六元八角。1927年春改组为《民国日报》,由汪北平等募集款项,重新恢复出版。1931年停刊。

共刊载32部小说作品:

1.《薤痕小传》(一名《同命鸟》),署"法国亚历山大仲马著，芙译"，连载于宣统二年五月二十四日（1910年6月30日），至七月十八日（8月22日）。

2.《衣冠僕》，标"短篇小说"，作者署"奇"，载宣统二年五月二十四日（1910年6月30日）。

3.《烟臣叹》，标"短篇小说"，作者署"奇"，载宣统二年五月二十五日（1910年7月1日）。

4.《长蛇毒》，标"短篇小说"，作者署名"奇"，连载于宣统二年五月二十六日（1910年7月2日）至五月二十七日（7月3日）。

5.《中国女侦探》，标"滑稽短篇"，作者署"奇"，载宣统二年五月二十八日（1910年7月4日）。

6.《某参戎》，标"短篇小说"，作者署"沸轮"，载宣统二年五月二十九日（1910年7月5日）。

7.《妒毒》，标"警世短篇小说"，作者署"竞庵"，连载于宣统二年五月三十日（1910年7月6日）至六月初二日（7月8日）。

8.《牌照费》，标"短篇小说"，作者署"奇"，载宣统二年六月初三日（1910年7月9日）《四明日报》。

9.《针神记》，标"短篇小说"。作者署"奇"，连载于宣统二年六月初四日（1910年7月10日）至六月初七日（7月13日）。

10.《培塿松》，标"短篇小说"，作者署"奇"连载于宣统二年六月初八日（1910年7月14日）至六月十二日（7月18日）。

11.《猫癖》，标"短篇小说"。作者署"奇"，连载于宣统二年六月十三日（1910年7月19日）至六月十四日（7月20日）。

12.《某汛官》，标"短篇小说"，作者署"奇"，载宣统二年六月十五日（1910年7月21日）。

13.《白衣冠》，标"短篇小说"。作者署"奇"，连载于宣统

附 录

二年六月十六日（1910年7月22日）至六月十七日（7月23日）。

14.《某州牧》，标"短篇小说"。作者署"奇"连载于宣统二年六月二十四日（1910年7月30日）至六月二十六日（8月1日）。

15.《新绅士》，标"时事小说"，作者署"歹"，连载开始时间不详，结束于宣统二年七月初二日（1910年8月6日）。

16.《仙鬼谭》，标"短篇小说"。作者署"奇"，连载于宣统二年七月初三日（1910年8月7日）至七月初六（8月10日）。

17.《醋学生》，标"短篇小说"，作者署"剑虹（汪剑虹）"，连载于宣统二年七月初七日（1901年8月11日）至七月初八（8月12日）。

18.《三生石》，标"短篇小说"，作者署"奇"，连载于宣统二年七月初九日（1910年8月13日）至七月十一日（8月15日）。

19.《赤凤来》，标"短篇小说"。作者署"巨摩"，连载于宣统二年七月十二日（1910年8月16日）至七月二十六日（8月30日）。

20.《梦里天》，标"社会小说"，署"侯官汪剑虹著"。连载于宣统二年七月二十二日（1910年8月26日），现所见至十月二十九日（11月30日）仍未完，连载结束时间不详。

21.《文明梦》，标"短篇小说"，作者署"剑虹（汪剑虹）"，连载于宣统二年七月二十七日（1910年8月31日）至七月二十九日（9月2日）。

22.《浙路梦》，标"短篇小说"，作者署"醒庵"，载宣统二年八月初四日（1910年9月7日）。

23.《金钱家庭》，标"短篇小说"，作者署"剑虹（汪剑虹）"。连载开始时间不详，续载于宣统二年八月初五日（1910年

· 285 ·

9月8日）至八月初八日（9月11日）。

24.《一声狮》，标"短篇小说"。作者署"剑虹（汪剑虹）"。连载于宣统二年八月十五日（1910年9月18日）至八月十六日（9月19日）。

25.《汤圆案》，标"短篇小说"，作者署"剑虹（汪剑虹）"。连载于宣统二年八月十七日（1910年9月20日）至八月二十二日（9月25日）。

26.《陶干姜》，标"短篇小说"，作者署名"剑虹（汪剑虹）"。连载于宣统二年八月二十三日（1910年9月26日）至八月二十四日（9月27日）。

27.《浙路谈》，标"短篇小说"，作者署"醒庵"。载宣统二年八月二十八日（1910年10月1日）。

28.《冤禽记》，标"短篇小说"，作者署"奇"。连载开始时间不详，续载于宣统二年十月初七日（1910年11月8日）至十月十四日（11月15日）。

29.《壮别》，标"短篇小说"，作者署"剑虹（汪剑虹）"。连载于宣统二年十月初十日（1910年11月11日）至十月十一日（11月12日）。

30.《酒家胡》，标"短篇小说"，作者署"剑虹（汪剑虹）"，连载于宣统二年十月十七日（1910年11月18日）至十月十九日（11月20日）。

31.《某富室》，标"短篇小说"，未署作者名。载宣统二年十月二十三日（1910年11月24日）。

32.《点金术》，标"短篇小说"，作者署"零"。连载于宣统二年十月二十八日（1910年11月29日），现所见至十月三十日（12月1日），未完。

附 录

《朔望报》

宣统三年六月十五日（1911年7月10日）创刊于浙江宁波，朔望报社编辑发行。社长天恨（应彦开），编辑主任沧浪、化尘。天恨（应彦开）所撰之《发刊辞》称，该刊宗旨为"唤起国民爱国思想，鼓吹国民尚武精神"。编辑部设在宁波日升街。似拟办双月刊，零售每册二角，半年三册六角，全年六册一元，今仅见第1期。

共刊载4部小说作品：

1. 《二十世纪新国民》，标"惊世小说"，作者署"晓耕"。第一回载宣统三年六月十五日（1911年7月10日）第1期，未完。

2. 《少年军》，标"勇武小说"，作者署"秃公"。载宣统三年六月十五日（1911年7月10日）第1期。

3. 《敢死团》，标"短篇小说"，作者署"惺言"。载宣统三年六月十五日（1911年7月10日）第1期。

4. 《别有天地》，标"短篇小说"，作者署"化尘"。载宣统三年六月十五日（1911年7月10日）第1期。

参考文献

一 工具书、基本文献

阿英编：《晚清文学丛钞·小说卷》，中华书局1960—1961年版。

阿英：《晚清文学丛钞·俄罗斯文学译文卷》上册，中华书局1961年版。

阿英：《晚清文学丛钞·小说戏曲研究卷》，中华书局1960年版。

阿英：《晚清戏曲小说目》，上海文艺联合出版社1954年版。

陈大康编著：《中国近代小说编年》，华东师范大学出版社2002年版。

陈大康：《中国近代小说编年史》，人民文学出版社2014年版。

陈大康：《中国近代小说史论》，人民文学出版社2018年版。

陈平原、夏晓虹编：《二十世纪中国小说理论资料》第一卷，北京大学出版社1997年版。

江苏省社会科学院明清小说研究中心编：《中国通俗小说总目提要》，中国文联出版公司1990年版。

［日］樽本照雄：《新编增补清末民初小说目录》，齐鲁书社2002年版。

二 地方志、历史文献

[美] 费正清编:《剑桥中华民国史 (1912—1949)》,杨品泉等译,中国社会科学出版社 1994 年版。

[美] 费正清、刘广京编:《剑桥中国晚清史 (1800—1911)》,中国社会科学出版社 1985 年版。

吕思勉:《中国近代史: 1840—1949》,华东师范大学出版社 2012 年版。

(民国) 浙江史研究中心、杭州师范大学选编:《民国浙江史料辑刊》,国家图书馆出版社 2009 年版。

(民国) 绍兴县修志委员会辑:《浙江省绍兴县志资料》第一辑,(台北) 成文出版社有限公司 1983 年版。

徐和雍等编写:《浙江近代史》,浙江人民出版社 1982 年版。

(民国) 张宗海等修,杨士龙等纂:《浙江省萧山县志稿》,(台北) 成文出版社有限公司 1970 年版。

浙江省人物志编纂委员会编:《浙江省人物志》,浙江人民出版社 2005 年版。

浙江省文学志编纂委员会编:《浙江省文学志》,中华书局 2001 年版。

浙江省政协文史资料委员会编:《浙江文史大典》,中华书局 2004 年版。

政协浙江省委文史委:《浙江文史资料》,浙江人民出版社 2005 年版。

中国人民政治协商会议浙江省委员会、文史资料研究委员会:《浙江百年大事记》,浙江人民出版社 1986 年版。

钟福球纂:[浙江萧山]《钱清钟氏宗谱》第十二卷,承启堂活字本1915年版。

三 传记、笔记类

包天笑：《钏影楼回忆录》，中国大百科全书出版社2009年版。

蔡元培：《孑民自述》，江苏人民出版社1999年版。

洪克夷：《姚燮评传》，浙江古籍出版社1987年版。

胡思敬：《国闻备乘》，中华书局2007年版。

黄濬著，李吉奎整理：《花随人圣庵摭忆》，中华书局2008年版。

江涓主编：《浙江革命（进步）文化名人传略》，杭州大学出版社1992年版。

马晓坤编著：《俞樾》，西泠印社出版社2010年版。

钱剑平：《一代学人王国维》，上海人民出版社2002年版。

汪康年：《汪穰卿笔记》，中华书局2007年版。

汪诒年纂辑：《汪穰卿先生传记》，中华书局2007年版。

萧艾：《王国维评传》，浙江文艺出版社1983年版。

徐一士：《一士类稿》，中华书局2007年版。

许寿裳：《亡友鲁迅印象记》，岳麓书社2011年版。

赵庆元：《蔡元培传》，安徽人民出版社1998年版。

郑逸梅：《清末民初文坛轶事》，学林出版社1987年版。

郑逸梅：《书报话旧》，学林出版社1983年版。

周启明：《鲁迅的青年时代》，中国青年出版社1957年版。

周作人：《知堂回想录》，安徽教育出版社2008年版。

周作人：《周作人回忆录》，湖南人民出版社1982年版。

四 作品、文集

陈栩：《栩园丛稿》，家庭工业社1927年版。

董文成、李勤学主编:《中国近代珍稀本小说》(共20册60种),春风文艺出版社1997年版。

章培恒、王继权等编:《中国近代小说大系》,百花洲文艺出版社、江西人民出版社1988—1996年版。

郭沫若:《沫若文集》第十二卷,人民文学出版社1959年版。

郭延礼:《中国近代翻译文学概论》,湖北教育出版社1998年版。

胡适:《胡适文集》,北京大学出版社1998年版。

鲁迅:《鲁迅全集》,人民文学出版社2005年版。

罗新璋:《翻译论集》,商务印书馆2009年版。

汤志钧编:《陶成章集》,中华书局1986年版。

王国维:《观堂集林:附别集》,中华书局1959年版。

王栻主编:《严复集》,中华书局1986年版。

魏绍昌编:《鸳鸯蝴蝶派研究资料》上卷,上海文艺出版社1984年版。

魏绍昌主编:《中国近代文学大系》,上海书店1996年版。

吴组缃等主编:《中国近代文学大系·小说集》第1—7卷,上海书店1992—1995年版。

杨琥编:《夏曾佑集》,上海古籍出版社2011年版。

朱一玄、刘敏忱编:《水浒传资料汇编》,南开大学出版社2002年版。

五 研究专著

阿英:《晚清文艺报刊述略》,古典文学出版社1958年版。

阿英:《晚清小说史》,东方出版社1996年版。

阿英:《小说四谈》,上海古籍出版社1981年版。

陈伯海、袁进主编:《上海近代文学史》,上海人民出版社1993

年版。

陈大康：《古代小说研究及方法》，中华书局 2006 年版。

陈大康：《明代小说史》，人民文学出版社 2007 年版。

陈平原：《二十世纪中国小说史》第一卷（1897—1916），北京大学出版社 1989 年版。

陈平原：《中国现代小说的起点——清末民初小说研究》，北京大学出版社 2010 年版。

陈平原：《中国小说叙事模式的转变》，北京大学出版社 2010 年版。

方汉奇：《中国近代报刊史》，山西人民出版社 1981 年版。

高利华、邹贤尧、渠晓云：《越文学艺术论》，人民出版社 2011 年版。

戈公振：《中国报学史》，湖南大学出版社 2014 年版。

管林等：《岭南晚清文学研究》，广东人民出版社 2003 年版。

［美］韩南：《中国近代小说的兴起》，徐侠译，上海教育出版社 2004 年版。

韩伟表：《中国近代小说研究史论》，齐鲁书社 2006 年版。

黄霖：《近代文学批评史》，上海古籍出版社 1993 年版。

黄曼君主编：《中国 20 世纪文学理论批评史》，中国文联出版社 2002 年版。

蒋瑞藻：《小说考证》，古典文学出版社 1957 年版。

刘大杰：《中国文学发展史》，上海古籍出版社 1982 年版。

鲁迅：《中国小说史略》，上海古籍出版社 2011 年版。

欧阳健：《晚清小说史》，浙江古籍出版社 1997 年版。

潘正文：《两浙人文传统与百年浙江文学》，中国社会科学出版社 2010 年版。

钱钟书：《林纾的翻译》，商务印书馆 1981 年版。

参考文献

沈殿成主编:《中国人留学日本百年史》,辽宁教育出版社 1997 年版。

[日] 实藤惠秀:《中国人留学日本史》,谭汝谦、林启彦译,生活·读书·新知三联书店 1983 年版。

史和、姚福申、叶翠娣编:《中国近代报刊名录》,福建人民出版社 1991 年版。

宋应离主编:《中国期刊发展史》,河南大学出版社 2000 年版。

孙海洋:《湖南近代文学》,东方出版社 2005 年版。

汪林茂:《中国走向近代化的里程碑》,重庆出版社 1998 年版。

[美] 王德威:《被压抑的现代性——晚清小说新论》,宋伟杰译,北京大学出版社 2005 年版。

王富仁:《鲁迅前期小说与俄罗斯文学》,陕西人民出版社 1983 年版。

王嘉良主编:《浙江 20 世纪文学史》,浙江大学出版社 2009 年版。

王嘉良主编:《浙江文学史》,杭州出版社 2008 年版。

王书奴:《中国娼妓史》,上海三联书店 1988 年版。

王文科、张扣林主编:《浙江新闻史》,浙江大学出版社 2010 年版。

王鑫:《晚清标"新"小说论稿》,中国社会科学出版社 2016 年版。

王燕:《晚清小说期刊史论》,吉林人民出版社 2002 年版。

温中兰:《浙江翻译家研究》,上海交通大学出版社 2010 年版。

吴笛等:《浙江翻译文学史》,杭州出版社 2008 年版。

武润婷:《中国近代小说演变史》,山东人民出版社 2000 年版。

项士元编:《浙江新闻史》,之江日报社,中华民国十九年(1930)版。

杨联芬:《晚清至五四:中国文学现代性的发生》,北京大学出版社 2003 年版。

叶嘉莹:《王国维及其文学批评》,中华书局香港分局 1980 年版。

袁进：《中国小说的近代变革》，中国社会科学出版社1992年版。

占骁勇：《清代志怪传奇小说集研究》，华中科技大学出版社2003年版。

郑逸梅：《近代名人丛话》，中华书局2005年版。

钟贤培、汪松涛主编：《广东近代文学史》，广东人民出版社1996年版。

六 研究论文

曹顺庆、涂慧：《王国维〈红楼梦评论〉之得与失》，《文史哲》2011年第2期。

陈大康：《翻译小说在近代中国的普及》，《文艺理论研究》2012年第3期。

陈大康：《关于"晚清"小说的标示》，《明清小说研究》2004年第2期。

陈大康：《论近代翻译小说》，《文学评论》2015年第2期。

陈大康：《论近代日报小说》，《文学评论》2017年第4期。

陈大康：《论近代小说传播中的盗版问题》，《文学遗产》2015年第1期。

陈大康：《论近代小说的历史使命》，《复旦学报》（社会科学版）2015年第4期。

陈大康：《论晚清小说的书价》，《华东师范大学学报》（哲学社会科学版）2005年第4期。

陈大康：《晚清小说与白话地位的提升》，《文学评论》2011年第4期。

陈节：《俞樾评传》，《明清小说研究》1999年第4期。

崔琦：《晚清白话翻译文体与文化身份的建构——以吴梼汉译〈侠

黑奴〉为中心》,《中国现代文学研究丛刊》2014 年第 3 期。

付建舟、田素云:《〈浙江潮〉与晚清民族主义思潮的兴起》,《中州学刊》2011 年第 4 期。

郭延礼:《传媒稿酬与近代作家的职业化》,《齐鲁学刊》1999 年第 6 期。

[美] 韩南:《谈第一部汉译小说》,叶隽译,《文学评论》2001 年第 3 期。

何敏:《一朵忽先变 百花皆后香——〈域外小说集〉在晚清译界的先锋性》,《文史博览》2011 年第 1 期。

黄洁:《严复、夏曾佑的小说美学思想》,《西南民族大学学报》(人文社会科学版) 2004 年第 5 期。

黄锦珠:《论清末民初言情小说的质变与发展——以〈泪珠缘〉、〈恨海〉、〈玉梨魂〉为代表》,《明清小说研究》2002 年第 1 期。

林元彪:《魏易的翻译》,《外语教学理论与实践》2012 年第 3 期。

刘高:《浅析夏曾佑文化思想及其影响》,《北京社会科学》2001 年第 3 期。

刘敏:《近代经世致用思潮与近代小说》,《文学遗产》1995 年第 3 期。

孟丽:《〈杭州白话报〉所刊演书初探》,《长春大学学报》2010 年第 5 期。

米龙:《从〈浙江潮〉看中国近代民族主义的形态》,《西部学刊》2013 年第 3 期。

潘建国:《清末上海地区书局与晚清小说》,《文学遗产》2004 年第 2 期。

潘建国:《小说征文与晚清小说观念的演进》,《文学评论》2001

年第 6 期。

皮后锋、杨琥：《〈国闻报〉所刊〈本馆附印说部缘起〉之作者考辨》，《明清小说研究》2011 年第 3 期。

时萌：《鲁迅〈域外小说集〉的启蒙意义》，《外国文学研究》1980 年第 3 期。

时世平：《清末民初的翻译实践与"文言的终结"》，《华中师范大学学报》（人文社会科学版）2012 年第 5 期。

孙逊：《晚清两部宣扬爱国主义的历史小说——读〈海上魂〉和〈海外扶余〉》，《文汇报》1983 年 7 月 11 日。

田德蓓：《张坤德与中国早期侦探小说翻译》，《合肥工业大学学报》（社会科学版）2015 年第 1 期。

王宏志：《民元前鲁迅的翻译活动——兼论晚清的意译风尚》，《鲁迅研究月刊》1995 年第 3 期。

王嘉良：《地域人文传统与现实主义文学思潮——论"浙江潮"对中国新文学现实主义思潮的引领意义》，《浙江师范大学学报》（社会科学版）2010 年第 2 期。

王嘉良：《开拓与创造：地域文化精神的生动张扬——论"浙江潮"对中国新文学建设的开山之功》，《浙江师范大学学报》（社会科学版）2005 年第 4 期。

魏绍昌：《〈海天鸿雪记〉的作者问题》，《河南大学学报》（社会科学版）1991 年第 2 期。

谢仁敏：《〈域外小说集〉初版营销失败原因新探》，《鲁迅研究月刊》2014 年第 8 期。

薛燕：《辛亥时期的国民观念启蒙——以〈杭州白话报〉为例》，《浙江档案》2011 年第 12 期。

杨联芬：《〈域外小说集〉与周氏兄弟的新文学理念》，《鲁迅研究月刊》2002 年第 4 期。

袁进：《试论晚清小说理论流派》，《江淮论坛》1999 年第 6 期。

张惠：《跨不过的文化与夭折的直译——以周氏兄弟〈域外小说集·安乐王子〉为例》，《鲁迅研究月刊》2013 年第 5 期。

赵林：《晚清启蒙运动的媒介镜像与认同困境——从〈杭州白话报〉到〈中国白话报〉》，《中国现代文学研究丛刊》2013 年第 2 期。

周羽：《试论晚清短篇小说译本的现代性——以周氏兄弟〈域外小说集〉为个案》，《求是学刊》2009 年第 5 期。

朱永香：《论寅半生及其〈小说闲评〉》，《华东师范大学学报》（哲学社会科学版）2015 年第 4 期。

祝均宙：《李伯元重要佚文新发现》，《出版史料》2010 年第 3 期。

邹振环：《中国近代第一本翻译小说〈昕夕闲谈〉》，《书林》1985 年第 2 期。

后　记

这本书，主体是我的博士学位论文。

犹记得 2013 年正月，博一下学期第一周的周三（每周三是博士生导师陈大康老师给我授课的时间），我坐在陈老师宽敞的办公室，有些惶恐不安。因为经过一个寒假的冥思苦想，对于自己的毕业论文选题，依然没有头绪。而这天上课的主要内容，是要和陈老师讨论这个话题。正不知如何交差，坐在对面的陈老师先开口了："你就做浙江近代小说研究吧。这一领域资料丰富，目前还没有人做过。而且，这个选题，你毕业后回到浙江，还可以继续研究。"看来，老师是早就为我定下了这个题目的。陈老师思虑长远，此时已经在为我谋划未来若干年的学术研究方向了。这其实也应该是陈门子弟们颇感幸运的众多的方面之一：经过一个学期的了解后，先生总能根据每个学生的特点和专长，给出一个切合度很高且可进行持续性研究的选题。

我长长地松下一口气，心中也充满感激。这个选题，真的是太适合在浙江高校工作的我来做了。

具体的研究过程，毫无疑问，充满艰辛。虽然自 2003 年硕士研究生毕业，之后在高校工作 10 年，其间也在现实生活的逼迫之下，零零散散地发表过几篇学术论文，但科研方面实际依然是个

后　记

彻底的门外汉，能否顺利完成学业，实无半点把握。幸赖陈老师耳提面命，谆谆教导。尤其是博一第二学期，老师按照惯例，为我专设一门《近代小说研究》课程，每周授课一次，每次两小时。上课前一周，陈老师会先布置任务，下周上课时再具体探讨。为了完成每次的任务，并做到上课时能提出问题、"有话可说"，我几乎时时处于高度紧张的状态，忙于查找资料，思考问题。已经不记得有多少个日子，是在图书馆开馆前即已排队等待拿研究室的牌号，然后苦战到闭馆音乐响起才离开的状态中度过。上课时，师生二人则一问一答，侃侃而谈。在近代小说研究领域，陈先生已专注耕耘近20年，几乎该领域内的所有人物、事件及相关背景，皆了然于心。无论我抛出何种问题，陈老师皆能释疑解惑，并在头脑中迅速将相关资料汇集，一一罗列出来作为佐证。偶有记忆不清晰之处，老师则起身通过电脑查阅，调出所需条目。即使是我所研究范畴中颇为冷门的人物或事件，陈老师亦能精确说出相关资料，常常令我惊叹之余，不得不默默敬服。一学期下来，经历如此密集的高效指导，我不仅已完成毕业论文的基本框架及大致资料归类，且受陈老师宏阔的学术视野及独特的研究方法之头脑风暴洗礼，自觉进步甚巨，获益良多。

读博期间，尚有另一项艰难的专门训练：论文写作。当我惴恐不安地将第一篇关于寅半生的小论文交给陈老师，请求指导时，大概是为了不过分打压我的积极性，陈老师只是故作轻描淡写地用了"太平面"的评语，并建议我的修改工作从搜集材料开始，要求我先阅读寅半生《小说闲评》中评论过的66部小说，因为只有自己阅读了原作，才具备对其评论进行评论的可能性。这篇小论文后来的修改次数达20余次，历时一年有余，终于从一篇无病呻吟的幼稚习作，蜕变成真正解决了一个问题的学术论文。从高屋建瓴的指导意见，到逐字逐句作批注式修正，陈老师为此付出的心血，何其多也！无论是读博期间的小论文，还是最后的学位论文写作，陈老师都一再强调研究过程有问题意识、研究材料务求准确全面、下笔成文须审慎无误，陈老师既学高为师，亦身正为范，其治学为文之谨严，已在一次又一次具体指导中言传身教、规范渐成。

感谢孙逊教授、黄霖教授、李时人教授、谭帆教授为我的论文号诊把脉，提出中肯的修改意见，对我完善提高书稿质量提供了极大的帮助。

感谢浙江农林大学任重教授：用心为我撰写博士报考的推荐信；敦促鼓励我申报课题，提升科研能力；为了让我专心攻读学位，竭力为我排解工作中的难处……我的学业和工作中的每一次进步，都离不开任老师的关心和支持。任老师的勤奋、敬业、宽厚、友善，亦如一座标杆，成为我努力的方向。

感谢颜值与才华双在线的韩慧教授，无论是日常交谈的解惑释疑，抑或遭受挫折时的督促鼓励，韩老师一直是一个亲切可靠、亦师亦友的大姐姐，让我备感温馨。

感谢挚友马波老师及夫人林苗苗女士一直以来给予的精神鼓励及生活中的帮助，长久的友谊已化作浓浓的亲情。与君为友，何其有幸！

感谢曾思艺教授，自大学期间有幸受教于曾老师，之后一直得到老师的提携和帮助，老师执着专注的治学风范，一直是学生学习的榜样。

感谢妹妹杨小微用娴熟的专业技术及细致周到的行事作风，为我解决毕业论文及书稿在目录设置、正文格式等方面的各种疑难问题。

后　记

感谢所有同门，我能顺利毕业并继续近代小说领域的研究工作，皆仰赖于诸位师兄、师姐曾经辛苦奔波于全国各地收集资料，并在此基础上建立而成的"中国近代小说资料库"。特别感谢苏亮师兄，每每在我学业遭遇疑难之时，解惑提点，有问必答；感谢志威、刘鹏二位师弟，总是有求必应、不辞辛劳地为我奔忙各种烦琐事务。

感谢庆雨、香琴、春凤、媛媛、艳萍、秀清、李梅、秦凤等于闵行校区本科生公寓14号楼共处四年的一众可爱的同学兼好友，曾经一起烹茗论学、美食共尝、华服斗艳，早已定格成为读博生涯最美好的回忆；感谢吴俊龙、李伟、许见军等同学提供的诸多帮助。

感谢浙江省哲学社会科学规划办及浙江农林大学文法学院中文系提供经费资助，特别感谢文法学院王长金教授、彭庭松副院长及孙文清教授的鼎力相助。

感谢中国社会科学出版社的杨康老师及诸位校对老师以专业出版人的高水准，一直耐心地指导我对书稿进行修改，并协助我完成出版前的诸多繁杂事务。

行文至此，心中尚有一处最温暖的所在，正静静守候，待我回眸。——那便是最亲爱的家人。夫君广平，从相识、相知、相恋，至相携、相伴，已倏忽廿四载年华。夫君心胸宽阔、为人慷慨，人缘颇佳；待家人则体贴周至，尽己所能。每每包容为妻之缺点与孟浪之处，亦适时赞许鼓励我所取得的成绩。尤其在我读博期间，夫君鼎力支持，既独自承揽了照顾教育女儿之家庭大任，亦不时督责过问我的学业与论文进展。为妻能顺利毕业，书稿能顺利出版，夫君之功，盖不能不重书一笔。此生愿执君之手，与君偕老！

宝贝女儿婉扬：八年前的那个傍晚，当七周岁的你捧着一束亲手制作的百合花，和爸爸一起在小区门口迎接复试归来的妈妈之时，大概还未知这将意味着接下来的几年时间里，妈妈不能像从前一样，与你日日相伴，而是让小小的你开始品尝分离的苦楚。读博四年，母女俩也在一次又一次忧伤离别与欢欣相聚的交叠中共同成长。时光的指针略微晃了一晃，如今的你，已经长成一个比妈妈都高出半头的美少女了。感谢上天将你赐给我！宝贝，谢谢你，因为有你，妈妈找到了那个更好的自己。

还有最爱的父亲与母亲，感谢二老永恒不变的爱与支持，尤其是在我读博期间，为了解除我的后顾之忧，年华渐迈的二老不得不一个留守湖南湘潭老家，一个分居于千里之遥的浙江杭州。女儿亦将竭尽全力，成为二老晚年最坚实的依靠。

朱永香

2020 年 7 月 16 日于浙江杭州